ullstein

## Das Buch

Alida weiß zwar genau, dass es kein einfacher Weg sein wird zur Olivenhainbesitzerin, und dennoch begibt sie sich auf die Reise nach Kroatien, ihre frühere Heimat. Die örtliche Bürokratie mahlt jedoch mit sehr langsamen Mühlen, und so muss Alida erst einmal abwarten. Aber während sie um ihr Grundstück kämpft, lernt sie ihre erweiterte Familie wieder besser kennen. Und ihre eigene Familiengeschichte, die eng mit der Geschichte Kroatiens verknüpft ist. Seit Jahrhunderten eine umkämpfte Gegend, hat kaum ein Land Europas eine wechselvollere Vergangenheit. So wie durch das Land ziehen sich auch durch Alidas Geschichte Tragödien, doch es geht nicht nur um Aufarbeitung, sondern auch um Leidenschaften, Lachen und Zusammengehörigkeit.

## Die Autorin

Alida Bremer, geboren 1959 in Split/Kroatien, studierte Vergleichende Literaturwissenschaft, Romanistik, Slavistik und Germanistik in Belgrad, Rom, Saarbrücken und Münster. Sie ist eine der wichtigsten Vermittlerinnen der kroatischen Kultur in Deutschland. Sie hat zahlreiche Bücher und Sammelbände zu kroatischen Autoren und Themen veröffentlicht, *Olivas Garten* ist ihr erster Roman.

Alida Bremer

# OLIVAS GARTEN

Roman

Ullstein

Besuchen Sie uns im Internet:
www.ullstein-taschenbuch.de

Wir danken der Europa Verlag AG Zürich für
die freundliche Abdruckgenehmigung des Zitats aus Carlo Levi:
»Christus kam nur bis Eboli« auf S. 235/236 dieses Romans.


FSC
www.fsc.org
MIX
Papier aus verantwortungsvollen Quellen
FSC® C083411

Lizenzausgabe im Ullstein Taschenbuch
1. Auflage September 2017
Eichborn Verlag in der Bastei Lübbe AG

Umschlaggestaltung: zero-media.net, München
Titelabbildung: Arcangel/© Claudia Holzforster
Gesetzt aus der Berkeley Oldstyle Std
Druck und Bindearbeiten: CPI books GmbH, Leck
ISBN 978-3-548-28965-6

ANTIGONE:

*Gab Kreon nicht dem einen unsrer Brüder*
*Des Grabes Ehr und weigert sie dem andern?*
*Eteokles barg er nach Recht und Sitte*
*Im Schoß der Erde heißt es, dass er drunten*
*Bei den Verstorbenen in Ehren steht,*
*Des Polyneikes armer Leichnam aber*
*Darf nicht beweint und nicht begraben werden –*
*So sei dem Volk befohlen, unbeklagt*
*Und unbestattet soll man ihn den Vögeln,*
*Sie lauern schon, zum üppigen Fraße lassen!*
*Ein solch Gebot hat uns der edle Kreon*
*Verkündet, dir und mir, du hörst: auch mir.*
*Und er wird selbst erscheinen, um es allen,*
*Die es nicht wissen, deutlich anzusagen.*
*Und damit scherzt er nicht: Wer's dennoch tut,*
*Der stirbt durch Steinigung vor allem Volk.*
*So steht's. Nun wirst du zeigen, bist du edel*
*Geboren oder schlugst du aus der Art.*

(Sophokles)

**Alida** – Erzählerin. Mit einem zuverlässigen deutschen Ehemann verheiratet.

**Ana** – Ururgroßmutter der Erzählerin. Mutter von Paulina, Klara, Dora und Kata. Als sie 1878 ihren Mann Bartul heiratet, ist der Berliner Kongress in aller Munde, aber sie zeigt kaum Interesse an politischen Themen. Deshalb kann sie später ihrer wissbegierigen Tochter Paulina wenig darüber berichten.

**Bartul** – Anas früh verstorbener erster Ehemann, der seinen beiden Töchtern Paulina und Klara einen Weinberg und einen Olivenhain hinterlassen hat. Beide liegen allerdings an unfruchtbaren und gottverlassenen Orten.

**Benedikt** – Sohn von Paulina und Jakov, Bruder von Oliva. Mit seiner ersten Frau Magdalena hat er die Kinder Bianka und Niko; mit seiner zweiten Frau Laura einen Sohn, der zunächst Marin genannt wird. Als sein Heimatort 1941 von italienischen Faschisten besetzt wird, schließt er sich dem Partisanenkampf an.

**Bianka** – Tochter von Benedikt und Magdalena und wichtigste Vertraute der Erzählerin auf der Suche nach den Familiengeheimnissen.

**Blaž** – Sohn von Klara und Stipe und Stiefsohn von Jure.

**Dora** – Jüngere Tochter von Ana und Frane und Halbschwester von Paulina und Klara. Ihr Schicksal ähnelt jenem von Kata.

**Duje** – Bruder der Erzählerin

**Flora** – Mutter der Erzählerin. Die älteste der drei Töchter von Oliva und Šimun. Bekannt dafür, dass sie immer den Spruch »nema problema« – »es gibt keine Probleme« auf den Lippen führt.

**Frane** – Zweiter Mann von Ana. Vater von Kata und Dora.

Er unterstützt seine Stieftöchter Paulina und Klara, als wären sie seine eigenen Kinder. Als 1928 im Parlament des Königreichs der Serben, Kroaten und Slowenen ein Attentat auf fünf kroatische Abgeordnete verübt wird, vertritt er die Meinung, dass man in Krisenzeiten besser in vertrauter Umgebung leben solle.

**Ivan** – Vater der Erzählerin und Floras Ehemann. Leidenschaftlicher Koch.

**Jakov** – Paulinas früh in Australien verstorbener Ehemann. Er ist einer jener Auswanderer, die es immer wieder aus Dalmatien in die große Welt zieht. Er plante, bald zurückzukehren oder seiner Frau und seinen Kindern Benedikt und Oliva Schiffsfahrkarten zu senden, doch dazu kommt es nicht, da er einer Fiebererkrankung erliegt.

**Jerolim** – Biankas Ehemann. Schreibt Gedichte und Geschichten, aus denen die Erzählerin viel über das Leben in Vodice vor dem Zweiten Weltkrieg gelernt hat.

**Jure** – Klaras zweiter Mann und Stiefvater von Blaž. Er stirbt kurz nach dem Ende des Zweiten Weltkriegs aus Trauer um seine Frau Klara.

**Kata** – Ältere Tochter von Ana und Frane und Halbschwester von Paulina und Klara. Über sie gibt es nicht viel zu erzählen, außer dass sie sich in ihrer Familie wohlfühlt, immer allen behilflich und früh unverheiratet verstorben ist.

**Klara** – Paulinas jüngere Schwester. In ihrer ersten Ehe mit Stipe wird ihr Sohn Blaž geboren. Klara stirbt kurz nach Ende des Zweiten Weltkriegs.

**Laura** – Zweite Frau von Benedikt und Mutter von Marin

**Magdalena** – Erste Frau von Benedikt und Mutter von Niko und Bianka. Geprägt durch ihren Onkel und ihren Bruder ist sie überzeugte Kommunistin. Magdalena hat eine schwache Gesundheit und stirbt jung.

**Marin** – Sohn von Benedikt und Laura. Warum Marin später in *Lovro* und noch später in *Benedikt* umbenannt wird, ist im Roman erklärt. Die Namen Laura und Lovro sind von *laurus – Lorbeer* abgeleitet; in Olivas Garten ist der Lorbeerbaum eine Art Gartenkönig.

**Mirta –** Floras mittlere Schwester. Lebt mit ihrem Mann auf der Insel Hvar und kann immer noch nicht glauben, dass sie nie mehr in den Ort ihrer Geburt und ihrer Kindheit zurückkehren wird.

**Niko** – Sohn von Benedikt und Magdalena

**Oliva** – Großmutter der Erzählerin. Tochter von Paulina und Jakov. Mutter von Flora, Viola und Mirta. Sie heiratet Šimun, einen politischen Mitstreiter ihres Bruders Benedikt, obwohl es vielleicht nicht die beste Wahl für sie ist. Nachdem sie 1945 aus einem deutschen Lager zu Fuß nach Hause zurückgekommen ist, liegt sie nur noch auf ihrer Ottomane und ist 1991 – als ein neuer Krieg ausbricht – verwirrt, da sie glaubt, in die Vergangenheit versetzt worden zu sein.

**Paulina** – Urgroßmutter der Erzählerin und Tochter von Ana und Bartul. Mutter von Benedikt und Oliva und Großmutter von Niko, Bianka, Marin, Flora, Mirta und Viola. 1903 heiratet sie Jakov, einen Gesellen ihres Stiefvaters Frane. Paulina ist bereits Witwe, als Gavrilo Princip 1914 in Sarajevo den österreichisch-ungarischen Thronfolger Franz Ferdinand und seine schwangere Frau Sophie tötet, ein Ereignis, das Paulina missbilligt, obwohl sie sonst viel Verständnis für revolutionäre Ideen hat.

**Šimun** – Großvater der Erzählerin, Olivas Ehemann. Angeblich hatte er eine Liebhaberin, über die aber nichts bekannt ist. Überzeugter Kommunist und Partisanenkämpfer. Jäger und Fischer. Vater von Flora, Viola und Mirta.

**Stipe** – Klaras früh verstorbener Ehemann. Vater von Blaž.

**Viola** – Floras jüngste Schwester. Sie bringt die Erzählerin auf die Idee, ein Buch über die Familie zu schreiben.

# MÜNSTER, FRÜHJAHR 2008

Der Brief war in Zadar aufgegeben worden. »Der rosarote Traum«, ein schlafender Frauenakt, Öl auf Leinwand von Vlaho Bukovac, zierte die Briefmarke. Der Stempel verkündete: Pošta Zadar – Republika Hrvatska.

Mein Mann sammelt Briefmarken – nur Männer können sich mit so etwas beschäftigen! – und da Briefe rar geworden sind, war er entzückt. Sofort sprudelte philatelistisches Wissen aus ihm: Als 1919 die Stadt unter italienische Verwaltung gekommen war, wurde der kroatische Teil des zweisprachigen Stempels, den die Österreicher eingeführt hatten, entfernt. Sie wurde von den Stempeln abgekratzt, *scalpellata*. Nur der italienische Name Zara blieb übrig, während das kroatische Zadar verschwand.

Posta Zara, das klingt wie Pasta Zara. Zara-Nudeln oder Brioni-Anzüge – in den Namen der italienischen Manufakturen sind die Überreste eines Imperiums verewigt worden, das sich von den Apenninen über die schmalste Stelle des Mittelmeers in Richtung Osten erstreckte.

Ich drehte und wendete den Brief, anstatt ihn zu öffnen, während mein Mann mit begehrlichem Blick auf die Briefmarke starrte.

Schon lange heißt die Stadt wieder Zadar. Heute ist die italienische Gemeinschaft in diesen Gebieten »scalpellata.« Die kroatischen Partisanen hatten nach der Befreiung meiner Geburtsstadt Split einen Brunnen in die Luft gesprengt, der von italienischer Hand erbaut worden war, und zeigten auf diese Weise, dass mit ihnen nicht zu spaßen war.

Ab und zu versammeln sich die italienischen *esuli*, um gegen ihre Vertreibung zu protestieren. Sie, die Italiener, seien 1945 ohne Grund aus ihrer Heimat vertrieben worden, so als könnte man Istrien und Dalmatien diesen slawischen Barbaren überlassen und als sähe nicht jeder sofort, dass es sich um italienische Gebiete handele, es genüge doch, den Duft der Kräuteröle einzuatmen, die Oliven zu kosten, das Meer rauschen zu hören und die lateinischen Inschriften auf den Gräbern zu lesen, um zu erkennen: *Hic Italia est*. Doch taub sind die Ohren der Gerechtigkeit.

Auch der Maraschino, ein süßlicher Likör, wurde zunächst nur von den Italienern aus Zara produziert, während die kroatischen Bauern die Maraska-Kirschen züchteten und für wenig Geld an die Fabrik lieferten. Die Bauern produzierten *loza*, füllten Flaschen mit Zucker und Kirschen und ließen sie in der Sonne stehen, bis sie zur *višnjevača* vergoren waren, einem Schnaps in der Farbe getrockneten Blutes. Heute beanspruchen die Kroaten den Maraschino für sich.

Ein Brief aus Zadar, ich kenne niemanden in dieser Stadt, obwohl die Geschichte meiner Mutter mich mit ihr verbindet. Sie ließ dort einst beim Fotografen in der Calle Larga, der Breiten Straße, ein Passfoto machen. Der Fotograf war von ihrer Schönheit – ein Wort, das sie nie verwendet, um nicht eitel zu wirken – so angetan, dass er das vergrößerte Foto in seinem Schaufenster aufstellte. In der Dämmerung, wenn auf dem Corso das Flanieren einsetzte, jenes Auf und Ab auf dieser sich hinziehenden Straße, Frauen auf der einen, Männer auf der anderen Seite, konnten alle das schwarz-weiße Porträt meiner Mutter bewundern, auf dem der Fotograf die Lippen kräftig und die Wangen leicht rot koloriert hatte.

Der Briefkopf trug ein Logo, in das der Schriftzug »Rechtsanwälte und Notare Dalbello, Gracin, Marković und Matić« eingearbeitet war, schwarz und silbern. Herr Marković schrieb, dass meine vor achtzehn Jahren verstorbene Großmutter Oliva mich als Erbin eines Olivenhaines benannt habe, wobei die Rechtmäßigkeit erst noch festzustellen sei, da die Parzelle, auf der sich der Olivenhain befinde, zwar in der Vergangenheit mit amtlichen Kennziffern versehen, aber bis dato noch nicht in die Grundbücher des neuen Staates eingetragen worden sei. Wenn ich mich unter Angabe meiner Identifikationsnummer bei ihm melde, wolle er mich über das Prozedere aufklären. Man werde nicht ohne ein Gerichtsverfahren auskommen, in dessen Verlauf ich alle Personen, die in die Akte zu diesem Grundstück eingetragen worden seien, aus den Büchern werde streichen lassen müssen. Bei den Verstorbenen würde ich den Nachweis über deren Ableben beizubringen haben und bei den noch Lebenden eine Erklärung, dass sie von ihrem Anspruch auf diesen Besitz Abstand nähmen, andernfalls würde ich sie verklagen müssen, was der einzige Weg sei, alle Namen aus dem Grundbuch streichen zu können.

Er schrieb weiter, dass es drei für hiesige Verhältnisse recht ungewöhnliche Urkunden zu drei Grundstücken meiner Familie gäbe, diese aber aus zwei zerfallenen Staaten, Österreich-Ungarn und dem Königreich der Serben, Slowenen und Kroaten, stammten, was sie unter Umständen vor einem Gericht anfechtbar machen würde. Eine dieser Urkunden beziehe sich auf den Olivenhain, den ich mit etwas Geduld eines Tages mein Eigen nennen könnte.

Bei dem Gedanken daran, wie viele meiner Ahnen, Cousinen, Schwager, Onkel, Tanten und Urgroßmütter in dem Grundbucheintrag auftauchen können, wurde mir nur deshalb nicht schwindelig, weil ich mich noch während des Lesens entschloss, diesen Brief zu ignorieren. Die letzte Ordnung, die es in den Grundbüchern des Landes gab, hatte die österreichisch-ungarische Monarchie vor 1914 eingeführt – und das war schon sehr lange her.

Eine Identifikationsnummer hatte ich nicht, und von Oliven verstand ich nichts, und da ich ab und zu in der einen oder anderen heiteren Runde den Erzählungen gelauscht habe, in denen es um den Kampf mit Grundbuchdokumenten, Katasternummern und ähnlichen Dingen ging, die man sich in Kroatien gern lachend bei einem Glas Wein erzählt und bei denen alle Beteiligten wetteifern, wer die absurdere Geschichte vorzutragen hat, wusste ich sofort, dass ich mir all das nicht antun wollte.

Doch der Gedanke ließ mich nicht los, dass meine Großmutter ausgerechnet mir diesen Hain vermacht hatte, auf dem laut Brief von Herrn Marković stolze zweihundert Olivenbäume – »vernachlässigt, aber in gutem Zustand« – standen, die zwar »zur Zeit keine üppige Ernte tragen, da Olivenbäume wenig Pflege, aber dennoch etwas Mühe fordern, doch bei fachgerechter Handhabung durchaus im Stande sind, Hunderte Liter Öl zu erbringen.«

Der Geschmack von Olivenöl drang in meine Erinnerung. Ich wusste, dass der Briefschreiber nicht jene blassgelben, dünnflüssigen, jungfräulichen Öle in eleganten italienischen Fläschchen meinte, sondern die leuchtend grünen, zähflüssigen, leicht bitteren Öle, die mich in Deutschland in Fanta- oder Cola-Plastikflaschen erreichen, mein Vater schickt sie mir, sobald sich eine Gelegenheit ergibt, er kauft sie bei den Marktfrauen in Šibenik oder Split, ich fülle sie dann in dunkelgrüne Mineralwasserflaschen um.

Mein Vater hat schon manche Güter über die EU-Grenzen geschmuggelt: Einen Oktopus etwa, der am frühen Morgen in Dalmatien aus dem Eis genommen wurde und am nächsten Tag gerade rechtzeitig aufgetaut in Westfalen eintraf, denn einen Oktopus muss man nach dem Fang entweder lange genug gegen die Hafenmauer schlagen oder – seit dem Beginn des technischen Zeitalters – einfrieren, um ihn so hinreichend weich für einen Oktopussalat zu bekommen. Auch ein geräuchertes Schinkenbein, an dem nur noch sehr wenig Fleisch saß, und dazu ein Säckchen Wachtelbohnen, woraus mein Vater – kaum aus dem Auto gestiegen – eine *pašta-fažol* ansetzte, eine Bohnen-Nudel-Suppe, ursprünglich unter dem italienischen Namen *pasta e fagioli* bekannt, eine Tatsache, über die sich mein Vater nur entrüstet hätte, sodass ich ihn nie darauf aufmerksam gemacht habe. Dieses Gericht gelingt nur, wenn man als Grundlage ein solches Schinkenbein aus der Region Drniš zur Verfügung hat. Da es nicht mehr beliebig viele Schinken aus Drniš gibt, vor allem nicht, seitdem Ratko Mladić für gewisse Dienste ausgerechnet in dieser Gegend seinen Generalsgrad verliehen bekam, bevor er dann weiter nach Bosnien und Herzegowina zog, brachte mir mein Vater dieses Mal keinen ganzen Schinken, sondern nur den Knochen mit.

Als ich in Italien studierte, ließ er einmal eine Portion gekochten Mangolds mit Kartoffelwürfeln, mit Olivenöl und einem Hauch schwarzem Pfeffer abgeschmeckt, auf einer Fähre nach Ancona und dann weiter mit dem Zug nach Rom transportieren. Als mich diese Mahlzeit an einem Aprilabend in meinem römischen Zimmer erreicht hatte, erzählte mir die Überbringerin dieses Geschenks, dass mein Vater auf ihren Einwand, in Rom gebe es nun wirklich auch Mangold und Olivenöl, von Kartoffeln ganz zu schweigen, trocken geantwortet habe: »Aber doch nicht solche.«

Er transportierte geräucherte Würste aus Vrlika, frische runde Käselaibe, die mich an Mozzarella erinnerten, was er aber mit einer wegwerfenden Geste zurückwies und behauptete, Mozzarella schmecke wie Seife, er schickte Mandeln, Walnüsse, Birnen, Anchovis, milchgesäuerte Kohlköpfe, ohne die man keine *sarma* kochen kann, ein Gericht, das seinen Ursprung eindeutig in der türkischen *dolma* hat – aber was ist schon der fremde Ursprung im Vergleich mit unserer einheimischen Verfeinerung!

Als die Nachricht vom Rinderwahn in Europa auch meine Geburtsstadt erreicht hatte, rief mein Vater mich an und fragte besorgt, ob ich glaube, dass ein Pilot, der von Split nach Düsseldorf fliege, bereit sei – für etwas Entgelt natürlich und wenn er, ein alter Mann, ganz höflich bitte –, einige dünn geschnittene Schnitzel mit nach Deutschland zu nehmen? Sein Bruder habe gerade ein Kälbchen geschlachtet, und da ich in Europa auf Dauer sowieso entweder vergiftet, wahnsinnig oder anämisch werden würde, könnten mich diese Schnitzelchen von einem gesunden Kälbchen zumindest vorläufig retten. Sollte der Pilot nichts dagegen haben, werde er ihm einmal in der Woche kleinere Fleischportionen in geeigneter Verpackung zum Flughafen bringen, freilich, gute Kälbchen seien rar, so mein Vater, aber er werde schon immer wieder etwas finden können, ob Schwein, Rind oder Lamm, es werde immer von bester Qualität sein, auch vernünftige Hühner könne er auftreiben und natürlich die frischen Eier dazu, für den Piloten würde er ebenfalls gerne jeweils ein Päckchen zusammenstellen, er beabsichtige selbstverständlich das Entgegenkommen des Piloten mit eigenem Entgegenkommen zu vergelten. Ich müsse dann nur die 120 km zum Flughafen fahren und dort seine Sendungen in Empfang nehmen.

Zum Glück konnte ich ihm diese Idee ausreden, indem ich unter großem Bedauern meinen Zweifel an der Flexibilität heutiger kroatischer Piloten äußerte, die einem ganz anderen Menschenschlag angehören würden als die guten alten Jugo-Busfahrer, die tagelang Gastarbeiter hin und her transportieren.

Nicht selten wanderten seine Sendungen in den Müll. Die geräucherten Rippchen verbreiteten einen unangenehmen Geruch, aus dem Mehl stiegen Motten auf, aus schlecht verschlossenen Behältern tröpfelte es und stank nach Fisch, die Miesmuscheln zeigten dunkle Verfärbungen in ihrem erschlafften gelben Fleisch, dem hausgemachten Wein schmeckte man jeden Hitzestau und alle Erschütterungen an, denen er im Kofferraum ausgesetzt war. Nur den Schnäpsen und Ölen konnte der Transport nichts anhaben.

Jetzt eröffnete sich für mich die Perspektive einer eigenen Ölproduktion!

Ich versuchte dagegen anzukämpfen, aber es nutzte nichts: Den ganzen Nachmittag stellte ich mir immer wieder vor, wie ich meine Zelte in Deutschland abbrechen und ab sofort nur noch in der Sonne leben würde. Ich sah mich im Januar Mandarinen pflücken, sah mich im Februar die Mandelblüte bewundern, im Sommer die langen dunklen Früchte des Johannisbrotbaums knabbern, während mich eine Duftwolke von Lavendel und Rosmarin umgeben würde. Ich sah mich im Herbst am Ende einer vom Regen glänzenden Gasse zwischen den Renaissancepalästen stehen und einer energischen Nonne zusehen, die mit flatterndem schwarzen Kleid um eine Ecke verschwindet – ein Bild, das mich seit meiner Kindheit begleitete.

»Eigene Oliven«, sagte mein Mann nachdenklich. »Du wärest verrückt, den Kampf von vornherein aufzugeben. Dieser Rechtsanwalt bietet sich an, die Dinge für dich zu klären, du müsstest nicht viel tun.«

Sah er sich schon als Gutsverwalter, der seine Olivenbäume

zu Pferd besichtigt und für sein eigenes *extra vergine* fantasievolle Etiketten entwirft?

»Nur meine halbe Familie verklagen und eine ganze Reihe von toten Verwandten endgültig begraben, die in den Grundbüchern noch als lebend geführt werden. Und um mich über dieses Erbe zu informieren, haben meine Mutter und meine Tanten gerade mal schlappe achtzehn Jahre gebraucht.«

»Es wäre die perfekte Gelegenheit, auch die anderen offenen Besitzfragen in der Familie zu klären«, setzte mein Mann unbeirrt fort. »Deine Mutter und ihre Schwestern werden von lokalen Bonzen an der Nase herumgeführt, und zusätzlich werden alle drei und auch ihre Cousine Bianka vom Staat betrogen.«

Ich seufzte laut und wollte in meinen deutschen Alltag zurückkehren.

»Der Tourismus ist im Kommen, der Wert wächst, ihr dürft das nicht einfach kampflos irgendwelchen Profiteuren überlassen«, sagte mein Mann vorsichtig.

»Ich habe nur einen Brief, in dem etwas von einem verwahrlosten Olivenhain steht. Der Hain liegt auf einem Berg, ist also kein Baugrundstück. Und außerdem – in dieser Familie haben ständig alle um irgendetwas gekämpft, die Ergebnisse waren gewöhnlich nicht sehr erfreulich.«

»Kroatien will in die EU aufgenommen werden, und dafür müssen solche Fragen geregelt werden«, mein pragmatisch denkender Ehemann mit seinem unerschütterlichen bundesrepublikanischen Glauben an die Gerechtigkeit der europäischen Institutionen gab nicht auf. »Die EU basiert auf Privateigentum, das muss auch für Kroatien gelten.«

Ich spürte, wie meine Resignation wuchs: »Wahrscheinlich zerfällt diese Union just in dem Moment, in dem Kroatien ihr beitritt.«

»Ich jedenfalls würde mich freuen, wenn wir unser eigenes Olivenöl hätten«, sagte er kämpferisch.

Offenbar gefiel meinem Mann diese Vorstellung. Einmal in Gang gesetzt, sind solche Träume nicht mehr leicht aufzuhalten.

**Oliva liegt auf einer schmalen Ottomane und kühlt** ihr Gesicht mit einem Fächer. Auf den gelben Plastiklamellen, die vornehm schimmern, als wären sie aus Elfenbein, sind schwarz lackierte Gondeln und jene bunten Bänder eingraviert, die an den Hüten der Gondolieri hängen. Oliva war nie in Venedig, nicht sie hat dieses praktische und bei Hitze wohltuende Souvenir mitgebracht, sondern ihre Enkelin Alida. Als die Kleine geboren wurde, hatte Oliva einen ganz anderen Namen vorgeschlagen, aber ihre Tochter Flora, die einen Hang zum Mondänen hatte, obwohl sie mit ihrem Mann in einem Zimmer ohne fließendes Wasser wohnte (das Wasser holte man vom Hof, die Toilette war auch auf dem Hof in einem Holzhäuschen untergebracht), erklärte ihr, dass eine selbst in Amerika bekannte Schauspielerin, die schön wie Schneewittchen und Italienerin aus Istrien sei, Alida heiße. Keine *esula*, sondern eine von denen, die schon zu den Zeiten, in denen Istrien noch zu Italien gehörte, nach Rom gegangen waren. Oliva weiß nicht, was eine *esula* ist, aber sie kann es sich vorstellen. Wie auch immer, ihre Tochter hatte so sehr von der angeblich bereits erkennbaren Schönheit der Kleinen geschwärmt, dass Oliva nicht den Mut aufgebracht hatte, auf das leicht schielende rechte Auge des Babys hinzuweisen. Und sie fand Gefallen an diesem Klang: Alida. Mit einem schönem A am Anfang. Am Anfang ihres eigenen Namens steht leider ein O als schlechtes Omen, rund wie ein Ei, und so fühlt sie sich heute auch, ach, warum soll man das Ei bemühen, rund wie eine Olive, denkt sie und lächelt vor sich hin, nur dass mein Inneres kein harter Kern ist, wie schade.

# Vodice, 2008

Ich komme nicht gerne nach Vodice. Das Haus meiner Großeltern ist heute das zerfallende Erbe dreier Schwestern, die sich nicht einigen können, was sie damit anstellen sollen. Meine Mutter Flora und ihre jüngere Schwester Viola würden dort gerne ein Hotel eröffnen, was ihre mittlere Schwester Mirta verärgert und mich und meinen Bruder wehmütig macht, weil wir die dunklen Balken der Zimmerdecken, die Dachterrasse, über die in der Dämmerung die Schwalben fliegen, und die Pergola mit den Kardinaltrauben im Hof vermissen werden.

Meine Mutter redet immer wieder auf ihre Schwester Mirta ein, doch Mirta bleibt allen finanziellen Verlockungen zum Trotz hart wie ein Fels in der Brandung. »Das Haus ist eine Erinnerung an unsere Eltern!«, sagt sie, entsetzt von der Respektlosigkeit der älteren Schwester. »Von Erinnerungen kann man nicht leben!«, schnaubt Flora, und am Ende mischt sich ihre Cousine Bianka ein: »Nun nehmt euch doch zusammen, Mädchen, ihr findet schon eine Lösung, wenn die Zeit dafür reif ist.«

Tante Bianka setzt immer auf die Zeit. Dass sie ihre Cousinen, die beide über siebzig sind, immer noch Mädchen nennt, passt dazu.

Flora und Viola sagen, dass Häuser vor uns da waren und nach uns da sein werden, und deshalb sollte man nüchtern handeln. Mirta weiß das auch, deshalb sieht sie nicht ein, dass man in Bezug auf das Haus irgendetwas ändern sollte. Und die Zeit schreitet unermüdlich fort, ganz im Sinne von Tante Biankas Weisheit.

Der Verfall des Gebäudes geht indessen munter weiter, so wie sich das Dornengestrüpp auf den Olivenhainen und in den Gärten der Familie verbreitet, die an den Hängen des nahe gelegenen Berges Okit liegen. Bald wird der Niedergang mit seinen verheißungsvollen Spuren alles bedecken: die Steinplatten im Hinterhof, die modernden Weinfässer im Keller, die einst grünen Fensterläden, die vom grauen Schleier abblätternder Farbe überzogen sind, die Ziegelkuppen auf dem Dach, die rostig schimmern und an verblasste Blutflecken erinnern. Als hätte dort oben auf dem Dach dieses Steinhauses, unter der Sonne Dalmatiens ein Mord stattgefunden.

Das Haus betritt man durch eine Holztür. Ein kühler Korridor führt an den grün gestrichenen Türen der *konoba* vorbei. Hier konnte man früher in die Duftwolke des Öls und des eingekellerten Weins eintauchen, um einige der auf weißen Tüchern ausgebreiteten Mandeln und Feigen zu stibitzen und sie dann auf dem Weg zum Strand zu naschen, damals, als wir – fünf Enkelinnen und ein Enkel – unsere Sommerferien bei den Großeltern verbrachten.

Wir liefen den ganzen Tag barfuß herum, und am Abend stellte uns Viola im Hof in eine Reihe und spritzte uns mit einem Gartenschlauch ab, wir durften nicht kreischen, wir mussten es schweigend und Grimassen schneidend über uns ergehen lassen, um dann erfrischt in das Wohnzimmer zu gehen, wo auf dem Boden Matratzen für alle Kinder ausgelegt waren.

Heute stapeln sich hier staubige Kartons mit nicht verkauften chinesischen Sandalen und T-Shirts, eingeschweißt in dünne Folie, da einer von Violas Schwiegersöhnen den Raum an Marktverkäufer vermietet hat, die die Billigware wohl an Touristen verscherbeln sollten, Menschen, die in dem Glauben hierher kommen, dass sie in diesem Winkel Europas die gleichen unbequemen Schuhe und die gleichen fantasielos beschrifteten T-Shirts finden können wie zu Hause, nur eben noch günstiger. Die Rechnung ging nicht auf, und jetzt lagert dieser Krempel, dieses Sediment der globalen Marktwirtschaft, die auch die letzten ehemals sozialistischen Orte erobert hat, hier im Weinkeller, an der Stelle, wo sich einst die Flaschen mit Kirschschnaps im Holzregal aneinanderreihten. Die Marktverkäufer haben sich inzwischen umorientiert und versuchen nun, den Touristen Öldrucke mit Schiffen im Sturm sowie rote Ketten aus falschen Korallen anzudrehen.

Der Verfall ist wie der feuchte Sand, der in alle Körperöffnungen dringt und der noch Wochen nach den Sommerferien zwischen den Blättern der Bücher, die man am Strand gelesen hat, zu finden ist.

Der Korridor endet mit einer zweiten Holztür, die keine Klinke hat, sondern einen Riegel, an dessen beiden Enden eine Schnur aus Leder befestigt ist, an der man zieht, um den Riegel aus seiner Fassung zu heben. Dann kann man die Schnur zu sich ziehen und damit die Tür öffnen. Dabei lässt der Riegel ein freundliches Klapp! hören. Jenseits dieser Tür geht der Gang weiter, an der rechten Seite befindet sich eine Waschküche. Erst wenn man sie passiert hat, kommt man in den Innenhof, von dem eine Steintreppe nach oben zu einer hübschen Terrasse und von dort aus zum eigentlichen Wohnbereich führt.

Im Innenhof wachsen Rosen, die einst Großmutters ganzer Stolz waren. Immer wenn sie zum Grab ihrer Eltern auf dem nahe gelegenen Friedhof geht, schneidet meine Mutter eines dieser prachtvollen Exemplare ab, die wie das Innere eines bulgarischen Souvenirshops nach Rosenöl riechen. Die Rose steckt sie dann in die kleine Marmorvase auf dem Grab, von dem Viola den kommunistischen roten Stern entfernt hat, aber die fünf Bohrlöcher in dem weißen Stein erinnern verräterisch an ihren verstorbenen Vater.

Nun war ich doch nach Vodice gekommen, mit einem Brief aus Zadar in der Tasche. Die Großmutter hatte alle Enkelinnen in ihrem Testament mit jeweils einem Geschenk bedacht. Darunter waren ein bescheidenes Sparbuch, ein Paar Ohrringe und eine Kette, alles aus Gold und verziert mit Perlen und Granatsteinen, zwei kleine Kirschgärten und ein handtuchgroßes Grundstück direkt am Strand. Meinem Bruder, dem einzigen Enkel, hatte sie den alten Fischkutter hinterlassen, mit dem ein Pächter derzeit Touristen zu den Kornateninseln und abends von dort zurück brachte, benommen von der Sonne, den Sardellen, dem billigen Wein und dem Wind.

Als ich Viola sagte, dass ich der Genealogie der Familie und ihrer Besitztümer auf der Spur sei, hakte sie sich bei mir ein und meinte vergnügt: »Ich werde dir alles erzählen, genau so, wie es war, und du sollst das aufschreiben. Mach ein Buch daraus! Aber du musst die Geschichte etwas schönen, du kannst uns schließlich nicht so darstellen, wie wir wirklich sind. Besonders musst du meinen Vater verändern.«

Ich verstand sie nicht. Großvater war für mich immer ein Held gewesen.

»Erstens«, erklärte sie mir, »wenn er nicht so blöd gewesen wäre, dann wären wir heute reich! Nachdem er in den Fünfzigern fast alles der Gemeinde und dem Staat geschenkt hatte, nahm man ihm in den Siebzigern das einzige verbliebene, größte und wertvollste Grundstück weg, nach dem Motto, dem Genossen Šimun wird das wohl am wenigsten wehtun.«

»Warum haben sie es getan? Was steckte dahinter?«, fragte ich und bereute es sofort, denn eigentlich hatte ich mir vor meiner Abreise aus Deutschland versprochen, mich nur um meinen Olivenhain zu kümmern.

»Die Partei hat entschieden, dass der Ort ein Riesenhotel braucht, und da niemand von den Bonzen eigene Grundstücke opfern wollte, sagten sie sich, Šimun sei so mit dem Herzen dabei, ihn würde es am wenigsten treffen, wenn sein Grundstück dafür herhalten müsse.« Sie nahm ihrem Vater übel, dass er mit seiner Begeisterung für die kommunistische Idee gezeigt hätte, wie wenig er an seine Familie dachte. »Der Kommunismus hatte sein Gehirn ausgetrocknet.«

Ich stellte mir Großvater vor wie Don Quijote, auch ihm hatte das Lesen von Ritterromanen das Gehirn ausgetrocknet:

*Schließlich versenkte er sich so tief in seine Bücher, daß ihm die Nächte vom Zwielicht bis zum Zwielicht und die Tage von der Dämmerung bis zur Dämmerung über dem Lesen hingingen; und so, vom wenigen Schlafen und vom vielen Lesen, trocknete ihm das Hirn so aus, daß er zuletzt den Verstand verlor.*

Die kommunistischen Broschüren waren so viel langweiliger als die Ritterbücher, aber sie waren von den gleichen Ideen der Gerechtigkeit beflügelt. Tante Viola hielt wenig von diesen Ideen, die ihr Vater nach der Rückkehr aus dem Krieg zu predigen pflegte, bevor er sich jeden Abend auf den Weg zu seiner Liebhaberin machte. Es war das erste Mal, dass ich etwas von einer Liebhaberin hörte!

»Mama hat mir davon nichts erzählt«, bemerkte ich bemüht gleichgültig. Es war typisch für meine Mutter, dass sie von unangenehmen Dingen weder etwas erzählen noch hören wollte.

Wir gingen an den Fischerbooten im Hafen vorbei, und ich erinnerte mich daran, wie ich mit meinem Großvater in der Abenddämmerung aufs Meer gefahren war, um Tintenfische zu fangen. Die Tintenfische taten mir leid, obwohl ich stolz war, wenn ich endlich den ersten nach oben gezogen hatte – Großvater assistierte mir dabei und lachte viel, er lachte immer viel, genauso wie seine jüngste Tochter Viola.

»Du kannst dich doch sicher auch daran erinnern«, fragte Viola, »wie er gegen den Nationalismus wetterte und die Einheit Jugoslawiens beschwor?«

»Damals hielt ich ihn für fortschrittlich«, gab ich kleinlaut zu.

Nun sah ich ja, was daraus geworden war. Er hatte fortdauernd die Brüderlichkeit und Einheit der jugoslawischen Völker beschworen. Diese wunderbare Brüderlichkeit und Einheit sei etwas ganz Besonderes, so predigte er. Das Land der Selbstverwaltung! Das Land, das sich aus eigenen Kräften von den Faschisten befreit habe! Das Land, das die blockfreien Staaten anführe! Weder Westen noch Osten! Weder Orient noch Okzident! (Weder Fisch noch Fleisch, würde Viola dazu sagen.)

»Und wegen dieser Besonderheiten wurde die ganze Welt zum Feind erklärt«, meinte Viola. »Und all die Gedichte, die man in den Schulen lernte: *Jugoslavija*, du stolzes Mädchen mit blauen Augen wie das Meer und blondem Haar wie Getreide – so ein Quatsch.« Sie schüttelte sich.

Sie redete so, wie mein Vater früher geflüstert hatte – über so etwas durfte man nur flüstern. Ich hatte damals Satzfetzen aufgeschnappt, eher über die Haut aufgenommen, geahnt, dass etwas nicht stimmte.

Die glückliche Zukunft, die sich uns allen in einem derartig phantastischen Land eröffnete, malte mein Großvater in den schönsten Farben. Wer sollte den Sieg der Tito-Partisanen im Krieg aller Kriege nicht bewundern wollen? Die Befreiung! Und die Revolution! Mein Bruder Duje und ich zweifelten nie daran, dass unser Großvater Šimun zu den Guten gehörte, und unser rückständiger Vater Ivan ging uns auf die Nerven mit seiner Flüsterei und den plötzlichen Themenwechseln, die er vollzog, wenn wir in die Küche kamen, in der er schon wieder irgendwelche Hühnerlebern *dolce-garbo* brutzelte.

»Nichts als hirnlose Parolen«, brummte Viola, immer noch bei mir eingehakt.

Einzig Šimuns kulinarische Fertigkeiten erkannte sie an – niemand konnte gefüllte Tintenfische backen wie er, sagte sie. Auch all ihre Versuche, es ihm gleichzutun und Reis mit Olivenöl und Petersilie im Ofen zu backen, waren fehlgeschlagen, er hatte einfach ein Händchen dafür gehabt, bei ihr schmeckte es nie so wie bei ihm.

Er breitete den Reis in einem flachen Backblech aus, begoss ihn mit Öl und heißem gesalzenen Wasser (»Hat er vielleicht Meerwasser verwendet?«, fragte ich), und dann wendete er die Reiskörner immer wieder, geduldig wie es nur ein Fischer oder ein Soldat sein kann, gewohnt daran, stundenlang zu warten. Mit etwas Wehmut überlegte ich, dass mein Vater diese Geduld nie aufgebracht hat und dass deshalb bei seinen Köstlichkeiten immer irgendetwas nicht stimmte.

»Als wir nach seinem Tod das eine oder andere Rezept nachzukochen versuchten, mussten wir feststellen, dass etwas fehlte«, sagte Viola, »vielleicht hast du recht, vielleicht kochte er wirklich mit Meerwasser. Vielleicht hat er auch Weißwein benutzt.«

Sie blieb stehen und wies auf eine weiße Bank. Vor uns lag die Uferpromenade, die ohne Touristen viel schöner war, als ich sie in Erinnerung hatte. Wir setzten uns auf die Bank und Viola fragte: »Kennst du das Rezept für Steinsuppe? Als wir im Krieg nichts zu essen hatten, kochten wir sie. Man holt einen Stein aus dem

Meer, der mit Moos und Meeresgras bewachsen ist, in das sich Krabben verkrochen haben, außerdem muss der Stein überzogen sein von kleinen Muscheln, man gießt Wasser darüber, und wenn man Weißwein hat, gibt man zwei Gläser dazu, dann kocht man ihn so lange, bis alles abgefallen ist, den Stein schmeißt man fort und gibt noch einige Tropfen Olivenöl zur Suppe – sie schmeckt vorzüglich.«

In seiner Loyalität zur Partei war Großvater unerbittlich. Seine Mitstreiter und vor allem Mitstreiterinnen, für die er während der langen Sitzungen nach dem Krieg die letzten Vorräte auf den Tisch brachte, wurden von den Frauen des Hauses – von Oliva, Bianka, Flora, Mirta und Viola – allenfalls skeptisch geduldet, da sie selbst hungrig ins Bett gehen mussten. Sie konnten lange nicht einschlafen, das immer lautere Lachen aus der Küche hielt sie wach. Nur meine Urgroßmutter Paulina, die auch bei ihnen wohnte, sagte: »Deine Freunde bringen dir etwas und nehmen etwas fort. Wehe dem Haus, in das niemand einkehrt.« Paulina schlief auf der oberen Etage mit den Mädchen zusammen, und Oliva wartete vergeblich im Ehebett auf ihren Mann, der am Ende solcher Sitzungen die Genossinnen nach Hause begleitete.

Das alles, meinte Viola, müsse in meinem Buch geschönt werden, denn die schmutzige Wäsche wollen wir unter uns waschen, rief sie und kicherte mit ihrem Gesicht voller feiner Falten, die die Sonne schon früh in ihrer Jugend hinterlassen hatte.

»Tante Viola«, sagte ich, »was denkst du, sollte ich eine solche Geschichte auf Deutsch schreiben?«

Bei Friedrich Schiller stehlen blutrünstige Kroaten Halsbänder. Immerhin zeigen sie ein Gespür für Schönheit – ein »Kroat« bewundert Perlen und Granat, wie sie in der Sonne flinkern. Bei Günter Grass plündern sie alles Essbare, was sie in den Gaststätten um Telgte herum finden. Bei Thomas Mann laufen sie in Lumpen herum und geben komische Laute von sich, oder sie sind durch einen Ganoven vertreten, der mit dem Hochstapler Felix Krull Geschäfte macht.

»So eine Unverschämtheit!«, rief Viola, als ich ihr das erzählte. »Haben wir diese Deutschen überfallen oder sie uns? Mussten sie unseretwegen als kleine Kinder nach Afrika flüchten oder ich ihretwegen? Und sie schämen sich nicht, im Sommer in aller Seelenruhe bei uns zu baden! Pfui!«, ärgerte sie sich, obwohl ich ihr versicherte, dass die Touristen diese Stellen in den Büchern der besagten Autoren sicher nicht kennen würden.

»Ich habe dir das erzählt, damit du verstehst, dass es mir schwerfallen würde, unsere Familiengeschichte jemandem in deutscher Sprache zu erzählen. Aber auch das Kroatische wird mir immer fremder, ich versuche, auf zwei Stühlen zu sitzen, Urgroßmutter Paulina würde das sicher nicht gefallen.«

Als sich mein Großvater über das konfiszierte Grundstück, auf dem später das Hotel »International« gebaut wurde, aufregte – denn sogar ihm ging das zu weit –, sagte Paulina trocken: »Du kannst nicht auf zwei Stühlen sitzen.« Dabei war Paulina inzwischen den Kommunisten gegenüber viel skeptischer als Šimun. Aber sie mochte keine Unstimmigkeiten, Wankelmütigkeiten, Unklarheiten. Entweder war er Kommunist, wie er immer behauptete, und dann sollte er nicht jammern, wenn seine eigenen Ideen an seinem Besitz verwirklicht wurden, oder er war doch nicht so überzeugt davon, dann sollte er sich seine Sprüche und Parolen sparen!

Der Architekt des Hotels »International« hatte alle Register der Moderne gezogen, es gab viel Glas, viel Metall, viel Beton. Das Ensemble aus sieben Gebäuden, einem Park, einigen Schwimmbädern und einem riesigen Wintergarten sah nicht einmal schlecht aus. Als der Sozialismus und der jugoslawische Staat zusammengebrochen waren, wurden Versprechungen gemacht. Alle enteigneten Immobilien sollten den Besitzern zurückgegeben werden. Viola, Mirta und Flora freuten sich, doch das Hotel fiel in die Hände eines neu gegründeten Privatisierungsfonds, der es für ein paar Euro an einen Immobilienhai verkaufte, der das kroatische Herz an der richtigen Stelle hatte. Dieser verklagte meine Familie, um sie für immer aus den Grundbüchern streichen zu lassen, meine Tante Viola reichte Gegenklage ein, und der Fall zog sich jahrelang hin.

»Hm, ich verstehe«, sagte Viola. »Hast du das Gefühl, dass du weder dorthin noch hierher gehörst?« Tante Viola war die offenste und direkteste von den drei Schwestern und in diesem Moment tat es mir leid, dass nicht sie meine Mutter war. Meine Mutter hat mich nie gefragt, ob ich durch das lange Leben in der Fremde in einen Zwischenraum geraten bin, in dem man sprachlos wird. Ihr Lieblingsspruch war »nema problema« – »kein Problem«, und diesen benutzte sie immer, wenn sie irgendwo ein Problem witterte. »Aber dann ist meine Idee mit dem Buch über unsere Familie noch besser, als ich dachte! Vielleicht wirst du so einen Weg zurück finden!«

»Oder für immer fort bleiben«, sagte ich und wir lachten beide, als wäre das ein sehr guter Witz.

Einst hing gegenüber dem Haupteingang des großelterlichen Hauses ein Bild von Marschall Tito in weißer Uniform, als handelte es sich um eine Schule oder um ein öffentliches Gebäude. Direkt darunter hing eine große Aufnahme von meinen Cousinen, den beiden Töchtern Mirtas, die bei ihrer Erstkommunion weiße Rüschenkleider tragen. Sie stehen im Garten ihres Hauses auf der Insel Hvar, die Hände fromm gefaltet, an ihren Handgelenken hängen zwei weiße, runde Stofftäschchen, ein Muss bei jeder Kommunionfeier. Der weiße Tito und die weißen Mädchen passten zwar ideologisch nicht zusammen, aber niemand traute sich, das Foto zu entfernen, das Tante Mirta, die für ihre melodramatischen Anfälle bekannt war, dort aufgehängt hatte. Durch ihre Hochzeit mit einem Maurer von der Insel Hvar hatte Tante Mirta die dünne Schicht der kommunistischen Orientierung abgeworfen, die in ihrer Heimatstadt Vodice nach dem Zweiten Weltkrieg die lange christliche Tradition abgelöst hatte – ihr eigener Vater, ihr Onkel und ihre Großmutter hatten tatkräftig daran mitgewirkt. Und ihre Ursprungsfamilie liebte Mirta am meisten, vielleicht mehr noch als ihren frommen Maurer, obwohl sie das nie zugegeben hätte. Mirta war anhänglich, das mittlere Kind, das glaubte, nie genug Liebe abbekommen zu haben.

»Mirta«, sagte Viola, »war die Schönste von uns allen, entschuldige, wenn ich das sage, aber sie war auch schöner als ihr alle.«

Viola liebte es, durch ihre Direktheit zu überraschen, und um zu zeigen, dass sie es nicht böse meinte, lachte sie.

»Aber sie hat nur Augen für ihren Mann, stell dir vor, bis heute. Ich frage mich, ob das wirklich Liebe ist oder ob sie uns allen trotzt.«

Der Maurer stammte aus einem Ort, wo die alten Traditionen jede Neuerung überdauerten, und die frisch vermählte Mirta mochte Gottesdienste sowieso lieber als Parteisitzungen, weiße Lilien lieber als rote Nelken, Choräle lieber als Arbeiter- und Kampflieder. Aber da sie aus diesem Grund – und auch wegen der Entfernung der Insel, die im Winter manchmal wochenlang vom Festland abgeschnitten war – Angst um die Zuneigung ihrer Eltern und Schwestern hatte, überschüttete sie sie mit Fotos von ihrer neuen Familie. Wenn sie einmal im Jahr zu Besuch kam, prüfte sie immer sofort, ob auch alle Bilder noch dort hingen, wo sie sie aufgehängt hatte.

An den Zimmerwänden konnte man ihre Töchter unter dem Weihnachtsbaum sehen – als Konkurrenz zu Tito im Schnee, beim Jagen aufgenommen, zwei Fasanen an seinem breiten militärischen Gurt – und die weißen Blumenkränzchen in ihrem Haar stellten einen Kontrast zu der Partisanenmütze auf dem Kopf des verstorbenen Niko, Olivas Neffen, dar, der, kaum achtzehnjährig, im Kampf gegen die Deutschen umgekommen war.

»Für die Kommunisten waren alle, die nicht wie sie dachten, Staatsfeinde, aber als Tito sich von Stalin trennte, waren auch die zu Staatsfeinden geworden, die bis gestern größere Kommunisten als Tito selbst gewesen waren«, sagte Viola und rollte mit den Augen.

Sie fuchtelte mit ihren Armen, zog Grimassen, und auf ihrem Kopf erzitterte die schwarz getönte Haarpracht, während sie lachte.

»Schon erstaunlich, dass unser Vater Mirtas fromme Fotos hängen lassen hat! Er hatte eine Schwäche für sie, weil sie so weit entfernt wohnte. Eine Insel, die er mit seinem Fischerboot nicht erreichen konnte, war für unseren Vater genauso weit weg wie Amerika.«

Ich sah den Möwen zu, die in großen Bögen über dem Meer kreisten. Viola lachte schon wieder:

»Weißt du übrigens, was man damals gesungen hat? *Amerika i Engleska bit će zemlja proleterska.* Amerika und England werden zu Ländern des Proletariats. England hat man nur deshalb eingebaut, weil sich *Engleska* gut auf *proleterska* reimt.«

Nach dem Tod von Großmutter Oliva, mit der eine Ära zu Grabe getragen wurde, nahm Tante Mirta all ihre Fotos von den Wänden ab. Die Wände, grün, rosa, gelb oder blau gestrichen, waren mit goldenen Ornamenten geschmückt, die mein Großvater nach alter Sitte mit Holzwalzen gestaltete, deren Reliefs vergoldete Spuren stilisierter Rosen hinterließen; deswegen hatte das Haus für mich etwas von einem Schloss. Wenn es nach meiner Mutter ginge, würden dort bald Touristen wohnen und meine Tante Viola die Kasse an der Rezeption führen. Als ich genauer darüber nachdachte, musste ich ihr recht geben: Das wäre eine gute Entwicklung. Man sollte alle historischen Kapitel abschließen und sich der Zukunft zuwenden.

»Wenn Tante Viola den Touristen wenigstens die Rezepte meines Großvaters anbieten könnte«, sagte ich am Abend zu meinem Mann, als ich mit ihm telefonierte. »Ihre Schwiegersöhne werden Pizza und Lasagne aus der Mikrowelle servieren, so wie fast alle Restaurantbesitzer hier.«

»Siehst du«, sagte er aufmunternd, »es war gut, dass du hingefahren bist. Du kannst ihnen vielleicht nahelegen, dass man aus dem Haus ein wirklich nettes Hotel machen könnte! Ein persönlich geführtes, kleines Familienhotel mit Traditionsbewusstsein! Vielleicht hören sie ja auf dich.«

»Ich werde mich nur um meinen Olivenhain kümmern! Morgen nehme ich mir die Dokumente der Großeltern vor.«

Ich hatte die Papiere, die in einer Kiste in der Speisekammer lagen, untersucht. Da gab es viel Unsinn, Gebrauchsanweisungen für Kühlschränke und Handmixer, die nun als Sperrmüll in der *konoba* darbten, eine Postkarte aus Serbien, die ich noch vor dem letzten Krieg geschickt hatte, Rechnungen in jugoslawischen Dinar, Šimuns Boots- und Motorradführerscheine und ein Gruppenfoto mit Frauen in Schwarz, darunter meine Urgroßmutter Paulina, und hinter den Frauen, die um ihre gefallenen Männer, Söhne und Enkel trauern, zwei Riesenporträts von Stalin und Tito, geschmückt mit Blumengirlanden. Das Foto muss zwischen 1945 und 1948 aufgenommen worden sein, denn schon 1948 hatte Tito mit Stalin gebrochen. Josip Broz Tito und Jossif Wissarionowitsch Stalin. Zwei Josefs und viele Marias. Frauen in Schwarz als schmerzensreiche Mütter. Eine kollektive Pietà.

Mein Mann sagte, dass er sich dieses Bild gerne anschauen wolle. Er war höflich und irgendwie sehr fern.

»Leider habe ich noch keine Sterbeurkunde von Paulina gefunden, die ich brauchen werde, nichts über Niko, Benedikt und Laura, die wahrscheinlich in irgendwelchen Staatsarchiven als Opfer des Faschismus geführt werden, aber wer weiß, was aus diesen Archiven geworden ist. Dann habe ich noch Gerichtsakten zu dem enteigneten Grundstück gesichtet. Aber ich werde nur die Dokumente ordnen, die ich für meinen Hain brauche!«

Ich hoffte, dass ich deutlich genug war – vor allem mir selbst gegenüber. Dann legte ich vorsichtig auf.

**Oliva liegt auf dem Rücken, die Hände hat sie auf** ihrem weichen Bauch gefaltet. Die Fensterläden sind geschlossen, draußen ist es heiß. Sie versucht sich an das Rezept für die gefüllten Tintenfische zu erinnern. Sie hat den Geschmack im Mund, sie sieht hinter ihren geschlossenen Augenlidern die knusprige auberginenfarbene Haut der Tintenfische, die sich über die Füllung spannt. Wenn sie jetzt nur klar denken könnte, dann würde sie festhalten, dass sie es immer schon als gemein empfunden hat, wie die gefangen werden. Sie ahnt, dass es den Tintenfischen wehtun muss, wenn sie an dem *peškafond*, der aus Dutzenden von Angelhaken besteht, hängen bleiben, während sie vergeblich versuchen, den Feind mit Tinte zu bespritzen. In dieser Anstrengung, sich zu befreien, die vergeblich ist und die immer aussichtsloser wird, je mehr sie zappeln, erinnern sie die Tintenfische plötzlich an Menschen. Obwohl sie nicht gerne über solche Dinge nachdenkt – darin unterscheidet sie sich sehr von ihrer Mutter Paulina –, spürt sie, dass die menschliche Hoffnung auf Liebe, das Bedürfnis nach Sicherheit, das Kämpfen für die Gerechtigkeit, die Suche nach der Wahrheit, dass all das die spitzen Haken eines *peškafonds* sind, dem die Menschen nachschwimmen, und genauso wie die Tintenfische wissen auch die Menschen nicht, dass sie ihr eigenes Gewicht gefangen hält, wenn sie die Angelhaken erst einmal verschluckt haben. Oliva versucht sich zu erinnern, ob gefüllte Tintenfische mit Olivenöl bepinselt werden, bevor sie in den Ofen kommen, und obwohl all ihre Sinne und all ihre Gedanken ihr zuflüstern, dass es so sein muss – sie weiß es einfach nicht mehr.

## VODICE, 1912–1918

Meine Urgroßmutter Paulina war die erste Atheistin in der Familie. Ihren Ehering hatte sie ins Meer geworfen, dort unten am Hafen, und zwar an jenem Tag, als sie dem Glauben an die Mutter Gottes abschwor. Paulina hatte sich an sie gewandt, um von ihr eine gute Nachricht über ihren Mann in Australien zu erflehen.

Zu der kleinen Kirche Unserer Lieben Frau von dem Berge Karmel führten steinerne Stufen, die Paulina auf Knien hochgekrochen war. Es war eine Gegend voller Steine. Vor und hinter ihr krochen andere Frauen aus dem Dorf, einige in Schwarz, andere in bunten Festtagstrachten, es roch nach Schweiß, und man hörte das Gemurmel der Rosenkranzgebete, das Summen und Schwirren der Bienen und in der Ferne einen Esel, der sich ab und zu mit seinem gedehnten I-A meldete.

Ich stand vor dieser langen Treppe und schaute ängstlich immer wieder zu meinen nackten Füßen herunter, da Tante Bianka mich vor den Schlangen, die durch die Macchia kriechen, gewarnt hatte. Keine Demut, keine feierliche Stimmung wollten mich ergreifen, dabei wusste ich, dass einem bei einer solchen Hitze, bei der die Sonnenstrahlen von den weißen Steinen reflektiert werden, die Jungfrau Maria leicht erscheinen kann. Und wer weiß wer noch.

Wollte sich Paulina durch körperliche Schmerzen bestrafen, weil sie ihren Mann nicht nur ziehen lassen, sondern auch ermuntert hatte fortzugehen? Weil sie aus eigener Sehnsucht nach der weiten Welt ihren Mann hatte spüren lassen, wie sehr sie es schätzen würde, wenn er in Australien Geld anhäufen und sie und die Kinder nachkommen lassen würde, um mit ihnen ein neues Leben fern vom heimischen Fischerdorf zu beginnen?

Denn obwohl das Mittelmeer all seine Bewohner wie ein Magnet anzieht, werden hier und da auf diesen Felsen Menschen wie Paulina geboren, denen es an seinen Ufern zu eng und zu klein ist. Meistens bereuten sie es, und sie konnten sich glücklich schätzen, wenn sie es noch schafften, zum Sterben zurück ans Meer zu kommen. Vielleicht waren deshalb so viele Männer am Mittelmeer Seeleute, denn so konnten sie ihr Fernweh und ihre Sehnsucht nach dem Meer gleichzeitig stillen.

Das Fischerdorf erlebte in Paulinas Jugend eine Verwandlung nach der anderen: Die Olivenbäume wurden herausgerissen, um Weinreben anzubauen. Die Weinreben wurden von der Reblaus oder unaussprechlich *Phylloxera* und vom Falschen Mehltau, der sich mit dem ebenfalls unaussprechlichen Namen *Peronospora* schmückt, befallen. Für die Sardellen wurde beim Verkauf an die Konservenfabriken wenig bezahlt, die Menschen wanderten aus, und auf den benachbarten Inseln gab es ganze Ortschaften, in denen nur noch die Frauen zurückgeblieben waren, um den harten Boden zu beackern und um Fische zu fangen.

An dem Kreuzweg lagen kleine Kapellen, und Paulina war bei jeder stehen geblieben und hatte sich in die Leiden unseres Herrn Jesu Christi vertieft, in Gedanken an seine jungfräuliche Mutter und ihren Verlust. Paulinas Körper war schweißgebadet, ihre wunden Knie brannten, und sie war siegessicher: Die hohe Macht wird ihre Bitten nicht abschlagen können! Sie hatte der schönen *Gospe* die einzige Goldkette, die sie besaß, das Hochzeitsgeschenk ihres Stiefvaters, als Gabe dargebracht, alles hatte sie so gemacht, wie es sich gehörte.

Am nächsten Tag bekam Paulina einen Brief von der australischen Eisenbahn, in dem man ihr in perfektem Kroatisch mitteilte, dass ihr Mann einem kurzen und heftigen Fieber erlegen sei, dass ihm sein letzter Lohn unmittelbar vor dem Fieberanfall ausgezahlt worden sei und die Verwaltung ihr gegenüber somit keine weiteren Verpflichtungen habe.

Verblasst und nur noch als Fetzen lag der Brief zwischen Paulinas Habseligkeiten, die Tante Bianka mir gezeigt hatte, als ich sie nach meiner Wanderung besuchte. Keine Schlange hatte mich gebissen und kein Heiliger war mir erschienen, ich war nur durstig und fühlte mich vertrocknet wie die Pflanzen, die zwischen den Felsen herauswuchsen.

»Vermutlich hat sie ihn immer bei sich getragen, sonst wäre er nicht erhalten geblieben«, sagte Tante Bianka. Sie hatte Mokka gekocht und auf zwei kleine Tassen verteilt. Wir saßen in ihrer Küche und genossen den Duft des frischen Kaffees.

Am Morgen lief Paulina zum Hafen und warf ihren Ehering ins Wasser. Nun hatte sie alles, was sie an Schmuck besaß, verloren, und sie sollte nie wieder irgendetwas Goldenes tragen. Sie erklärte die Mutter Gottes zu ihrer Feindin, da sich diese (von wegen Jungfrau, schnaubte Paulina, in ihrem Schmerz etwas übermütig geworden) nicht hatte erbarmen wollen, obwohl sie sich doch mit Armut, Verlust und dem Umherirren in der Fremde auskennen sollte und obwohl sie hätte erkennen müssen, wie innig Paulinas Gebete gewesen waren. Ihre wundgeschürften Knie taten immer noch weh, und sie spürte sie allzu deutlich, während sie sich ausstreckte, um den Ring ganz weit werfen zu können. Dann kehrte sie erhobenen Hauptes in das Haus ihrer Mutter und ihres Stiefvaters zurück, in dem sie mit ihren Kindern wohnte.

Paulinas Stiefvater Frane war Tischler und Spross der einzigen Handwerkerfamilie in diesem Dorf, in dem sonst nur Fischer und Bauern lebten. Er hatte dafür gesorgt, dass seine beiden Stieftöchter sowie seine beiden leiblichen Töchter lesen und schreiben lernten, außerdem konnten alle vier Mädchen nähen, stricken und sticken. Es störte ihn nicht, dass die kleine Paulina viel Scharfsinn zeigte. Die Männer hatten sich zwar um Sittlichkeit und Ordnung zu kümmern, und dazu gehörte auch, dass man den allzu großen Übermut der Mädchen und Frauen zu zügeln verstand, aber er war nun einmal jemand, der außerhalb des Üblichen zu denken vermochte. »Ein Mann von Format«, so sagte knapp Tante Bianka über ihn.

»Wäre Paulina ein Junge, könnte sie sogar eine höhere Schule besuchen«, behauptete der Stiefvater einmal, als er sich am Abend zu seiner Frau legte. Er hielt zwar nichts davon, ewig die Schulbänke zu drücken – er zimmerte sie viel lieber. Wenn es nach ihm gegangen wäre, er hätte ganze Kirchenchöre und Klassenzimmer mit seinen glatt polierten Stühlen und Bänken gefüllt.

Und doch gefiel ihm der Gedanke, dass Paulina es weit bringen könnte.

Seine Frau Ana, Paulinas Mutter, ärgerte sich über ihn, denn sie hatte den Eindruck, dass er Paulina zu einem ungesunden Ehrgeiz ermutigte, und dieses konnte sich am Ende gegen das Mädchen wenden.

»Wenn ich es mir genau überlege«, sagte Tante Bianka, »hatte ihre Mutter es wahrscheinlich nicht leicht mit ihr. Ich kann mich an Ana leider nicht erinnern, sie war deine Ururgroßmutter. Paulina meinte manchmal, dass ihre Tochter Oliva eher ihrer Großmutter Ana ähnelte als ihr selbst.«

Die Sturheit ihrer Tochter machte Ana ratlos. Auch ihr erster Mann, Paulinas Vater Bartul, war früh gestorben und hatte sie mit ihren beiden Töchtern allein gelassen, aber glücklicherweise hatte sie, Ana, einen anderen Mann gefunden, mit dem sie zwei weitere Töchter bekam. Vielleicht wird die Jungfrau Maria auch Paulina helfen, einen neuen Mann zu finden, wenn sie ihr schon nicht beim ersten Mal helfen konnte, dachte Ana und betete insgeheim *Gegrüßet seist du, Maria. Unsere liebe Frau von den Sieben Schmerzen. Stabat mater dolorosa. Advocata Croatiae, fidelissima mater*. Oder so ähnlich. Latein konnte sie nicht, aber sie bekam eine Gänsehaut, wenn sie es in der Kirche hörte. Wie wollte Paulina denn all das, was ihr noch im Leben bevorstand, ohne die Hilfe der Mutter Gottes durchstehen? Die für uns beten möge, jetzt und in der Stunde unseres Todes. Und über die wir nicht verfügen können – sie lässt uns ihre Gnade angedeihen, wenn sie es für richtig hält.

Nachdem sie ihren Ring ins Meer geworfen hatte, kehrte Paulina zu ihrer Arbeit als Schneiderin zurück und erwähnte ihren Mann nie mehr. Sie machte auch keine Anstalten, einen zweiten Mann zu finden. Sie fand Freude in der Beherrschung des eigenen Körpers, sie unterdrückte jede Begierde und sah abweisend an jedem Mann vorbei. Es war eine Art Klosterleben ohne Gott – so stellte es zumindest meine Mutter immer dar, die dabei stets die Augen leicht nach oben drehte und mir dann die Gänsehaut an ihren braun gebrannten Armen zeigte: »Ich bekomme eine Gänsehaut, wenn ich an Paulina denke.«

Ihr Stiefvater hatte nichts dagegen, dass Frauen einen eigenen Kopf haben, aber Paulina war sicher, dass es im Dorf kaum Männer gab, die so dachten. Allzu häufig hatte sie beobachtet, wie Frauen zum Schweigen aufgefordert wurden oder wie man sie auslachte, wenn sie es wagten, ihre Meinung vorzutragen. Außerdem – so erklärte sie ihr keusches Witwendasein, als ihre Mutter sie allzu bedrängte – gefiel ihr einfach kein Mann mehr.

Ihre Kundinnen – es waren einfache Bäuerinnen, aber auch Bäuerinnen mussten ab und zu einen neuen Rock oder eine neue Schürze bestellen – hatten ihr eines Tages von den tollkühnen jungen Männern erzählt, die über den russischen Oktober sprachen und darüber, dass die Priester das Volk für dumm verkauften. Man erzählte allerlei in jenen Tagen und eine der Bäuerinnen sagte sogar: »Sei froh, Paulina, dass dein Mann vor diesem großen Krieg gestorben ist, denn sonst hätte man ihn entweder für Österreich sterben lassen, oder die Australier hätten ihn als einen Österreicher ins Lager gesteckt, und dann wäre er dort verhungert.« Natürlich erklärte ihr Paulina, dass sie darüber keinesfalls froh sein könne, aber die Frau zuckte daraufhin mit den Schultern: »Ich sage nur, was ich weiß.«

Die jungen Männer behaupteten, die Priester würden alle Goldketten und anderen Gaben für sich behalten, und sie hätten sich die besondere Heiligkeit jenes Flecken, auf dem die kleine Kirche stand, sowie die Geschichte vom Feldahorn, dessen Zweig angeblich immer am Heiligen Abend zu blühen begann, nur ausgedacht, um an all dieses Gold heranzukommen.

Außerdem sagten sie, dass alle Menschen gleich sind, reiche und arme, Männer und Frauen. So etwas hatte wohl Jesus auch immer erzählt, aber davon hat die Welt, so schien es Paulina, in tausendneunhundertachtzehn Jahren nicht viel angenommen.

»Ich bin nicht sicher, ob ihr nicht doch einer von ihnen gefiel«, sagte Tante Bianka. »Die Art, wie sie immer lebhaft wurde, wenn sie von dieser verschwörerischen Gruppe erzählte, der sie sich bald angeschlossen hat; dieser geheime Bund, zu dem sie dann gehörte, ob da nicht etwas Erotisches mitklang, auch wenn sie alle so asketisch waren.«

Die jungen Männer gingen sogar weiter als Jesus, weil sie die absolute Gerechtigkeit und absolute Gleichheit jetzt und hier verlangten, sie wollten hier auf Erden mit dem neuen Leben beginnen. Kaiserreiche und Knechtschaft jeder Art sollten für immer verdammt werden, die Banken sollten ihre Tresore öffnen und das Geld an die Hungrigen austeilen. Die Fabriken sollten den Arbeitern gehören! Paulina kannte nicht viele Fabriken und noch weniger Fabrikarbeiter, aber der Gedanke leuchtete ihr ein.

Vor allem die Stellung der Frau, so schien es Paulina, lag den jungen Männern ernsthafter am Herzen als Jesus damals. Ihre neuen Freunde verließen sich auf den gesunden Menschenverstand. Sie sagten, dass Frauen sowohl Genossinnen wie auch Kapitalistinnen sein könnten. Genau wie Männer. Also seien Frauen und Männer gleich. Manchmal zitierten sie einen gewissen Lenin, den sie nicht kannte, dessen Ideen sich aber recht vernünftig anhörten.

Paulina mochte gerne Geschichten, die sich um Gerechtigkeit, Leben und Tod drehten: Ein Fischer, auf den zu Hause hungrige Kinder warteten, befreite einmal seine Netze, in die sich ein riesiger Delfin verfangen hatte, ein Seemann, der den Untergang eines italienischen Fischkutters vor Portugal überlebte, eine Bäuerin, deren drei Kinder fast von einer schweren Grippe dahingerafft worden wären – sie alle hatte die Heilige Jungfrau von Sinj gerettet. Solche Geschichten hatten Paulina früher mit Schaudern erfüllt. Ihre eigene Erfahrung mit dem Pilgern auf den steinigen Berg lehrte sie dann für immer eines Besseren: Die Jungfrau von Sinj war nur ein Bild, und Wunder gab es nicht, das stand für sie ein für alle Mal fest.

»Paulina hat mir all das erzählt, um mich vor falschen Vorstellungen und Hoffnungen zu bewahren«, sagte Tante Bianka mit ihrer nüchternen Stimme. Ich konnte ihr stundenlang zuhören, sie war die Einzige in unserer Familie, die klar und zusammenhängend von der Vergangenheit erzählen konnte. »Sie war mit mir in italienischen Lagern, sie hatte also viel Zeit, um mir alles zu erzählen, was sie wusste. Heute denke ich, dass sie mich ablenken und mir die Zeit erträglicher machen wollte, aber gleichzeitig wollte sie mich in ihrem neuen atheistischen Geist erziehen. Vor allem auf die Madonna von Trsat war sie schlecht zu sprechen, kennst du die?«

Ich nickte, aber Tante Bianka erklärte es mir trotzdem: »Es ist ein Gemälde, das angeblich vom Heiligen Lukas persönlich geschaffen wurde. Das dumme Volk, das all das glaubt, hat Paulina geschnaubt.«

»Und warum war Paulina so versessen auf dieses Bild?«, hakte ich nach, weil meine Tante die Augen geschlossen hatte und in Schweigen verfallen war. An ihren Augenlidern zitterten lilafarbene Äderchen unter feinen Hautfalten.

Jetzt wurde sie wieder lebhaft: »Irgendwann einmal im Mittelalter war auf dem Gut der Adelsfamilie Frankopani die Hütte der Heiligen Familie aus Nazareth aufgetaucht. Sie sei von Engeln dorthin gebracht worden, und sie verschwand genauso wieder – von Engeln fortgetragen, nach Loreto am gegenüberliegenden, italienischen Adriaufer gebracht, wo sie noch immer steht.«

Meine vom rebellischen Denken jener jungen Männer und von ihrem eigenen Abfall vom Glauben beflügelte Urgroßmutter Paulina hätte immer behauptet, dass das Häuschen aus politischen Gründen nicht bei uns, den armen Nachbarn am adriatischen Ostufer, hätte bleiben können.

»Sie vermutete hinter der Umsiedlung des Häuschens irgendwelche Intrigen, die aus Italien oder direkt aus dem Vatikan gesteuert wurden«, sagte Tante Bianka. »Manchmal fragte sie sich, ob die Frankopani-Fürsten das Häuschen an die Italiener verkauft hatten. Den Reichen war ja alles zuzutrauen, auch Verrat am eigenen Volk. Vielleicht war es ihr deshalb so wichtig, dass ihre Kinder sich bilden.«

Paulinas Sohn Benedikt war damals ein stiller Junge mit knochigem Gesicht und hoher Stirn, der kaum eine Reaktion gezeigt hatte, als aus Australien die Nachricht vom Tod des Vaters eintraf. Sein Lehrer hatte Paulina empfohlen, den Jungen nach Zadar auf das Gymnasium zu schicken. Sie wusste, dass ihr Stiefvater nicht viel davon hielt – der Junge würde ihm gut in der Werkstatt helfen können. Wenn es nach ihm ging, hätte er lieber alle Frauen seiner Familie in die Schulen gesteckt. Paulina dagegen wagte sogar davon zu träumen, dass ihr Sohn Anwalt oder Arzt werden könnte – er könnte Ungerechtigkeiten bekämpfen und den Armen helfen! Derartige Gedanken beflügelten sie in den langen Nächten, in denen sie aus bunten Stoffen Schürzen nähte.

»Paulina hat mir alles so erzählt, wie ich es dir heute erzählt habe. Sie würde sagen: Ich habe es so weiter verkauft, wie ich es gekauft habe«, sagte Tante Bianka und schloss die Augen, als würde sie auf der Stelle in ihrem Stuhl sterben und mich mit einer Tasse Kaffee in der Hand allein in ihrer Küche zurücklassen.

**Wie ein alter Olivenbaum bin ich, denkt Oliva,** während sie die Knötchen an ihren Füßen inspiziert, in meinem Hain sind die Olivenbäume genauso alt wie die Erde, sie sind gemeinsam mit der Erde entstanden. Als Gott die Erde erschuf, waren schon die harten, trockenen Wurzeln da. Oliva weiß, dass man heutzutage nicht daran glaubt, dass es Gott war, der alles erschaffen hat, sondern es sollen Affen herumgelaufen sein. Der schlauste unter ihnen verwandelte sich in einen Menschen, indem er eine Keule nahm, um einen anderen Affen zu erschlagen, oder wollte er damit den Fels behauen, um den Eingang zu seiner Höhle zu vergrößern, das hat Oliva vergessen. Biankas Mann Jerolim erzählt immer solche Dinge, er ist noch lauter als Šimun. Gottesanbeter, sagt Jerolim verächtlich, wenn er von jemandem hört, der an Gott glaubt, primitives Volk, schimpft er, das von den Popen in Unwissenheit gehalten wird, arme Würstchen, die an das Paradies und ähnlichen Quark glauben, ruft er, wenn er sich aufregt. Dabei war Jerolim als Kind Ministrant. Alles wurde im Krieg verdreht, Ministranten wurden zu Kommunisten, die Reichen wurden arm und die Armen entweder reich oder noch ärmer, als sie zuvor waren, Männer und Frauen fanden zueinander oder trennten sich. Oliva mag derartige Gedanken nicht und tastet deshalb nach der Pralinenschachtel. Warum hat sie sich eigentlich an Jerolim erinnert? Als sie noch jung war und Jerolim klein, hatte sie ihn einmal bei dem Brunnen auf dem Hauptplatz getroffen, als er von der Kirche kam. Er rannte und seine Augen glänzten, weil er gerade die Auferstehung Christi erlebt hatte, Jesus war aus seinem Grab hochgeschossen, das hinter einem Leinentuch in der Kirche versteckt war, und vier Engel, geschmückt mit Möwenfedern, ließen das mit Dornen gekrönte Haupt aus einem Pappkarton erscheinen, und um das Grab herum fielen vor lauter Schreck römische Soldaten zu Boden, während der Priester Gloria sang. Bei den römischen Soldaten handelte es sich um junge Dorfburschen, und Oliva erinnert sich, wie es ihr damals leid getan hatte, dass sie nicht auch in die Kirche gegangen war, um sich die Auferstehung und das Wunder des leeren Grabes anzuschauen. Jerolim konnte damals nicht wissen, dass er später die Tochter ihres Bruders Benedikt und ihrer Schwägerin Magdalena heiraten würde. Es war Magdalenas Onkel, der diese Inszenierungen in der Kirche gestaltet hatte, er hat sogar ein Panoptikum mit vierzehn Szenen des Kreuzwegs erstellt. Die Bilder waren auf Papier gezeichnet, das Papier auf einen leichten Mehlsiebrahmen aus Holz gespannt, dahinter stand eine Kerze, und die Wärme ihrer Flamme versetzte den Siebrahmen in eine Drehung, während das Licht die Bilder beleuchtete und sie auf das weiße Laken, hinter dem das Grab lag, projizierte. Das Wort PROJIZIEREN spricht Oliva in Gedanken nicht aus, genauso wie sie all die anderen Gedanken nicht ausspricht, sondern nur fließen lässt durch das Panoptikum ihrer Erinnerungen, während die Pralinen in ihrem Mund schmelzen.

## [illegible], 2008

Ic[illegible] nach Šibenik gekommen, um im Verwaltungsgericht der Gemeinde Šibenik in den Grundbüchern nach den Einträgen von Ländereien und Häusern zu suchen, die einst meinen Großeltern gehörten. Das Gerichtsgebäude stammt aus dem 19. Jahrhundert, die langen Flure sind mit roten Fliesen ausgelegt, und es ist angenehm kühl hier unter den hohen Decken. Die vielen schmalen Fenster, deren Flügel von jeweils zwei Holzsprossen geteilt werden, stehen weit offen.

Ich versuche, die Wartezeit mit einem dicken Buch über die Erste Dalmatinische Brigade auszufüllen. Das Buch beginnt mit einer Rede von Josip Broz Tito, die mit dem Spruch endet: »Fremdes wollen wir nicht – Eigenes geben wir nicht!« Mit diesen Worten hatte Tito den jugoslawischen Anspruch auf die Stadt Triest bekräftigt, aber der gewiefte Partisanenanführer war mit diesem Anliegen gescheitert. Auf die Rede folgen Berichte von überlebenden Partisanen.

Würde man hinter einigen der Geschichten auf wenig Ruhmreiches stoßen, verhielte man sich dann nicht wie der Held von Solferino, der alte Trotta, der sich wie ein Trottel benahm, als er verlangte, dass man über jenen Vorfall, in dessen Verlauf er eher zufällig das Leben von Kaiser Franz Joseph gerettet hatte, in den Schulbüchern genauso zu berichten sei, wie er sich ereignet hatte? Das war ein Ansinnen, dem nicht einmal der Kaiser selbst als Zeuge dieser Begebenheit wohlwollend gegenüberstand, so beschrieb es Joseph Roth. Der Kaiser wusste, dass es aus Gründen der Staatsräson notwendig war, die allzu einfache Wahrheit zu korrigieren.

Die Geschichten meines Großvaters Šimun ähnelten denen in dem Buch. Sie waren bevölkert mit *ausländischen Okkupatoren und einheimischen Verrätern,* seinen toten Kameraden, Genossinnen, die im Wahn des Typhusfiebers mal fröstelnd den Schnee, mal schwitzend die Sonne spürten, politischen Kommissaren, die weise und streng waren (*ohne Wenn und Aber, immer geradeaus, ehrlich, mit Augen aus Stahl*), Stellungen der Italiener oder der Deutschen, die es zu erobern galt – bei einer solchen Eroberung hatte er seine drei Kugeln im rechten Bein abbekommen.

An dieser Stelle seiner Erzählungen – meist während der Bootsfahrten, auf denen wir Tintenfische fingen – schob er das Hosenbein hoch und präsentierte blaulila gefärbte Flecken, Wunden, die er mit Meerwasser kurierte, die sich aber immer wieder öffneten, und die Narben auf seinem Unterschenkel. Manchmal schaukelte unser Boot gefährlich, während er mit seinen Armen herumfuchtelte oder sein Bein vorzeigte, dabei aber nie den *peškafond* aus der Hand ließ, immer auf der Hut, ob nicht plötzlich – »Wenn deine Hand oben ist, Alida! Nur dann!« – das Gewicht eines Tintenfisches spürbar würde: »Du merkst das sofort, und dann darfst du auf keinen Fall die Hand sinken lassen, das ist das Wichtigste, du musst sie noch weiter nach oben ziehen!«

Ich hatte mich immer gefragt, ob die Partisanen wussten, dass sich die Italiener und die Deutschen für den Guerillakrieg an der Zivilbevölkerung rächen würden und ob sie deshalb Angst um ihre Familien hatten. Ist der Kampf um Gerechtigkeit und Freiheit wichtiger als die Liebe zu einem kleinen Kind? Das kann man doch nicht gegeneinander stellen, würde jetzt meine Tante Bianka besonnen sagen.

Ich lese die Erinnerung eines Partisanen: *Ich wusste, dass man meine Eltern und meine Geschwister sofort ins Gefängnis bringen würde, aber der Kampf gegen die faschistischen Besatzer war für mich wichtiger*. Bei der Hochzeit zu Kana erwiderte Jesus, als man ihm sagte, dass seine Mutter und seine Brüder nach ihm fragten: *Wer sind meine Mutter und meine Brüder?*

Es schien so, als hätte auch Šimun bisweilen nicht gewusst, wer seine Frau und seine Kinder sind. Die Geschichte mit der Liebhaberin ging mir nicht aus dem Kopf. Eine Schlampe, wie mir meine Tante Viola erklärt hatte. Inzwischen war der Krieg vorüber, man musste das Land neu aufbauen, jeden Tag revolutionäre Lieder singen und gegen jede Art von Revisionismus,

Konservativismus und Kapitalismus ankämpfen, aber seine Frau Oliva lag nur auf ihrer Ottomane und wurde immer dicker. War die Liebhaberin zuerst da und das Verhalten Olivas eine Antwort darauf – oder war es umgekehrt? Lag Oliva wirklich, weil sie unter Depressionen litt, die sie sich im Konzentrationslager geholt hatte, eine Art offene Kriegswunde wie jene an Großvaters Beinen?

Man kann sich wohl kaum den eigenen Großvater als Don Juan vorstellen – obwohl meiner nicht schlecht aussah, wenn auch seine Zähne etwas zu groß waren, ähnlich wie bei Fernandel, dem Schauspieler. Nicht nur die Zähne, auch seine Frisur und seine gesamte Physiognomie ähnelten der von Fernandel. Im Winter hatte er stets einen schwarzen Anzug an, dazu trug er ein akkurat gebügeltes weißes Hemd und eine dunkelrote Krawatte, und am Revers hatte er einen ebenso dunkelroten Anstecker mit dem Porträt des Genossen Lenin. Mit diesem Anstecker ist er auch begraben worden, eine Tatsache, die entweder für unsagbare Sturheit oder für heroische Hartnäckigkeit spricht, denn er starb 1992, und es gab niemanden mehr, der so etwas getragen hätte, außer vielleicht Fidel Castro, obwohl dieser wahrscheinlich das eigene Porträt am Revers bevorzugt. Solche Anstecker konnte man nach dem Fall der Mauer für ein paar Pfennige auf den Flohmärkten in Berlin und anderswo kaufen, und immer tat mir mein Großvater leid, wenn ich sie auf den Grabbeltischen sah. Sein (roter) Stern ging eindeutig unter, als er im Sterben lag und durch das Fenster hörte, wie draußen auf der Straße aufgebrachte Mitbürger, die er sein Leben lang von den Vorzügen des Kommunismus zu überzeugen versucht hatte, das alte Lied »Die Fee vom Berge Velebit« sangen.

Als die Kroaten 1991 im Zuge des Zerfalls Jugoslawiens von den serbischen Freischärlern und der serbisch geführten Jugoslawischen Volksarmee angegriffen wurden, sangen sie umso inbrünstiger jene Lieder, die in Jugoslawien verboten waren.

Der alte Šimun hob seinen an Fernandel erinnernden Kopf vom Kissen und donnerte mit seiner immer noch kräftigen Stimme: »Verfluchte Ustaschas, euch werde ich es zeigen!« Er wollte aufstehen und sein Jagdgewehr holen. Als hätte ihn ein Teufelselixier verjüngt, wähnte er sich mitten in *jenem* Krieg, im vaterländischen Krieg, im Krieg aller Kriege, der sein Leben so nachdrücklich geprägt hatte. Er sah sich mit seinen Kameraden im Karst fremde und einheimische Faschisten jagen. Hätte meine Tante Viola ihn nicht beschwichtigt (sie tat so, als würden sie zwar im Jahr 1942 leben, drängte ihn aber dennoch, seine Schmerzmittel zu nehmen und sich wieder hinzulegen), so hätte er vermutlich aus dem Fenster auf die singende Menge geschossen.

Als er endlich schlief, ging Tante Viola vor das Haus und schloss sich den Singenden an. »Das sieht ihr ähnlich!«, rief meine Mutter, als sie davon erfuhr.

Meine Großmutter Oliva lag meistens mit übereinandergeschlagenen Beinen wie eine Odaliske, hielt die Augen geschlossen und die Stirn mit einem feuchten Tuch bedeckt. Ihr Haar, das bis zum Tod schwarz und nur hier und da von vereinzelten silbernen Fäden durchzogen war, trug sie zu zwei Zöpfen geflochten, die sie wie einen Kranz um den Kopf legte. Diese Frisur war Teil der Tracht ihres Dorfes und durchaus nützlich: Die Frauen pflegten eine runde Unterlage auf diesen Zopfkranz zu legen, die sie aus zusammengestampften Stoffresten nähten, eine Art Patchwork. Darauf transportierten sie dann Wasserkübel und andere schwere Lasten. Oliva hat nach dem Krieg nie mehr etwas auf ihrem Kopf transportiert, nur die Frisur war geblieben.

Oft stellte Oliva abends einen Stuhl auf die Straße vor das Haus, ganz so wie es in dieser Gegend Brauch war, damals saßen abends die Bewohner draußen und unterhielten sich, kommentierten die Vorbeigehenden und verwickelten sie in Gespräche. Die Frauen saßen nicht einfach müßig dort, sondern arbeiteten. Sie strickten oder stickten, aber vor allem klöppelten und häkelten sie Tischdecken, Deckchen, Gardinen und Bettüberwürfe, während die Männer meist auf einen Gehstock gestützt ihre wohlverdiente Ruhe genossen, denn irgendwie war klar, dass die Männer es immer schwerer hatten als die Frauen.

Oliva häkelte in der Öffentlichkeit noch schneller und andächtiger als ihre Nachbarinnen, da böse Zungen im Dorf ihr Liegen als Faulheit auslegten. So bekamen jede ihrer drei Töchter, ihre Nichte Bianka sowie alle Enkelkinder eine Ausstattung aus gehäkelten Schätzen, mit der sie ein ganzes Schloss hätten schmücken können. Alle außer Mirta wohnten allerdings in dunklen sozialistischen Wohnungen mit niedrigen Decken und komplizierten Grundrissen, auf siebzig Quadratmeter vier Zimmer, Küche und Bad, und mit der Zeit verschwanden Omas Strickereien in Truhen und Schränken, nur Mirta bedeckte immer ihr Bett mit einem königlichen weißen Überwurf. Wenn sich bei uns Besuch ankündigte, versuchte meine Mutter mit einer dieser Tischdecken ihre Küche zu verschönern, nahm sie aber schnell wieder ab, weil sie Angst hatte, dass sie Flecken bekommen könnte. »Es gibt Flecken, die kriegst du nicht mehr raus«, sagte sie, wobei sie meinen Vater vorwurfsvoll anschaute und die Tischdecke behutsam zusammenfaltete. Bevor sie sie im Schrank verschwinden ließ, strich sie noch einmal mit der Hand darüber, als würde sie die Hände ihre Mutter streicheln.

Die Töchter erzählten, dass ihre Mutter während des Krieges die Felder und die umliegenden Berge zu Fuß durchstreifte – auf der Suche nach den Partisanen und vor allem nach ihrem Mann. Sie hatte die Aufgabe, den Partisanen Lebensmittel zu bringen, die sie auf ihrem Kranz aus Zöpfen oder in einem Bündel auf dem Rücken trug. Dass sich diese Felder einmal in für den Tourismus wertvolle Grundstücke verwandeln würden, ahnte damals niemand. Und sicher hätte niemand zu jener Zeit geglaubt, dass sich die groß gewachsene junge Frau, die tagelang alleine zu Fuß unterwegs in den Kriegsgebieten war, nach dem Krieg nicht mehr trauen würde, weiter als vor die eigene Haustür zu gehen.

Nach der Kapitulation Italiens kam Oliva auf eine Liste von Partisanenhelferinnen, und die neue deutsche Verwaltung entschied, dass sie zunächst ins Gefängnis in Šibenik und dann weiter in ein Lager nach Belgrad verschleppt werden sollte. Ziel war das Lager »Staro sajmište«, das im ehemaligen Messebau aus dem

Jahr 1937 untergebracht war. Dieser Bau, in der Tradition des Bauhauses errichtet und der in den ersten Jahren seines Bestehens für den Aufbruch der serbischen Gesellschaft in die Moderne stand, wurde zwischen 1941 und 1942 als »Judenlager Semlin« zur Stätte der Ermordung von jüdischen Frauen, Kindern und alten Menschen umfunktioniert, danach wurde das Anhalterlager Semlin« gegründet, in dem Kriegsgefangene und Zwangsarbeiter aus Serbien, Bosnien, Kroatien, Griechenland und Albanien untergebracht waren, bevor sie auf andere Lager verteilt wurden. Da dieses Lager durch die Bombenangriffe der Alliierten beschädigt wurde, verlegte man Oliva ins Lager »Ciglana« – das Ziegelwerk oder die Ziegelei im Belgrader Stadtteil Zvezdara, und von dort weiter nach Brestovac, jenseits der Donau, eine Stadt, in der viele Volksdeutsche lebten.

Aus dem Lager in Brestovac kehrte Oliva zu Fuß zurück nach Dalmatien. Eine der vielen sonderbaren deutschen Regelungen rettete sie vor einem Weitertransport nach Maribor in Slowenien und weiter nach Dachau in Deutschland: Plötzlich hieß es, dass Frauen mit drei und mehr Kindern nach Hause dürften. Als Paulina später von dieser Regelung erfuhr, begrüßte sie die deutsche Vernunft, vergaß aber nicht, dennoch einige Flüche in Richtung der Deutschen zu senden.

Oliva schlug sich mit einem Onkel durch, den man »Spatz« nannte; er muss sehr klein und dürr gewesen sein. Er starb, als sie zu Hause angekommen waren, ein Umstand, der sie verärgerte, denn so wurde offensichtlich, dass sie ihn ganz umsonst mitgeschleppt und manchmal in einem Schubkarren vor sich her geschoben hatte. Daraufhin legte sie sich ins Bett, und die nächsten fünfzig Jahre lag sie abwechselnd im Bett und auf der Ottomane, nur an Sommerabenden häkelte sie vor ihrem Haus.

Als ich endlich an die Reihe kam und in ein riesiges Büro gebeten wurde, in dem zwei Ventilatoren bedrohlich warme Luft auf die sich türmenden Papierberge auf dem Schreibtisch bliesen, sagte mir die Angestellte, die sich hinter einem Berg aus Akten, Papieren und Grundbüchern verschanzt hatte: »Die Besitzer des Hauses sind alle vorschriftsmäßig eingetragen. Es ist nach dem Tod Ihres Großvaters zur Hälfte an Ihre Großmutter und zur Hälfte an die drei Töchter des Paares gefallen.«

»Meine Großmutter ist auch tot«, sagte ich freundlich, aber sie schüttelte nur den Kopf.

»Sie müssen mit einer vom Notar beglaubigten Bestätigung über das Ableben ihrer Großmutter einen Antrag auf Eintrag dieses Tatbestandes in unsere Bücher stellen«, sie deutete unbestimmt mit der Hand auf den Berg vor sich. »Umstritten sind aber die Grundstücke«, sie blickte mir in die Augen, dann wanderte ihr Blick zu dem Buch, das ich auf dem Schoß hielt, man konnte spüren, wie sie den Titel buchstabierte, bevor sie den Blick wieder in die Papiere senkte.

»Das Buch gehörte meinem Großvater«, sagte ich und ärgerte mich über mich selbst. An der Wand hinter ihr hing dort, wo einst vermutlich ein Portrait von Tito gehangen hatte, das bunte kroatische Staatswappen.

»Ihr Großvater hat der Gemeinde Vodice zwischen 1946 und 1958 verschiedene Grundstücke geschenkt. Er hat im Jahr 1972 einen Prozess gegen die Enteignung eines großen Grundstücks verloren. Wie ich sehe, hat vor Kurzem eine Ihrer Tanten Beschwerde gegen das damalige Urteil eingelegt«, sie wurde streng. »Der staatliche Privatisierungsfonds verwaltet treuhänderisch das Grundstück, auf dem ein Hotel steht, und er hat ein Angebot gemacht, aber ihre Familie weigert sich es anzunehmen.«

»Dieser Fonds bietet zwei Kuna pro Quadratmeter, und die Grundstücke in der Nähe, die nicht enteignet wurden, werden heute für 5000 Euro pro Quadratmeter gehandelt. Ich finde es nicht so abwegig, dass meine Verwandten sich beschweren«, sagte ich. Der letzte Satz war nur noch ein Hauch. Dabei hatte ich geglaubt, dass ich in Deutschland die Angst vor den Behörden abgebaut hätte.

»Der Staat ist doch nicht mit privaten Besitzern vergleichbar«, sagte die Frau. »Der neue Staat hat ja das nationalisierte Grundstück vom sozialistischen Staat geerbt, darauf ist ein Hotel gebaut worden, das man jetzt nicht einfach irgendwo anders hin verpflanzen kann.«

»Der Staat hat es für einen Spottpreis privatisieren lassen und damit den neuen Besitzer in unzulässigem Ausmaß begünstigt.« Ich spürte, wie ich rot und meine Stimme immer schwächer wurde. Kämpfte ich nicht gegen Windmühlen, machte ich mich nicht lächerlich wie Don Quijote? Ich wollte mich ja nur um meinen Olivenhain kümmern. Die Frau wurde noch unzufriedener, sie schien sich zu langweilen, und ich sah, wie sich ihre perfekte Frisur langsam auflöste und ihre gebügelte Bluse Knitterfalten bekam. Ihre Stimme war rauer geworden.

»Diese Theorien können Sie vor Gericht vortragen, dafür bin ich nicht zuständig. Außerdem sind die Grundstücke, die Ihrer Großmutter gehörten – darunter auch der Olivenhain, den sie Ihnen vererbt hat –, nicht ordnungsgemäß eingetragen.«

»Können Sie mir das bitte erklären?« Ich drehte vorsichtig mein Buch um, damit uns die roten Buchstaben UNSERE ERSTE DALMATINISCHE BRIGADE nicht mehr störten.

Die Frau sah an mir vorbei, während sie sprach: »Die Besitzer wurden nie nach allen juristischen Vorschriften eingetragen. Wenn jemand starb, wurde das nicht dokumentiert; wenn jemand ein Grundstück verkaufte, wurde der Name des neuen Besitzers genannt, aber nicht durch ein notarielles Verfahren bestätigt, sodass am Ende auf jedes Grundstück in dieser Region Dutzende Besitzer eingetragen sind. Um die heutigen rechtmäßigen Besitzer einzutragen, bedarf es einer Reinigung dieser Bücher.«

»Einer Reinigung?«

»Ein Eingetragener nach dem anderen, der keinen Besitzanspruch erhebt, muss gelöscht werden. Dafür müssen alle Daten der jeweiligen Person zusammengetragen werden: Wann sie geboren wurde und, wenn sie tot ist, das Sterbedatum, natürlich mit notariell beglaubigter Sterbeurkunde. Vergessen Sie nicht, dass alle Urkunden – egal ob Geburts-, Heirats- oder Sterbeurkunden – nicht älter als sechs Monate sein dürfen.«

Die Erstellung von Urkunden jeglicher Art, die nie älter als sechs Monate sein dürfen, kostet Geld und ist eine der vielen Quellen, aus denen sich der Staat finanziert, außerdem ist es eine geistreiche Methode, um der Korruption Tür und Tor zu öffnen, denn immer braucht man irgendeine Urkunde und immer kann sie einem verweigert werden.

*Mein Deutschland lob' ich mir*, murmelte ich vor mich hin und drückte das Buch fest an mich, in dem die Partisanen in Hunderten von Geschichten Deutsche töten und von Deutschen getötet werden. Die heutigen Deutschen glauben, *sie* hätten eine schreckliche Bürokratie. Dass ich nicht lache! Im Stadthaus von Münster regelt man solche Dinge mit einer Präzision und Geschwindigkeit, von der man hier nicht einmal träumen mag, und niemand verlangt nach Geburtsurkunden, die nicht älter als sechs Monate sein dürfen! Alle Häuser sind in Grundbücher eingetragen, alle Grundstücke gehören irgendjemandem, und man muss nicht für jeden Behördengang notarielle Beglaubigungen bereithalten. Wer einige Tage in den Fluren und Vorzimmern der ehemals jugoslawischen Verwaltungen verbracht hat, kann davon nur träumen.

**Wenn das Jahr trocken ist, kann man kaum das Öl** aus den Oliven pressen. Oliva erinnert sich daran, wie die Männer stöhnen, während die Presse arbeitet, und sie immer wieder Wasser hinzugießen, um die dickflüssige Masse zu verdünnen. Auf den Inseln, so sagen die Männer, sind die Leute klug, sie weichen die Oliven in Meerwasser ein, aber unsereiner ist ja stur wie ein Esel, unsereiner sagt: »Nein, das machen wir nicht, so etwas machen sie nur auf den Inseln.« Dieses Öl wird nach dalmatinischer Art aus älteren Früchten gepresst, nicht aus jungfräulichen, die beim ersten Anzeichen der Reife geerntet werden. Oliva schüttelt sich bei diesem Gedanken, gut, dass sie sich die Worte EXTRA VERGINE nicht merken muss. Sie hätte sich an den langen Nachmittagen, an denen sie auf der Ottomane liegt, den Kopf über VERGINE und noch mehr über EXTRA zerbrochen. Sie hängt an fremd anmutenden Worten, die sie grundsätzlich falsch versteht und lange vor sich hin flüstert, etwa PUVOLLER für PULLOVER oder KASTINTER für KANISTER. Das Öl aus den überreifen und verdorrten Oliven ist dunkelgrün und leuchtend, einen Hauch bitter und unvergesslich. Diese verschrumpelten Oliven, die hart wie Elsbeeren sind, ergeben das beste Öl überhaupt, freilich unbekannt in der restlichen Welt, das süßherbe Geheimnis der östlichen Adria. Oliva versucht auszurechnen, wie oft es in ihrem Leben ein solches Öl gegeben hat. Doch seitdem sie hier so liegt – und das sind schon etliche Jahre – kann sie überhaupt nicht mehr gut rechnen. Wenn sie es versucht, tun ihr die Schläfen weh. Aber sie muss daran denken, ihrer Tochter Mirta zu sagen, dass sie sich die letzte Salbung mit genau diesem Öl wünsche. Sie muss Mirta zeigen, wo das Öl der trockenen Ernten aufbewahrt wird. Die letzte Salbung soll Mirta heimlich machen. Ob sie das wohl schafft?, fragt sich Oliva jetzt, und nun hat sie schon wieder etwas, worüber sie sich den Kopf zerbrechen wird, man kommt nie zur Ruhe, das Leben ist eine Steinmühle, die uns wie Olivenfrüchte zermahlt, bis die Flüssigkeit aus uns herausrinnt.

Ich stand in der Sonne und im Wind, gelehnt an die Reling der breiten, langsamen Fähre, die für kurze Zeit in eine Wolke aus Abgasen, dem Duft von frischem Weißbrot – denn einer der Lastwagen war voll beladen damit –, Salz und ausgelaufenem Maschinenöl gehüllt war und sich nun aus dieser heraus und immer weiter vom Hafen entfernte. Ein letzter Gruß an den Leuchtturm auf dem Molenkopf, und schon waren wir im Kanal von Brač. Unter dem Arm trug ich die Zeitung »Slobodna Dalmacija«, »Freies Dalmatien«, dieser Name stammte noch aus den Zeiten des Befreiungskriegs der Partisanen und hatte die neuzeitliche Privatisierung überlebt.

Ich kann in vielen Situationen glücklich sein, aber nur eine vermittelt mir die Gewissheit, dass das Absolute existiert: Der Moment, in dem eine Fähre den Hafen von Split in Richtung der Insel Brač verlässt und ich gleichzeitig die Stimmen der Matrosen und der Passagiere höre und weiß, dass ich mich mit der »Slobodna Dalmacija« und einer Tasse Kaffee in den Salon setzen werde. Ich werde den Gesprächen der Inselbewohner lauschen, die in aller Herrgottsfrühe ihre Stadtgeschäfte (Arzt-, Bank- und Behördenbesuche) erledigt haben und jetzt schon die Rückfahrt antreten, ich werde die Meldungen aus der Region und die Todesanzeigen lesen und noch eine Tasse Kaffee an der Theke bestellen, der Schiffsmotor wird die Bretter unter meinen Füßen dumpf vibrieren lassen:

*Im Vorgefühl von solchem hohen Glück /*
*Genieß' ich jetzt den höchsten Augenblick.*

Ich zögerte bewusst mein Glück hinaus und stand an das weiß gestrichene Geländer gelehnt, unter mir das Kielwasser. Die mit weißen Schaumblüten bespickte dunkelblaue Masse, die breite Spur, die zum Sprung einlädt. Wenn ich sterbe, verstreut meine

Asche in das Kielwasser einer Fähre an der Adria und geht danach in den Schiffssalon! Ich war mir nicht sicher, ob das Verstreuen der Asche den EU-Vorschriften entsprechen würde, aber darüber wollte ich jetzt nicht nachdenken.

Split entfernte sich; von der Sonne beleuchtet, stach die Spitze des Turms der Kathedrale in den Himmel. Sicher, ich hätte das alles viel öfter erleben können, hätte ich mich entschieden, auf einer der Inseln zu wohnen oder zumindest in meiner Geburtsstadt zu bleiben und regelmäßig auf eine der Inseln zu fahren. Ich sah in den weißen Schaum, und ich wollte der Frage, warum ich diesen und nicht einen anderen Lebensweg gewählt hatte, nicht nachgehen. Ich hätte auch in den Schaum springen und mich in eine Meerjungfrau verwandeln können, doch diese Möglichkeit hielt ich mir für die Zukunft offen.

Die Schiffsmotoren brummen am lautesten, wenn das Schiff sich dem Zielhafen langsam nähert und die wenigen Passagiere (denn solche Fahrten darf man nur in touristenfreien Monaten unternehmen) an der Treppe stehen, die nach unten führt, wo die Autofahrer schon in ihren Fahrzeugen sitzen. Ich sah zu, wie dicke Seile um den Poller gewickelt wurden, und dann stieg ich über die wackelige Holzbrücke aus. Ich hatte es nicht eilig, schlenderte im Hafen herum und beschloss, erst den nächsten Bus zu nehmen, der in das Dorf meiner Tante Mirta fahren würde.

Bis dahin hatte ich noch zwei Stunden, und ich konzentrierte mich mit allen Sinnen auf diese von Gott so großzügig verstreute Herrlichkeit, die die Insel Hvar ausmachte. Vielleicht sollte ich ins Wasser springen, obwohl es kein Bademonat war und mich die Einheimischen für eine verrückte Norwegerin oder Deutsche halten würden (es war zwar warm, aber hier wusste man immer noch, in welchem Monat man was zu tun hatte), zu den violetten Lavendelfeldern eilen und mich dort von den Bienen umschwirren lassen, mich in eines der Cafés setzen und nach der bevorstehenden Saison erkundigen, ein Thema, das alle mochten, durch die Gassen wandern und mit meiner Handykamera Fotos von den Blumenkübeln an den Treppen machen, vor Glück schreien oder einfach im Hafen sitzen bleiben und die Beine baumeln lassen?

Das Haus meiner Tante befindet sich auf dem Berg oberhalb der Küste, eine halbe Stunde Fahrt entfernt, und nachdem ich ziellos herumgeirrt war, bewegt von süßem Schmerz und diffusen Sehnsüchten, saß ich als einzige Reisende in einem kleinen Bus und lauschte der leisen Radiomusik, die der Fahrer für uns beide ausgewählt hatte.

»Siehst du«, empfing mich Tante Mirta an der Steintreppe, die zur ersten Etage ihres Hauses führte, »meine Insel ist fast so entlegen wie dein Münster. Und ich bin hier fast genauso in der Fremde wie du dort.«

»Fast«, sagte ich und verkniff mir alle weiteren Kommentare. Im Universum der Familie meiner Mutter war Mirta diejenige, die sich als die ewig Benachteiligte fühlte. »Versuche ja nicht, es ihr auszureden!«, pflegte meine Mutter jedem zu sagen, der sich auf die Reise zur Insel machte, um Mirta zu besuchen. »Sie ist großzügig, fleißig, treuherzig, die beste Schwester auf der Welt, aber nur wenn man ihr bestätigt, wie sehr wir sie alle immer vernachlässigen.«

Wie jede familiäre Wahrheit war auch diese unerschütterlich. Mit anderen Menschen zusammen konnten Familienmitglieder sich ganz anders verhalten, aber in der Familie schlüpften sie in die schon in der Kindheit angelegten Rollen. Und wie sie sonst waren, hätten sie innerhalb der Familie nie gezeigt.

Da stand sie, so wie ich sie in meiner Erinnerung trug, schön wie eine italienische Filmdiva aus den Fünfzigern, aber älter geworden, in einem knielangen dunkelroten Wickelkleid, das ihre glatten Waden, ihre kräftigen Oberarme und ihr immer noch beachtenswertes Dekolleté vorteilhaft zur Schau stellte. Ihre nackten, perfekt geformten Füße steckten in einfachen Holzpantoletten mit einem weißen Lederriemchen. In ihrem pechschwarzen Haar, das in kurzen Locken ihr Gesicht umfasste, glitzerten weiße Strähnchen, wie einst bei ihrer Mutter. Mit ihren ein Meter achtzig war Mirta eine sehr große Frau, die mir nun majestätisch wie eh und je, bei genauerem Hinsehen aber ein wenig geschrumpft und gebeugt vorkam. Ihre Augen waren mandelförmig und von schweren schwarzen Wimpern umrandet, ihre Augenbrauen voll und geschwungen, als wären sie nachgezeichnet, doch sie hat nie im Leben Make-up verwendet. Als ich näher kam, sah ich, dass ihre Haut überall Risse, Äderchen, Flecken und feine Falten bekommen hatte, was sie in meinen Augen noch bezaubernder machte.

Flora litt bisweilen unter der Schönheit ihrer Schwester, obwohl ihr alle versicherten – natürlich nur, wenn Mirta nicht dabei war –, dass sie, Flora, schlanker, zierlicher und dadurch vornehmer und attraktiver sei. Aber es nutzte nichts: Gegen die schwarzen Augen, die weißen Zähne und die vollen Lippen, gegen die Rundungen und die überragende Größe von Mirta kam niemand an, sie sah aus wie die personifizierte Wollust, wie jener männliche Urtraum, den es weltweit vor den dünnen Models und ausgemagerten Schauspielerinnen gegeben haben muss und der in unseren emanzipierten Zeiten immer noch hier und da in den nächtlichen Fantasien einzelner Männer schlummert.

Mirtas Anblick war ein Leben lang nur ihrem Ehemann, jenem fleißigen und frommen Maurer vorbehalten, der selten zu Hause war, da er Bauaufträge auf der ganzen Insel und überall in Dalmatien annahm, während in seinem Heimatdorf kaum noch etwas gebaut wurde, ferner einigen alten Männlein und Weiblein, die noch im Dorf lebten, einem armen Priester, der immer ins Schwitzen geriet, wenn die berauschende Mirta in die winzige Dorfkirche trat, sowie den seltenen Touristen, die nicht unten an der Küste, sondern hier auf dem Berg eine Unterkunft fanden.

Im Winter wohnten in diesem Dorf nur wenige alte Leute, die sich in allen Belangen auf Mirta verließen – es hieß immer, sie sei die Jüngste. Ich hatte bisweilen den Eindruck, dass hier ein alter Bewohner durch einen anderen alten Bewohner ersetzt wurde, während die Jungen nur ab und zu in den Ferien auftauchten. Die Jungen waren die Kinder und die Enkelkinder dieser Alten oder eben solche Nichten wie ich, die tief in ihrer Seele wussten, dass dieses Dorf alle Bedingungen erfüllt, als Paradies angesehen zu werden, die jedoch tausend Gründe hatten – so wie auch ich –, anderswo zu leben.

Mirta hatte sich damals anders entschieden. Sie war vermutlich die einzige junge Person seit Jahrhunderten, die von anderswo hierhergekommen war, um zu bleiben. Sie hatte ihren Mann gewählt und mit ihm diesen Ort, an dem er seine alten Eltern pflegen wollte, und er war fest entschlossen, auch nach dem Tod seiner Eltern hier zu bleiben. Mirtas Schwiegereltern ruhten jetzt unter Zypressen am Berghang mit Blick auf das glitzernde Blau der Adria, und während der kleine Bus an den weißen Steinplatten vorbeifuhr, die die Gräber bedeckten, dachte ich kurz darüber nach, dass dieser Friedhof eine ernsthafte Alternative zur Asche im Kielwasser sei.

Wonach suchte man in der weiten Welt, gab es hier nicht alles? Waren diese außerirdische Stille, in der jede Grille und jeder Vogel die ganze Aufmerksamkeit beanspruchten, diese Luft, die nach Lavendel und Harz duftete, dieser Himmel, der nachts voller leuchtender Sterne war, als wäre er die Illustration in einem Bilderbuch, einfach zu viel? Verlangte diese Landschaft vom Menschen, der sich für sie entschied, ein Gelübde, ähnlich dem Eintritt in ein Kloster? Auch wenn in Mirtas Fall von Keuschheit im strengen Sinne kaum die Rede sein konnte, denn sie schien echte Leidenschaft für ihren Mann zu empfinden.

Sich von der Welt abwenden, um ein einsames Leben im Herzen des Mittelmeers, am Sehnsuchtsort von Millionen zu führen – war es Flucht oder Herausforderung?

Sie hatte uns zu einer Tageszeit zwischen Mittag- und Abendessen (»Dass du so spät gekommen bist! Was hast du denn unten im Hafen gemacht?«, fragte sie vorwurfsvoll) Artischocken mit frischen Erbsen und dicken Bohnen nach einem uralten Rezept der Insel zubereitet. Für derartige Gerichte müssen alle Zutaten in Greifweite sein, denn eine Insel kann jederzeit vom Festland abgeschnitten werden, es reicht schon ein etwas kräftigerer Bora-Wind, und die Schiffe und Fähren können nicht mehr fahren. So waren Knoblauch, Petersilie und Olivenöl, Wein und Zitrone alle aus eigener Zucht, sogar die Semmelbrösel, mit denen man alle mediterranen Soßen andickt, waren aus hausgemachtem Zwieback gerieben. Mirta und ihr Mann zeigten mir, wie man Artischocken richtig isst. Im Schatten der Weinpergola saßen sie einander gegenüber am langen Tisch hinter ihrem Haus, nahmen vorsichtig mit ihren kräftigen, braun gebrannten Fingern die einzelnen Blätter der großen grünen Knospen, trennten sie vom Boden und saugten an ihnen, bis sie das weiche Fruchtfleisch vollständig von den harten Fasern in der Mitte des Blattes abgelöst hatten. Den Boden, eigentlich das Herz der Artischocke, muss man sich für den Schluss aufbewahren, und all dieses vorsichtige Lutschen und Saugen an den dicken Blättern gehört zur Vorfreude, die zum Gipfel der Wonne führt. Ich fühlte mich in einen Film oder eine Fernsehwerbung versetzt, in denen die mediterrane Kulisse eingesetzt wird, um ein bestimmtes Begehren zu erwecken.

Da saßen meine Tante und ihr Mann, zwei in die Jahre gekommene Liebende, beide überhaupt nicht dem Bildungsideal und dem politischen Aktivismus meiner Urgroßmutter entsprechend – die Tante hatte in den Kriegsjahren im Flüchtlingslager in Afrika lesen und schreiben gelernt, der Onkel hatte sich diese Fertigkeiten vom Dorfpfarrer beibringen lassen, das war alles, was sie an Bildung im strengen Sinne vorzuweisen hatten –, beide waren kaum je anderswo gewesen als hier auf ihrer fesselnd schönen Terrasse und sahen dabei weniger aus wie zwei alte Leute in ihrem kroatischen Zuhause, sondern eher wie Gina Lollobrigida und ein Hollywood-Liebhaber irgendwo an der Côte d'Azur in einem geheimen Liebesnest. Sie zelebrierten ihr Essen in andächtiger Stille, sahen sich ab und zu tief in die Augen, wenn sie – nachdem sie sich jedes Mal die Finger in kleinen Porzellanschalen mit Zitronenwasser gewaschen und mit weißen, gebügelten und gestärkten Stoffservietten abgetrocknet hatten – ihre Weingläser erhoben, um sich gegenseitig Glück zu wünschen.

Ab und zu erinnerten sie sich daran, dass ich da war, und prosteten mir zu. Das Gespräch drehte sich um das Rezept, die Zutaten, den Wein und ganz zum Schluss – wir hatten den lange aufgeschobenen Genuss der Artischockenherzen schon hinter uns und tunkten jetzt das weiße Brot in die Soße auf unseren Tellern – auch um das Haus in Vodice.

»Du weißt«, sagte Tante Mirta und ihre pechschwarzen Augen bohrten sich in der frühen Dunkelheit in meine, »dass ich gegen den Verkauf, gegen die Zweckentfremdung und gegen die Aufteilung des Hauses meiner Eltern bin. Ich möchte mein Zuhause bewahren.«

Das hörte sich absurd an. Niemand war mehr an einem Ort zu Hause als Mirta hier auf der Insel, in diesem schlicht und großzügig gebauten zweistöckigen Gebäude aus weißem Stein, mit seinen grünen Fensterläden und mit dieser Terrasse, von der aus sich der Blick auf dem Meer am Horizont verirrte.

»Du kannst das vermutlich am besten verstehen«, setzte sie fort. »Auch du lebst wegen der Liebe weit entfernt von zu Hause. Ich weiß, ich weiß, du bist zuerst zum Studium fortgegangen, aber hättest du nicht einen Fremden geheiratet, wärest du zurückgekommen, oder?«

»Hm, es ist nicht so einfach«, versuchte ich zu antworten, aber sie hörte mir nicht zu. Sie war mit einem Schlag das kleine Mädchen, das von der Mutter immer wieder getrennt wurde, dem die Schwestern trockene Feigen gestohlen hatten, weil die beiden ihre sofort aufzuessen pflegten, während sie ihre aufbewahrte, und das sich in einem leidenschaftlichen Moment für einen starken, schweigsamen Mann entschied und ein Leben lang die Ursprungsfamilie vermisste. Sie stand auf und holte für uns beide zwei schwarze, aus Wolle gehäkelte Tücher, da es frischer geworden war. Auch darin ist sie ihrer Mutter ähnlich, dachte ich, während ich mich in mein Tuch einwickelte. Sie ist wahrscheinlich die letzte Frau an der Adria, die noch häkeln kann. Am Ende wird niemand mehr Tintenfische mit der Hand fangen, wilde Kräuter sammeln, Olivenöl pressen und Tischdecken häkeln können, wobei das noch der kleinste Schaden wäre. Aber so ein Tuch war schon schön.

»Unser ganzes Leben besteht darin, sich zu trennen und fortzugehen«, sagte sie und nahm einen Schluck Wein. »Aber ich kann das nur aushalten, wenn ich weiß, dass irgendwo ein fester Punkt ist, auf den ich mich verlassen kann. Ich war über fünfzig Jahre die Braut in fremdem Haus, die sich beweisen musste«, sie schüttelte ihre Locken und winkte ab, als ihr Mann versuchte, etwas zu sagen, vermutlich etwas Nettes. »Und als es mir schlecht ging, als ich vor Einsamkeit beinahe gestorben wäre, als sich meine Tage auf dieser Insel alle gleich und unendlich aneinanderreihten und ich mich wie lebendig begraben fühlte, da tröstete mich immer der Gedanke, dass irgendwo dort am Festland«, sie streckte ihren wohlgeformten Arm aus, »mein wahres Zuhause ist. Aber sie starben einer nach dem anderen, Paulina, Šimun, Oliva, und jetzt will Viola mit Hilfe deiner Mutter das Haus in ein Hotel verwandeln und mich vollständig entwurzeln.« Die letzten Worte waren nur noch ein Hauch.

»Wenn das Haus nicht bald renoviert wird, wird es in sich zusammensinken«, sagte ich vorsichtig. »Ich war gerade dort. Es wird nur noch von Erinnerungen zusammengehalten. Die Holzböden sind morsch, die Rohre gebrochen, der Mörtel bröckelt, die Dachziegel sind locker, die Fensterläden können bei jedem stärkeren Wind auf die Straße fallen. Onkel, du bist doch Maurer, was sagst du dazu?«

»Ein lange nicht renoviertes und genauso lange unbewohntes Haus zerfällt, kein Zweifel«, sagte Mirtas Mann mit fester Stimme.

»Viola will doch Geld investieren, um das Haus zu retten«, fuhr ich mutig fort, ohne Mirtas Blick im Dunkel zu suchen. »Bevor ich nach Vodice kam, fand ich die Idee mit dem Hotel auch schrecklich. Lärmende Italiener und Deutsche, die über tropfende Wasserhähne, nicht ordentlich aufgehängte Spiegel oder quietschende Dielenböden meckern, wechseln sich auf Olivas Ottomane ab – so habe ich mir das vorgestellt und war wirklich entsetzt. Aber nachdem ich mit Viola gesprochen habe, habe ich meine

Meinung geändert. Sie blickt genauso wie meine Mutter in die Zukunft. Und sie hat euch angeboten, in den Wintermonaten in das Hotel zu kommen, so lange ihr möchtet. In den Sommermonaten muss sie natürlich Geld verdienen, dann wird es nicht gehen.«

Mirta schwieg. Die Zikaden meldeten sich, und erst jetzt wurde ich mir der Stille bewusst, die wie die schönste Musik klang. Kann man eigentlich Stille hören? Nein, ich wollte mich jetzt nicht in den eigenen Gedanken verlieren, weil ich das Gefühl hatte, dass ich hier etwas Wichtiges regeln musste, eine Ungerechtigkeit abwehren, ein Unglück abwenden, nur ich wusste nicht wie. Ein Blick in die Ferne und ich wäre für nichts mehr zu gebrauchen gewesen: Von hier bis zum Meer erstreckte sich ein Himmel voller goldener Sterne, die fast unanständig aussahen, so glänzten und flimmerten sie. Aber ich musste mich auf das Gespräch konzentrieren, und deshalb sah ich nur zu meinem Onkel, dessen weißes Hemd in der Dunkelheit silbern schimmerte. Ich wusste, dass Mirta ihm jeden Tag ein gebügeltes und gestärktes weißes Hemd hinlegte, wenn er abends geduscht hatte, und er zog es vorsichtig an, als würde er sich für einen Opernbesuch und nicht für das Abendbrot auf der Terrasse vorbereiten. Offensichtlich hatte sich dieser Brauch auch im Ruhestand gehalten.

»Ich soll Gast in meinem eigenen Geburtshaus sein? Ein Hotelgast? Mich an der Rezeption anmelden? In einem Bett liegen, in dem vor mir ein dummer Tourist gelegen hat, der nichts von unserer Geschichte versteht? Ein Amerikaner womöglich, der nicht unterscheiden kann, ob er in Griechenland, Italien oder in Spanien ist? So einer weiß doch kaum, dass es Kroatien überhaupt gibt! Und alle diese Österreicher, die nach zwanzig Jahren immer noch behaupten, sie würden nach Jugoslawien fahren, das ist so, als würde unsereiner sagen, er fährt nach Österreich-Ungarn, wenn er nach Wien reist. Ich soll mit meinem Mann dort liegen, wo ein italienisches Pärchen gelegen hat, dessen Großväter in ihren schwarzen Uniformen hier an der Küste entlangmarschiert sind?«

Ich bemerkte dankbar, dass sie die Deutschen bei ihrer Aufzählung ausgespart hatte, Mirta war höflich. Mir fiel auf, dass meine Tante, die zwar ihr Leben lang nur »Slobodna Dalmacija« las und Radio Split hörte, gebildeter war, als ich dachte, sie wählte ihre Worte mit Bedacht und vermied beide Dialekte, jenen aus Vodice und den noch viel komplizierteren von der Insel Hvar. Ein Fernsehgerät gab es in dieser Idylle nicht, und mir war plötzlich klar geworden, dass ein solcher Apparat hier vulgär und unpassend wirken würde. Ich glaube, dass auch die anderen alten Leute hier im Örtchen auf dem Berg keine Fernseher hatten, sonst würde man etwas sehen und hören in dieser stillen Nacht. Nur unten am Meer, in den Appartements für die Touristen, dort war sicher alles voll von Flachbildschirmen und Satellitenschüsseln.

»Wir beide können überall zusammen liegen, Mirta«, hörte ich die langsame, tiefe Stimme meines Onkels aus der Dunkelheit. »Aber darum geht es ja nicht. Es geht um eine Veränderung in deinem Leben, Liebes. Du wirst loslassen müssen, deine Schwestern und deine Nichte haben recht. Du wirst dich endlich endgültig für mich und meine Insel entscheiden müssen.«

»Ich sollte mich für dich und deine Insel entscheiden? Ich?« Mirtas Stimme zitterte dramatisch erhoben und am Rande eines Weinkrampfs, der bald folgen würde, das spürte ich. »Habe ich euch nicht mein ganzes Leben vor die Füße gelegt? Habe ich mich nicht für dich von meiner ganzen Familie getrennt, bin ich nicht hier in der Einsamkeit von allen vergessen worden?« Sie stand auf, verbarg ihr schönes Gesicht, das man im Dunkel nur erahnen konnte, hinter den Händen und stürzte schluchzend ins Haus.

Die Situation war mir unangenehm. Die Stille wurde lauter, die Zikaden auch, aus dem Haus hörte man nichts mehr. Da sich der Onkel nicht rührte, blieb auch ich sitzen. Ich hätte nie gedacht, dass eine alte Frau in ihrem Verhalten so jugendlich bleiben konnte. Vielleicht bleibt man auf dieser Insel in jeder Hinsicht konserviert – seelisch und körperlich, was Vor- und Nachteile hat? Der theatralische Abgang meiner Tante war letztlich unrealistisch – sie konnte doch immer, wenn sie wollte, mit einem Schiff zum Festland fahren, aber sie ließ bewusst monatelang nichts von sich hören, um später zu erzählen, dass alle sie vergessen hätten. Und doch war sie irgendwie unglücklich, inmitten dieser Zauberwelt und trotz der Liebe dieses ruhigen Mannes.

In meinem Kopf wirbelten Gedanken über den alten Balkanbrauch, die Braut mit einem roten Ganzkörperschleier auf einem Pferd über Berge und Täler zur neuen Familie zu führen, je weiter fort, desto besser, wahrscheinlich um eine Flucht der Braut zu verhindern. War nicht die ganze Menschheit durch diese ewige Wanderung der Bräute entstanden? War die Menschheit nicht jetzt an ihr Ende gekommen, da alles in Bewegung geraten war, Männer und Frauen? Tante Mirta ist ihrem Mann freiwillig gefolgt, aber was bedeutet schon der freie Wille, wenn die Liebe ihre Fesseln anlegen kann?

»Sie hat geglaubt, dass sie alle mit einer wunderbaren Lösung überraschen wird«, meldete sich mein Onkel plötzlich. »Sie dachte, wenn sie nur das Geld für das Grundstück erkämpfen würde, auf dem das Hotel ›International‹ steht, dann würde sie von ihrem Anteil das Haus so renovieren, wie es damals war, als noch alle lebten, das Haus würde auf diese Weise als eine Art Familienmuseum erhalten bleiben. Sie hätte sogar das Bild von Marschall Tito hängen lassen, obwohl sie die Einzige aus der Familie ist, die mit dieser ganzen Jugo-Ideologie nichts zu tun hat. Und wenn Flora und Viola irgendwelche Hotels betreiben wollen, dann sollen sie doch von ihren Anteilen, die sie für das Grundstück bekommen, ein kleines Hotel bauen, aber nicht da, wo das alte Haus steht, da nicht. Deshalb hat sie einen Anwalt genommen, aber der scheint in der ganzen Erbschaftsangelegenheit nur sein eigenes Interesse zu verfolgen, während die Aussichten im Prozess gegen den Staat und gegen die Besitzer des Hotels ›International‹ sehr schlecht stünden, so sagt er wenigstens. Ich habe den Eindruck, dass er das von Anfang an wusste, denn er kennt diese neuen Besitzer, das sind Leute, mit denen man sich nicht anlegen sollte. Sie sind die neuen Unberührbaren.«

Und dann schwieg er.

## SPLIT, 2008

Die Fähre hielt Kurs auf das Festland, und in der Ferne sah ich schon den blauen Umriss der nackten Berge, die hinter der Stadt aufgetürmt wie eine schützende Schulter wirken, an die sich die Stadt anlehnt. Vor diesem Hintergrund erhob sich der Kampanile der Kathedrale des Heiligen Duje über die steinerne Fassade des Palastes des römischen Kaisers Diokletian, und ich verspürte den Wunsch, ihn laut zu begrüßen.

Ich schrieb eine SMS an meinen Mann: »Bei der schönen Tante auf Hvar gewesen, Artischocken gegessen, erfahren, dass sie es war, die den Anwalt ins Spiel gebracht hat.« Die Antwort ließ nicht lange auf sich warten: »Wollte sie das Haus nur für sich?« »Sie wollte das Geld vom Staat zurück, um das Haus für alle zu retten.« »Aber Viola kümmert sich doch darum?« »Mirta wollte die anderen Schwestern überraschen.« »Und jetzt?« »Der Anwalt weiß jetzt alles über unsere Grundstücke, aber in dieser Sache kommt er nicht weiter.« Die letzten Passagiere gingen an Land, und ich stopfte mein Handy in die Tasche und lief hinterher. Wenn man nach einer Fahrt mit der Fähre wieder festen Boden betritt, steht man in den ersten Minuten immer etwas wackelig auf den Beinen, und so setzte ich mich in das erste Café im Hafen, um die neueste Nachricht zu lesen: »Ich rufe dich später an.«

Ich war in der kleinen Wohnung meines Bruders untergekommen, der zu seiner Freundin nach Dubrovnik gefahren war. Es war eine seiner vielen Freundinnen, ich hatte sie nie kennengelernt, und mit der Zeit hatte ich die Neugier verloren, die ich früher bei den Begegnungen mit seinen Auserwählten verspürte. Auch das war ein Zeichen des Älterwerdens, dachte ich wehmütig, während ich flüchtig das Foto der Neuen im Display seines Handys anschaute, bevor er losfuhr. Dieses Mal sei es wirklich ernst, sagte er und räusperte sich kurz, wie zur Bestätigung. Auf seinem Hinterkopf breitete sich eine diskrete haarlose Stelle aus, und unter den Augen hatte er dunkle Ringe, sonst sah er so gut wie immer aus. Er benutzte teures Parfüm, seine Schuhe waren aus feinstem Leder, seine Hose war alt und zerrissen, und an seinem Hemd fehlten einige Knöpfe. Es kann sein, dass es viele Frauen gibt, die genau auf diese Kombination stehen. Außerdem litt er an chronischem Geldmangel, und dieses Leiden zeichnete sich auf sympathische Art in seinem Gesicht ab. Er war eine unruhige Natur, immer auf Achse, *on the road*, wie er sagte. Ich hatte den Eindruck, dass er mir sehr gerne die Wohnung überließ, als hätte er nur nach einem Vorwand gesucht, um nach Dubrovnik fahren zu können. »So wirst du leichter Vaters Kochwut entgehen«, sagte er beim Abschied, als er mir die Schlüssel überreichte. Da irrte er sich natürlich. Kaum hatte ich seine Wohnung betreten, klingelte das Telefon.

»Hundert Mal habe ich es schon versucht!«, hörte ich die aufgeregte Stimme meines Vaters. »Wo bleibst du denn? Das Essen steht auf dem Tisch.«

»Papa, ich habe doch ein Handy, du hättest mich direkt anrufen können. Ich habe keinen Hunger…«, versuchte ich mich zu wehren, doch er legte einfach auf.

Jetzt musste ich mich beeilen, er mochte es nicht, wenn das Essen kalt wurde. Als ich das Haus betrat, in dem meine Eltern wohnten, roch es nach gebackenem Brot. Und tatsächlich – ein Fladenbrot, dessen Oberfläche feine kleine Löchlein von Gabelstichen zeigte, und das, so stellte sich heraus, mit gesalzenen Sardellen, Kapern, Salbei, Zwiebel- und Tomatenringen gefüllt war, lag schon auf dem Esstisch in der Küche.

»Die Sardellen habe ich selbst eingelegt«, sagte er stolz, nachdem ich ihm zwei Mal bestätigt hatte, dass ich noch nie eine so gute *pogača* gegessen hätte (aber ich hütete mich davor, ihm zu sagen, dass mich dieses Wort verdächtig an das italienische Wort *focaccia* erinnerte).

»Andere Leute haben normale Balkone«, mischte sich meine Mutter in das Gespräch ein. »Mit Stühlen, Tischchen und Blumen darauf. Schau dir mal an, was dein Vater alles auf dem Balkon lagert.«

Es war gar nicht nötig, dass sie darüber sprach, denn er war bereits nach dem Zauberwort »eingelegt« (mein Vater liebte das Einlegen über alles: Er legte kleine Zwiebeln in Rotweinessig, Schafskäse und Peperoni in Olivenöl oder Walnüsse in Honig ein) aufgesprungen und wühlte in irgendeinem seiner Balkonverstecke. Von dort rief er mich zu sich:

»Nicht nur Sardellen! Ich hatte den ganzen Winter über wunderbar gesäuerte Kohlköpfe, du hättest meine *sarme* probieren sollen, Schade, dass du nicht da warst!«

»O Gott«, stöhnte meine Mutter, »erlaub ihm bloß nicht, den Deckel von dem Fass mit den Kohlköpfen und den von den Sardellen zu nehmen, von dem Gestank falle ich sofort in Ohnmacht.«

Sie hatte recht: Der Gestank dieser Nahrungsmittel, die sich in höchste kulinarische Kostbarkeiten verwandeln ließen, war erbärmlich und bestenfalls mit einigen französischen Käsesorten zu vergleichen. Ich schaffte es, meinem Vater zu versichern, dass ich ihm alles aufs Wort glaubte, seine Schätze jetzt aber nicht unbedingt in Augenschein nehmen müsste. Er war sichtlich enttäuscht. Ich sah mich schon mit einem Tütchen voller gesalzener Sardellen und mit einem anderen, aus dem stinkendes gelbes Wasser tropft, auf einem der steril glänzenden deutschen Flughäfen ankommen.

»Wie war es bei Mirta?«, fragte meine Mutter, als wir uns alle wieder in die Küche gesetzt hatten, Das runde, gefüllte Brot wurde schnell gegessen, wir tranken dunklen Rotwein dazu, und zum Schluss goss uns meine Mutter duftenden, dickflüssigen Mokka in die Tassen.

»Schön. Papa hätte die Artischocken sehen sollen, die sie aufgetischt hat!«

Mein Vater mochte keine Konkurrenz in kulinarischen Fragen und rümpfte deshalb die Nase: »Hat es nur Artischocken gegeben? Diese Inselbewohner sind allesamt Geizkragen! Das kommt davon, dass sie von der Welt abgeschnitten leben.«

Ich wusste, dass man darauf nicht antworten durfte, sonst

hätten wir stundenlang über die Vorzüge und Nachteile diverser Menüfolgen diskutieren müssen. Deshalb wandte ich mich an meine Mutter: »Ich habe erfahren, wieso sich Rechtsanwalt Marković plötzlich an mich gewandt hat. Er hat von Mirta den Auftrag bekommen, Olivas letzten Willen durchzusetzen.« Meine Mutter schwieg, aber sie schien nicht überrascht zu sein. Hatte sie es gewusst? »Es ging ihr weniger um mich, sie wollte, dass er vor allem an jener Zeile im Testament arbeitet, wo sie schreibt: ›Und ich wünsche mir, dass meine Töchter die ihnen zustehende Rechte an dem Grundstück, das 1972 enteignet wurde, wogegen mein Mann Šimun bereits vergeblich geklagt hat, vom neuen freien Staat Kroatien eingeräumt bekommen‹. Das hat doch nicht sie formuliert, oder?«

»Bianka hat ihr geholfen, sie hat Olivas Gedanken aufgeschrieben und ihr dann vorgelesen – und sie war zufrieden damit. Sie hat sich immer am besten mit Bianka verstanden, und Bianka hing an ihr, als wäre Oliva ihr Mutter und Vater zugleich.«

»Und ihr drei habt Biankas alte Weisheit von der Zeit, die alles regelt, so verinnerlicht, dass sich keine von euch all diese Jahre bemüht hat, das Testament vollstrecken zu lassen?« Ich meinte es nicht ironisch, ich war wirklich erstaunt, warum achtzehn Jahre lang niemand etwas unternommen hatte, zumindest an uns Enkelkinder hätten sie Olivas Geschenke weitergeben können. Da meine Mutter wegen der Geldprobleme meines Bruders zweimal im Monat Migräne bekam, war es noch weniger verständlich. Er hätte doch für seinen Fischkutter volle achtzehn Jahre Pacht kassieren können, nicht sehr viel Geld, aber immerhin. Nun weigerte sich der Pächter des Kutters natürlich, ihm das Geld rückwirkend zu zahlen.

»So ungefähr«, antwortete meine Mutter. »Als unsere arme Oliva starb, waren wir so… orientierungslos. Sie hat ein Leben lang nur in der Küche gelegen, aber auf einmal wurde uns klar, dass sie das Zentrum unseres Universums gewesen war. Weißt du, wir haben als Kinder ständig auf sie gewartet, und als sie eines Tages kam, um für immer da zu sein, beachtete sie uns nicht, sie legte sich einfach hin. Heute glaube ich, dass jede von uns auf ihre eigene Art alles darangesetzt hat, dass sie uns bemerkte, aber sie bemerkte uns nie wirklich, sie war in ihrer eigenen Welt versunken. Stattdessen war Paulina für uns da – vor dem Krieg, im Krieg und nach dem Krieg. Oliva war immer irgendwie abwesend.«

Sie machte eine lange Pause, in der sie lustvoll an ihrer Zigarette zog und dazu kleine Schlückchen Mokka zu sich nahm. Ich versuchte, an ihr Ähnlichkeiten mit ihren Schwestern zu entdecken, aber sie sah völlig anders aus. Ich konnte mir die Gestalt meiner Mutter nie wirklich merken, es entging mir immer etwas. In Deutschland habe ich häufig versucht, mir ihre Erscheinung in Erinnerung zu rufen, und es klappte nie richtig. Jetzt hatte ich sie vor Augen, und plötzlich fragte ich mich, ob ich sie auf der Straße sofort wiedererkennen würde.

Ich hatte die Aufzählung schon hundert Mal gehört, aber meine Mutter zu unterbrechen, wenn sie ihre familiäre Litanei wiederholte, war unmöglich: »Paulina war bei Bianka im Lager, als sie beinahe an Lungenentzündung starb, Paulina hat mich aus der italienischen Schule nach Hause geholt, Paulina hat Viola gepflegt, als sie beim Reiten ohne Sattel vom Pferd stürzte, Paulina hat für jede von uns ein Hochzeitskleid genäht, Paulina hat Mirta bei der schlimmsten Bora auf ihrer Insel besucht, als sie verzweifelte Briefe geschrieben und angekündigt hatte, dass sie sich vor Einsamkeit umbringen würde. Paulina war da, aber wir sehnten uns nach Oliva.«

»War das nicht undankbar Paulina gegenüber?«

»Ach, unsere Großmutter war ein Engel. Ein roter Engel, der nicht an das ewige Leben glaubte und deshalb alles hier auf der Erde machen wollte, was der Mensch ihrer Ansicht nach machen muss. Sie hat vom frühen Morgen bis zum Abend gearbeitet, ohne Pause, und hat immer nur aufmunternde Worte für uns alle gehabt, sie war freundlich, ehrlich und tapfer, aber auch stur. Sie hat fest an den Kampf für die bessere Zukunft geglaubt.«

»Aber was wolltet ihr mit diesem Testament und mit eurem Erbe anstellen?«

»Nichts. Wir konnten uns nicht einigen, was wir mit dem Haus machen sollen, aber das weißt du ja. Wir hofften alle, dass der neue Staat die Nationalisierung des wertvollsten Grundstücks rückgängig machen würde.«

Ich wusste, was jetzt kam.

»Stell dir vor«, sagte meine Mutter lebhaft und sah mich bedeutungsvoll an, »dein Opa hat zehnmal so viel verschenkt, lauter Grundstücke in Strandlage! Unserer Familie war alles zugefallen: von verschiedenen Großvätern, Tanten, Verwandten. Sie waren tot und hatten keine Nachkommen, und alles gehörte plötzlich uns, das fand dein Opa Šimun unpassend, weil er sich ja für die Abschaffung des Privateigentums einsetzte. Viola hat Klagen gegen den Staat, gegen den Privatisierungsfonds und gegen die neuen Hotelbesitzer eingereicht, aber sie wurden alle abgewiesen.«

»Ich weiß, Mama. Das habt ihr mir ja oft erzählt«, sagte ich leise, doch sie hörte nicht zu.

»Und Sterbeurkunden zu sammeln, um irgendwelche abgelegenen Gärten mit alten Bäumen und Weinreben auf uns und euch zu übertragen, um dann festzustellen, dass alles nichts mehr wert ist, dazu hatten wir keine Lust.«

»Du sollst ruhig erzählen«, mischte sich mein Vater ein, »dass man euch überall unfreundlich empfangen hat. Die Berliner Mauer war gefallen, das ist es, und eure Familie war als kommunistisch bekannt.«

Meine Mutter schwieg. Sie tat mir leid, und so fragte ich nicht, warum sie nicht wenigstens uns Enkelkindern gesagt hatten, dass Oma Oliva auch an uns gedacht hatte.

»Aber Mama, heute haben Grundstücke an der Küste einen hohen Wert…«, wandte ich nur ein.

»Natürlich«, antwortete sie, »aber früher war das nicht so, und als Oliva starb, war bei uns hier schon wieder Krieg, da waren sie erst recht wertlos. Außerdem konnten wir alle nicht fassen, dass wieder Krieg war! Dann war wohl alles umsonst, haben wir uns gesagt. Wer hätte ahnen können, dass sich danach all das mit dem Tourismus und diesen Grundstücken so schnell ändern würde? Und da alle Küstenbewohner es vor uns begriffen hatten, wollte Viola endlich das Versäumte nachholen, indem sie ein Hotel eröffnet, aber Mirta will das nicht.«

Sie sah unglücklich aus. Egal wie sie es drehte und wendete, sie konnte keine Lösung finden, die alle zufriedenstellen würde. Sie war alt geworden und es fehlte ihr an Kraft, um mit Mirta zu diskutieren oder gegen die Bürokratie zu kämpfen. Wie schnell waren die Jahre seit Olivas Tod, wie schnell war das ganze Leben verflogen!

Als sie heiratete, wollte Flora am liebsten nur Tanzen gehen, das hat sie mir einmal erzählt. Weder Kochen noch der Haushalt habe sie interessiert, sie wollte die Kriegsjahre in dem armen, grauen Fischerdorf Vodice vergessen und in der schönen weißen Stadt Split das Leben genießen. Sie mochte einfache Dinge, keine Schwierigkeiten, gute Laune und keine Fragen danach, was morgen sein würde. Schließlich hatte sie sich in dieser ganzen Erbschaftsangelegenheit für eine Haltung entschieden (»Der Besitz interessiert mich nicht – und wenn Viola ein Hotel betreiben möchte, dann unterstütze ich diese vernünftige Lösung«) und wollte keine weiteren Argumente hören. Aber sie war unruhig, weil sie durch diese Entscheidung in Konflikt mit Mirta geraten war. Das war zu erwarten gewesen, doch sie mochte nie viel nachdenken, und diese Eigenschaft rächte sich jetzt. Auf ihren Wangen hatten sich hässliche Falten gebildet, die Haut an den Händen zeigte Altersflecken, es schien, als hätte sich alles gegen sie verschworen. Schlimmer noch, sie spürte, dass ich sie beobachtete – und es gibt nichts Unheilvolleres für eine Frau, als die kritischen Blicke ihrer Tochter. Sie zündete sich eine neue Zigarette an.

Als mein Mann am Abend anrief, sprudelten Fragen, Antworten, Behauptungen und Zweifel aus mir – alle gleichzeitig: Warum gelingt es einigen Ehepaaren, harmonisch zusammenzuleben, und wie halten so verschiedene Menschen wie Flora und Ivan in einer kleinen Wohnung fünfzig Jahre zusammen, warum hat sich mein Bruder drei Mal scheiden lassen und wieso würde er immer jüngere Freundinnen haben, wieso schaffen es einige wenige Ehepaare, die anfängliche Erotik zu erhalten, aber viele andere nicht, und warum ist mein Vater ständig mit dem Horten von Nahrungsmitteln beschäftigt und überhaupt vom Essen besessen, obwohl er als Kind auf seinem Bauernhof keinen Hunger kannte, während meine arme Mutter die ersten zehn Jahre ihres Lebens gehungert hat und heute mit einem Teller Polenta und etwas Olivenöl zufrieden ist? Lebt er vielleicht in Gedanken in seiner Kindheit auf dem Bauernhof und schleppt deshalb alles auf seinen Balkon, als hätte er eine riesige Vorratskammer, Ställe und Schuppen wie in seinem Dorf, während sie ihre Kindheit verdrängt und in der Erinnerung nur das Schöne bewahrt, gemäß ihrem Lebensmotto »nema problema«? Und wieso hat sie ihr Leben lang Konflikte gemieden, um jetzt Konflikte mit Mirta zu haben? Werden wir alle im Alter zurück in die Geheimnisse unserer Kindheit vordringen wollen – und wir beide uns deshalb auseinanderleben? Und, was meinst du, ist es nach EU-Vorschriften erlaubt, Asche ins Meer zu streuen?

»Nein, obwohl man durchaus im Meer bestattet werden kann, aber es muss organisiert, angemeldet und genehmigt sein. In Travemünde gibt es einen Seebestatter. Er führt solche Bestattungen durch, alles nach Vorschrift, sogar ein Blumenstrauß wird an der Urne befestigt. Die Maschinen werden gestoppt, in totaler Stille wirft der Kapitän die Urne ins Wasser, und zwar an einem genau bestimmten Breitengrad, der als ›Seefriedhof‹ definiert ist, die Schiffsflagge wird ›nach altem Seemannsbrauch‹, so wenigstens die Werbung des Bestatters, auf Halbmast gesetzt, und sogar die Schiffsglocke wird geschlagen. Danach gibt es einen Leichenschmaus an Bord, vermutlich Schnittchen mit geräuchertem Lachs.«

Mein Mann dachte bestimmt, dass ich bei dem Wort »Schnittchen« lachen würde. Aber mir war gar nicht nach Lachen zumute.

»Weißt Du, dass das Öl in den römischen Amphoren, die man auf dem Meeresboden der Adria gefunden hat, immer noch genießbar war? Wenn man die Asche in dieser hässlichen Urne lässt, wird sie doch für eine Ewigkeit gefangen gehalten und kann nie mit dem Meer eins werden. Könntest du bitte – wenn es so weit ist – darauf achten, dass man meine Asche ganz ohne Regeln, vor allem ohne jede Urne, unorganisiert und vollständig privat bei voller Fahrt von einer kroatischen Fähre ins Meer bei Split streut?«

»Ich glaube, es wird Zeit, dass du nach Hause kommst. Und wenn du es vergessen haben solltest, dein Zuhause ist jetzt in Münster.«

# VODICE, 1921

Draußen roch es nach Salz, Tang und Fisch. Ein warmer Südwind ließ die Wellen gegen die Hafenmauer schlagen, als wollten sie sie durchbrechen und als wollte das Meer sich über die ganze Welt ergießen. Im Haus flackerte das Licht der Öllampe, obwohl es Tag war und normalerweise niemand tagsüber die Lampen anzündete. Paulina faltete weiße Leinenstücke, schwarze Tücher und bunte Seidenstoffe, wickelte Seidenkordeln und Samtbänder auf und legte sie in eine Holzkiste. Ab und zu hob sie ihren Kopf, und es sah so aus, als würde sie dem Wind und den Wellen lauschen und auf etwas warten.

Ihre innere Stimme befahl der aufsteigenden Angst zu verschwinden, denn die Angst hätte nichts zu suchen zwischen Paulinas Stoffen. Die Trachten der Frauen aus Vodice waren farbenfroh, als sollte die Kleidung gegen die schweren Lebensbedingungen des Fischerdorfes protestieren. Es war Paulina ein Vergnügen, die maisgelben Schürzen mit mohnroten, bunt geblümten Bändern zu säumen und mit den gleichen Bändern die weißen Kopftücher und die weißen Unterröcke zu schmücken. Das Nähen bot ihr viele Möglichkeiten, Gefühle auszudrücken, die sie sonst diszipliniert in enge Grenzen wies. Aus den Stoffresten nähte sie Kleider für Oliva, das am besten angezogene Mädchen in ganz Dalmatien. Die Kleider legte sie ganz oben in die Holzkiste.

Wenn ich schon nicht schön bin, dachte Paulina, dann soll wenigstens die Kleine die Blicke auf sich ziehen. Sie soll später einmal einen guten Mann bekommen! Obwohl Paulina aus eigener Erfahrung wusste, dass die guten Männer nicht unbedingt durch Schönheit zu erobern waren, wurde sie schwach, wenn es sich um ihre eigene Tochter handelte, und wiederholte deshalb die irrige Formel, an die man am Mittelmeer fest glaubte und die besagte, dass das Schicksal zu einer schönen Frau gnädiger sei als zu einer hässlichen.

Egal wie die Frauen in Slawonien aussehen (sie hatte kaum eine Vorstellung davon), ihre Oliva würde sie alle übertreffen und sie, Paulina, würde ihr persönlich das anmutigste Hochzeitskleid aller Zeiten nähen!

»Als sie uns einmal vor dem Schlafengehen davon erzählte, lachte sie über die eigene Torheit, und wir sahen sie zum ersten Mal eine Schwäche zugeben, was sie noch liebenswerter machte«, sagte meine Mutter. Sie hatte auf dem Küchentisch ein Fotoalbum aufgeschlagen und berührte behutsam die vergilbten Bilder, als würden die Abgebildeten ihre Fingerkuppen spüren und dann sagen können: »Schau, schau, das ist unsere liebe Flora! Sie hat uns nicht vergessen!«

An einem Abend im Jahr 1921 hatte die Familie beschlossen, nach Slawonien umzusiedeln, in die fruchtbaren Gebiete der Panonischen Ebene. Dieses Ansinnen verfolgte Frane, der Familienvater, schon seit einigen Jahren, damals hatte er das von Österreich regierte, aber völlig vernachlässigte Dalmatien aus Protest verlassen wollen, um sich in Serbien, dem einzigen freien südslawischen Land, niederzulassen. Nun war Österreich zusammen mit Ungarn von der großen historischen Bühne fortgefegt worden, doch das neue »Königreich der Serben, Kroaten und Slowenen« meinte es nicht viel besser mit dem armen, malariaverseuchten Küstenstreifen. Auch sein Enthusiasmus, was die Absichten des brüderlichen serbischen Volkes betraf, hatte nachgelassen, er erklärte sich jedoch das Verhalten des neuen Staates mit dem schweren Los, das die Serben im Ersten Weltkrieg erlitten hatten. Paulina hörte ihm gerne zu, wenn er solche Dinge erörterte.

Es war vielleicht doch vernünftiger, in einen etwas vertrauteren Teil des Landes zu gehen, der katholisch war und früher zur alten Monarchie gehört hatte, da wusste man einfach, was man hatte. Frane beabsichtigte nicht, selbst Ackerbau zu betreiben, hatte jedoch seiner Frau erklärt, dass die reichen Landwirte mit ihrer Mais- und Weizenernte, mit ihrer Schweinezucht und ihren Höfen voller Hühner und Truthähnen bestimmt geräumigere Kleiderschränke, stabilere Esstische und breitere Betten brauchen würden als die hiesigen Bauern, die nur Kirschen, Oliven und Wein ernteten, oder die Fischer, die anstelle von Schweineschenkeln als Vorrat nur Sardellen in Salz einlegen konnten. Diesen weisen Überlegungen konnte seine Frau, Paulinas Mutter Ana, nur zustimmen, und da sie ihn immer schon bewundert hatte und all seinen Ansichten folgte, war die Umsiedlung schnell beschlossen.

Meine Mutter, die mir die Umstände dieses slawonischen Abenteuers erklärte, stellte am Ende fest: »Anas Bewunderung war durchaus berechtigt: Frane sorgte dafür, dass ihr Haus – wenn auch klein und bescheiden – zu den angesehensten in dem Küstendorf zählte.« Aus ihrer Stimme war deutlich der Stolz herauszuhören.

Genau wie seine Frau hoffte auch Frane insgeheim, dass sich Paulina wieder verheiraten lassen würde und dass auch seine eigenen beiden Töchter gute Männer finden könnten. Seine zweite Stieftochter Klara hatte gerade eine mittelmäßige Wahl getroffen, aber er hatte zugestimmt, denn die junge Frau wirkte glücklich.

»Mama, wie hat Paulina, die als Witwe so keusch bis zu ihrem Lebensende lebte und die nicht gerade als Schönheit galt, überhaupt ihren Mann Jakov gefunden?«, fragte ich, während ich in der engen Küche ein Stück Torte voller Äpfel und Rosinen aß. Mein Vater war für einige Tage zu seinem Bruder gefahren, und meine Mutter konnte ungestört ein mitteleuropäisches Rezept ausprobieren. Er verachtete jede Art Kuchen; Zucker oder Rosinen kamen in seiner Küche nicht vor und Mehl nur als Grundlage für gesalzene Sardellen und Tomaten, Speck und Käse oder Spinat und Knoblauch. Meiner Mutter schien diese Freiheit gutzutun, sie strahlte und war gesprächiger als sonst. In der Wohnung roch es ausnahmsweise nach Zimt.

Es war Frane, der damals seinem Gesellen erklärte, wie tüchtig und gescheit Paulina sei. Jakov zögerte nicht lange – ihn überzeugten die wachen Augen und die rhetorischen Fähigkeiten der kleinen, unscheinbaren Schneiderin schnell, und er hat die Heirat nie bereut. Er wollte sich diesem ehrgeizigen Mädchen beweisen und zog deshalb die Auswanderung nach Australien in Erwägung – er wollte doch nicht sein Leben lang in der Werkstatt ihres Stiefvaters arbeiten!

»Versuch dich in Paulinas Haut zu versetzen«, sagte meine Mutter. »Sie war sehr jung mit zwei Kindern alleine geblieben. Ihre Träume – und sie hatte Träume, glaube ich, sowohl von der großen Welt wie auch von der Bildung zumindest für ihre Kinder – waren jetzt nur noch eine Belastung, und sie unterdrückte sie, indem sie pausenlos arbeitete.«

Damals hatte Frane die Sorge für Oliva und Benedikt übernommen. Benedikt wurde nicht nach Zadar aufs Gymnasium geschickt, seit einiger Zeit arbeitete er in der Tischlerei, was Ana guthieß, obwohl Paulina protestiert hatte. Ana sah, wie weit dieser Beruf ihren Mann gebracht hatte – und nun sogar nach Slawonien bringen würde!

Im Haus war es wie in einem Bienenstock. Klara bereitete sich auf ihre Hochzeit vor – in den letzten Tagen hatte sie unter der strengen Aufsicht Paulinas ihre Ausstattung zu Ende genäht und mit gebeugtem Kopf der schonungslosen Aufklärung gelauscht, die ihr die erfahrene Schwester, die als junge Witwe und Mutter zweier Kinder ein wenig schroff im Umgang geworden war, angedeihen ließ. Die beiden jüngeren Halbschwestern halfen auch, Nachbarinnen gingen ein und aus, während Ana und Frane alle Hände voll zu tun hatten, um ihren Umzug vorzubereiten. Und trotz der ganzen Aufregung hatte jeder am Abend das zufriedene Gefühl, seine Aufgaben erledigt zu haben.

Es gibt diese Familien: Ihre Häuser sind immer sauber, Türen und Fenster quietschen nicht, der Hof ist immer gefegt, die Wäsche ist ordentlich – mit Lavendelblüten bestückt – in Schränken und Truhen verstaut, es wird immer um dieselbe Uhrzeit zu Mittag gegessen, und bei Beerdigungen und Hochzeiten sind alle gekämmt und anständig gekleidet, ihre Fingernägel haben keine schwarzen Ränder, keiner schnieft laut und keiner räuspert sich umständlich, bevor er zu sprechen beginnt.

Die familiäre Ordnung wollte es so, dass auch Klara zu ihrer Hochzeit ein Schmuckstück geschenkt bekam – dieser goldene Schmuck war nicht unbedingt als Zierde gedacht, denn eine solche Zierde war verschwenderisch und unpraktisch bei der alltäglichen Arbeit, aber der Schmuck wurde an Feiertagen der Öffentlichkeit präsentiert, was immer gut war, um die eigene Position innerhalb der Gesellschaft klarzustellen, und in Notzeiten konnte er einem das Leben retten.

In diesen Gegenden lebte man in der Gewissheit, dass Notzeiten und lebensbedrohende Situationen sich immer wieder einstellen würden – Paulina war selbst schuld, dachte Ana unglücklich, dass sie ihre Goldkette, die sie von dem Stiefvater zur Hochzeit bekommen hatte, der Heiligen Jungfrau geschenkt hatte, die sie dann so im Stich ließ. Wir Armen sollten uns nicht auf die Madonna und die anderen Heiligen verlassen (sie bekreuzigte sich heimlich), sondern auf unsere beiden Hände und auf unsere Rücklagen. Hoffentlich wird Klara mit ihrem Geschenk besser umgehen und es in Notzeiten gegen *echte* Hilfe eintauschen! Jetzt bekreuzigte sich Ana mehrere Male und schimpfte halb laut mit sich selbst: Dummes Weib, warum denkst du an Gefahren, wenn doch alles nur besser werden kann, Klara hat einen guten Bräutigam, und wir anderen können ruhig nach Slawonien ziehen. Wenn man als Handwerker dort wirklich so gut leben kann, wie man es uns verspricht, dann werden meine kleine Klara und ihr Mann Stipe nachkommen können, natürlich mit seiner ganzen Familie, wegen der das junge Paar nicht sofort mitging, was Ana schmerzte.

Meine kleine Klara, dachte sie zärtlich, obwohl sie zwei noch jüngere Töchter hatte, aber Ana schien es jetzt, als hätte sie schon immer besonders an Klara gehangen, jetzt, wo sie sie zurücklassen sollte, dann dachte sie mit noch größerer Zärtlichkeit an ihren Frane, der gestern aus Šibenik gekommen war, sie zur Seite zog und ihr dann den Diamantring zeigte, den er für Klara in Šibenik besorgt hatte. Auf den ersten Blick sah der Ring bescheiden aus, und als Ana das zaghaft formulierte, lachte Frane und sagte: »Das ist ein echter Diamant, mit dem kann man Glas schneiden.« Ana verstand nicht viel davon, aber es hörte sich wie ein Wunder an, und Wunder waren für gewöhnlich kostbar.

»Ich habe auch in der Verwaltung alles geregelt. Gott sei Dank hat mein Vater in den Zeiten, als unser Dorf noch zu Österreich-Ungarn gehörte, dafür gesorgt, dass das Haus auf meinen Namen eingetragen wurde. Wenn wir es verkaufen müssen…«

»Aber du hast gesagt, dass wir damit warten und erst verkaufen, wenn wir sehen, wie es uns in Slawonien geht!«

»Natürlich werden wir warten. Aber wie sollte ich bitte schön aus Slawonien den Verkauf regeln, wenn hier etwas mit den Papieren nicht stimmt?« – Frane sah seine Frau so streng an, dass sie leicht errötete, weil sie sich dumm vorkam.

Franes Vater hatte von einem Fischer eine Hütte gekauft und mit eigenen Händen umgebaut. Damals zwangen ihn die österreichischen Behörden, diesen Umbau genehmigen und dann in die Grundbücher eintragen zu lassen. Das war unüblich, und er schimpfte über die Bürokratie und erzählte jedem, der es hören wollte, wie unnötig dieser ganze Aufwand sei, er habe schließlich alles vor Zeugen ordentlich bezahlt und mit Handschlag besiegelt, und seit Urzeiten wechselten hier in Vodice Häuser und Felder so ihre Besitzer. Man würde doch sofort sehen, wie gierig dieses Kaiserreich hinter dem Geld der armen Menschen her sei, die Behörden nützten jede Gelegenheit, um irgendwelche Steuern und Gebühren einzutreiben.

Als Franes Vater endlich den Namen des Besitzers in das Grundbuch in Šibenik eintrug, wollte er für diesen ganzen Aufwand keine einzige Krone mehr aufbringen müssen als unbedingt nötig, und so bat er, dass das Haus sofort auf den Namen seines Sohnes Frane eingetragen und damit sofort die Erbschaft geregelt werde. Merkwürdig, aber diese Urkunde, auf der der schwarze Doppeladler prangte, dessen Federn mit den bunten Wappen der österreichischen Kronländer, darunter auch Dalmatien, geschmückt waren, beruhigte die ganze Familie, als ob sie – die Urkunde eines Kaiserreichs, das bald nach der Erstellung dieses Dokuments zerfallen würde – eine feste Garantie für die Zukunft war.

Wir können das Haus verkaufen und das Geld in ein neues Haus investieren, wir können in das Haus zurückkehren, es bleibt immer unser Haus, so dachten Ana und Frane beruhigt, während sie die Fenster und die Türen sicherten. Es ist unser Heim und das Erbe unserer Kinder! Wohl jenem, der ein Haus hat!

»So denkt man«, sagte meine Mutter, »wenn man noch jung ist. Frane und Ana waren also immer noch jung. Sonst hätten sie wohl auch keine Kraft für einen Neuanfang gefunden. Im Alter weiß man, dass alles fast immer anders kommt, als man denkt. Die Häuser bieten keine Sicherheit vor Schicksalsschlägen, und dieses Haus, von dem ich dir gerade erzähle, wurde später niedergebrannt.«

Den beiden Stieftöchtern zeigte Frane nicht, was er noch aus Šibenik mitgebracht hat: Zwei Urkunden, die mit den Wappen des neuen Königreichs der Serben, Kroaten und Slowenen geschmückt waren (noch ein Doppeladler – warum kommen sie alle auf Adler, wunderte sich Frane, bei uns hier nutzt ein Esel viel mehr als ein Adler, aber wer fragt uns schon), und die besagten, dass ihnen ihr verstorbener Vater Bartul einen gottverlassenen Weinberg auf einer menschenleeren Insel und einen vernachlässigten Olivenhain auf einem schwer zugänglichen felsigen Hügel hinterlassen hatte.

Für diese Urkunden hatte Frane ordentlich bezahlen müssen, aber er bereute es nicht. Vor der Abreise wollte er alles geregelt haben.

Ana war einverstanden, dass ihre Töchter nichts von den Urkunden erfahren: »Sie sollen sich damit nicht den Kopf zerbrechen, meine Mädchen. Auf die Insel kommt man nur schwer, und für ein paar Fässer Wein muss man sich verrückt machen, eine Barke haben, auf das Wetter achten, immer Trinkwasser mitschleppen, genauso wie man sich wundlaufen und von Schlangen beißen lassen muss, um ein paar Oliven zu pflücken.«

Obwohl sie sicher war, dass ihr Mann immer richtig handelte, sträubte sich alles in ihr gegen diesen Abschied von Vodice. Alles ist hier, dachte Ana, die Gräber unserer Ahnen, unsere Verwandten und unsere Freunde, sogar eine meiner Töchter bleibt hier, hier kenne ich alle Gassen, alle Häuser, alle Pflanzen, alle Winde, ich weiß, wie es ist, wenn der Maestral mit dem Meer spielt, wenn die Bora alles vor sich her fegt und wenn der Jugo die Wellen hochschlagen lässt.

Paulina schloss die Truhe und rief die Nachbarjungen, die der Familie beim Tragen der schweren Umzugskisten zur Hand gingen. Wo auch immer dieses Slawonien liegen möge, sie werde dort schon einen Weg finden, ihren Sohn ausbilden zu lassen und ihre Tochter gut zu verheiraten. Sie presste die Lippen zusammen, eine Angewohnheit aus der Kindheit, die sich in den ersten Witwentagen verfestigt hatte, und folgte mit erhobenem Haupt ihrer Truhe zu dem Holzkarren, mit dem der erste Teil des Umzugs bis zum Hafen erfolgen sollte, dort würden die Kisten auf eine Barke verladen, und von Šibenik aus wollte man mit dem Zug fahren.

Schon aus der Ferne konnte man sehen, dass die Barke auf den grauen, schäumenden Wellen so kräftig hin und her geworfen wurde, als wolle die Natur nicht, dass Menschen ihr Haus und ihre vertraute Umgebung verlassen. Wenn einer von uns in Slawonien stirbt, schoss es Paulina durch den Kopf, wer wird dort zu seiner Beerdigung kommen? Die Heimat war ein Ort, an dem die Beerdigungen große Feste waren. Einen Toten verabschiedete immer das ganze Dorf. Wie wird das wohl in der Fremde sein? Sie hatte die Stütze im Himmel verloren, jetzt spürte sie, dass ihr auch die Stütze auf Erden abhanden kam. Aber das ist doch Unsinn, dachte sie gleich rebellisch, den Toten ist es sowieso egal. Und neue Gegenden kennenzulernen, kann nur ein Gewinn sein. Menschen, die immer in ihrem Dorf bleiben, lernen wenig Neues und sterben dumm, da nutzen ihnen die schönsten Beerdigungen gar nichts. Sie beschloss, daran zu arbeiten, dass ihr Herz noch härter und ihre Gedanken noch klarer würden als bisher, um derartige Zweifel im Keim zu ersticken, denn sie schwächten einen nur.

»Und Schwäche konnte sie sich als junge Witwe mit zwei Kindern nicht leisten«, schloss meine Mutter und legte ungefragt noch ein Kuchenstück auf meinen Teller.

**Oliva liegt in eine Decke eingehüllt, der Borawind** pfeift durch die Wände. Sie denkt über ihre Mutter Paulina nach, die jetzt den Herd anzünden und das Feuer mit trockenen Olivenzweigen anfachen würde. Oliva denkt, wie gut der alte Herd war, mit dem man heizen und kochen konnte, das hat immer Paulina gemacht, sie war die Hüterin des Feuers. Ihre Tochter liegt nun in der kalten Küche und hofft, dass die Mutter im Grab nicht allzu sehr friert. Oh, ja, mit dem Feuer kannte sich Paulina aus. Jetzt ist sie tot, und Oliva kann sie nicht mehr fragen, was sie fühlte, als sie die verbrannten Überreste des Hauses sah, in dem sie einst lebte. Oliva hat immer noch den Geruch in der Nase, sie ist damals an der verkohlten Ruine vorbeigegangen, obwohl sie Angst hatte, dass die Brandstifter sie erkennen könnten. Jetzt sagt sie sich, dass diese Dummköpfe niemanden erkennen konnten, sie hätten nur jemanden erkannt, wenn ihnen irgendwelche Spitzel aus dem Dorf etwas gesagt hätten. Sie hat nie über das ausgebrannte Haus mit Paulina gesprochen. Das Leben eines Menschen vergeht so schnell, denkt Oliva, es gibt nie genug Zeit, über die wichtigen Dinge zu sprechen. Häuser brennen oder verfallen, die Menschen sterben, nur die Erde bleibt. Geht es bei all den Kämpfen, die man im Leben durchmacht, nur um die Erde, in der wir am Ende begraben werden? Olivas Blick kreist durch die kühle Luft. Šimun wollte diese moderne Küche haben, alles ganz modern, immer vorwärts, vorwärts, »vorwärts« und »Zukunft« waren seine Lieblingsworte. Also kann man hier kein Feuer mehr machen, sondern man muss darauf vertrauen, dass Strom aus den Wänden kommt, aber mit diesem Vertrauen hat Oliva ihre Probleme.

Im Büro der Rechtsanwälte und Notare Dalbello & Partner kam so kalte Luft aus der Klimaanlage, dass der Schweiß, der an mir klebte, als ich endlich in der dritten Etage angekommen war, zu frieren begann. Draußen war es entsetzlich heiß. Auf dem Weg hierher war ich Gruppen erschöpft wirkender Touristen begegnet, die sich mit Mützen und Sonnenbrillen schützten, aber ansonsten hart im Nehmen waren und sich von ihren Besichtigungstouren nicht abbringen ließen. Sie schleppten Plastikflaschen mit Wasser herum, hätten aber besser daran getan, bis zum Sonnenuntergang in ihren Hotels zu bleiben.

Es war das zweite Mal in der kurzen Zeit, dass ich nach Kroatien gekommen war, dieses Mal wollte ich Nägel mit Köpfen machen und die Erbschaftsangelegenheit endgültig regeln. Ich freute mich sogar auf meinen Olivenhain, obwohl ich mir nicht vorstellen konnte, in ihm zu arbeiten. Aber mein Mann hatte behauptet, er sei wie geschaffen für die Gartenarbeit und er könnte sich vorstellen, dass wir ein ganz neues Leben anfangen würden. Eigentlich glaubte ich nicht daran, aber da es mich so sehr in die Sonne zog – der Sommer in Münster hat alle Eigenschaften des Herbstes –, kaufte ich im Internet einen Billigflug und verschwand, ehe mein Mann darüber nachdenken konnte, ob er mitkommen sollte. Üblicherweise fand ich deutsche Paare, die getrennte Konten haben und getrennt Urlaub machen, ganz entsetzlich, aber plötzlich fand ich es vernünftig. Mein Mann, der sich wahrscheinlich nicht eingeladen fühlte mitzufliegen, entschloss sich zu einer Wanderung im Schwarzwald und kaufte sich neue Wanderschuhe, bevor er mich zum Flughafen brachte. Die Hitze hier machte mich neidisch, und ich überlegte, wie ich mich ihm doch noch anschließen konnte.

Mein Termin war um 12.30. Als ich klein war, hatten alle Büros und Geschäfte an der Küste zwischen 12 und 17 Uhr geschlossen. Diese neuen Öffnungszeiten waren der Entwicklung der Klimatechnik zu verdanken. Das Kondenswasser tröpfelte an jeder Hausecke vor sich hin und hinterließ Spuren auf dem gelblichen Stein.

»Das Haus Ihrer Urgroßtante Klara ist von Italienern in Brand gesetzt worden. Aber das Grundstück, auf dem sich heute ein albanischer Goldschmied mit seinem kleinen Laden eine goldene Nase verdient, ist immer noch auf ihren Namen eingetragen« – Rechtsanwalt Marković sah mich ernst an. – »Diese Tante Klara hatte keine Kinder…«

»Doch, sie hatte einen Sohn, der im Zweiten Weltkrieg unter merkwürdigen Umständen gefallen ist. Ich muss meine Mutter fragen, ich erinnere mich nicht genau an diese Geschichte. Ich weiß nur, dass Klara und ihr zweiter Mann Jure nach dem Brand im Haus ihrer Schwägerin wohnten.«

Der Rechtsanwalt winkte ungeduldig mit seiner Hand ab, an der er einen goldenen Ring mit einem quadratischen schwarzen Stein trug: »Die einzigen Erben dieses Grundstücks sind Ihre Mutter und Ihre Tanten. Dasselbe gilt auch für das Grundstück, auf dem das Haus ihrer Urgroßmutter Paulina stand.«

Ohne diesen Anwalt, der mit einem Brief in mein Leben geplatzt war, hätte ich die Hälfte von dem, was ich jetzt über meine Familie wusste, nie erfahren, und trotzdem empfand ich einen Widerwillen dagegen, mit ihm darüber zu sprechen. Vielleicht weil er den toten Sohn der armen Klara einfach übergangen hatte? Aber was konnte er dafür?

»Meine Urgroßmutter Paulina hatte kein eigenes Haus. Sie lebte zusammen mit ihrer Mutter und ihrem Stiefvater, beide sind vor dem Krieg gestorben. Sie lebte weiter mit ihrem Sohn Benedikt und seiner Familie in diesem Haus, bis die Italiener es ebenfalls niederbrannten, danach wohnte sie bei meiner Großmutter Oliva. Das sind schon zwei abgebrannte Häuser, die auf das Konto der italienischen Besatzer gehen« – ich versuchte ironisch zu klingen.

Er kreuzte die Arme vor der Brust, sodass seine goldenen Manschettenknöpfe mit kleineren schwarzen Steinen – offensichtlich passend zu dem Ring – sichtbar wurden (ihm war wirklich nicht heiß! Vermutlich stand sein Auto in der Tiefgarage, dort konnte er genauso die Klimaanlage aufdrehen, dann bis zur Garage vor seinem Haus fahren, wo ihn schon wieder eine Klimaanlage erwartete, sodass er vielleicht gar nicht wusste, dass draußen gerade der Weltuntergang aufgrund der globalen Erderwärmung nahte).

»Ihre Urgroßmutter hatte als Einzige der Familie Nachkommen, die auch dieses Grundstück erben werden. Mir ist bekannt, dass Paulinas Halbschwestern Dora und Kata unverheiratet geblieben sind. Und – es ist das einzige Grundstück, das fein säuberlich auf den Namen Ihres Ururgroßvaters Frane eingetragen ist. Ich weiß, ich weiß, er war nicht der leibliche Ururgroßvater, aber er hatte keine weiteren Erben. Auf diesem Grundstück steht heute eine Metzgerei, die übrigens in der ganzen Gegend für ausgezeichnetes Lammfleisch bekannt ist.«

Da sein Gesichtsausdruck in diesem Augenblick allzu genießerisch auf mich wirkte, sagte ich trotzig: »Ich mag kein Lammfleisch.«

Sein Mund weitete sich zu einem Grinsen: »Oh, so ein zartes Lämmchen am Spieß … das ist eine lokale Spezialität …«

»Wie das gefüllte Gemüse, so sind auch die Lämmer am Spieß Erbstücke des Osmanischen Reichs« – als Enkelin eines Partisanenkochs und Tochter eines chaotischen Ingenieurs, der Experte für das Einlegen von hartem Schafskäse in Olivenöl mit Peperoncini ist, erlaubte ich mir diese belehrenden Worte. Wenn ich schon meinem Vater nie die Wahrheit bezüglich der Herkunft seiner Rezepte sagen konnte, diesem Anwalt gegenüber musste ich meine Meinung vertreten.

Herr Marković wollte mir das letzte Wort in kulinarischen und nationalen Fragen nicht zugestehen: »Und von wem haben die Türken ihre Kochkünste übernommen? Von den Arabern oder Persern? Oder war es umgekehrt? So gesehen gibt es überhaupt keine nationalen Küchen, Rezepte wandern schneller durch die Welt als Ideen.« Er dachte kurz nach: »Man übernimmt gefüllte Paprika und Pilaw schneller als den muslimischen Glauben, nicht wahr?«

Allem Anschein nach hatte ich das Lieblingsthema von Herrn Marković getroffen. Er erinnerte mich immer mehr an meinen Vater, auch wenn er nicht selbst zu kochen schien, sondern sich eher bekochen ließ. In teuren Restaurants. Er schnalzte leicht mit der Zunge, und jeden Moment konnte ich eine Einladung zum Essen erwarten. Es war sowieso Zeit für eine Mittagspause. Oder war das ein Ausdruck seiner Freude über die Rechnung, die er stellen würde? Es verwirrte mich, dass er so ruhig und höflich blieb und in keine der Schubladen, in die ich ihn stopfen wollte, so recht passte. War er einer jener Anwälte, die zusammen mit der Immobilienmafia die ganze Küste verscherbelten, oder war er wirklich daran interessiert, dass meine Familie ihr Eigentum zurückbekam? Einer der Juristen, die begriffen, dass Rechtstaatlichkeit und in diesem Rahmen das Privateigentum die Grundlage für Demokratie sind? War das Großprojekt »Sozialismus« meines Großvaters Šimun nicht ausgerechnet an diesen Fragen gescheitert?

Herr Marković sah mich nachdenklich an: »Unsere lokale Küche ist schlicht. Wenn Sie mich fragen: Manchmal kann das auch eine Tugend sein. – Sie hätten übrigens das Recht, von den jetzigen Hausbesitzern, die auf diesen Grundstücken ihre Geschäfte machen, Geld zu verlangen. Mit diesem Geld könnten Sie Ihren Olivenhain bewirtschaften.« Das Wort Geld bekam in seinem Mund etwas Anzügliches. Oder zumindest kam es mir so vor. Seine goldenen Manschettenknöpfe funkelten dabei würdevoll vor dem Weiß seiner Ärmel.

Mit diesen beiden Grundstücken hatte niemand in der Familie gerechnet, vermutlich schlug der Anwalt diesen Weg vor, weil es leichter war, arme Schlucker zu verklagen als irgendwelche Bonzen. Außerdem war wahrscheinlich etwas faul mit diesen Grundstücken, sonst wären sie irgendwann einmal erwähnt worden. Da ich um die Großzügigkeit meines Großvaters wusste, der geglaubt hatte, dass es nur eine Frage der Zeit sei, bis der Privatbesitz ein für allemal abgeschafft würde, sagte ich:

»Warum versuchen Sie nicht, das Recht meiner Familie auf das Grundstück, auf dem heute das Wellness- und Spa-Resort des Hotels ›International‹ steht, durchzusetzen, anstatt irgendwelche armen Metzger und albanischen Goldschmiede zu verfolgen?«

Es war, als würde meine Urgroßmutter Paulina aus mir sprechen. Der Rechtsanwalt sah mich ratlos an. Der Ärmste, so viel Engagement für die soziale Gerechtigkeit war ihm seit langer Zeit nicht mehr begegnet. Ich fühlte mich lächerlich und überlegte, dass ich ihm den Auftrag für die beiden Grundstücke, auf dem die verbrannten Häuser einst standen, doch erteilen werde.

**Oliva sitzt am Küchentisch und schält einen Granat**apfel. Sie müssen so reif sein, denkt Oliva zufrieden, dass die dünne, lederne Haut von alleine Risse bekommt. Und das Allerwichtigste ist, beim Auffangen des Safts und beim Auslösen der Kerne geduldig zu sein. Ganz langsam die hellen Zwischenhäute lösen und die Kerne vorsichtig in die Schale legen, um Spritzer zu vermeiden. Die Kerne sind wie hart gewordene Tränen, durchsichtig und glatt, salzige Tränenflüssigkeit vermischt mit frischem Blut. Als hätten die Augen Wunden gehabt. Als wären sie ausgestochen. Oder wie kleine, blutige Zähne, denkt Oliva. Nein!, sagt sie jetzt laut und ärgert sich über sich selbst. Denk an etwas Schönes, Oliva, die Kerne sind wie funkelnde Rubinsteine oder Granate, solche wünsche ich mir als Ohrringe. Und einen als Anhänger. Oder eine Kette aus Perlen und Granat, die in der Sonne glitzern. Niemand wird sie mir schenken, ich bin eine kranke Frau, die sie nicht mehr braucht, aber es ist schön davon zu träumen. Von einem Reiter in einem slawonischen Dorf, der in der Tasche seiner hochgeschlossenen Uniform ein Geschenk für mich verbirgt. Es sind so viele Kerne, eng aneinandergedrängt, wie Fischeier, denkt sie angewidert. Sie erinnert sich an einen Fisch, den ihr Mann gefangen hatte, der mit dem Bauch voller Eier auf ihrem Teller lag. Denk doch an etwas Schönes, sonst verdirbt es dir noch den Appetit, dabei gibt es nichts Leckereres als Granatapfel! Aber es wäre ein Fehler, sich gierig auf die Kerne zu stürzen, es ist besser, sie leicht zu zuckern und zugedeckt in der Schale liegen zu lassen, eine Stunde oder länger, auch hier heißt es, geduldig zu sein. Aber nicht zu lange! Sie dürfen nicht ganz weich werden und ihr Kern darf sich nicht trocken anfühlen. Olivas Hände sind klebrig, sie hantiert bedacht mit Messer und Fingern. Man könnte Oliva in diesem Augenblick für die dick gewordene Lady Macbeth halten, die an einem Tisch mit Plastikdecke sitzt, Design alte Kaffeemühlen. Solche Kaffeemühlen hat es bei uns doch nie gegeben, denkt Oliva, und der Granatapfelsaft fließt in dünnen Rinnsalen an ihrem Handgelenk entlang.

Die Sehnsucht nach dem Meer, die früher oder später jeden Menschen überkommt, der am Ufer eines Meeres geboren ist – sei es hinter den Dünen des Baltikums oder den Klippen des Atlantiks oder in der Nachbarschaft des von Möwen umflogenen Galata-Turms am Bosporus, um nur einige Möglichkeiten zu nennen – holte auch meine Urahnen im fernen Slawonien ein.

Nach anfänglicher Begeisterung – die hiesigen Häuser waren aus festen Ziegelsteinen gebaut und viel größer als ihr Haus in Vodice, und wohin man auch schaute, wurde man schon vom bloßen Anblick satt: In den Gärten wuchsen Kartoffeln und Kürbisse, Quitten und Äpfel, die bunten, fetten Hühner gackerten in den Höfen und legten ein Ei nach dem anderen, die grau gefleckten Schweine waren rund wie Weinfässer, und die unendlich großen Weizen- und Maisfelder rauschten manchmal wie Wellen, nur dass man dabei nicht den Geschmack von Fisch, sondern von Brot auf der Zunge hatte – verfielen Frane, seine Frau Ana, Paulina und ihre beiden jüngeren Halbschwestern Dora und Kata in Nostalgie.

Keiner wagte es, das Thema anzusprechen, aber an der Art, wie Dora und Kata in die Ferne blickten, wie sie immer wieder seufzten, wie Paulina beim Nähen innehielt, wie Frane abends gedankenversunken seine Suppe löffelte und wie sich Ana beim Ausfegen ihres neuen Hauses, das sie zu einem günstigen Preis von einem wohlhabenden Landwirt gemietet hatten, auf den Besen stützte, hätte ein aufmerksamer Beobachter erkennen können, dass die Erinnerung an das Meer den familiären Pragmatismus zu besiegen drohte. Außerdem war Klara, die frisch verheiratete Schwester Paulinas, in Dalmatien zurückgeblieben, und der Familie, die den Zusammenhalt zum obersten Credo erhoben hatte, war dieser Gedanke unheimlich. Nachrichten über Klara und ihr neues Leben erreichten sie nur selten, und das quälte vor allem Ana, die deswegen immer schlechter schlief.

Die Kinder, die inzwischen aufgehört hatten, Kinder zu sein, ließen sich nichts anmerken, vielleicht hatten sie in der Farbenpracht Slawoniens das Blau des Meeres auch vergessen, obwohl ich mir das schwer vorstellen kann. Die Tage waren für sie wohltuend eintönig, Olivas Backen wurden noch runder, Paulina hatte ihr Leinenblusen genäht, die verheißungsvoll über ihren prall gewordenen Brüsten spannten, und lange weiße Röcke, die sie in ein ständiges Brautgefühl versetzten. Nur dass es keinen Bräutigam gab, aber die süße Wartezeit hatte begonnen.

Benedikt hatte den Zauber von Kultur und Bildung entdeckt, und zwar in den Reihen des Vereins »Bauerneintracht«, einer Einrichtung, die von der größten politischen Partei Kroatiens, der Bauernpartei, ins Leben gerufen worden war. Dieser Verein organisierte Alphabetisierungskurse und Lesezirkel für Bauern, Abendveranstaltungen, auf denen landwirtschaftliche, politische, ökonomische und kulturelle Themen behandelt wurden, selbstverständlich in einer einfachen, für alle verständlichen Form.

Die wirtschaftlichen Zusammenhänge wurden an vertrauten Beispielen erklärt, etwa indem die Getreide- und Fleischpreise mit den Gewinnen der Banken verglichen wurden, was die Bauern so verärgerte, dass sie beinahe den Vortragenden verprügelt hätten. Dieser Vorfall ereignete sich am Vorabend der großen Wirtschaftskrise und vorgetragen hatte ein von Tuberkulose gezeichneter junger Mann mit fiebrigen, prophetischen Augen, der eine rot-weiß-blaue Stoffblume am Revers seines speckigen Sakkos trug. Benedikt hörte gespannt zu, machte Notizen und kaute lange an seinem Bleistift, staunte über die sich anbahnende Prügelei, sprang auf, um die aufgebrachten Freunde zu beruhigen, und beschloss, dieses Thema mit Frane und Paulina zu diskutieren. Seine Schwester Oliva hörte bei solchen Diskussionen gerne zu, sagte aber nie ein Wort. Benedikt fragte sich manchmal, ob ihn seine Mutter dabei nicht ein wenig ironisch anschaute.

Oliva begeisterte sich vor allem für die Theatergruppe, die die »Bauerneintracht« ins Leben gerufen hatte. Sie spielte die Julia in einer Nachdichtung des Stückes von Shakespeare, die ihrerseits eine deutsche Nachdichtung aus dem Englischen war, sodass der Text hochtrabend daherkam und sie sich die Hälfte nicht merken konnte. Ihre langen schwarzen Zöpfe eigneten sich wunderbar für die Balkonszene, für die sie als eine Mischung aus Rapunzel und Julia tobenden Applaus bekam, und später erzählte man, dass sich zwei Burschen ihretwegen geprügelt hätten, wovon sie nichts mitbekommen haben wollte.

Ansonsten waren die slawonischen Bauern friedlich, ihre Art, die Vokale in die Länge zu ziehen, sich nach dem Essen über die Bäuche zu streicheln und jede Neuigkeit zunächst stumm zu bestaunen, ließ eine Gemütlichkeit aufkommen, die auch durch die vielen Gänsedaunen in den Kopfkissen und Bettdecken gefördert wurde, wenn man abends in den weichen Betten in den Schlaf sank. Die Unruhen in anderen Teilen des Landes, die Unzufriedenheit mit den serbischen Gendarmen, die gegen die linken Studenten und Arbeiter genauso vorgingen wie gegen die nationalen Bewegungen im Vielvölkerstaat, die angesichts des despotischen Stils des neuen Königshauses immer heftiger wurden – all das ließ die Bauern in diesem seit jeher wohlhabenden Dorf unbeeindruckt.

Tante Bianka erzählte mir, dass sich ihr Vater Benedikt mit so viel bäuerlicher Geduld nicht zufriedengab. In einem der Vorträge wurde vorsichtig angedeutet, dass die hungernden Massen in Russland den Kaiser gestürzt hätten, um eine gleichberechtigte Gesellschaft aufzubauen. Der Vortragende versäumte nicht, auf die bedauerliche Naivität dieser Bauern zu verweisen, die er vor allem auf deren mangelnde Bildung schob, doch Benedikt blieben diese Sätze im Gedächtnis. Ein anderes Mal hörte er, dass die Russen auch die nationalen Grenzen sprengen und eine Internationale der Arbeiter und Bauern gründen wollten, denn alles Böse komme von den Herrschern, Kaisern und Königen, Banken und Fabrikbesitzern – auch diese These leuchtete Benedikt ein.

»Zu Hause bestätigte ihm Paulina, dass sie schon vom russischen Oktober erfahren hatte und dass auch sie fand, es müsse für alle Menschen auf der Welt die gleiche Gerechtigkeit geben«, sagte Tante Bianka. Sie war es, die sich fragte, ob Paulina ihr Herz damals nicht doch an einen der Revolutionäre aus Vodice verloren hatte, ohne sich das eingestehen zu wollen. Mirta, Flora und Viola behaupteten dagegen, dass Oma Paulina wie eine Nonne gelebt und Männer gar nicht bemerkt habe. Ich stellte mir lieber vor, dass Tante Bianka recht hatte und die Erinnerung an jene jungen Männer aus Vodice bei meiner Großmutter Sehnsucht wachrief.

Es wurde viel musiziert in Slawonien. Tamburizza-Orchester, Tanzgruppen und Chöre füllten die langen Winterabende mit einer erotischen Begeisterung, die die Luft vibrieren ließ. Die Füße stampften auf den Holzdielen des Vereinssaals zu grellen Gesängen junger Mädchen und den Klängen der Saiteninstrumente, die die Bauernjungen mit ihren geröteten Fingern spielten. Dazu trank man slawonische Weine.

Die Stadt Ilok rühmte sich der besten Weine in diesem Teil der Welt und womöglich in der Welt überhaupt, aber keiner dieser Weine gefiel Frane, der vergeblich versuchte, die Sonne Dalmatiens, die ihre Spuren in den dalmatinischen Trauben hinterlässt, aus den vorsichtig genommenen Schlückchen herauszuschmecken. Er nippte an seinem Glas und nickte Benedikt zu, während dieser verträumt seine Tamburizza spielte, dazu sang, mit den Zehenspitzen im Takt wippte und lächelte.

Paulina gönnte ihrem Sohn, der kein Junge mehr war, sondern ein stattlicher junger Mann, diese Freude, viel lieber war es ihr allerdings, wenn er die Bildungskurse besuchte und später auch selbst eifrig organisierte. Sie glaubte, dass der Sohn ihre Gabe des gewandten Formulierens geerbt hatte, war sie selbst doch bekannt dafür, dass sie ihre Kundinnen in Erstaunen versetzte, weil sie nicht die Klatsch- und Tratschgeschichten aus dem Dorfleben hören wollte, sondern ihnen die Nach- und Vorteile der Ehe, die Zeitstruktur eines Jahres als Abfolge von Säen, Ernten und Ruhepausen, die Vorzüge des Olivenöls gegenüber dem Schweineschmalz (hier stieß sie bei den Slawonierinnen allerdings auf Unverständnis) oder den Sinn und Unsinn des Betens erläuterte: »Es ist gut für euch selbst, aber glaubt ihr wirklich, die heilige Mutter Gottes erhört euch, und zwar jede einzeln? Wo käme sie denn hin, wisst ihr überhaupt, wie oft ihr sie an einem Tag anruft! Für jeden Blödsinn. Maria hilf hier, Maria hilf da«, schimpfte sie, und die Bäuerinnen dachten nach und schämten sich ein wenig.

Paulina bediente sich gerne der Volksweisheiten, die sie irgendwo aufgeschnappt hatte (Paulina merkte sich immer alles), und sie sagte Dinge wie: »Ein Dummkopf kann einen Stein in den Brunnen werfen, den hundert Weise nicht herausholen können.« Zusammen mit den verdutzten Bäuerinnen, die zum Anprobieren der Blusen und Unterröcke stillhielten, stellte sie sich dann die Weisen vor (die Bäuerinnen hatten die drei Weisen vor Augen, die Jesus im Stall besucht hatten, Paulina eher solche Persönlichkeiten wie Lenin oder Roosevelt), wie sie sich über den Brunnen beugten und die glatte Wasseroberfläche betrachteten, sich über ihre Bärte strichen und keine Lösung fanden. Oder sie sagte: »Auch der beste Wind kann es nicht allen Schiffen recht machen«, und die Bäuerinnen, die nie das Meer gesehen hatten, hörten ihr mir halb geöffneten Mündern zu, wenn sie ihnen alles über Winde, Schiffe und das Meer erklärte. Paulina war selbst das beste Beispiel eines guten Windes, denn sie versuchte nie, es jemandem recht zu machen.

Und ihr Sohn auch nicht. Er hatte die Träume seiner Mutter von einem Studium endgültig zerstört, als er bei einer der seltenen Reisen nach Vodice die schöne Magdalena kennengelernt hatte. Ohne irgendjemanden zu fragen, hatten die beiden nach nur einem Monat geheiratet. Seit zwei Jahren lebte nun das junge Paar in Slawonien, und Paulina hatte alle Hände voll mit Bianka und Niko zu tun, ihren lebhaften Enkelkindern.

Da die Zeit nicht stillsteht und Ereignisse einzutreten pflegen, wann sie wollen und nicht, wann es gerade in das Leben der einzelnen Menschen passt, wurden die tanzenden, singenden und sich bildenden Mitglieder des Vereins »Bauerneintracht« am 20. Juni 1928 mitten aus ihrem tüchtigen Leben in eine ganz andere Realität versetzt.

Im Parlament des erst zehn Jahre alten gemeinsamen Staates der Serben, Kroaten und Slowenen wurde der Präsident der Kroatischen Bauernpartei Stjepan Radić durch zwei Schüsse eines aufgebrachten Abgeordneten der Serbischen Radikalen Partei schwer verletzt. Der Schütze Puniša Račić tötete zwei kroatische Delegierte und verletzte noch weitere zwei. Er war ein nervöser Mann, den diese kroatische Sprache, die er für einen verdorbenen Dialekt des Serbischen hielt, genauso auf die Palme brachte wie das Auftreten dieses Bauernführers, der immer dasselbe sagte, obwohl es nach Račićs Meinung nicht viel zu sagen gab.

Sowohl Seiner Hoheit, dem serbischen König Aleksandar Karađorđević, wie allen führenden Politikern in Serbien, also auch ihm, Račić, war klar, dass das zahlenmäßige Verhältnis von Nicht-Serben zu Serben das Problem dieses neuen Staates war, doch alle glaubten, dass dieser Nachteil durch das konsequente Ignorieren der Marotten der kleinen Völker zu bewältigen war. Und wenn jemand Marotten hatte, dann waren es die Kroaten, verkörpert in diesem lästigen Mann, mit seinem Bart und den Manieren eines Bauernsohns, der es zu etwas gebracht hat. Zumal dessen Name dem seinem so ähnlich war! Welch ein Ärger! Er, Račić, ein serbischer Radikaler, sollte sich nur durch ein č von einem kroatischen Bauern namens Radić unterscheiden! Das war ja zum Schießen!

Radić erzählte nur altbekannte Geschichten, etwa jene, dass das kroatische Volk tausend Jahre unter der Fremdherrschaft gelitten habe, sich aber in der Österreichisch-Ungarischen Monarchie, Gott hab sie selig, am Ende dann doch arrangiert hätte, und dass Reformen hätten in Gang gesetzt werden können, deren Umsetzung – an dieser Stelle hüstelte er leicht – durch das Attentat von Sarajevo, das bekanntlich ein junger Serbe verübt habe (einige unruhige Zuhörer im Saal fragten sich, was der Dicke damit andeuten wolle), verhindert worden sei, denn darauf folgte der Weltkrieg (die unruhigen Stimmen wurden lauter) und mit ihm der bekannte Zerfall der Monarchie (nun ähnelte das Parlament einem Bienenstock, in den sich gerade eine Bärentatze geschoben hat), aus deren Erbe man die Teile des neuen Staates der südslawischen Völker zusammengeflickt habe (wütende Rufe und ablehnende Gesten, der Dicke schien verrückt geworden zu sein).

So oder zumindest so ähnlich hatte sich Paulina die Ereignisse jenes verhängnisvollen Tages im Belgrader Parlament vorgestellt. Ihr Sohn verschlang alle Zeitungen, derer er habhaft werden konnte, er hörte, was die entsetzten und aufgebrachten Bauern bei ihren heimlichen Besuchen erzählten. Die Älteren erzählten in den ersten Tagen erzürnt, später andächtiger, immer und immer wieder neue Details, die ihnen zugetragen worden waren. Und dann? Und dann?, fragten die Jüngeren, rauchten und spitzten die Ohren. Benedikts Ohrmuscheln waren riesengroß, leicht transparent und von Äderchen durchzogen; sie glühten wie zwei Herdplatten.

Der Vorfall im Parlament war – Paulinas Fantasie zufolge, die sich aus verschiedenen Erzählungen und der königlichen Presse speiste – so ausgegangen: Als Radić gerade wieder in seine Klage über die Benachteiligung des kroatischen Volkes verfallen wollte, platzte Puniša Račić endgültig der Kragen. Diese dummen kroatischen Bauern ließen sich von den Ungarn oder den Italienern bis aufs letzte Hemd ausziehen, aber bei uns jammern sie über jede Steuererhöhung! Wovon sollen wir unsere Polizei bezahlen, die auf sie aufpasst, weil sie sonst den Staat stürzen? Als ob Staatsgeschäfte ein Tamburizza-Spiel wären! Undank ist der Welten Lohn! Den Hund haben wir genährt, damit er uns beißt!

Er sprang auf und zückte seinen Revolver, eine Parabellum (wieso ein Abgeordneter bewaffnet im Parlament saß, ist eine Frage, die hier nicht geklärt werden kann) und schoss.

»Die Lösung«, erklärte Benedikt seiner Mutter, die ihn, eine Stecknadel im Mund, misstrauisch anschaute, »die Lösung dieser serbisch-kroatischen Kontroverse ist einzig die Internationale der Arbeiter und der Bauern und die Abschaffung der Nation im Namen der unterdrückten Klasse.«

»Nun ja«, sagte Paulina, nachdem sie die Stecknadel energisch in den schwarzen Stoff gestochen hatte, »man schießt aber nicht im Parlament.« Benedikt sagte finster: »Zum Glück ist Radić nicht gestorben.«

Als Radić einige Wochen später in einem Zagreber Krankenhaus doch an den Folgen des Attentats starb, waren die Unruhen in Kroatien nur dank der einschlägigen Erfahrung der serbischen Gendarmen im Zaun zu halten. Einige Monate nach Radićs Tod ließ der König das Parlament auflösen und rief die Königsdiktatur aus, erklärte etwaige nationale Freiheiten samt allen Liedern, Tänzen, Flaggen, Sprachen, dreifarbigen Stoffblumen und sonstigem folkloristischen Geplänkel für überflüssig, da es ab nun nur noch eine einzige, von ihm höchstpersönlich garantierte staatliche und königliche Freiheit geben würde. Den Namen des Landes änderte er in Königreich Jugoslawien.

Während sich ganz Kroatien auf das Begräbnis von Stjepan Radić vorbereitete und die Luft vor Spannung so zäh wie ein Palatschinken-Teig schien (nur dass niemandem nach Palatschinken war, die Menschen hatten mit jeder Hoffnung auch den Appetit verloren), begannen Ana und Frane Vorbereitungen für die Rückkehr nach Dalmatien zu treffen. Sie spürten, dass sich eine ungewisse Zukunft vor ihnen auftat, und diese wollten sie zu Hause erleben und nicht in der Fremde. Paulina erinnerte sich an die Barke, die am Tag ihres Abschieds von Vodice wie eine Nussschale von den Wellen hin und her geworfen worden war.

Ausschlaggebend für die Entscheidung zur Rückkehr war am Ende die Nachricht von der Erkrankung des Schwiegersohns, den sie kaum kannten und auch nie besser kennenlernen sollten, denn er starb, bevor sie Dalmatien erreichten. Als sie endlich eingetroffen waren, fiel Klara der Schwester um den Hals und sagte schluchzend: »Es war eine schöne, große Beerdigung, das ganze Dorf war da!« Ihr kleiner Sohn meldete sich unruhig aus seiner Wiege, und Paulina wandte sich von Klara ab und beugte sich zärtlich über ihn.

Benedikt wollte einen Umweg über Zagreb machen. Schweren Herzens ließ Frane ihn gehen – die Hände und die Muskeln eines jungen Mannes waren bei der geplanten Umsiedlung nach Dalmatien sehr nützlich.

Oliva, die jeden Abend glühende Blicke mit einem vornehmen serbischen Offizier wechselte, der in einer hochgeschlossenen Uniform durch die breiten Dorfstraßen ritt, packte schweigend ihre langen Röcke zusammen. Für die Liebe muss man die familiären, nationalen, politischen und alle anderen Bande aufgeben, so viel hatte sie aus der schlechten Übersetzung des Stückes von Shakespeare behalten.

*O Romeo, Romeo,*
*wherefore art thou Romeo?*
*Deny thy father and refuse thy name,*
*Or if thou wilt not, be but sworn my love,*
*And I'll no longer be a Capulet.*

Hätte man in das Herz des hübschen Offiziers schauen können, als er vom Umzug der Familie des dalmatinischen Schreiners hörte, so hätte man dort einen feinen Riss entdeckt – wie in einem gesprungenen Glas.

**Oliva hat schlecht geträumt, und jetzt zittert sie unter** ihrer Decke und spürt, wie verschwitzt sie ist. Sie weiß, dass sie schon wieder vom Ziegelwerk geträumt hat, aber sie will sich nicht daran erinnern und das verhasste Wort kann sie sich auch nicht merken, sie vertauscht das G und das L und verbannt das falsche Wort ZIELEGEWERK tief in ihrem Inneren, CILGANA statt CIGLANA. Dieses Schwitzen macht ganz schön hungrig, denkt Oliva, ich hole die Kekse, die mir Mirta gebracht hat, sie allein versteht, dass der Mensch nicht nur durch Äpfel wieder zu Kräften kommen kann. Bianka ist zu ernst, Viola zu unruhig, Flora zu leichtsinnig, nur Mirta weiß, was ich brauche. Es sind zum Glück Schokoladenkekse, denn von trockenen Keksen ist noch nie jemand wieder auf die Beine gekommen. Früher hat Oliva Johannisbrot geknabbert, aber dafür reicht die Kraft ihrer Zähne nicht mehr. Wenn ich nur den Samen der Kakaopflanze bekommen könnte, dann würde ich sie züchten, denkt Oliva. Dann hätte ich meine eigene Schokolade und nie mehr Angst vor dem Schwachwerden.

»Ich habe alle Urkunden, die Sie brauchen, zusammengetragen«, verkündete ich der sichtlich gleichgültigen Frau. »Hier, die Sterbeurkunden meiner Ururgroßmutter Ana, meiner Urgroßmutter Paulina, ihrer Schwester Klara, meiner Großmutter Oliva und die Urkunden aller dazugehörigen Männer. Einschließlich der, die im Krieg gefallen sind. Die Sterbeurkunde der zweiten Frau meines Urgroßonkels Benedikt, die von den Italienern erschossen wurde, ist auch dabei.«

Ich kam mir vor wie ein Engel des Todes.

»Fein«, sagte die Frau. »Und was wollen Sie jetzt damit tun?«

»Wie meinen Sie das?«, fragte ich erstaunt. »Sie haben mir etwas von der Bereinigung der Grundbücher erzählt, die voll von Namen verstorbener Besitzer sind. Und Sie haben gesagt, dass die entsprechenden Dokumente fehlen. Jetzt habe ich genau diese Dokumente mitgebracht, und wenn Sie alles eintragen, wird doch wohl herauskommen, dass die noch Lebenden die Besitzer der Grundstücke sind, oder habe ich Sie falsch verstanden?«

»Das geht doch nicht automatisch! Wo kämen wir denn da hin, wenn wir die Dinge so auf die leichte Schulter nehmen würden! Sie müssen für jeden Schritt in diesem Prozess einen gesonderten Antrag stellen. Selbstverständlich kann man Anträge nur auf einem eigens dafür eingerichteten administrativen Weg stellen, und diesen kann ich Ihnen heute nicht erklären, dafür müssen wir einen Termin ausmachen, denn so viel Zeit habe ich jetzt nicht, es gibt noch andere Bürger, die warten. Die Termine werden am Schalter 2 in der ersten Etage vergeben«, sagte sie und wandte sich demonstrativ ihrem Aktenschrank zu.

**Oliva liegt im Halbdunkel und ist glücklich, da** niemand zu Hause ist, um das Licht anzuknipsen. Die Glühbirne, die in einer orangefarbenen Glaslampe über dem Esstisch hängt, beleuchtet alles, auch jeden kleinen Riss in der Plastiktischdecke, man kann ja nicht ständig die Tischdecken wechseln, und sie gehen so schnell kaputt. Ihr Schwiegersohn Ivan hat damals nach dem Krieg die Elektrizität in das Dorf gebracht und sich dabei ihre Tochter Flora ausgeguckt. Flora war schön wie eine frische Rose, aber ihre Füße waren zu groß. Die Amerikaner hatten in ihren Hilfspaketen die schmalen und spitzen Shimmy-Schuhe und Knöchelriemchen-Pumps abgeworfen. Flora wollte sie auch tragen und hat viel dafür gelitten, es tut weh, wenn man zu kleine Schuhe trägt, vor allem wenn man früher immer nur barfuß gelaufen ist. Davor gab es Öllampen und Paraffinkerzen, oder war das später? Olivenöl brennt in den Öllampen am schönsten. Oliva wird das Alida sagen müssen. Einige Augenblicke lang zweifelt sie daran, dass Alida den Olivenhain schätzen wird. Aber wer denn sonst? Du hast alles gut aufgeteilt, sagt Oliva sich immer wieder. Oder hast du etwas vergessen? Die Kirschen für die eine Enkelin, den Schmuck und das Sparbuch für die andere, ein kleines Grundstück für die dritte, für die vierte noch einmal die Kirschen, das Boot für den Enkel, das Haus für die drei Töchter. Sie sind klug und erwachsen. Viola hat sogar ihr Fernstudium beendet. An das Wort kann Oliva sich nicht erinnern, aber irgendein Lernen war es. Sie hat nur das aufgeteilt, was für sie wichtig ist, aber jetzt macht sie sich Sorgen, dass die Beschenkten keinen Wert in diesem armen Erbe erkennen werden. Gab es weitere Grundstücke? Ihr Gedächtnis lässt sie immer wieder im Stich. Das Sterben ist gar nicht harmlos, wenn man die Erbschaft nicht regelt. Oliva hat immer wieder gehört, wie heftig Familien gestritten haben, wenn eine alte Frau wie sie starb. Das will sie verhindern, sie will nicht, dass ihre Kinder streiten. Ein Haus oder einen Garten hat noch nie jemand mit ins Grab nehmen können. Diesen Spruch hat sie von Flora gehört, als sie ihr vom

Testament erzählte. Manchmal ist es vorteilhaft, wenn man nur an Tanzen und an schöne Kleider denkt. Oliva ist von diesem Gedanken überrascht. Aber es stimmt: Flora will hier und jetzt schön leben, sie will keine Schwierigkeiten, Besitz interessiert sie nicht. Das, was alle als oberflächlich bezeichnen und weshalb Flora immer wieder ausgeschimpft wird, erscheint Oliva jetzt als weise. Sie hofft nur, dass sich diese Weisheit durchsetzen und keines ihrer Blumenkinder um den Besitz kämpfen wird.

*Der Gegensatz zwischen Serben und Kroaten ist also nicht neu, aber dass die Feindschaft die letzte gefährliche Verschärfung erhielt, dazu gehörte die Wahnsinnstat eines großserbischen Fanatikers, der vor ein paar Wochen mitten in der Parlamentssitzung in die Reihen der kroatischen Führer hinein seinen Revolver abfeuerte und neben andern Abgeordneten auch Stephan Raditsch, den vergötterten Bauernkönig, schwer und vielleicht zu Tode traf. Stephan Raditsch gehört zu den merkwürdigsten Gestalten der Gegenwart. Ein primitiver und komplizierter Mensch, phantastisch und kalt berechnend durcheinander. Bald ein Staatsmann von Mäßigung, bald ein roher, aufreizender Rhetor, nicht nur von der Pracht seiner Bilder berauscht … Das Weltbild dieses streitbaren und streitsüchtigen Menschen ist trotzdem eine pazifistische Utopie. Der Bauernhof ist sein Horizont, und sein Europa nicht mehr als eine Konföderation von ungezählten friedlich nebeneinander arbeitenden Bauernhöfen – die echte Vision eines christlichen Slawen, ein Panagrarismus, in dem kein Fabrikschornstein Platz hat.*

So Carl von Ossietzky am 7. August 1928 in seiner »Weltbühne.« Am nächsten Tag erlag Radić seinen Verletzungen. Seine Beisetzung wurde zu einem würdevollen und farbenfrohen Abschied der Bauern von ihrem König.

Es war die größte Beerdigung, die Zagreb je gesehen hat. Benedikt lief orientierungslos durch die Menge. Alles war voller Blumen. Mit Blumen waren auch all die Sonntagstrachten geschmückt, die die angereisten Frauen aus verschiedenen Landesteilen trugen, ihre waden- oder bodenlangen Röcke waren mit Rosen, Dahlien, Pfingstrosen, Begonien oder Ringelblumen bestickt, je nach der Gegend, aus der sie kamen.

Die Bauern aus Slawonien, mit denen Benedikt angereist war, hatten ihren Kranz aus Weizenähren mit rot-weiß-blauen Bändern geschmückt, jene aus dem Norden des Landes trugen ihren Kranz aus Gerste und Hafer, der mit Wiesenblumen verziert war. Am prachtvollsten erschien Benedikt der Kranz aus Dalmatien, getragen von hochgewachsenen Männern aus Split in ihren schwarzen Hosen, weißen Blusen und roten Seidenschärpen. Die Bauern aus Slawonien dagegen, die helle Leinenhosen trugen, breit und allzu kurz, dazu bunt gestickte Hemden und Hütchen aus schwarzem Filz, wirkten auf Benedikt plötzlich lächerlich, obwohl er in genau derselben Tracht noch vor kurzer Zeit seine Tamburizza gespielt hatte.

Er befand sich auf der Rückkehr nach Dalmatien, und diese grimmig blickenden, sonnengebräunten Männer von der Adria, die einen Kranz aus Christusdorn trugen, den sie kunstvoll mit Weintrauben, Feigen, Oliven und Salbeiblättern geschmückt hatten, erschienen ihm als lebendige Bestätigung für die Richtigkeit dieser Entscheidung. Er schloss sich dem Zug hinter diesem biblisch anmutenden Kranz an. Seine Mutter hatte ihm zwar erklärt, es gebe keinen Gott, keinen Jesus und am wenigsten eine Maria, und wenn es sie gegeben hätte, dann wäre sie eine einfache Frau gewesen, die keine Wunder vollbringen konnte. Aber er hatte in den wenigen Jahren Religionsunterricht genauso aufgepasst wie in den anderen Fächern, und so erinnerte er sich an die Worte: *Und weil die Ungerechtigkeit überhand nehmen wird, wird die Liebe in vielen erkalten.*

Er lauschte dem Gespräch zweier schlanker Mädchen, die in dalmatinischem Dialekt miteinander diskutierten. Sie sprachen von dem Gerichtsurteil gegen einen gewissen Josip Broz, in dessen Haus, einen Tag, bevor Radić starb, angeblich Bomben gefunden worden waren.

»Dieser Josip Broz ist ein Kommunist«, flüsterte die Dunkelhaarige, während sie geradeaus blickte, »er hat als Einziger zu Protesten aufgerufen, nach dem Blutbad im Parlament. Dort hat es Tote gegeben. Und nun sitzt er im Gefängnis.«

Die Brünette, die ihre eigentlich angenehme Stimme vor Aufregung kaum im Zaum zu halten vermochte, antwortete, dass sie von einem anderen Rebellen gehört habe, der heiße Ante Pavelić, und im Unterschied zu jenem gottlosen und internationalistischen Josip Broz, dem Kommunisten, sei Pavelić katholisch, dazu noch national gesinnt, ein wahrer Kroate. »Schade«, sagte sie laut, »dass in unserer Bauernpartei nicht auch solche mutigen Männer am Werke sind.«

»Josip Broz gefällt mir viel besser«, sagte die Dunkelhaarige entschieden. »Ich bin mehr für die Idee, dass alle Menschen Brüder sind, als für die Trennung der Menschen nach Nationen.«

»Nun, das hast du von der Brüderlichkeit«, sagte die Brünette laut und zeigte auf den imposanten Trauerzug, der sich hinter dem mit Blumen beladenen Sarg her bewegte.

»Nein«, sagte die Dunkelhaarige ruhig, »es ist so gekommen, weil sich die Menschen nach Nationen trennen und damit beeinflussen lassen.«

Josip Broz, den man später Tito nannte, wurde ein Prozess gemacht, der »Bombenlegerprozess«, bei dem er den königlichen Richtern ins Gesicht gesagt haben soll: »Ich erkenne dieses Gericht nicht an! Ich erkenne nur das Gericht meiner Partei an!«

Ante Pavelić, den man später Poglavnik nannte, ein Name, der »Oberhaupt« bedeuten sollte, aber eher wie »Großkopf« klingt, wurde nicht verhaftet. Man munkelte, dass eine kurze Unterredung seiner »kroatischen revolutionären Organisation« mit den Kommunisten nicht zu gemeinsamen Aktionen geführt habe – die Kommunisten wollten, ähnlich wie die Bauernpartei, auf eine Föderation in Jugoslawien setzen, sie wollten keinen rein kroatischen Staat.

Pavelić emigrierte nach Italien. Benito Mussolini war entzückt und vereinbarte mit ihm, Kroatien aufzuteilen, sollte es ihnen gelingen, das Königreich Jugoslawien zu zerschlagen. Mussolini belehrte Pavelić in historischen und geografischen Fragen: bis wohin sich das Römische Reich einst ausgestreckt hatte, und wie übermütig und lächerlich es gewesen sei, dass sich die Kroaten erfrecht hätten, diese Gebiete an der Küste im siebten Jahrhundert nach Christus zu besiedeln und für sich zu beanspruchen.

Das sah der Großkopf ein. Sein Herz schlug zwar für Kroatien, aber nur wenn er in diesem Kroatien das Sagen hatte, und dieser mächtige Italiener bot ihm an, ihm genau das zu ermöglichen.

Dafür lohnte es sich, ihm die kroatische Küste zurückzugeben, Mussolini hatte ja gesagt, dass sie ihm sowieso gehörte. Pavelić wäre aber nicht der weitsichtige zukünftige Führer seines Volkes gewesen, hätte er keinen Plan B gehabt, der allerdings noch nicht ausgearbeitet war: Pavelić wollte nur so tun als ob und sich später die Küste zurückholen. Er würde auf seine Treue zu den Deutschen setzen und diese im passenden Augenblick dazu bringen, ihm zu helfen. Er wusste zwar nicht wie, aber das machte jetzt nichts.

Auch Mussolini hatte einen Plan B, da er für diesen slawischen Bauerngroßkopf nur gut kaschierte Verachtung übrighatte: Sollte der Kroate unfähig sein, mit ihm gemeinsam das jugoslawische Königreich zu stürzen, könnte der Duce immer noch mit den Serben verhandeln, mit ihnen gemeinsam die Kroaten, das Hauptproblem des Königreichs, schwächen und dann ihr serbisches Königreich unterstützen. Auf alle Fälle sollte das Königreich die Küstengebiete an Italien zurückgeben. Diese Alternative war einleuchtend!

Benedikt, der später die Küste verteidigte, um die diese beiden so großzügig geschachert hatten, fuhr nach der Beerdigung von Stjepan Radić zurück nach Dalmatien, in der Gesellschaft der düsteren, schweigsamen Männer und der hübschen, jungen Frauen. Als er zu Hause angekommen war, erzählte er Magdalena von dem Gespräch zwischen der Dunkelhaarigen und der Brünetten. Sie sah ihn verliebt an und sagte: »Für mich ist Josip Broz Tito der bessere der beiden Rebellen.« Benedikt entschloss sich, von der Bauernpartei zu den Kommunisten zu wechseln.

Ein Lächeln umspielte die blassen Lippen meiner Tante Bianka, die sich jetzt in ihre Terrassenliege sinken ließ und die Augen schloss. Die Geschichte der Liebe zwischen ihren Eltern, die zu einem Beitrag zur Revolution wurde, war ihre Lieblingsgeschichte, und sie kostete jedes Wort aus. Als Kriegswaise und junge Sozialistin war Bianka von frühster Jugend an politisch interessiert, deshalb gab sie sich viel Mühe, mir diese Anfänge der Kommunisten und der Faschisten im damaligen Kroatien und insgesamt in Europa zu erklären. Dass sie auf ihre alten Tage wegen eines weiteren Krieges Serbien verlassen musste, um dann in Kroatien nicht wirklich akzeptiert zu werden (dafür hatte sie zu lange in Serbien gelebt und eine allzu jugoslawische Biografie gehabt), schmerzte sie offensichtlich viel weniger als die Tatsache, dass sich ihre Eltern wie zwei Schmetterlinge nach wenigen Flügelschlägen in Staub verwandelt hatten – so kurz hatten sie gelebt und so wenig hatte Bianka von ihnen mitbekommen.

**Oliva hat Zwiebeln und Salbeiblätter mit Weißwein** und Mehl angeschwitzt und freut sich über die Kapern, die sie bald in die Soße gleiten lassen wird. Die hat ihr der Nachbar Kamilo geschenkt, sie kommen von der Insel Kapri unweit von Šibenik. Die Insel ist nach den Kapern benannt, es wachsen so viele dort. Hier in Vodice wachsen sie auch, die Pflanzen ergießen sich wie grüne Wasserfälle aus den Steinmauern. Die Kraft zum Wachsen beziehen sie aus dem Stein. Die Pflanzen, die Steine und die Sonne, denkt Oliva, waren vor uns da und werden nach uns da sein, gleichgültig und hochmütig, uns Menschen überlegen in ihrer Zeitlosigkeit. Obwohl sich Oliva selbst eigentlich ewig vorkommt. Dieses Leben dauert doch schon endlos, denkt sie, ich war immer schon da, nur dass ich nicht darüber nachdenken mag. Viel lieber wäre ich eine Kapernblüte, die ist so viel schöner als eine alte Frau. Jetzt schwimmen die Kapern in der Soße, dunkelgrüne Inselchen umschifft von hellgrünen Schiffchen aus Salbei. Früher haben die Frauen von den Inseln, deren Männer in Australien und Amerika waren, selbst ihre Boote ans Festland gerudert, um ihre Kapern oder Kirschen zu verkaufen, und wütend geschimpft, wenn die wenigen jungen Männer sich über sie lustig machten. Dabei war daran gar nichts lustig, aber die Männer haben immer schon geglaubt, besser, stärker und klüger als wir Frauen zu sein.

»Die von den Kommunisten nationalisierten Felder um die Fabrik ›Dalmatinische Kirsche‹ wurden im neuen Staat vom Privatisierungsfonds für eine symbolische Summe an verdienstvolle Personen verkauft, die sich im letzten vaterländischen Krieg hervorgetan haben.«

»Verdienstvoll?«, ich hoffte, dass Herr Marković mein Entsetzen heraushören konnte.

»Zugegeben, das waren häufig suspekte Verdienste, aber inzwischen wissen wir doch alle – und ich will überhaupt nicht zynisch sein –, dass nur die naivsten Menschen als einfache Soldaten in den Krieg ziehen, krank und verletzt nach Hause zurückkommen und dann um eine erbärmliche Sozialhilfe kämpfen müssen.«

Da war es wieder, dieses Thema: Waren diejenigen, die sich mit der Waffe in der Hand und ohne Schuhe an den Füßen gegen eine fremde Armada erhoben hatten, dumm?

»Der Einwand Ihrer Familie, dass diese Felder damals unter Tito denen weggenommen wurden, die im vorletzten Krieg gegen die Deutschen, Italiener und Kollaborateure gekämpft haben, mag stimmen. Sagen Sie jetzt bloß nicht, das sei ungerecht. Als gäbe es Gerechtigkeit in dieser Welt!«

Er will mir zeigen, wie rational er ist, dachte ich, während ich den Schaum von meinem Cappuccino löffelte. Herr Marković und ich saßen in einem Café unweit des Marktes von Zadar. Um uns herum war die Stadt erwacht – mit allen Geräuschen des Südens. Die Möwen kreischten, die Marktverkäufer schrien, die Schiffe ließen ihre Signalhörner hören, die kleinen Roller und Motorräder schlängelten sich durch den lauten Verkehr, ihre Fahrer begrüßten einander, und die abgehetzten Touristen mit geröteter Haut versuchten sich glücklich zu fühlen: Schließlich waren sie im Urlaub!

»Unter diesen Grundstücken, die sich zusammen mit der Fabrik ›Dalmatinische Kirsche‹ in den – nach heutigem Stand der

Dinge – politisch korrekten Händen befinden, sind also auch unsere Kirschhaine? Meine Mutter und ihre Schwestern könnten diese Grundstücke zurückverlangen. Aber Sie raten mir, dieses Anliegen aufzugeben?«

»Richtig. Wir konzentrieren uns auf realisierbare Projekte«, er breitete mit ruhigen Bewegungen eine Landkarte aus, die er im Katasteramt kopiert hatte. Mit einem leuchtend rosaroten Marker hatte er die Grundstücke meiner Ahnen gekennzeichnet – die Karte, die sich aus mehreren Blättern zusammensetzte, alle ordentlich mit einem durchsichtigen Klebestreifen verbunden, war voller rosa Flecken, wie ein Dalmatinerhund, der zum Punker geworden war.

»Die realisierbaren Projekte habe ich angekreuzt«, sagte Herr Marković feierlich. »Lassen Sie mich bitte kurz aufzählen.«

Er begann in der Mitte des Blattes und bewegte sich während seiner Aufzählung in konzentrischen Kreisen nach außen. Ich beobachtete die Karte, seine gepflegte Hand mit dem Ring, seinen konzentrierten Gesichtsausdruck und versuchte mich ebenfalls zu konzentrieren.

Ein Teil meiner Gedanken war ganz bei der Sache, bei den Nummern der Parzellen und den Namen der Verstorbenen, die auf ihnen eingetragen waren, sowie bei den Wegen, die wir – Herr Marković meinte sich selbst und mich – beschreiten sollten, um die Parzellen auf die heutigen Nachfahren zu übertragen.

Wir beide waren realistisch und ich sollte nur ja nicht versuchen, mich als Urenkelin von Paulina aufzuführen. »Sich auf die Gerechtigkeit zu berufen, bringt nichts«, hatte Herr Marković gesagt.

»Der Tourismus«, wiederholte Herr Marković an jedem Kreuzchen, als ob er mir eine Lektion fürs Leben erteilen wollte, »der Tourismus hat zu einer Verschiebung der Immobilienwerte geführt.«

Seine Stimme verwandelte die Macchia und Dornenbüsche, die Steine und die Schlangen im hohen trockenen Gras, die knotigen, verdorrten Olivenbäume und saftlosen Weinstöcke in

Geld. Hotelanlagen mit Wellness- und Spa-Anlagen, beheizten Swimmingpools, aus denen man das Meer sehen kann, Sterneköchen, die komplizierte französische und italienische Rezepte zubereiten, Terrassen mit Marmorfliesen (Grillstuben und Pizzerien waren nur für die Pavillons am Strand vorgesehen) wuchsen aus den rosaroten Flecken wie die giftigen Oleanderbüsche, die mein Vater immer bekämpfte, denn Oleander ist keine gute Gesellschaft für verzehrbare Pflanzen. Und die Oleanderblüten, die aus Herrn Markovićs Worten sprossen, entpuppten sich bei genauerem Hinsehen als Euroscheine.

Die alten Geschichten wurden bei jedem der rosaroten Flecken mit Kreuzchen kurz aufgewirbelt und wieder in die Vergessenheit zurückgeworfen. Aus den Flecken und Kreuzchen stiegen vor meinen Augen grobe Hände empor, die Netze voller Fische und Körbe voller Trauben schleppten, gebückte Frauen, die Unkraut jäteten, ausgestreckte Arme, die dunkelrote Früchte pflückten. In der Luft über dem Cafétisch wirbelten vergessene Hochzeiten, Begräbnisse, gewaltsame und friedliche Tode, italienische Soldaten, die in die Häuser eindrangen, sie plünderten und in Brand setzten, die potenziellen Erben derselben Häuser, die in den letzten Kriegstagen gefallen waren, so wie Olivas Bruder Benedikt, der in einem deutschen Militärmantel, einer Kriegsbeute, die ihn bestens vor dem Winter schützte, und in soliden deutschen Militärstiefeln, die er einem steif gewordenen Toten abgenommen hatte, von britischen Fliegern fälschlicherweise für einen Deutschen gehalten und im Tiefflug erschossen wurde. Dass auch sein Sohn Niko am Ende des Krieges ums Leben kommen würde, sollte Benedikt nie erfahren. Die Familie erreichte die Nachricht von Nikos Tod irgendwo im dalmatinischen Hinterland erst nach dem Krieg.

Mussolini war ein Liebhaber der italienischen Kultur und kannte seinen Dante auswendig. Hatte nicht schon der große Florentiner das Bild des naiven Kroaten entworfen, der mit offenem Mund das Antlitz Christi auf Veronikas Tuch bewunderte, und war das nicht eine Aufforderung an den Duce, den Erneuerer italienischer Größe, mit diesem stumpfen Völkchen an der östlichen Adria nicht allzu zimperlich umzugehen?

Wozu der alte Dichter doch gut war! Auch in der faschistischen Hymne, die den Namen »Jugend« – »Giovinezza« trug, fand sich Verwendung für ihn. Mussolini war geschmeichelt, in diesem Lied in einem Atemzug mit dem großen Poeten erwähnt zu werden – Dante und der Duce. Im Unterschied zu Dante Alighieri wurde er, Benito Mussolini, sogar zweimal erwähnt.

Die Grenzen des neu zu schaffenden Römischen Reichs waren durchaus etwas verschwommen, doch Mussolini war ein Mann der großen Gesten, der Dinge nicht so genau nehmen wollte wie seine teutonischen Kollegen, deren Kleinkariertheit er verachtete. Vom wahren Leben, von der glühenden Sonne, heißen Frauen und gutem Wein verstanden diese Teutonen kaum etwas, obwohl sie angeblich auch Lieder hatten, in denen sie Frauen und Wein besangen. Die Teutonen waren nahe verwandt mit den Italienern, denn die Italiener waren auch Arier, so wenigstens schrieb Mussolini: *Wir sind weder Hamiten noch Semiten noch Mongolen… wir sind aus dem Norden gekommen, über die Alpen, sind also reine Arier vom mediterranen Typus*.

Deshalb mussten die Familien der antifaschistischen Banditen mit Entschlossenheit und Strenge verfolgt werden, und ein weiteres Ziel galt es, nicht aus den Augen zu verlieren: Diese Region sollte vollständig italienisch werden, und neben den uns ureigensten kulturellen Verfahrensweisen, etwa der Vermittlung unseres Liedguts – denn wer wird nicht weich, wenn er »Giovinezza« hört? (an dieser Stelle schwoll Mussolinis Brust vor Rührung und Stolz), sollten wir durchaus nicht vor etwas konkreteren Maßnahmen zur Reduktion der kroatischen Bevölkerung in Dalmatien zurückschrecken.

Ich war in Gedanken auf Mussolinis Spuren gewandert, versuchte jedoch gleichzeitig der Geschichte von Herrn Marković zu folgen, dessen rechter Zeigefinger auf dem Meer vor Zadar lag. Das Meer war voller Pünktchen und Flecken, einer davon war rosarot.

»Im neunzehnten Jahrhundert war es den Aristokraten aus Zadar zu mühsam geworden, ihre Ansprüche auf die Inseln des Archipels Kornaten zu behaupten«, erzählte er. »Die Fischer und Bauern kauften ihnen die Inseln ab. Die Grundstücke wurden im Zuge der Agrarreform sogar in die Katasterbücher eingetragen, unter ihnen ein Weinberg, den der Vater Ihrer Urgroßmutter Paulina gekauft hat. Hierfür gibt es also eine alte Besitzurkunde, das habe ich von ihrer Tante Mirta erfahren, natürlich gilt eine Urkunde aus dem alten Königreich überhaupt nichts, aber sie ist immerhin ein Ausgangspunkt.«

»Für Sie gibt es wohl nur mehr oder weniger Geld bringende Immobilien!« – ich versuchte meinen Vorwurf scherzhaft klingen zu lassen.

»Ich will Ihnen helfen, den ganzen Besitz eindeutig zuzuordnen und daraus einen Gewinn für Sie und für Ihre Familie zu ziehen«, murmelte er beleidigt.

»Und dafür doch wohl eine Provision bekommen, vermute ich. Wie hoch soll diese Provision denn sein, wir haben darüber noch gar nicht gesprochen?«, stellte ich endlich die Frage.

»Wenn ich ehrlich sein darf – ich interessiere mich für einen ordnungsgemäßen Kauf eben dieses Weinbergs. Und dass ich es aufrichtig mit Ihnen meine, sehen Sie daran, dass ich schon eingeräumt habe, es handelt sich um ein wertvolles Grundstück. Allerdings muss es für einen Verkauf zunächst vorbereitet werden – wenn ich das für Sie erledige, erwarte ich von Ihnen einen Preisnachlass.« Herr Marković blickte mir derart offen in die Augen, dass es so schien, als hätte ich den ehrlichsten Anwalt von ganz Dalmatien vor mir sitzen. Und doch bereitete mir seine unerwartete Ehrlichkeit Unbehagen.

»Wieso sind Sie sich so sicher, dass meine Familie diesen Weinberg verkaufen will?«

»Niemand aus Ihrer Familie hat sich je für diesen Weinberg interessiert, warum sollten sie plötzlich an ihm hängen? Und ich werde Ihnen helfen, Ihren Olivenhain und andere realistische«, Herr Marković zog die Augenbrauen hoch und sah mich durchdringend an, während er weitersprach: »Grundstücke zu bekommen und das alte Haus ihrer Großmutter Oliva eintragen zu lassen, damit daraus vielleicht ein schönes Hotel werden kann.«

Ich hatte den Eindruck, dass er entweder mit Tante Viola oder mit meiner Mutter oder womöglich mit meinem Mann gesprochen hatte. Mirta würde ihm nie den Weinberg verkaufen! Und doch hatte ausgerechnet sie ihm von der Urkunde erzählt. Vermutlich hatte sie ihn angegiftet und ihm irgendetwas ins Gesicht geschleudert, etwas wie: »Wenn Sie glauben, dass wir keine Beweise für unseren Besitz haben, dann irren Sie sich.«

Ja, so wird es sich abgespielt haben, sie hat wahrscheinlich Olivas Testament und andere Dokumente gefunden, dann hat sie sich jahrelang mit ihren Schwestern beraten, darüber wie sie es angehen sollten, ohne irgendetwas zu entscheiden, was meiner Mutter nur zu gut passte (»nema problema!«), auch Bianka hatte nichts dagegen (»Kommt Zeit, kommt Rat«), aber als Viola verkündete, dass sie dem Zerfall des Hauses nicht mehr tatenlos zusehen wollte, kam Mirta wie eine Rachegöttin von ihrer Insel angereist. Sie fand den Anwalt und hat ihm wahrscheinlich gesagt: »Sehen Sie zu, dass Sie die Angelegenheit mit dem Hotel ›International‹ regeln, dann können Sie für uns auch alle weiteren Einträge abwickeln, wir werden Sie ordentlich bezahlen!« Und dann reiste sie in ihrer königlichen Haltung wieder ab und wartete jetzt darauf, dass alles gelöst würde, doch der von ihr beauftragte Anwalt scheute das Thema »International« wie der Teufel das Weihwasser.

Wurde er dafür von der Gegenseite bezahlt? Dem jetzigen Besitzer des Hotels war – den lokalen Medien und den Dorfgerüchten zufolge – einiges zuzutrauen. Solche Geschichten konnte man hier jeden Tag in Zeitungen lesen. Zum Beispiel ließ sich ein Anwalt aus Split Geld von zwei ausländischen Investoren geben, damit er für sie eine kleine Fabrik an der Küste kauft, doch ein zwielichtiger kroatischer Unternehmer, der diese Fabrik ebenfalls haben wollte, bezahlte ihn dafür zu behaupten, es gäbe keine Investoren. Also verkaufte der Staat die Fabrik weit unter Preis an den Unternehmer. Der Anwalt spielte mit, er behielt das Geld von den naiven Ausländern und kassierte zusätzlich Geld von dem kroatischen Unternehmer. Die Ausländer verklagten ihn, aber der Prozess schleppte sich unendlich lange hin. Die Fabrik fiel in die Hände von Immobilienhändlern, die nur an dem Grundstück interessiert waren, die Arbeiter wurden entlassen und die Produktion eingestellt. Das nannte sich dann Privatisierung. Das ganze Land wurde verscherbelt und in Hotels umgewandelt. Und meine Familie saß auf den Grundstücken, die wie geschaffen für eine touristische Zukunft waren. Man musste nur die Grundbücher in Ordnung bringen.

Ich war niedergeschlagen und müde. Für die Lösung all dieser Fälle war ein einziger Weinberg auf einer Insel wahrscheinlich tatsächlich eine angemessene Entlohnung.

»Warum wollen Sie denn ausgerechnet dieses Grundstück haben?«, fragte ich.

»Ich habe einen Traum: Mich auf eine Insel zurückzuziehen. Mein Stückchen Erde haben, mir ein Zuhause aufbauen. Das wird möglich sein, wenn Ihre Familie mir ihr Grundstück verkauft, denn die benachbarten Grundstücke besitze ich bereits«, er faltete die Landkarte mit den rosaroten Flecken sorgfältig zusammen und sah mich wieder mit seinem offenen Blick an. »Wenn überall diese touristischen Anlagen entstanden sind, dann werde ich auf meine einsame Insel fliehen können. Wenn ich älter bin, kann ich auf der Insel leben. Mit einem schnellen Motorboot bin ich in einer halben Stunde in der Stadt, habe aber trotzdem meine Ruhe«, sagte er. »Von dem Geld, das Sie nach all diesen Transaktionen, die wir planen, haben werden, können Sie sich aus Ihrem Olivenhain auch so eine einsame Insel machen. Er liegt günstig, ein ganzer Berghang gehört Ihnen. Wenn es Ihnen in Deutschland zu stressig wird, können Sie sich zu Ihren Oliven zurückziehen.«

**Oliva liegt regungslos auf der Ottomane und stellt** sich vor, wie sie aufstehen und getrocknete Feigen aus der Holztruhe im dunklen Hauseingang holen wird. Sie hat sie selber getrocknet, auf dem weißen Laken oben auf der Dachterrasse ausgebreitet, immer wieder gewendet, schließlich zusammengesammelt und zwischen Lorbeerblätter in die Truhe gelegt. Süße, weiche Feigen, außen fest, obwohl schrumpelig und unansehnlich, mit einem kleinen, harten Stängel, den Oliva immer mitisst. Paulina war eine Feige und ich bin eine Olive, lächelt Oliva. Und sie wird sich nicht nur eine Handvoll trockener Feigen holen, sondern sich auch ein Gläschen von dem honigfarbenen *prošek* genehmigen, heute ist ein schöner Tag. Ihre Töchter kommen sie besuchen, wenn das nicht ein Grund zum Feiern ist.

## Auf der Wasserstrasse zwischen Šibenik und Vodice, 1933

Der Januar war ungewöhnlich kalt. Paulina fror im Salon des Schiffs »Lovac«, das sie von Šibenik zurück nach Hause brachte. Ihre Finger, mit denen sie die Wolljacke auf der Brust zusammenhielt, waren schon ganz weiß und steif geworden.

Die Gendarmen hatten Benedikt verschleppt. Ihm wurde der Prozess gemacht. Bisher hatten die Gendarmen ihn einmal im Monat mit auf die Wache genommen, dort verprügelt und wieder nach Hause geschickt. Dieses Mal wurde er wegen staatsfeindlicher Betätigung zu einem halben Jahr Gefängnis verurteilt. Der Prozess hatte nur wenige Minuten gedauert. Paulina war im Gerichtssaal gewesen, als das Strafmaß verkündet worden war.

Sie schluckte die zäh gewordene Spucke herunter. Andere Mütter beschäftigen sich nicht mit Politik. Andere Mütter kümmern sich mit ihren Söhnen um die Felder, Gärten, Weinberge, Ziegen und Esel. Nicht um die Ungerechtigkeiten dieser Welt! Mir sind alle immer zu dumm gewesen. Wer ist hier am Ende dumm? Sie hätte sich selbst ohrfeigen können. Wenn hier jemand ein Esel ist, dann ich! Benedikt hatte keinen Anwalt. Einen Anwalt konnten sie sich nicht leisten. Hatte sie nicht immer gewollt, dass er aufs Gymnasium gehe und selbst einmal Anwalt werde?

Das Meer war selbst bei dieser Kälte schön. Es war gut, wieder in seiner Nähe zu sein. Es war richtig, wieder bei Klara zu sein. Sie war ihr jetzt eine Stütze. Sie waren zwei verwitwete Schwestern, gehörten zusammen. Klara war sehr spät Mutter geworden, beinahe zur gleichen Zeit, als Paulina Großmutter wurde. Sie musste ihr mit dem Kind helfen. Die Grippe hat auch Ana und Frane dahingerafft. Kaum zurück, schon waren sie tot. Alles war so schnell gegangen. Alles war anders geworden.

Das Meer, genauso wie die Zeit, kümmert sich nicht um unsere Wünsche und Pläne. Kein Gott wacht über uns. Wir sind dieser launischen und gleichgültigen Welt ausgeliefert. Deshalb muss man nach eigenen Kräften ums Überleben kämpfen. Benedikt hatte Abendkurse für alte Menschen abgehalten. Das war die staatsfeindliche Tätigkeit. Lesen und schreiben. Er hat mit jungen Menschen singen und tanzen geübt. Na gut, es stimmte, er hatte zu den Kommunisten gewechselt. Egal, die Bauernpartei war genauso verboten wie die kommunistische Partei.

»Paulinas Herz schlägt eindeutig für die zweite der beiden Parteien, wie das Herz meiner Mutter, die jetzt zu Hause auf Paulina wartet«, sagte Tante Bianka, die in die Ferne blickte, als wäre am Horizont eine Leinwand aufgespannt, auf der sie abwechselnd ihre Großmutter auf dem Schiff, ihren Vater im Gefängnis und ihre Mutter zu Hause sehen konnte. »Meine Mutter Magdalena war einer solchen Fahrt und den Strapazen dieser Gerichtsverhandlung nicht gewachsen.« Sie wechselte wieder ins Präsens: »Meine Mutter ist überhaupt von schwacher Gesundheit, deshalb ist sie bei den Kindern geblieben – bei mir und bei meinem Bruder Niko. Wer, wenn nicht Paulina, sollte Benedikt begleiten?«

Die Schiffsmotoren brummten. Paulina fröstelte es noch mehr. Der Gedanke, dass sie ihren eigenen Sohn ins Verderben geführt hatte, ließ sie nicht los. Wäre es besser, wenn Benedikt einer dieser Bauerntölpel mit roten Gesichtern und großen Händen wäre, der abends Wein trinkt und über deftige Witze lacht? Er würde jetzt zu Hause sitzen, seine Frau und Kinder herumkommandieren und mit sich und der Welt im Reinen sein. Ihre Gedanken schweiften wieder in die weite Welt: Die Regierungen in anderen Ländern schienen nicht viel besser zu sein als dieser despotische König. Wir Entrechteten aller Länder sollten uns erheben.

Ein Schiffsoffizier in rußverdreckter Uniform und mit rotem Gesicht, der immer wieder zu Paulina hinübergeschaut hatte, bot ihr ein Gläschen Kräuterschnaps an, das sie dankbar nahm, danach ging es ihr besser. Sie ordnete ihren schwarzen Rock, über den sie eine schwere Schürze aus brauner Wolle gebunden hatte, prüfte mit geübter Bewegung den Sitz ihres Kopftuchs, zog wieder die Jacke zusammen, atmete tief ein und stand auf, um sich nach der kurzen Überfahrt auf den Heimweg zu machen.

**Oliva sitzt auf ihrer Ottomane und trinkt kalten,** leuchtend grünen Tee aus frischer Minze. Die Fensterläden sind geschlossen, durch schmale Ritzen lässt sich die Sonne erahnen. Das Lachen einer Frau auf der Straße berührt sie, alle Türen im Haus sind offen, Oliva ist allein. Das letzte Mal hat sie selbst so gelacht, als es ihr gelungen war, ihrem Bruder Benedikt zu entkommen. Oliva war in die erste Etage des Gemeindehauses, in die Räume der »Jugosokol« gelaufen, dort wurde getanzt, sie wollte zuschauen, da in den Räumen der »Bauerneintracht« in der zweiten Etage noch niemand war. Ihr älterer Bruder war sonst immer geduldig mit ihr, aber dieses Mal sagte er streng: »Oliva, unsere Freunde sind bei der ›Bauerneintracht‹ und den Kommunisten zu finden. Weder die ›Frankovci‹ noch die ›Jugosokol‹ gehören zu unseren Freunden.« Ihr Bruder sagte immer, alle Menschen seien Brüder. Oliva versuchte ihn zum Lachen zu bringen und sagte: »Ja, wenn wir alle Brüder und Schwestern sind, dann ist es doch egal, mit wem ich tanze.« Aber er sagte nur: »Oliva, stell dich nicht dumm.« Eines Tages brachte er einen Freund mit. »Dieser Šimun ist organisiert, ein Genosse«, erklärte er am Abend, und Paulina sagte zur Tochter: »Šimun hat ein gutes Herz, alle Kommunisten haben ein gutes Herz, sie setzen sich für das Volk ein und dass es keine Herren und Damen mehr gibt, alle werden gleich sein, wenn die Kommunisten siegen.« Oliva hätte nichts dagegen gehabt, eine Dame zu werden, sagte aber nichts. Die Kommunisten organisierten die »Rote Hilfe« und kamen damals, als ihr Bruder im Gefängnis saß, um seine Felder zu bearbeiten. Sie fand Šimun nicht schlecht, sie wollte endlich von jemandem geküsst werden, mit jemandem nachts im Winter unter der Decke liegen und im Sommer ganz nackt. Na ja, später hat ihre Mutter gesehen, dass die kommunistische Gerechtigkeit auch nicht ohne war, aber sie meinte nur, dass das eben nicht von heute auf morgen gehe. Oliva war nicht daran gewöhnt, ihre Mutter stumm zu erleben, sie tat ihr leid, sie saß schweigend neben Olivas Ottomane und hob manchmal den Blick zu den Fotos von Benedikt und Niko. Die Fotos hatte Paulina bei einem guten Fotografen in Zadar vergrößern lassen, er hatte auch Flora fotografiert, als sie noch auf dem Gymnasium war. Flora musste man 1948 vom Gymnasium nehmen, weil die Kommunisten Šimun fast gelyncht hätten, als er ihnen die Direktive der Parteizentrale verkündete: »Genossen, ab heute ist Stalin für uns ein Feind, weil sich Tito von Stalin getrennt hat! Und außerdem, Genossen, müssen wir dem Staat unsere Kirschen billiger abtreten, denn der Staat ist kein alter Bourgeois, sondern ein junger sozialistischer Staat, der noch nicht genug Geld hat!« Ja, das sagte er, und die Genossen warfen ihn ins Gefängnis. Es war das gleiche Gefängnis, in dem Benedikt und er schon unter dem König gesessen hatten. Bald wendete sich das Blatt, Stalin wurde allgemein zum Feind erklärt, und einige der eifrigsten Genossen landeten im Gefängnis. Šimun kam frei. Oliva seufzt laut auf bei dieser Erinnerung, die plötzlich so klar ist wie ihr Tee aus frischer Minze.

Ich rief meinen Mann, der inzwischen von seiner Wanderung zurückgekehrt war, aus dem Hotel an. Im alten Haus wollte ich nicht alleine inmitten von Kartons mit chinesischer Ware wohnen, und so hatte ich mit viel Glück ein Zimmer in einem teuren und eleganten Hotel gefunden, einer Villa mit Klimaanlage und eigenem Pool, gegen den ich plötzlich nichts hatte, obwohl er tatsächlich nur einige Meter vom Meer entfernt war, worüber ich mich sonst immer lustig machte.

»Diese Hitze macht einen moralisch mürbe und schwach«, beklagte ich mich. »Da akzeptiert man plötzlich eine Klimaanlage, obwohl man grundsätzlich dagegen ist. In Dalmatien hat man früher Steinhäuser mit kleinen Fenstern gebaut, mit grünen Fensterläden aus Holz, die man geschlossen hielt, um die Hitze abzuhalten und im Winter die Kälte. Diese Villa ist voller Glasflächen, als wäre sie im Norden gebaut, sie hat einen wunderschönen Garten mit einer Rasenfläche, die man den ganzen Tag sprengen muss, dabei sollte man bei diesen Temperaturen Wasser sparen. Und ich war am Pool, weil es dort viel ruhiger ist als am Strand, wo sich die Touristen tummeln, während hier nur die sein dürfen, die dafür bezahlt haben. Ein paar Russen und ich, aber ich bleibe ja nur eine Nacht.«

Mein Mann lachte und fragte: »Wie war dein Treffen mit dem Anwalt?«

»Der will eine Insel nur für sich. Was will er da tun – lesen, schreiben, Musik hören, malen, gärtnern? Lauter erhabene Beschäftigungen, die ich ihm nicht unbedingt zutrauen würde, vor allem nicht auf Dauer, aber was weiß man schon von den Menschen? Will er nackt baden und sich der Natur hingeben, mit der Sonne ins Bett gehen, mit der Sonne aufstehen und sie mit Yogaübungen begrüßen? Ich hätte ihn für einen Immobilienhai gehalten, aber er wirkte ehrlich, als er seinen Plan mit der Insel schilderte.«

»Eine Insel? Ich dachte, es geht um einen Olivenhain?«

»Es geht plötzlich um viel mehr. Der Olivenhain ist gar nicht auf dieser Insel. Ich erzähle dir das ein anderes Mal.«

»Und, was willst du machen? Da bleiben und alles regeln?«

Er stellte sich immer noch alles so einfach vor wie in Travemünde, wo er herkommt. Dort hat er gemeinsam mit einundzwanzig anderen Verwandten eine Jugendstilvilla direkt am Strand geerbt, man hat sie im besten Einvernehmen und leidenschaftslos verkauft und dann das Geld gerecht untereinander aufgeteilt. Zwei Weltkriege waren vorbeigerauscht und hatten Millionen Opfer gekostet, aber dort standen immer dieselben Strandkörbe in Reih und Glied, als wäre nichts gewesen, und die Häuser und Grundstücke wurden bei jedem Besitzerwechsel immer sofort korrekt in die Grundbücher eingetragen. Die Geburten, Hochzeiten und Tode waren ordentlich vermerkt, die Behörden stellten kostenlos Bestätigungen aus, die sie aus geordneten Archiven kopierten, man sprach wenig, und die Gefahr eines Hitzschlag bestand nicht.

Seine Familie ähnelte den Buddenbrooks, nur dass sie in der Industrie und nicht im Handel ihr Geld verdient hatten. Ihr Untergang begann – ganz klassisch –, als der *pater familias* nur Töchter bekam, er setzte sich fort, als sie mit ihrer protestantischen Tüchtigkeit jenem ehemaligen Gefreiten nacheiferten, der aus dem katholischen Österreich stammte und den Zweiten Weltkrieg lostrat, und erreichte seinen Höhenpunkt, als der einzige für das Geschäft relevante Schwiegersohn der Familie (ein vielversprechender Ingenieur) freiwillig in den Kessel von Stalingrad flog, um dort sofort getötet zu werden. Thomas Mann würde sich wundern, wenn er ihre Nachfahren heute beschreiben müsste – sie sind schrecklich normal geworden.

»Ich weiß noch nicht«, sagte ich unentschlossen.

»Was hast du noch so gemacht?«, wechselte mein Mann das Thema.

»Die Namen auf dem Denkmal – einer Steinblume – für die Gefallenen des Zweiten Weltkriegs gelesen. 238 sind im Kampf gefallen, und 63 wurden von den Faschisten exekutiert. 443 waren in Gefängnissen und Lagern und 308 als Flüchtlinge in Italien und Afrika – das ist die Bilanz, bei insgesamt 3000 Einwohnern im Jahr 1945. Hinter dem Denkmal ist eine Eisdiele, deshalb kommt es einem vor wie eine Eiswerbung. Angeblich stellt das Denkmal eine Faust dar. Die Menschen hier erzählen, dass auch die Kommunisten Menschen aus Vodice getötet haben, doch diese Toten tauchen nirgendwo auf: Verräter, Spione, Kollaborateure – vermeintliche oder echte, alle, die kein Verständnis für den Befreiungskampf hatten. Manchmal sollen sie auch aus anderen Gründen getötet haben – Familienstreitigkeiten, Eifersucht, alte Rechnungen, Erbschaftsfragen.«

»Es war Krieg.«

»Ich weiß.«

# Šibenik, 2008

Ich wartete im Schatten der Kathedrale von Šibenik an eine Mauer gelehnt auf Rechtsanwalt Marković. Die Apsis des Baus ist mit einem Fries geschmückt, auf dem 72 Steinporträts davon zeugen, dass die Menschen im 15. Jahrhundert nicht anders waren als wir. Der eine sieht besorgt aus, der andere stur, der dritte stolz, der vierte blickt sachlich, der fünfte überrascht, eine junge Frau hebt staunend ihre Augen gen Himmel, eine andere wirkt melancholisch.

Herr Marković trug ein kurzärmliges Hemd und eine elegante Hose, die nicht eine einzige Knitterfalte zeigte, obwohl er gerade aus dem Auto gestiegen war. Mit leichten Schritten kam er die breite Steintreppe zum Platz vor der Kathedrale hoch und grüßte mich herzlich. Immer schon hat mich die Tatsache verwirrt, dass so viele Menschen in unser Leben treten und genauso überraschend wieder daraus verschwinden. Ich hatte den Eindruck, dass ich Herrn Marković schon seit Jahren kannte, dabei waren es erst einige Monate; es war unsere dritte Begegnung.

Gemeinsam gingen wir in die Gemeindeverwaltung, zum Grundbuchamt in der zweiten Etage. Dieses Mal hatten wir einen Termin und so mussten wir nur zehn Minuten warten – »Für hiesige Verhältnisse erstaunlich kurz«, raunte Herr Marković mir zu. Die Sachbearbeiterin war wieder dieselbe.

»Schön, dass Sie Ihren Anwalt mitgebracht haben«, sagte die Frau trocken zu mir. »Dann können wir schneller die Liste der fehlenden Daten durchgehen, da es Herrn Marković bekannt sein dürfte, wie unsere Vorschriften bezüglich der Faktenlage in den Grund- und Katasterbüchern sind.«

»Mir ist die Sachlage bekannt«, sagte Herr Marković. »Die Grundstücke und ein Haus der Familie meiner Klientin sind auf die Namen längst und unlängst verstorbener Familienmitglieder eingetragen. Um über sie verfügen zu können, müssen die lebenden Erben eingetragen werden.«

Er verriet nicht, dass mich das Zusammentragen all dieser Urkunden ein Vermögen gekostet hatte. Ich hielt eine Mappe in der Hand, in der alle enthalten waren, ob eines natürlichen oder eines gewaltsamen Todes gestorben, und ihre Leben waren in zwei oder drei, manchmal auch vier Dokumenten zusammengefasst, die ganz frisch waren – jetzt hieß es, alles im Zeitrahmen von sechs Monaten zu erledigen. Danach würden dieselben Dokumente noch einmal beantragt werden müssen. Ich bezweifelte, dass es so schnell gehen werde und die Sachbearbeiterin bestätigte meine Zweifel:

»Sie wissen, dass die Urkunden nicht ausreichen. Sie müssen für jede Veränderung der Daten in den Grundbüchern einen notariell beglaubigten Antrag stellen.«

Herr Marković sagte mit honigsüßer Stimme: »Das wissen wir natürlich. Würden Sie so freundlich sein und sich diese Mappe anschauen, hier finden Sie sowohl die Urkunden wie auch die notariell beglaubigten Anträge an Ihr Amt«

Die Frau runzelte die Stirn, nahm mir lustlos die Mappe ab und legte sie auf den Tisch. Sie begann zu blättern, während ihr Ventilator immer noch – die Zeit blieb in diesen Räumen stehen – sein gefährliches Spiel mit den Papieren trieb, die der Luftstrom manchmal erfasste und auf dem überladenen Tisch hin und her bewegte.

»So, so«, sagte sie zu mir. »Dann haben Sie die Daten der Familienmitglieder tatsächlich zusammenbekommen. Sie wissen«, sie wandte sich an Herrn Marković, »dass wir jede Zahl und jeden Buchstaben vergleichen müssen, in den Büchern herrscht leider ein ziemliches Chaos, nicht nur dass häufig die Buchstaben in den Namen verdreht sind, sondern mancher Mann ist zur Frau geworden und umgekehrt. Sobald in den Büchern so etwas auftaucht, müssen Anträge auf eine Änderung gestellt und neues Beweismaterial gesammelt werden.«

»Beweismaterial?«, fragte ich verwirrt.

»Ach, eine Kleinigkeit«, sagte Herr Marković geduldig. »Dann muss zum Beispiel Ihr Großvater, der eindeutig ein Mann ist, weil Sie schon seine Geburts- und Heiratsurkunde beigebracht haben, trotz alledem posthum zum Mann erklärt werden, weil vor vierzig Jahren einer der Beamten in der Rubrik Geschlecht die falsche Angabe gemacht hat. Die Kollegin hat recht, von solchen Fehlern wimmelt es in diesen Büchern, man hat den Eindruck, dass sie absichtlich eingebaut worden sind.«

»Absichtlich?«, fragte ich. Ich verstand gar nichts mehr und wollte endlich hier herauskommen.

»Wir arbeiten nach bestem Wissen und Gewissen«, sagte die Frau beleidigt.

»Ach, ich spreche natürlich von früher. Vom Königreich Jugoslawien und vom sozialistischen Jugoslawien, beide Staaten kannten viele Tricks, um ihre Untertanen Gehorsam zu lehren und ihnen viel Geld abzupressen. Ein derart kleiner Fehler in einem Dokument konnte viele gewinnbringende Folgen haben: Der Bittsteller musste hohe Gebühren bezahlen, er musste warten und sich mit den verschiedenen Beamten oder Richtern gut stellen und den zuständigen Beamten – eventuell ausgerechnet den, der diesen Fehler absichtlich eingebaut hatte – bestechen. Natürlich gilt das alles nicht für unseren heutigen demokratischen Staat.«

Die Frau schien ihm nicht zu trauen, und man spürte Argwohn in ihrem Blick. Doch Herr Marković wirkte ruhig, freundlich, verbindlich und seriös wie immer. Er wurde mir immer sympathischer.

»Na ja«, murmelte die Frau. »Die Untertanen, wie Sie sie nennen, haben zu dem Chaos auch selbst beigetragen. Um Steuern und Gebühren zu vermeiden, kauften und verkauften sie Grundstücke nur per Handschlag und gingen davon aus, dass jeder im Dorf nach einer solchen Transaktion wusste, wem was gehört. Und tatsächlich wussten die Leute es ja auch, aber die alten Nachbarschaften gibt es nicht mehr. Angenommen, alle Fakten über ihre Familienmitglieder aus dieser Mappe würden mit jenen in unseren Büchern übereinstimmen, was meiner Erfahrung nach sehr unwahrscheinlich ist«, sie wurde sachlich, »dann sind wir immer noch nicht viel weiter, denn ihre Dokumente betreffen nur die Familienmitglieder, die die Erbfolge bilden. Da auf jedem der Grundstücke auch immer noch die vorherigen Besitzer eingetragen sind, müssen Sie genauso deren Geburts-, Heirats- und Sterbeurkunden beschaffen beziehungsweise Aussagen ihrer Erben, dass sie auf die entsprechenden Grundstücke verzichten.«

Herr Marković fing meinen apathischen Blick auf und sagte schnell: »Ja, das stimmt. Aber auch das können wir lösen. Ich sage nicht, dass das nicht etwas Zeit in Anspruch nehmen wird, doch wenn wir systematisch vorgehen…«

»Eines der Objekte ist vom Staat zur Privatisierung angeboten worden, dort steht heute ein Hotel, dessen Besitzer ein angesehener Unternehmer ist. Die Mutter ihrer Klientin und ihre Schwestern führen einen Prozess gegen ihn«, die Sachbearbeiterin klang vorwurfsvoll.

Ich spürte, dass ich rot wurde: »Wissen Sie, meine Familie würde es vielleicht irgendwann aufgeben, wenn wenigstens die Allgemeinheit etwas davon hätte – mein Großvater hatte immer das Wohl der Allgemeinheit im Sinn –, aber im sozialistischen Staat profitierten die kommunistischen Funktionäre, die ihn auslachten, und im neuen Staat sind es die angesehenen Unternehmer, die ebenfalls gut lachen haben!«

Herr Marković wirkte wie jemand, der seine Geduld bestens unter Kontrolle hat: »Wir konzentrieren uns auf einzelne Grundstücke. Wir beginnen mit dem Olivenhain. Danach fokussieren wir uns auf den Weinberg. Hierfür besitzen wir alte Urkunden, was die Sache sehr erleichtert.«

»Nein«, sagte ich plötzlich wieder lebendig. »Herr Marković, mein Olivenhain und Ihre Insel müssen warten. Ich werde dafür sorgen, dass Sie den Weinberg günstig bekommen, wenn Sie für uns den Prozess gegen diesen angesehenen Unternehmer und den Staat gewinnen. Sonst kommen wir nicht ins Geschäft.« Ich überraschte mich selbst. Meine Wangen glühten, und ich traute mich nicht, dem Anwalt in die Augen zu schauen, Mut dieser Art ist nicht gerade meine Stärke. Es schien so, als wäre Paulina in mir wiedererwacht.

Die Sachbearbeiterin sah uns schweigend an. Man hörte nur noch das Summen des Ventilators.

**Oliva hat zwei Petrusfeigen bekommen, die groß und** fest wie Äpfel sind. Die Nachbarin Janja ist vorbeigekommen und hat sie ihr geschenkt. Ein großer Baum wächst in Janjas Innenhof, spendet am Anfang des Sommers saftige Früchte und den ganzen Sommer hindurch Schatten. *Sie nahm von seinen Früchten und aß; sie gab auch ihrem Mann, der bei ihr war, und auch er aß.* Doch Olivas Mann war nicht bei ihr, er trieb sich irgendwo herum, inzwischen schob er nicht einmal mehr die Parteisitzungen als Vorwand für sein Verschwinden vor. Er war ein guter Mann, dachte Oliva und überraschte sich selbst mit ihrer Nachgiebigkeit, er wollte immer nur gegen die Ungerechtigkeit kämpfen. Das Heimtückische an diesem Kampf ist, dass er nie enden kann, und so gibt es immer mehr Kämpfe, aber nicht weniger Ungerechtigkeit. Ihre Mutter und ihr Bruder hatten geglaubt, dass Bildung gegen die Ungerechtigkeit helfen könne. Bianka war Vollwaise, aber die Partei hat sie nicht geschont, sie musste nach dem Krieg Lehrerin für andere Waisenkinder werden, obwohl sie gerne studiert hätte. Und nicht einmal Flora, die immer nur lesen, lesen, lesen wollte, wo hat sie bloß die Bücher gefunden, nicht einmal sie konnte Abitur machen, weil Šimun bei der Partei in Ungnade gefallen war. Die arme Flora, wie sie geweint hat! ABITUR, ABITUR, ein schönes Wort, das Oliva jetzt zu einem RABITU verdreht, während sie behutsam die grüne Schale von den Feigen löst. Und Mirta hat schneller geheiratet, als Oliva lieb war, Oliva hat sich nicht genug um sie gekümmert, wie konnte sie auch, in ihren Beinen war jene verfluchte Müdigkeit, die auf dem Weg vom Lager nach Hause gewachsen ist. Eine Frau wird müde, wenn sie sechshundert Kilometer zu Fuß über Stock und Stein wandert, nachdem sie in einem Lager war. Nur Viola, die Kleine, die hat es geschafft, die hat ein Fernstudium gemacht, Oliva staunt über sich selbst, denn sie kann das Wort FERNSTUDIUM plötzlich aussprechen, sie flüstert es zuerst, aber dann spricht sie es laut aus und schiebt sich danach die Hälfte der saftigen, geschälten Feige in den Mund.

Der Kreuzer, der den serbischen und jugoslawischen König Aleksandar I zum Staatsbesuch nach Frankreich brachte und im Hafen von Marseille vor Anker ging, trug einen traditionsreichen Namen: Dubrovnik. Man empfing den König, einen schlanken Mann mit angenehmen Gesichtszügen und einem vornehmen dünnen Schnauzer, mit allen Ehren.

Die französische Polizei war zwar eindringlich angewiesen worden, auf mögliche Attentäter zu achten, denn man wusste, dass sowohl viele Kroaten als auch Mazedonier und unter Umständen auch Albaner, bosnische Muslime und sogar Slowenen bereit waren, mit allen Mitteln für die Unabhängigkeit ihrer Länder von Serbien und für die Zerschlagung Jugoslawiens zu kämpfen. Vor allem junge faschistische Mazedonier und Kroaten, in Italien militärisch ausgebildet, waren gefährlich, da ihr Gönner Mussolini ebenfalls mit einer Zerschlagung Jugoslawiens liebäugelte.

Während der Gastgeber, der französische Außenminister Louis Barthou, der diese Begegnung mit dem Leben bezahlen sollte, weltgewandt und gelassen wirkte, war der König blass, verunsichert und nervös. Zusammen saßen sie in einem offenen Automobil, als der Attentäter, ein Mann mit vielen konspirativen Namen, später als bulgarisches Mitglied der »Inneren Mazedonischen Revolutionären Organisation« identifiziert, mit dem Ruf »Vive le roi!« vor den Wagen sprang.

Man konnte diese Szene in den Wochenschauen jener Zeit sehen, denn sie wurde durch Zufall gefilmt, doch Paulina hat sie nicht gesehen, es gab kein Kino in Vodice.

Dass der König tot war, hatte sie von einer Nachbarin gehört – die Nachricht verbreitete sich mit rasender Geschwindigkeit – und in der nächsten Nacht, der Nacht vom 10. auf den 11. Oktober 1934, stürmten die Gendarmen das schmale Steinhäuschen unweit des Hafens. Paulina sprang bereits nach dem ersten Schlag an die Haustür auf und stürzte aus dem Zimmer, das sie unter dem Dach mit ihrem Enkel Niko teilte. In der ersten Etage schliefen im großen Schlafzimmer Benedikt, seine Frau Magdalena und Bianka.

Wie ein Geist eilte Paulina in einem weißen langen Nachthemd und mit offenem Haar zur Schlafzimmertür: »Was soll ich tun?« Die Frage war nicht als Frage gemeint, da es keine Wahl gab, die Frage war nur ein kleines Lebenszeichen, ein Anker im Meer der Verzweiflung.

»Öffnen«, sagte Benedikt. Er umarmte schnell seine Frau, die schon begonnen hatte zu schluchzen, und stand auf. Bianka spähte unter dem weißen Laken und der bunten Decke aus gewebter grober Wolle, mit der sie zugedeckt war, hervor. Mit den Gendarmen, die Bajonette, Ochsenziemer und Schlagstöcke trugen, zog eine eisige und übel riechende Kälte in das Zimmer, die das Kind noch lange, nachdem die Männer den Vater unter Schlägen mitgenommen hatten, frieren ließ.

»Das ist wegen des toten Königs, in der französischen Hafenstadt Marseilles«, Paulinas beruhigende Stimme klang wie ein Wiegenlied. Sie saß am Rande des großen Betts, in dem sich Bianka, Niko und Magdalena drängten, um die zurückgebliebene Wärme von Benedikts Körper zu spüren.

Das Wiegenlied lullte alle in den Kokon von Paulinas weicher Stimme ein. »Den König haben die Nationalisten getötet. Diese dummen Gendarmen machen keinen Unterschied. Und das nennt sich Königreich! Aber der König ist tot, wer weiß, wie sich der Staat jetzt wieder umbenennen wird. Morgen werden sie unseren Benedikt freilassen, sie werden einsehen, dass er nichts getan hat.«

Benedikt wurde nicht sofort freigelassen. Für die jugoslawische Justiz war die Schuldfrage eindeutig geklärt: Er war ein Gegner der Königsdiktatur, und der König war tot. Dafür sollte Benedikt büßen, auch wenn es etwas abwegig war, ihn und Tausende anderer Gefangener mit dem Attentat in Verbindung zu bringen.

Jemand musste für die Ermordung des Königs bestraft werden.

Die wahren Schuldigen saßen sowieso in Italien, die konnte man nicht erwischen. Sie waren von Benito Mussolini militärisch ausgebildet und in jeder Hinsicht ermutigt worden. Mussolini hatte propere Faschisten aus ihnen gemacht, und nun war er gezwungen, sich um seine Beziehungen zu Frankreich zu kümmern. Auf die französische Forderung, Ante Pavelić auszuliefern, antwortete er aber mit einer Weigerung. Die Turiner Polizei nahm den Ustascha-Anführer fest, ließ ihn jedoch bald wieder frei.

Da Kinder nichts für die Fahrkarte nach Šibenik zahlen mussten und es im Haus langsam gar kein Geld mehr gab, fuhr Bianka jeden Tag zum Gefängnis in der Stadt und versuchte, dem Gefangenen etwas Essen zu bringen. Meist trug das Mädchen einen kleinen roten Topf mit schwarzem Deckel, in dem auf gelber Polenta einige Fischchen lagen, gedünstet in Essig und gewürzt mit Rosmarin und Kapern (an Fleisch war nicht zu denken), das Ganze war sorgfältig eingewickelt in eine bestickte Serviette aus Leinen, ein Meisterwerk Paulinas aus besseren Zeiten.

Bianka nahm ihre Aufgaben ernst, sie stand früh auf und ließ sich von Paulina zum Schiff begleiten, ging den Weg zum Gefängnis ohne nach links oder rechts zu schauen und überreichte das Essen, das an der Pforte lieblos auf einen Teller aus Aluminium mit der Nummer des Gefangenen geschüttet wurde. Nachdem die Aufgabe erfüllt war, musste sie auf das Schiff warten; diese Zeit erschien ihr immer unendlich lang und erfüllte sie mit einer Traurigkeit, die so tief war wie das Meer, das sich zwischen Šibenik und Vodice erstreckte. Sie saß auf einer Bank im Hafen, umfasste den roten Topf mit beiden Händen, presste ihn gegen ihren Bauch und schaute regungslos auf ihre nackten Füße. Sie lauschte den Stimmen, die zum Hafen gehörten wie die Möwen, und zählte die eigenen Atemzüge: immer bis zehn und dann von vorne. Oft gingen Stadtkinder mit ihren Müttern und Vätern oder ihren Gouvernanten an ihr vorbei, sie trugen Schuhe oder Sandalen und fragten, warum das Mädchen da sitze und was es habe. Wenn das Schiff endlich anlegte, rannte Bianka mit noch immer gesenktem Kopf zum Steg, um die Erste zu sein, die an Deck ging.

**Heute ist Paulinas zwanzigster Todestag, und Oliva** hat eine rote Kerze angezündet, die auf dem Tischchen neben ihrer Ottomane fröhlich vor sich hin brennt. Sie kennt keine bessere Art, sich an ihre Mutter zu erinnern, denn zum Friedhof laufen will sie nicht, das werden ihre Töchter und ihre Nichte tun, vielleicht kommt auch die eine oder andere Enkelin vorbei, mittags wollen sich alle im Haus versammeln. Paulina hielt Blumen für überflüssig, eine Einstellung, die Oliva erstaunte, aber sie hatte keine Argumente dagegen, und ihre Mutter wollte immer nur Argumente (bei Oliva heißt es AGRUNEMTE) hören. Dabei würden sich rote Nelken gut in der Marmorvase auf ihrem Grab machen. Ihre Mutter war gestorben, so wie sie gelebt hatte – Oliva fragt sich, ob alle Menschen das Glück haben, so zu sterben, und sie weiß sofort die Antwort: Nein, nicht allen ist das vergönnt. Paulina war fünfundsiebzig, aber nichts konnte sie davon abhalten, auf Stühle zu klettern, um den Staub von den Küchenschränken und Hängelampen zu wischen, und bei der letzten derartigen Aktion, der Oliva von ihrer Ottomane aus zugeschaut hatte, war sie gestürzt und hatte sich den Oberschenkelhals gebrochen. Da der Arzt, der irgendwann aus Šibenik eingetroffen war, Bettruhe empfahl, legte sich Paulina ins Bett und beschloss zu sterben: »Ich kann dir, Oliva, doch nicht zur Last fallen!« Es nutzte nichts, dass Bianka, Flora, Viola und Mirta weinend versicherten, sie würden sich um sie kümmern und an ihrem Bett abwechseln, sie sagte nur: »Ach, Mädchen, wie stellt ihr euch das vor? Das wird nicht gehen.« Ab diesem Moment verweigerte sie jede Nahrungsaufnahme mit der eisernen Entschlossenheit, mit der sie bis dahin ihr Leben gemeistert hatte. Nach wenigen Tagen schrumpfte sie zusammen wie die Frucht einer Wildkirsche in der Sonne und schloss für immer ihre kleinen, strengen Augen.

Wenn sich Schriftsteller von Rang – in Berlin oder Paris – an ihre Kindheit erinnern, dann laufen sie in Gedanken durch dunkle Zimmer mit polierten Möbeln und hohen Stuckdecken, zerlegen ihre Holzpferde und Puppenstuben oder elektrische Modelleisenbahnen, sitzen in verzauberten Gärten unter Obstbäumen, oder sie haben eine schweigsame, aber liebevolle Tante, die ihnen den Umgang mit Silberbesteck beibringt. Sie haben einen angeheirateten Onkel, der Mediziner und Forscher ist, und Großeltern, die früher die Villen in der Provence oder die Kurorte der Habsburger Monarchie unsicher gemacht haben, der Großvater hat in Wien studiert, und die Großmama trug ein Spitzenkleid, in dem sie auf der Tanzfläche eines Grazer Schlosses wie eine Gräfin wirkte. Sie wurden mit Wasser aus einer Silberschale getauft, die sich seit Jahrhunderten im Familienbesitz befindet, sie haben ihren Klavierlehrer gehasst und unter den strengen Blicken ihrer englischen Gouvernante gelitten. Ihre ersten sexuellen Erfahrungen machten sie mit einer rotwangigen Dienstmagd – und nicht nur deshalb flüchteten sie häufig in die Zauberwelt der Bibliotheken ihrer Väter, die nach Pfeifentabak und Folianten rochen, was sich später gewiss auf ihr Werk auswirkte.

Was kann man dagegen mit einer unspektakulären Kindheit in einer Gegend anfangen, von der kaum etwas bekannt ist und die sich hartnäckig am Rande der Welt hält? Mit einem heruntergekommenen Bauernhof, der 1992 in Schutt und Asche gelegt wurde, und mit einem Urgroßvater, der es in der österreichisch-ungarischen Armee nur bis zum Unteroffizier gebracht hat? Sein Cousin, ein Großonkel meines Vaters, wurde 105 Jahre alt, aber mit Ausnahme seines Ratschlages *Jeden Morgen ein Schnäpschen, nur ja keine Aufregung und am 80. Geburtstag mit dem Rauchen aufhören,* den man vielleicht werbetechnisch für die hierzulande aufblühende Wellnessbranche nutzen könnte, gibt dieser Umstand literarisch gesehen herzlich wenig her.

Nur die Geschichte der Familie meiner Mutter verlangt förmlich erzählt zu werden – wie unwirklich auch immer sie mir vorkam, wenn ich den blauen Himmel, die weißen Möwen und das blaue Meer sah und vor allem die salzige Luft einatmete. Denn es scheint unmöglich, inmitten dieser Schönheit so etwas erlebt zu haben.

Ich ging an zwei grindigen Katzen vorbei und begutachtete den Riesenoleander im Vorgarten des Wohnhauses, in dem meine Eltern leben. Wie wildes Gestrüpp wucherte er dort vor sich hin, um ihn herum nur vertrocknetes gelbes Gras. Mein Vater ist alt geworden, dachte ich traurig, denn er hat seinen Kampf gegen den Oleander aufgegeben. Wenn es nach ihm ginge, würde man auch in den Städten auf allen freien Flächen Nutzpflanzen züchten: Bohnen, Tomaten, Kohl, Wirsing, Blattsalat, Peperoni. Oleander hat seiner Meinung nach weder in Städten noch in Dörfern etwas zu suchen, denn er ist giftig, und schlimmer noch, er duldet keine anderen Pflanzen in seiner Nähe – das reinste Unkraut.

In der Wohnung roch es nach Fisch – meine Eltern haben sich in den letzten Jahren fast ausschließlich von Fisch ernährt, und man konnte nicht mehr unterscheiden, ob das, was in der Luft hing, der Geruch der Summe all dieser Fischgerichte war oder der des aktuellen Tagesmenüs. Sie aßen nur die billigsten Sorten, mit Vorliebe Sardellen. Außerdem kauften sie Fischköpfe, um Suppen und *brudet* zuzubereiten – eine Soße mit Tomaten, Essig und Fisch, die man zu Polenta isst. Nach Ansicht meines Vaters handelte es sich bei diesen Köpfen, die er dafür kaufte, um höchste Qualität. Alle Fische, Krebse, Muscheln und Tintenfische, die er anschleppte, waren klein und unansehnlich, die einfachsten Sorten, aber frisch. Dafür musste man um fünf Uhr morgens die Fischer abfangen, wenn sie ihre großen Kisten zum Fischmarkt trugen, und mein Vater war schon immer einer der Ersten, der mit seinen Plastiktüten dort erschien, zu Hause wusch er dann die Tüten aus und nahm sie am nächsten Tag wieder mit. Die beiden Renten meiner Eltern, die sie sich im Sozialismus verdient hatten, waren dürftig, da sie aber ein sicheres

Einkommen darstellten, mussten sie immer wieder die Löcher im Budget meines Bruders stopfen, der im Unterschied zu mir – unsere Alida hatte Glück! Sie lebt in Deutschland! Sie hat einen Deutschen geheiratet! – mehrere Arbeitsplätze im Zuge diverser Privatisierungsprozesse verlor und jetzt nur noch gelegentlich Jobs bekam, die ihm seine Freunde und vor allem seine ehemaligen Freundinnen vermittelten.

»Unten versammeln sich schon die Katzen, weil sie mit Euren Fischresten rechnen«, sagte ich an der Tür.

»Auch wenn du darüber Witze machst«, rief mein Vater begeistert, »ich bringe ihnen immer etwas! Einige Nachbarn tun das auch, aber die klugen Katzen mögen mein Essen am liebsten.«

Meine Mutter seufzte laut. »Und die anderen Nachbarn beschweren sich, dass ein paar verrückte alte Männer alle Katzen aus der Gegend versammeln und als Schiedsrichter für ihre Rentner-Kochwettbewerbe missbrauchen.«

»Mama, ich habe mir überlegt, ob ich aus der Geschichte deiner Familie nicht ein Buch mache«, sprudelte es aus mir heraus. Bis jetzt hatte ich diese Idee für mich behalten, doch es war an der Zeit, mich ihnen anzuvertrauen. »Tante Viola hat gemeint, ich könnte den Stoff doch zumindest so verarbeiten, wenn schon die ganze Mühe um die Sterbeurkunden und Grundbucheinträge am Ende nichts bringt.«

»Um Gottes willen«, sagte mein Vater entsetzt.

»Wie meinst du das?«, fragte meine Mutter vorsichtig. »Du willst doch wohl nicht anderen Menschen erzählen, wie hungrig wir waren? Das wäre mir peinlich! Im Krieg hatten wir nicht einmal Fisch. Du willst doch nicht der ganzen Welt erzählen, dass mein Vater immer nur von seiner Partei geredet hat?« Sie wurde immer unruhiger, je klarer ihr die Sache wurde: »Ich hatte nichts Anständiges anzuziehen, meine Kleider waren zu kurz und meine Schuhe zu klein, wenn ich überhaupt welche hatte. Ich möchte mich so beschrieben in keinem Buch der Welt wiederfinden. Lass bitte meine Familie in Ruhe! Die Familie deines Vaters eignet sich viel eher dafür, die waren keine Kommunisten, das ist heutzutage viel besser, mit dem Kommunismus ist es vorbei, und die Irrtümer meiner Familie sind längst begraben. Wir wollen nicht mehr daran rühren. Viola hat immer nur Flausen im Kopf!«

»Lass mich und meine Familie bloß aus dem Spiel«, die Stimme meines Vaters klang bedrohlich.

Mein Vater stammte aus einer einst wohlhabenden bäuerlichen Familie, die es vor zwei Jahrhunderten verstanden hatte, mit geschickten Verhandlungen fruchtbare Felder, Wälder und Wiesen zu kaufen, und die auf ihrem Bauernhof, der wie eine quadratische römische Militärfestung angelegt war, eine Mühle, eine Gaststätte und sogar eine Stofffärberei betrieb. Das Anwesen sollte später freilich herunterkommen und in mehreren Kriegen verwüstet werden.

Zu der Zeit, in der mein Vater geboren wurde, störte nur die Malariamücke den sozialen Aufstieg meiner Ahnen. Dazu kamen persönliche Eigenarten, die so oft die Pläne zielstrebiger Dynastien durchkreuzen. Der ältere Bruder meines Vaters sollte in Wien studieren, aber alles, woran er sich aus jener Zeit erinnerte, waren die Lokale, in denen es Damen an kleinen runden Tischen mit einem großen schwarzen Telefon gab – so seine Beschreibung dieser Etablissements. Er war ein *bonvivant* mit den Gesichtszügen von Marcello Mastroianni, und die eine oder andere Wienerin hat ihn bestimmt in sentimentaler Erinnerung behalten. Hätte Heimito von Doderer ihn gekannt, hätte der ihn sicher irgendwo in den »Wasserfällen von Slunj« untergebracht, er hätte sich seiner Ausstrahlung nicht entziehen können.

Mein Onkel wurde schließlich zurück nach Hause beordert, da sich der Vater trotz aller Fixierung auf seinen Erstgeborenen nicht an der Nase herumführen lassen wollte. Nach diesem Misserfolg wäre es gar nicht infrage gekommen, meinen Vater, der acht Jahre jünger war, auch »zum Studium« nach Wien zu schicken. Außerdem mischte der Zweite Weltkrieg die Chronologie auf. Der lebensfrohe Onkel, von dem es ein Kindheitsfoto im schicken Matrosenanzug gibt, kam als »domobran«, als Heimwehr-Soldat – so nannte man die Soldaten der Armee des angeblich unabhängigen Staates Kroatien – an die russische Front, wo er zu seinem Glück sehr schnell verwundet wurde.

Mein Vater Ivan, der jüngere Sohn, absolvierte nach dem Krieg das typisch sozialistische berufsbegleitende Studium und war in jeder Hinsicht das Gegenteil von seinem Bruder. Toni, der Ältere, wurde nach dem Krieg Maler, Bildhauer und Dichter. Er genierte sich nicht wegen seiner künstlerischen Neigungen, was Ivan immer erstaunte, er hätte so etwas unterdrückt oder zumindest verborgen. Toni war jedoch nichts anderes übrig geblieben, als Künstler zu werden, denn bei der Einteilung in Gute und Schlechte, die nach dem Zweiten Weltkrieg im neu gegründeten sozialistischen Staat rigoros vorgenommen wurde (ein Umstand, der von meiner Familie mütterlicherseits stets gebilligt wurde), gehörte ein ehemaliger kroatischer Soldat, der Schulter an Schulter mit den Deutschen an der russischen Front gekämpft hatte, eindeutig zu den Schlechten, egal wie er zu seinem kurzen Fronteinsatz gekommen war. Das Staatswesen, das ihn damals einberufen hatte, wurde von der Ustascha geführt und tat wie ein regulärer Staat und nahm sich das Recht heraus, Soldaten für den Krieg zu mobilisieren, zumal man damit den deutschen Verbündeten zur Hand gehen konnte, durch deren Gnaden man ja erst ein Staat geworden war.

Mein Onkel Toni, der viel lieber Opernarien sang und Büsten seiner Verwandten aus Stein anfertigte als sich mit Politik zu beschäftigen, ertränkte sein dumpfes Gefühl der Ungerechtigkeit mit Schnaps, den Petar, der dritte und jüngste Bruder im Bunde, der auf dem Bauernhof geblieben war, meisterlich zu brennen verstand. Am Ende erging es Toni wie Heimito von Doderer: Auch er musste sich einer Kehlkopfoperation unterziehen infolge seines übermäßigen Alkohol- und Nikotinkonsums. Politisch aber unterschied sich ihr Schicksal: Während Toni im neuen jugoslawischen Staat so behandelt wurde, als hätte er eine Nazi-Vergangenheit, verschaffte sich der österreichische Schriftsteller von Doderer, der seine NSDAP-Mitgliedschaft lakonisch als »einen barbarischen Irrtum« bezeichnete, schon 1947 einen Persilschein.

Angeblich hat meine Familie väterlicherseits im Mittelalter zum Adel gehört. Aufgrund ihrer besonderen Tapferkeit in den Kämpfen gegen die Osmanen wurden diese vermutlich bosnischen Adeligen sogar in jenem Buch des ehrwürdigen Franziskanermönchs Andrija Kačić Miošić erwähnt, das die Lieblingslektüre meiner Urgroßmutter Paulina war. Meine Vorfahren hatten sich diesem Mönch nach Verdienste im Kandischen Krieg erworben, als sie unter der Flagge von San Marco gegen die Türken kämpften. Von diesem Buch hat in der großen, weiten Welt, in der man genauestens über jedes Zimmer Bescheid weiß, in dem Goethe übernachtet hat, sowie jede Straße kennt, über die Lord Byron einst gefahren ist, freilich nie jemand etwas gehört – mit Ausnahme des englischen Schriftstellers Jason Goodwin, der seinen »Lords of the Horizons«, einer Geschichte des Osmanischen Reichs, ein Motto aus diesem Buch vorangestellt hat.

Byron hat nur Venedig besungen, nicht aber die kroatischen Adeligen im Dienste Venedigs erwähnt, auch hat er sie nicht als »Bollwerk gegen das Ottomanische Reich« bezeichnet, so wie sie es selbst taten, *antemurale christianitatis*, nein, dieser Titel war bei Byron der Stadt Kandia vorbehalten:

*And Europe's bulwark 'gainst the Ottomite:*
*Witness Troy's rival, Candia! Vouch it, ye*
*Immortal waves that saw Lepanto's fight!*

Diese meine mutigen Urahnen wanderten zusammen mit dem Bild der wunderschönen *Gospe*, Unserer Lieben Frau, aus dem bosnischen Ort Rama nach Kroatien und wurden zum lebendigen Beispiel für das, was in der kroatischen Geschichte als *reliquiae reliquiarum*, als Reste des Rests des einst mächtigen kroatischen Königreichs bezeichnet wird. Das Bild soll später die Stadt Sinj im dalmatinischen Hinterland vor den Türken gerettet und danach als Gospe Sinjska unzählige Wunder bewirkt haben. Paulina bezweifelte das.

Außer einer Urgroßmutter, die sich aus Eifersucht in einen Fluss gestürzt hatte – allerdings mit der Absicht gerettet zu werden, was dann auch geschah, und eine Lungenentzündung ihres Retters, eines Nachbarn, zur Folge hatte –, gab es in der Familie meines Vaters wenige interessante Frauen. Paulina dagegen war eine wahre Revolutionärin, und Oliva war nach ihrem Zwangsaufenthalt im deutschen Lager von einem Geheimnis umwoben.

Auf Anraten meines Vaters versuchte Oliva einmal eine Entschädigung für Deportation und Zwangsarbeit zu bekommen, zumindest in Form einer staatlichen Rente, doch das Verfahren schleppte sich so lange durch die unergründlichen Pfade der Bürokratie, bis der Staat, für den sie gekämpft hatte, zerfallen war – und zwar unter dem Beschuss jener Volksarmee, an dessen Gründung sie und ihr Mann tatkräftig mitgearbeitet hatten.

Zu der Zeit, als meine Großmutter den Antrag auf Entschädigung stellte und vergeblich auf eine Antwort wartete, erzählte man sich hinter vorgehaltener Hand, dass Tito einen ganz eigenen Deal mit Deutschland gemacht habe – das Geld für die Reparationen sei in Kredite geflossen, und das Leid der Lagerinsassen werde durch die Aufnahme von Gastarbeitern in die Bundesrepublik entschädigt, das dürfe allerdings nicht offen gesagt werden, da die Opfer mit dieser Regelung sicher nicht zufrieden sein würden, aber schließlich gehe es im Sozialismus um das Wohl der Gemeinschaft und nicht das der Einzelnen. Und die Gastarbeiter würden Devisen für uns alle erarbeiten.

»Macht euch keine Sorgen«, sagte ich, »bis ich all die Fakten zusammengetragen habe, die ich für diese Geschichte und die Grundbucheinträge brauche, wird so viel Zeit vergehen, dass sich niemand mehr für diese Dinge interessieren wird.«

»Ich weiß nicht«, sagte mein Vater, »ich war immer dagegen, dass man sich Probleme auflädt, die man vermeiden kann.«

»Ich auch!«, rief meine Mutter.

»Na endlich gibt es ein Thema, bei dem ihr beide einer Meinung seid«, sagte ich.

Mein Vater fand meinen Kommentar nicht besonders lustig

und zog sich zunächst beleidigt zurück, kam aber schnell wieder und fragte, was ich nach Münster mitnehmen wolle, ich könne schließlich nicht mit leeren Händen nach Hause kommen. »Wenigstens ein Stück Schinken«, bat er, »dein Mann mag doch Schinken! Ich habe neulich einen guten Schinken von Peter bekommen, das Schwein hat er eigenhändig aufgezogen und geschlachtet, erste Qualität. Und vielleicht ein Paar Sardellen, ich kann sie gut verpacken?«

Ich ließ seine Frage in der Luft hängen und wandte mich an meine Mutter:

»Wie ist eigentlich der Sohn deiner Großtante Klara gestorben?«

»Oh, die arme Tante Klara! Und ihr armer Mann! Sie lebten bei seiner Schwester, nachdem die Italiener ihr Haus niedergebrannt hatten. Sie sind beide früh gestorben, aus Trauer um ihren Sohn. Eigentlich war er der Sohn aus Klaras erster Ehe, aber ihr zweiter Mann Jure hatte ihn wie seinen eigenen Sohn großgezogen.«

Mein Vater verstand mein Manöver und ging vor sich hin murmelnd ins Schlafzimmer, um seine Siesta zu halten.

»Das weiß ich alles, Mama. Aber *wie* ist er gestorben?«

Meine Mutter holte tief Luft und begann mit gesenkter Stimme, beinahe flüsternd zu sprechen:

»Darüber haben wir zu Hause nie sprechen dürfen, so haben wir die ganze Geschichte viel später gehört, als seine Eltern schon tot waren. Er hat sich mit fünfzehn den Partisanen angeschlossen. Tante Klara versuchte, ihn mit allen Mitteln davon abzubringen, aber vergeblich. Er verschwand in den Bergen. Natürlich tat sie alles, um ihm Lebensmittel zu bringen«, die Stimme meiner Mutter wurde noch leiser, und sie drehte sich vorsichtig um, ehe sie weitersprach: »Die Frauen schleusten das Essen an den italienischen Wachposten vorbei und liefen durch die Macchia, bis sie die Partisanengruppen fanden. Es sieht so aus, dass die Kommissare sich immer das Beste davon abgezweigt haben. Klara hat noch vor dem Ende des Krieges gehört, was mit ihrem Sohn geschehen ist. Eines Tages hat er den Anführern vorgeworfen, dass sie sich so schamlos bedienten. Na ja, die Anführer haben das als Sabotage gedeutet, und man hat ihn in die Ödnis abgeführt und erschossen.«

»Die eigenen Leute haben ihn erschossen? Einen Jungen, der Hunger hatte? Haben denn die Partisanen nicht um jeden Mitstreiter gekämpft? Es waren doch nie genug! Nein, das ist nicht möglich! Das glaube ich nicht! Wer hat das Klara erzählt?«

»Ach, du fragst immer so viel. Ich weiß es nicht. Man erzählte das so... Mein Vater hat nie über die Fehler der Partisanen sprechen wollen. Ich habe Obstsalat gemacht, möchtest du etwas? Und jetzt koche ich uns einen Kaffee.«

Sie schob alle Fischreste auf ihren Teller, sammelte das fettige Geschirr zusammen und trug es zur Spüle. Dann zündete sie sich eine Zigarette an und begann, die Zigarette lässig in der Hand, den Tisch für Obstsalat und Kaffee vorzubereiten.

»Daraus, mein Kind, bekommst du keinen Stoff für einen Roman zusammen. Wer will so etwas lesen? Wen interessiert das noch? Aber mit den Grundbüchern sollst du ruhig weitermachen. Viola würde besser daran tun, dir dabei zu helfen und dir nicht solche Verrücktheiten in den Kopf zu setzen. Sie will doch das Hotel haben, sie liegt uns allen in Ohren mit ihren Klagen, dass die Nachbarn in Vodice selbst die letzten Eselsschuppen in Ferienwohnungen verwandeln, und nur wir nicht vorwärtskommen.«

»Mama, wenn Tante Viola ein Hotel eröffnet, hast du gar nichts davon, deshalb ist dieses ›wir‹ völlig unangebracht«, sagte ich plötzlich zickig und musste an die schöne Mirta und ihren Abgang an jenem Abend auf der Insel Hvar denken.

»Ich werde wohl im Hotel meiner Schwester wohnen können, wenn ich es will«, ihre Stimme zitterte leicht.

»Mama, wie wäre es, wenn ihr, du und Viola, zu Mirta fahren würdet, wie in alten Zeiten? Auf der Insel ist es so herrlich, und sie hat Platz für euch alle. Dann könntet ihr die Frage noch einmal diskutieren, was meinst du?«

Sie sah durch mich hindurch und schwieg.

**Heute ist ein besonderer Tag. Oliva ist auf den Beinen** und bereitet *kotonjada* zu, ein festes Quittengelee, das sie in kleine Förmchen gießen wird, nachdem das Quittenfleisch, der Zucker und die geriebenen Zitronenschalen eingekocht sind. Später wird sie die *kotonjada* in der Sonne trocknen lassen. Meine Mutter hat *kotonjada* aus Traubenmost gekocht, erinnert sich Oliva, die habe nach Muskatnuss, Nelken und Zimt gerochen. Überhaupt hat Paulina gerne Gewürze benutzt, die man nur schwer besorgen konnte, dann sagte sie immer: »Das hat mein Stiefvater von einem italienischen Händler bekommen«, und Oliva kamen diese italienischen Händler wie Weihnachtsmänner vor. Das war vor dem Krieg. Nach dem Krieg hat sie einmal ihre Mutter gefragt, ob die kroatischen Partisanen mit ihren Angriffen auf die italienischen Besatzer womöglich die Rache der Italiener provoziert hätten. »Vielleicht hätten sich Unsere zunächst zurückhalten und so tun sollen, als beugten sie sich der neuen Ordnung? Vielleicht hätte es weniger Tote gegeben, weniger Hunger, weniger niedergebrannte Häuser? Zerrissene Familien, Frauen in Lagern, tote Babys?« Paulina hat sie erstaunt angeschaut und geantwortet: »Oliva, wenn alle gedacht hätten wie du, dann würden heute die Deutschen und Italiener die ganze Welt beherrschen.« Oliva sagte: »Aber nach jedem kleinen Angriff der Partisanen auf die italienischen Soldaten gab es Racheaktionen und viele Tote auf unserer Seite.« »Oliva«, sagte ihre Mutter, »du scheinst zu glauben, dass deshalb, weil das Eine auf das Andere folgte, auch das Eine durch das Andere verursacht wurde. Aber die Nacht folgt dem Tag, und trotzdem ist die Nacht nicht die Ursache für die Entstehung des Tages, sondern die Tatsache, dass die Erde sich um die Sonne dreht.«

Fünf Mal bin ich aufgewacht. In dieser Wohnung kann man nicht schlafen. Vierzig Grad, keine Luft trotz all der geöffneten Fenster. Es stinkt nach Fisch und nach alten Möbeln. Man hört draußen Kinder rufen und das eintönige Tropfen des Wassers. Es müssen dicke Tropfen sein. Wahrscheinlich aus einer Klimaanlage über uns. Die Glücklichen, sie liegen in der gekühlten Luft, im Unterschied zu meiner Mutter, die ich durch die Wohnung geistern höre, und mir, die ich mich in diesem kochenden, feuchten Bett herumwälze. Mein Vater scheint zu schlafen. Die Kinderstimmen flauen ab. Jemand flucht. Ein Hund bellt, es ist vielleicht der Hund des Fluchenden. Am Ende hört man nur noch die Tropfen des Kondenswassers, dafür jetzt umso lauter. Ich habe kalt geduscht. Ich habe zwei Aspirin eingeworfen. Ich habe versucht, ein Gebet an die Heilige Jungfrau von Sinj zu richten. Sie möge mich vor dem Hitzetod in dieser Nacht bewahren. Ich habe ihr leichtsinnig versprochen, nie mehr ein Wort gegen Münster zu sagen. Langweilig – ja, leidenschaftslos – ja, aber ordentlich und kühl. Schließlich bin ich doch eingeschlafen. Vielleicht hat sie mich erhört. Gospe Sinjska voller Gnade. Und dann bin ich schweißgebadet aufgewacht. Im Traum hat mich die tote Laura besucht. Sie war wie eine Mumie in lange weiße Binden gewickelt. Sie stand neben meinem Bett und schwieg. Ihr Herz leuchtete rot und gelb wie bei Jesus auf den Wackelbildern, die man in Rom in Souveniershops kaufen kann. Auf dem Kopf trug sie eine Partisanenmütze, die sich in einen Kranz verwandelte, als ich ihren Namen aussprach. Laura! An dem Kranz war ein Schleier befestigt, es war ein Hochzeitsschleier, und der Kranz war aus weißen Gänseblümchen geflochten, die bei genauerem Hinsehen schrumpelige schwarze Oliven waren. Ich setzte mich auf die Bettkante und beschloss, mir einen Kaffee zu kochen. Das Wasser tropfte immer noch, aber der frühe Morgen ließ eine leichte Brise ins Zimmer wehen, und es schien, als wäre die Temperatur um ein paar Grad gefallen. Ich konnte in einer Küche, die nach Fisch roch, keinen Kaffee kochen, holte die Notizen, die ich am Abend zuvor im Gespräch mit meiner Mutter gemacht hatte, und setzte mich ans offene Fenster. War es nicht Homer, der die rosaroten Finger der Morgendämmerung beschrieben hat? Hatte er nicht schon alles über die Abschiede der Krieger von ihren Frauen gesagt? Ich schrieb neben der gestrigen Erzählung meiner Mutter: »Hektor und Andromache.«

Der Krieg entfaltet sich mit voller Wucht, die Menschen erinnern sich schon nicht mehr daran, wie es vor dem Krieg war. Heute wird Benedikt seine Frau Laura treffen. Heimlich, nachts, wie ein Dieb im eigenen Haus. Das Treffen haben die Genossen organisiert, natürlich soll Benedikt dabei auch einige Aufträge der Partisanen vor Ort erledigen. Benedikt ist ein Mann im besten Alter und voller Kraft, und auch wenn es weder zum Ernst der Lage »im Wald« noch zu der Situation im Dorf passt, da ihr Dorf von den Italienern besonders streng bewacht wird und die Patrouillen die ganze Nacht die Straßen durchkämmen, verlangt es ihn nach Nähe und Zärtlichkeit.

Drei Jahre sind seit dem Tod von Benedikts erster Frau Magdalena vergangen. Seit einem Jahr ist Benedikt schon im Wald bei den Widerstandskämpfern, die für die italienischen Behörden »Banditen« und für die eigenen kommunistischen Anführer Partisanen sind, die zu einer »Volksbefreiungsarmee« anwachsen werden.

»Banditen, so hat man sie genannt, weil sie die Freiheit wollten«, sagte meine Mutter verbittert.

Nicht alle, die in den Wald gehen, sind Kommunisten, aber da sie wie ein Jesuitenorden organisiert sind, eignen sich die Kommunisten bestens für die Führung der Aufständischen.

Magdalenas Bruder, der später von den Ustaschas ins Lager Jasenovac verschleppt wurde, wo er auch starb, und ihr Onkel, der Dichter, dessen Verse über die unbeugsamen Partisanen, die dem Feind keinen Millimeter heimischer Scholle überlassen, später alle Denkmäler in der Umgebung zierten, waren Kommunisten der ersten Stunde. Benedikt, der früher zum linken Flügel der Bauernpartei gehört und der unter dem Einfluss seiner Frau zu den Kommunisten gewechselt hatte, machte sich manchmal über sie lustig wegen ihrer strengen Vorschriften. »Diese Nachlässigkeit hast du bei der Bauernpartei in Slawonien gelernt«, sagten dann die Genossen streng, »oder in Zagreb. Du bist viel zu viel im Norden und in der Stadt gewesen, bei uns darf es unmoralische Umtriebe nicht geben, wir müssen dem Volk ein Vorbild sein und uns selbst durch Verzicht stählen.« Eine Geliebte zu haben, galt in der Parteizelle von Vodice als ernster Verstoß gegen die kommunistische Disziplin. (Ich fragte nicht nach Opa. Wie hatte der sich bloß verstellt? Oder hatte er seine Liebhaberin erst gefunden, als seine Kameraden etwas gelassener wurden?) Als Benedikt Laura zur zweiten Frau wählte, hatte jedoch niemand etwas zu bemängeln, er war Witwer, und es war gut, wenn man innerhalb der Partei heiratete.

Laura war vor drei Jahren von der Partei dazu bestimmt worden, die Grabrede »für die Genossin Magdalena« zu halten, und kurz darauf war sie dem Charme des Witwers verfallen, der allerdings nicht wusste, wie er seinen Kindern, vor allem seinem Sohn, diese neue Mutter vorstellen sollte. Niko und Bianka hatten es Laura nicht leicht gemacht, Paulina dagegen war ihr eine Stütze. Aber inzwischen lag das weit zurück und die Entwicklung der Ereignisse erlaubte kein langes Nachdenken und noch weniger Schwermut.

Laura war morgens von den Kurieren der Partisanen informiert worden, dass sie sich in der Nacht heimlich in das inzwischen leer stehende Haus der Familie begeben solle, dorthin würde Benedikt kommen. Aus Sicherheitsgründen lebte sie *u ilegali*, in der Illegalität, wie es damals hieß, und das bedeutete, dass sie sich abwechselnd in den Scheunen und Wein- und Ölkellern von mitleidigen Verwandten oder bei Verwandten anderer Partisanen und Genossen versteckte.

Laura war klein und schlank, sie war eine genügsame junge

Frau, sie wartete, dankbar, wenn ihr in der Nacht einer von ihren Beschützern schweigend etwas zu Essen und Trinken hinstellte. Sie musste sich verstecken, weil die Italiener alle Verwandten jener Männer, die eines Tages aus dem Dorf verschwunden waren, verhaften und internieren wollten, außerdem hatten Spitzel, von denen es im Dorf nur so wimmelte, den Italienern gemeldet, dass auch sie und ihr Stiefsohn Niko »organisiert« seien. Die Spitzel gehörten zu den konservativen Familien, Gegnern des Partisanenkampfes, weil sie Gegner des Kommunismus waren. Allerding war nichts mehr wie früher, denn auch einer der Priester hatte sich den Roten angeschlossen!

Ihren kleinen Sohn Marin hatte Laura bei ihrer Mutter untergebracht, und sie litt sehr, weil sie ihn seit Wochen nicht mehr gesehen hatte. Laura war achtundzwanzig, und immer wenn sie an ihren Sohn dachte, schienen ihre Brüste vor Milch zu platzen, obwohl sie seit einem Jahr nicht mehr stillte.

Auch Benedikts älterer Sohn Niko lebte *u illegali*. Er war siebzehn und schlug sich irgendwie durch, die Zeit des Versteckens hatte ihn sogar mit seiner Stiefmutter versöhnt und ihn ihr näher gebracht. Seine Mutter Magdalena war mit 32 Jahren im siebten Monat schwanger gewesen, als sie starb. Sie hatte sich mit Echinococcus infiziert, als man sie in das Krankenhaus von Šibenik brachte, war es zu spät. Die Bauern- und Fischerfrauen kamen häufig zu spät ins Krankenhaus, da war nichts zu machen.

Nachdem Laura und Niko in die Illegalität abgetaucht waren, packte Großmutter Paulina eines Tages ihre und Biankas Habseligkeiten in einen alten Koffer. In die schönste Schürze, die sie noch aus besseren Zeiten besaß, legte sie das letzte Stück Speck und die beiden Eier, die ihr eine alte Kundin gegeben hatte, und zog mit Bianka zu Oliva. »Dem Eselchen bringen wir oder die guten Nachbarn Futter, mach dir keine Sorgen«, sagte sie zu Bianka, die den Esel völlig vergessen hatte und sich gar nicht um ihn sorgte.

Von dem Treffen von Laura und Benedikt wussten Paulina und Bianka nichts. Das Liebespärchen traf sich streng konspirativ, ohne zu ahnen, dass einer der einheimischen Spitzel Laura gesehen hatte, als sie das dunkle Haus betrat.

Es ist schwer zu sagen, ob der Spitzel auch Benedikt gesehen hatte, der sich nur mit einer Pistole bewaffnet viele Kilometer durch Felder, Gestrüpp und Felsen geschlagen hatte, um im Schutz der Dunkelheit endlich bei seiner jungen Frau zu sein – danach schlief er ein wie ein Stein. Später, tief in der Nacht, war er aufgesprungen und sofort verschwunden.

Aber der Spitzel informierte pflichtbewusst die italienischen Carabinieri. »Wieso sind Sie nicht früher gekommen? Als der Mann noch im Haus war?«, fragte ihn einer der wachhabenden Carabinieri streng, der im warmen Zimmer des Gemeindehauses ruhte. Sein reichlich verzierter Napoleonhut lag auf dem Tisch. »Tu was Gutes und friss Scheiße«, murmelte der Spitzel auf Kroatisch. »Wie bitte?«, fragte der Italiener etwas freundlicher. »Ist nur ein Sprichwort«, antwortete der Spitzel. »Wenn Sie sich beeilen, erwischen Sie die rote Dirne noch.«

Das Fleisch ist schwach, der Mensch fehlbar – obwohl die Partei strengste Sicherheitsvorkehrungen anmahnte und Laura eine vorsichtige Person war und obwohl es Benedikt nicht an Erfahrung mangelte, hatte er sie aus Mitleid und Zärtlichkeit nicht geweckt: Sie schlief tief und entspannt, ihre Zöpfe waren aufgelöst, ihr Leinenhemd mit seinen weiten Ärmeln umhüllte den abgemagerten Körper. Eine Liebesnacht voller Sehnsucht, Leidenschaft, Angst und Hunger – der Hunger war in jenen Tagen allgegenwärtig, kein Hahn krähte, um den Morgen anzukündigen, denn alle Hähne waren in die Töpfe der Militärküchen gewandert, und ihre Federn schmückten die Hüte der Soldaten.

Die italienischen Schwarzhemden beendeten die Liebesnacht in dem feuchten Steinhaus endgültig. Diese Häuser ziehen, wenn sie unbewohnt sind, die Feuchtigkeit an, aber es war sicher nicht die Absicht der italienischen Geheimpolizei, dem Haus wieder ein wenig Wärme zuzuführen, als sie es in Brand setzten, nein, sie wollten es bis aufs Fundament niederbrennen, aber Stein brennt nicht, deshalb blieb an der Stelle der letzten Liebesnacht eine verkohlte Ruine ohne Dach und ohne Fenster und Türen als Mahnmal für das ganze Dorf zurück.

Laura wurde unterdessen ins örtliche Gefängnis gebracht.

In der Morgendämmerung sahen ein paar alte Frauen, die keinen Schlaf finden konnten und durch die geschlossenen Fensterläden spähten, wie zwei Faschisten in schwarzen Uniformen Laura fortschleppten, sie hielten sie an den Ellenbogen, während ihre Füße im Staub – die Straßen waren von dichtem, gelbem Staub und Rußpartikeln des ausgebrannten Bettes bedeckt, in dem Laura und Benedikt so tief geschlafen hatten – zwei gleichförmige parallele Spuren hinterließen. Sie hing zwischen den beiden Männern, die nicht besonders groß waren, neben ihr aber wie zwei Riesen wirkten – wie eine der Stoffpuppen, mit denen Bianka immer spielte, Paulina nähte ihr die besten Stoffpuppen, die in einem dalmatinischen Dorf je genäht wurden, und häufig dachte Laura, dass sie als Kind auch gerne eine solche Puppe gehabt hätte, denn sie kam aus einer Familie, in der es eigentlich gar nichts gab, vor allem keine Stoffreste und keine Zeit, für Kinder Puppen zu nähen.

Die Schwarzuniformierten waren nicht die Männer, die sie verhört hatten – die rote Teufelsbraut hatte niemanden verraten, dabei wollten sie von ihr nur die Namen der Familien wissen, bei denen sie sich bis zu ihrer Liebesnacht versteckt hatte. Nein, diese beiden hatten am Morgen ihren Dienst in der Polizeiwache angetreten und Laura von den müden Folterern übernommen, die endlich in die Kaserne wollten – ihren Schlaf hatten sie sich wohl verdient. Die beiden gut ausgeschlafenen Männer mussten Laura nur noch an die Mauer bringen, an der das Erschießungskommando schon wartete.

Die Stimme meiner Mutter, die aus meinen Notizen zu mir sprach, klang plötzlich hinter der Tür hervor. »Möchtest du einen Kaffee?«, fragte sie leise, ohne die Tür zu öffnen, und fuhr fort: »Heute wird es wieder zu heiß werden.«

**Oliva hat zarte Mangoldblätter gewaschen und** vorsichtig in heißes Wasser geworfen, sie sollen nur kurz ziehen. Wenn sie verkocht sind, verlieren sie die Vitamine, hat ihr Mirta erklärt, das Wort Vitamine macht Oliva zu schaffen, sie sagt es MATIVINE, aber sie passt auf, dass die Blätter ihr frisches Grün behalten. Die Stiele sind dünn und durchsichtig, es ist junger Mangold, den ihr Mirta von ihrer Insel mitgebracht hat. Oliva hat nie ihre Tochter auf der Insel besucht. Sie ist nicht mehr verreist, seit sie ihre letzte schreckliche Reise gemacht hat, an die sie auf keinen Fall erinnert werden will. Immer nur Mangold, hat sich ihr Schwiegervater damals laut beklagt, als der Krieg zum Alltag geworden war, ihr Bruder und ihr Mann verschwunden waren und plötzlich Paulina an der Tür stand, mit Bianka an der Hand. »Wir müssen uns bei dir verstecken«, hatte Paulina gesagt und ihr ein Zeichen gegeben, dass sie später darüber reden wolle. »Das Haus ist groß, kommt rein, kommt rein«, hört Oliva sich sagen, ihre Stimme von damals hallt immer noch zwischen diesen Wänden, die jetzt vom Mangolddampf benetzt werden. Oder ist es der Mangold von damals, der verkochte, was den Schwiegervater Gott sei Dank nicht ärgerte, er wusste nichts von Vitaminen, die Oliva nun TAVIMINE nennt. Er ärgerte sich, weil es keinen Fisch dazu gab, als ob irgendjemand in jenen Tagen ans Fischen denken konnte. Aber Paulina hatte ihn besänftigt, sie zauberte ein Stück Speck und zwei Eier aus ihrer Schürze, die eigentlich für Bianka gedacht waren. Klug wie sie war, verstand sie, dass man zunächst den Alten beruhigen musste, dann würde er einschlafen und sie würde erzählen können, warum jetzt auch sie auf der Flucht waren. Meine Schwägerin Laura und ihr Stiefsohn Niko waren schon seit Tagen verschwunden, das wusste ich, erinnert sich Oliva stirnrunzelnd, ich glaube zumindest, dass ich das gewusst habe. Oder hat mir das später jemand erzählt und ich habe alles durcheinandergebracht, die wirklichen und die erzählten Erinnerungen?

Ich löffelte den Schaum vom Cappuccino, dankbar für das Herzchen aus Kakaopulver, das in diesem Café großzügig spendiert wurde. Anstatt nach Hause zu fahren (wo war mein Zuhause eigentlich?), hatte ich mein Flugticket verfallen lassen und war nach Šibenik gereist. Ich hatte Herrn Marković um einen Termin gebeten, und er hatte zugesagt. Mein Mann war am Telefon einsilbig geworden, als er von der Verschiebung meiner Rückkehr hörte. Er sagte etwas von meinen Verpflichtungen, aber ich erzählte ihm, dass ich bis auf Weiteres unbezahlten Urlaub genommen hätte. Hörte ich einen Seufzer, als er auflegte?

Es gibt viele Flüche des Mittelmeers – die schwere Arbeit auf den kargen Feldern unter der Sonne, die Gefahren der Seefahrt, »die Weintrauben wachsen auf deiner Fron und deinen Qualen«, so sagt man hier, und »preise das Meer, aber halte dich an das Festland« –, doch genauso lädt das Mittelmeer zu ständigem Genuss ein. Und der Genuss führt leicht zu Melancholie. Die intensiven Farben, die in der Sonne glänzen, die Stimmen in der Luft, die Gassen aus polierten Steinen, die Cafés in den alten Säulengewölben, die Möwen, die über dem türkisblauen Meer kreisen, die Segelboote, die in der warmen Brise dahingleiten, all das kann man nicht für immer festhalten, und diese Gewissheit verwandelt sich zu einem resignierten *memento mori*. All das war immer schon hier, und es wird auch dann noch hier sein, wenn man selbst schon lange nicht mehr ist.

»Ich kann verstehen, dass Sie weiteren Gesprächsbedarf haben«, sagte Herr Marković, während ich neidisch die Zigarette in seiner Hand betrachtete. Ich hatte in Deutschland mit dem Rauchen aufgehört, dort galt es als primitiv und ungesund, während hier das Rauchen zum allumfassenden Genuss gehört. Wie lange werde ich noch standhaft bleiben können? Werde ich am Ende wie Italo Svevo ausrufen »Datemi una sigaretta!«? Es wäre seine letzte gewesen, aber man verweigerte sie ihm.

»Es tut mir leid, dass ich bei unserem Termin in der Verwaltung so ungehalten reagiert habe«, sagte ich. »Diese Frau geht mir auf die Nerven. Ich fürchte, die stecken alle unter einer Decke: die Regierung, die Banken, die angesehenen Unternehmer, die Privatisierungsfonds, die Gerichte, die Notare und die Angestellten in den städtischen Verwaltungen …«

»Natürlich tun sie das«, sagte Herr Marković.

Eigentlich hatte ich noch die Anwälte erwähnen wollen. Ich schaute auf seine Zigarette und stellte mir vor, wie sie zu meinem Cappuccino schmecken würde. Der Sommer kratzte an meiner Selbstdisziplin und schmeichelte meinem Körper, der nur noch nach Meer, Sonne und Genuss trachtete. In Deutschland gibt es keinen Sommer, es gibt nur ein Surrogat, von dem die Deutschen behaupten, es sei der Sommer, obwohl alle insgeheim wissen, dass das nicht stimmt.

Nun saß ich in der vertrauten Umarmung eines wirklichen Sommers, und es kam mir wie das wiedergefundene Paradies vor. Ein wahrer Sommer zeichnet sich durch mehrmonatige Höchsttemperaturen aus, durch die heißen Steine, mit denen die Gassen gepflastert sind, die sich auch im Schatten warm unter den nackten Fußsohlen anfühlen und selbst nachts ihre Wärme nicht verlieren. Gerade diese nächtliche Wärme ist das untrügliche Erkennungszeichen eines echten Sommers.

Ich verzichtete darauf, Herrn Marković zu erklären, wie trostlos der deutsche Sommer sei. Es gibt sogar ein Meer in Deutschland, ein wunderschönes Meer, nein, es gibt sogar zwei Meere, aber was nutzt ein Meer, wenn es keinen Sommer gibt? Dafür gibt es geregelte Besitzverhältnisse – man kann eben nicht alles haben.

»Mich hat vermutlich der familiäre Gerechtigkeitswahn gepackt. Der Staat nimmt uns unser Grundstück weg und lässt ein Hotel darauf bauen, der Nachfolgerstaat verkauft es dann für einen Preis, den der neue Besitzer in einem Monat mit dem Hotel verdient. Und dann häuft der Typ Millionen an, und wir können nur noch zuschauen.«

Ich hielt inne, da mir bewusst wurde, dass auch andere Dinge ärgerlich waren, etwa die Tatsache, dass mich erst nach achtzehn Jahren ein Anwalt über meine Erbschaft informierte, weil meine Mutter und ihre Schwestern bei ihren Zusammenkünften Kaffee und Kräuterliköre tranken, jammerten oder lachten und sich der immer selben Geschichten aus der Vergangenheit erinnerten. Und jetzt haben sie sich noch dazu zerstritten! Ich dachte an die vier Frauen und fragte mich, wie lange man im Herzen ein Mädchen bleibt, während die Haut verwelkt, die Beine von blauen Adern und weißen Flecken überzogen und die Haare grau und widerspenstig wie Draht werden? Meine Mutter war nicht einmal sechzig, als Oliva starb. »Wir vier sind nun endgültig zu Waisen geworden«, sagte sie mir damals am Telefon.

Damals fand ich es komisch: Vier alte Frauen sagen, dass sie Waisen geworden sind. Heute begreife ich, dass sie natürlich gar nicht so alt waren (je älter man selbst wird, desto mehr verschiebt sich die Definition des Altseins) und dass es alles andere als komisch war. Heute, da ich mir immer mehr Sorgen mache, wenn ich an das Alter meiner Eltern denke. Eines Tages werde ich in der Fremde einen Anruf bekommen: Mein Bruder, meine Nachbarn, irgendjemand wird mir mitteilen, dass meine Mutter, mein Vater ... Diese Angst aller Migranten überall auf der Welt wird stärker, je länger sich der Migrant in der trügerischen Gewissheit wiegt, eines Tages zurückzukehren, und je mehr er versteht, dass dieser Tag nie kommen wird. Und nie wird er das vorfinden und festhalten können, was er zurückgelassen hat, als er davonzog. Aber gilt das nicht für alle Menschen, auch für die, die nur ein paar Straßen weiter gezogen sind oder – wie meine Tanten und meine Mutter – ein paar Ortschaften weiter? Daran wollte ich mich erinnern, wenn mich unter dem grauen Münsteraner Himmel wieder einmal die Angst packte. Aber zum Glück war ich jetzt noch hier. Die Sonne schien mich an den Stuhl im Café zu fesseln, ich bildete mir ein, die salzige Luft trotz der Abgase riechen zu können. Herr Marković verkörperte unerwartet die Heimat für mich, ich wollte mich an ihm festhalten. Mir gefiel, wie die Härchen auf seiner sonnengebräunten Haut golden schimmerten. Es waren nur kleine Hautareale zu sehen, da er wieder eines seiner akkurat gebügelten schneeweißen Hemden trug.

»Meine Mutter und meine Tanten können das Geld gut gebrauchen. Vielleicht würde sich meine Mama gerne einmal eine Massage im Wellnesscenter des Hotels ›International‹ gönnen? Tante Bianka hätte sicher nichts dagegen, einen Cocktail an der Bar zu trinken, Tante Viola würde im Pool schwimmen gehen und Tante Mirta sich von einem Sternekoch bewirten lassen. Keine von ihnen hat je eine Nacht in solch einem Hotel verbracht.«

»Ich verstehe«, sagte Herr Marković ernst.

»Manchmal frage ich mich, ob mein Großvater die Strände, die er damals der Gemeinde geschenkt hat und die heute Millionen wert wären, tatsächlich aus reinem Herzen und felsenfester Überzeugung abgegeben hat oder ob da etwas anderes eine Rolle spielte.«

»Wie meinen Sie das?«

»Vielleicht wollte er seine Aufrichtigkeit unter Beweis stellen? Vielleicht wollte er den Genossen mit diesen Schenkungen aber auch nur zuvorkommen. Sie hätten die Grundstücke sowieso enteignet!«

»Durchaus möglich.«

»Direkt nach dem Krieg, als die Partisanen ihre Macht ausgebaut haben, wäre es gefährlich gewesen, irgendwie aufzufallen und womöglich als Verräter abgestempelt zu werden. Man war erpressbar. Und mein Opa mochte Frauen, das war seine Schwäche.«

»Hm, meist waren die Gegner der Partisanen betroffen und weniger die Partisanen selbst. Andererseits kannte er die Strukturen ja ziemlich gut.«

»Ihnen ging es wenigstens um die Allgemeinheit. Heute schlagen Typen mit Sonnenbrillen und dicken Autos Profit aus dem Land, das die Partisanen einst verteidigt hatten. Einer dieser neuen Geschäftsleute hat den Kiefernwald abholzen lassen, in dessen Schatten die Gedenktafel für Laura liegt. Er plant dort einen Parkplatz für das Hotel ›Die Bucht‹, das er unlängst erworben hat. Der Mann ist natürlich bei dem staatlichen Privatisierungsfonds tätig!«

Ich sah mein Spiegelbild in der Sonnenbrille meines Gegenübers. Auch ich trug eine Sonnenbrille. Wir sehen wie zwei Mafiosi aus, aber so sehen auch alle anderen hier aus, dachte ich. Der Kellner war die einzige Person ohne Sonnenbrille. Er näherte sich schweigend und wechselte mit einer gekonnten Bewegung den Aschenbecher auf unserem Tisch. Vielleicht sollte man das ›Hotel International‹ einfach vergessen? Das Leben könnte doch so schön sein.

Herr Marković zeigte mit einer trägen Bewegung auf etwas hinter meinem Rücken. Er lächelte und seine Lippen wurden zu einem dünnen Strich. Ich musste mich zwingen, seine Lippen nicht genauer zu betrachten und auch nicht die Muskeln, die sich unter seinem Ärmel abzeichneten, während sein Arm irgendwie unbestimmt in der Luft kreiste. Ich folgte der Bewegung und drehte mich um. Das grüne, von innen beleuchtete Wasser eines der Schwimmbäder unter den Worten ›Hotel International‹ und ›Vodice‹ auf einem Riesenplakat sprang mir ins Auge.

Ich rief mich zur Ordnung, schob die Sonnenbrille ins Haar, wie ich es bei vielen Frauen aus Split gesehen hatte, und sah meinen Anwalt streng an:

»Ich kann Ihnen nur den Auftrag für die Regelung des Grundbucheintrags für meinen Olivenhain erteilen. Aber wenn ich wieder zurückkomme, werde ich versuchen, meine Mutter und die Tanten an einen Tisch zu bekommen und mich mit ihnen zu beraten.«

Er bemühte sich, seine Enttäuschung zu verbergen. Auch er nahm die Sonnenbrille ab.

»Und wann kommen Sie zurück?«

»Das weiß ich noch nicht. Ich muss nach Deutschland, um mich zu vergewissern, dass es Münster und meinen Mann überhaupt noch gibt.«

**Olivas Körper hängt über der Ottomane wie ein gut** aufgegangener Hefeteig, so entspannt ist sie heute. Sie liegt in der freudigsten Erwartung, die sie sich überhaupt vorstellen kann: Ihre Enkelin Alida hat versprochen, eine Torte aus Johannisbrotmehl für sie zu backen. Ein glücklicher Zufall wollte es, dass sich die beiden neulich über ihre Lieblingsfrucht unterhalten haben, und nachdem sie alle möglichen Früchte durchgegangen waren – Feigen, Granatäpfel, Mirabellen, Maraska-Kirschen, Pfirsiche, Stachelbeeren und Trauben –, sagte Alida plötzlich: »Oma, es gibt eine Frucht, die keine Obstfrucht ist, sondern eine Schote, eine Hülsenfrucht, die mag ich am liebsten, und du sollst erraten, welche das ist!« Oliva sagte ohne nachzudenken: »Das kann doch nur das Brot des heiligen Johannes des Täufers sein!« »*Karob*, auf Kroatisch *rogač*. Das bedeutet Hörnchen«, und Alida wollte ihr erklären, dass das Wort *Karat* vom griechischen Wort für Hörnchen *kerátion* stammt und dass man die Qualität von Diamanten in Karat angibt, weil die Karobsamen alle gleich schwer sind, diese glatten, ovalen, dunkelbraunen, harten Samen, die man ausspuckt, damit man sich keinen Zahn an ihnen ausbeißt. Sollte das bedeuten, dass wir kein eigenes Wort dafür haben und deshalb ein griechisches übernehmen müssen? Oder haben die Griechen und wir dasselbe gedacht angesichts der Schoten, die sich an ihren Bäumen krümmen und winden? Wenn sie trocken sind, dann hängen sie wie riesige, schwarze Tränen an den Bäumen, sie können sehr lange da hängen, aber trotzdem immer noch gut schmecken. »Das kann ich mir alles nicht merken«, sagte Oliva mit schwacher Stimme, »aber meine Tante Klara hat einen schönen Diamantring zu ihrer ersten Hochzeit bekommen, wenn ich nur wüsste, was aus dem geworden ist. Meine Zähne sind zu schwach für die heiligen Hörnchen geworden, Alida, ich habe sie seit langer Zeit nicht mehr gegessen, mit dem Alter muss man leider auf viele Dinge verzichten.« »Weißt du was, Oma, ich backe dir eine Torte aus Karobmehl, ich habe ein Rezept aus Italien. Zehn Eigelbe mit Zucker zu einem Teig gerührt, zehn Eiweiße steif geschlagen, und eine Glasur aus dunkler Schokolade kommt auch noch oben drauf, du wirst sehen, es ist ein Gedicht.«

Eigentlich wollte ich abfahren. Ich hatte das dumpfe Gefühl, dass ich ganz schnell meinen Mann wiedersehen müsste. Dalmatien hielt mich fest mit all seinen Düften und Farben, eine ungestüme Energie strömte aus der Landschaft, aus den Stimmen und Gesten der Menschen, die mir wieder vertraut waren – ich hatte geglaubt, dass ich sie aus mir vertrieben und durch die nüchterne westfälische Bodenständigkeit ersetzt hätte. Auch dieser leicht hinkende Anwalt – dass er sein rechtes Bein etwas steif bewegte, hatte ich bei der letzten Begegnung bemerkt – schien mich festhalten zu wollen. Also, schnell fort von hier!

Stattdessen fuhr ich von Šibenik nach Vodice, ich wollte noch einmal in das leere Haus. Mir fehlte die Geschichte von Niko. Ich hatte Glück: Die Straße war leer, nur eine jener uralten Nachbarinnen, die für mich alle gleich aussahen, saß im Schatten eines Maulbeerbaums. Ich trug einen grün gestrichenen Stuhl aus Olivas Küche herbei und setzte mich neben sie. Sie schien sich zu freuen. Wir segelten zusammen, von ihren Worten und meinen Fragen getragen, in die Zeit der italienischen Okkupation zurück. Und der alte Maulbeerbaum ließ bisweilen seine Blätter zittern – ein stummer Zeuge, aber keinesfalls gleichgültig, so kam es mir vor.

Das alte Haus, in dem Niko geboren und aufgewachsen war, war jetzt eine verkohlte Ruine, und die nie wirklich akzeptierte, aber nun betrauerte und schmerzhaft vermisste Stiefmutter Laura war begraben worden; deshalb musste die Partei für Niko dringend den Weg »in den Wald« organisieren, was sich als gar nicht so leicht entpuppte. In Vodice kannte jeder jeden, nach der Erschießung von Laura war es besonders gefährlich geworden, jemandem aus ihrer näheren Umgebung zu helfen, und so fand Niko keinen Unterschlupf, während die Verbindungsleute Schwierigkeiten hatten, sein Abtauchen zu organisieren. Er wusste, dass das nicht besonders klug war, aber ihm blieb nur

Oliva, die Schwester seines Vaters, bei der seine Großmutter und seine Schwester bereits untergekommen waren.

Obwohl auch ihr Mann Šimun »im Wald« war, ließen die lokalen Spitzel und die Italiener die Frau mit ihren drei kleinen Kindern und dem alten, nörgelnden Schwiegervater vorläufig in Ruhe. Von ihr – einer schönen, hochgewachsenen Schwarzhaarigen mit mandelförmigen Augen – war nicht bekannt, dass sie organisiert war, obwohl man vermutete, dass auch sie während der Arbeit auf dem Feld Abstecher in den Wald machte, um ihrem Mann Lebensmittel zu bringen; diese Banditenweiber waren alle gleich, nur dass ihr Mann Šimun nicht so bedeutend für die Widerstandsbewegung war wie ihr Bruder Benedikt.

»Deine Großmutter war schweigsam. Ich konnte mich mit ihr nie richtig anfreunden, deshalb weiß ich nicht viel über sie. Aber diese Geschichten aus dem Zweiten Weltkrieg kennen wir alle hier im Ort«, sagte die alte Frau, und der Maulbeerbaum raschelte zustimmend.

Olivas Zeit würde noch kommen, aber jetzt interessierten die Italiener sich noch nicht für sie, viel wichtiger war es, Verbrecher wie Benedikt aufs Korn zu nehmen, der nicht schlecht staunen würde, wenn er erführe, dass seine Frau tot sei. Seine drei Kinder und seine Mutter standen auf der Liste ganz oben, und jeder vernünftig denkende Mensch konnte sich ausmalen, dass sein älterer Sohn versuchen würde, bald in den Wald zu verschwinden; deswegen machte sich eine Patrouille aus sechs solide ausgebildeten und bewaffneten Männern auf die Suche nach ihm. Es war gut, dass man sich in einem derart gottlosen und rebellischen Kaff wie Vodice auf jene Einheimischen verlassen konnte, die Wert auf eine staatliche Ordnung legten, herzlich wenig von den Kommunisten hielten und deshalb mit den Italienern zusammenarbeiteten, die aufrichtig bemüht waren, in diesen barbarischen Gebieten ordentliche Verhältnisse herzustellen. Dank ihrer Informationen wusste die Patrouille, wo sie nach Niko suchen musste.

Aber sechs Männer machen beim Marschieren einen erheblichen Lärm, von dem ausgeprägten Bedürfnis, sich zu unterhalten, ganz zu schweigen, und so konnten sie sich dem großen Haus am Hauptplatz des Ortes, der früher den Namen des österreichischen Kaisers, später den des serbischen Königs und jetzt den Namen Vittorio Emanueles trug, nicht unbemerkt nähern. Als ihr Anführer die Tür, die zu dem schmalen Korridor führte, öffnete, hörten es die Bewohner des Hauses sofort. Und noch bevor die Patrouille an der zweiten Tür war und den Riegel mit der Lederschnur hochgezogen hatte – ein freundliches Klapp! ertönte –, war Niko über die Mauer gesprungen, die den Hof vom Nachbarhof trennte, einem schmalen Schlauch hinter dem unansehnlichen Haus des Nachbarn Kamilo, eines Fischers, der sich auch gerne den Roten angeschlossen hätte, aber Angst um seine Familie hatte und sich deshalb so neutral wie möglich verhielt.

Als dieser Niko erblickte, reagierte er blitzschnell: Er gab dem hinter der Mauer hockenden Jungen ein Zeichen, und während sich der Hof von Šimuns und Olivas Haus mit italienischen Carabinieri füllte, kroch Niko auf Kamilos Haus zu. Die Mauer war anderthalb Meter hoch, und hätte sich einer der Carabinieri kurz über sie gebeugt, hätte er den Jungen, dessen Rücken wie der Buckel einer Katze aussah, erblickt.

»Sie waren mutig, alle beide – Kamilo und Niko«, sagte die alte Frau traurig. Sie selbst war damals ein junges Mädchen. Ich erwischte mich bei dem Gedanken, dass sie eine gute Braut für Niko gewesen wäre, schüttelte den Gedanken aber wieder ab. Es war an der Zeit, widerstandsfähiger gegen die sinnlichen Verlockungen des Südens zu werden! Ich sollte sachlich denken, anstatt Tote mit Lebenden verkuppeln zu wollen.

Die Carabinieri sahen das in absoluter Stille erstarrte Haus, in dem sie Niko bei seiner Tante Oliva zu finden hofften. Ihr eigener Lärm (obwohl sie für ihre Verhältnisse schweigsam und diszipliniert waren) verhinderte, dass sie die schleifenden Geräusche der nackten Füße und Hände von Niko hörten, der auf allen vieren die Mauer entlangkroch und in Kamilos Haus schlüpfte. Ohne ein Wort begleitete ihn Kamilo zur Haustür, die direkt neben jener Tür lag, durch die die Soldaten gerade eingetreten waren, bevor sie die zweite Tür mit dem Riegel (Klapp!) passierten.

Kamilo schloss schweigend die Tür hinter dem Jungen. Niko warf einen letzten Blick auf die geöffnete Tür des Hauses, in dem er seine Familie zurücklassen musste, erschauderte bei dem Gedanken, was ihnen jetzt alles passieren konnte, und wandte sich nach rechts, weg vom Hafen, und eilte durch die ausgestorbene Straße, die leicht bergauf führte, davon.

Hier verlor sich jede Spur von ihm, und erst 1944 nahm er wieder Kontakt mit der Familie auf. Ein ausgehungerter Partisanenkurier, dem die schweigenden und schwarz gekleideten Schwestern Klara und Paulina Fischsuppe anboten, brachte einen Zettel: »Liebe Großmutter Paulina, soeben habe ich vom Tod meines Vaters erfahren, und die Nachricht hat mich schwer getroffen. Liebe Tante Oliva, ich werde meinen Vater rächen. Euer Niko.« Die Verbindung brach erneut ab, und erst 1946 hörte Bianka von einem schlecht rasierten Partisanen mit zwei Holzkrücken, die ihm das rechte Bein ersetzten, dass ihr Bruder Niko neben ihm im Feldlazarett gelegen habe und dort auch gestorben sei, nachdem er im Fieberwahn einige Male laut nach seiner Mutter Magdalena gerufen habe.

**Oliva steht am Fenster, die Fensterläden sind halb** geschlossen. Ein Trauerzug zieht mit schweren Schritten über den Platz, und sie lauscht der feierlichen Musik, die die Blaskapelle von Vodice spielt. Ihr Mann läuft in seinem schwarzen Anzug und mit schwarzer Krawatte ganz am Ende der Kapelle, den obligatorischen roten Lenin am Revers, den sie von hier gut erkennen kann. Er schlägt die Becken und hat nur selten einen Einsatz, wirkt aber so würdevoll, als ob er ein Solo auf der Trompete zu spielen hätte. Oliva fühlt sich wie in einem Konzert, sie bedauert schon jetzt, dass der Trauerzug bald nach rechts abbiegen wird, um den Aufstieg in Richtung Friedhof zu beginnen, der am Ortsrand auf einer Anhöhe liegt. Unser schöner Friedhof, denkt Oliva, mit der dicken Rosmarinhecke, die ihn von der mühevollen Welt der Lebenden trennt. Eine Rosmarinhecke, an der man nicht vorbeigehen kann, ohne mit der Hand über sie zu streichen, um danach lange an ihr zu riechen. Sie stellt sich vor, wie der Duft zu den Toten vordringt, es kann nicht sein, dass sie ihn nicht spüren. Nur schade, dass sie ganz bestimmt die kleinen blauen Blüten nicht sehen können, wenn der Rosmarin zu blühen beginnt. Oliva reißt sich vom Fenster los und steuert auf ihre Ottomane zu, die ihr wie ein öder Platz ohne jeden Lustgewinn vorkommt und auf der man im Liegen nur dann einen Rosmarinhauch spüren kann, wenn ihr Mann frische Makrelen grillt und sie mit einem in Olivenöl getauchten Rosmarinzweig bestreicht. Aber heute gibt es für sie zum Mittagessen nur Brechbohnen mit Kartoffeln, Šimun hat vorgekocht, da er den Leichenschmaus nach der Beerdigung nicht versäumen will und danach noch einige Termine hat, ein wichtiger Mann an einem wichtigen Tag. Beerdigt wird ein verdienstvoller Genosse, der im Krieg berüchtigt für seine Strenge war, ein entschlossener Partisan, der damals, als sich sieben alte Männer und achtzehn Frauen mit ihren Kindern in der Hütte in der Nähe von Tribunj versteckten, während italienische Einheiten das ganze Gebiet engmaschig durchkämmten, mit seiner breiten und festen Hand das Baby der unglücklichen Jela erstickte, weil es nicht aufhören wollte zu weinen. »Beruhige das Kind«, hat er ihr durch die Zähne zugeraunt, aber es gelang ihr nicht, ihre Milch war geronnen, und das Baby schrie wie besessen, ohne sich um ihre Verzweiflung zu kümmern. »Lass mich gehen«, flüsterte die arme Mutter dem Genossen zu, »ich versuche mich allein durchzuschlagen, eine Mutter mit Kind werden sie vielleicht gehen lassen«. »Sie werden dich foltern«, sagte der Genosse trocken, »und du wirst uns verraten, ehe sie überhaupt fragen, wo wir sind. Wir sind hier« – er zählte kurz durch, er zählte auch das Baby mit – »dreiunddreißig Menschenseelen, ich kann kein Risiko eingehen, ich bin gegenüber der Partei und dem Kommissar für euch verantwortlich, und so leid es mir tut«, sagte er ruhig, während das schon blau angelaufene Baby weiter schrie, »ich muss das Kind zum Schweigen bringen«.

Eine schlanke Frau in hellem Kleid, geschnitten wie in den Fünfzigern, ein Stil, der wieder in Mode gekommen zu sein schien, beugte sich über die glitschigen Tintenfische und richtete eine Frage an die Marktfrau, die beherzt rief: »Frische Tintenfische, frische Tintenfische, heda, meine Dame, hier finden Sie die beste Ware!« Die Marktfrau hielt ihren Mund noch halb geöffnet, da sie unterbrochen worden war.

Die Frau in hellem Kleid sah wie meine Mutter auf einem Foto aus, auf dem sie mit meinem Vater tanzte, mit einem seligen Lächeln auf den Lippen. Die eigene Mutter gehört für jeden Menschen zu den größten Rätseln des Lebens. Ich sah die Finger jener schlanken Frau, wie sie sich tief in die grau-rötliche Masse gruben und dann mit ihrer Beute wieder zum Vorschein kamen. Eine Handvoll fleischiger Körper. Ein Tentakel hatte sich in ihrem silbernen Armband verfangen. Ich stand einfach da, auf dem Platz vor der Fischhalle, sah dem Treiben auf dem Fischmarkt zu und dachte über Rückkehr in diese Stadt nach.

In der Mitte der Halle verkaufte ein nahezu zahnloser Mann Thunfischfilets, er schnitt sie auf einem weißen Steintisch in glatte, dicke Stücke. Ein Riesenfisch, ein dunkler, praller Fischkörper lag auf dem Weiß des Marmortischs, der umgeben war von Ständen mit Kisten voller Venusmuscheln, rosarotgrauen Krebsen, klebrigen winzigen Sardellen. Vor einer Zahnbrasse blieb ich ehrfürchtig stehen. Zahnbrasse kann man auf verschiedene Arten zubereiten, mein Vater lässt sie meist im Dampf garen – das sei ein kulinarisches Verbrechen, meinte mein dicker Nachbar Goran einmal, eine Zahnbrasse müsse man grillen, nachdem man sie in Olivenöl mariniert habe, am Schluss nur reichlich mit grobem Meersalz und frisch gemahlenem Pfeffer würzen, nicht einmal Zitronenscheiben wollte er dulden. So etwas durfte ich meinem Vater gegenüber nicht erwähnen, denn das hätte zu unendlichen Diskussionen geführt.

Im Schatten des alten römischen Tempels, den Christen vor langer Zeit zur Kathedrale umgebaut hatten, traf ich meine Freundinnen Lili und Ada in einem Café. Eine Gruppe deutscher Touristen eroberte gerade die Steintreppen um uns herum und begann zu knipsen. Die Gesichter von Lili und Ada waren braun gebrannt, dadurch waren die Falten umso deutlicher sichtbar, sie hatten ihre Sonnenbrillen in die Haare geschoben, das Make-up war schon etwas verlaufen. Ich sagte ihnen beim Hinsetzen, dass ich am liebsten hier bleiben würde. Die Sehnsucht nach dem Meer hätte mich erwischt. Ich sei untröstlich, weil ich so lange nicht am Meer gelebt hätte.

Lili und Ada nickten, als wüssten sie wovon ich spreche. Aber sie hatten das Meer nie verlassen, sie sahen es jeden Tag, immer aufs Neue. Sie hatten genauso keine Ahnung, wovon ich rede, wie all jene Snobs dieser Welt, die vom Meer schwärmen, weil sie es aus dem Urlaub kennen.

»Sag mal«, fragte Lili, »ist es die Sehnsucht nach dem Meer oder nach deiner Mutter? Wir sind alle tief in unserer Seele Kinder, weißt du?«

Sie erwartete keine Antwort. Wir hatten unsere Art, uns zu unterhalten, und es gab keine Symmetrie bei den Fragen und Antworten. Ich bestellte Cappucino und überlegte, dass ich in Deutschland nie solche Freundinnen finden würde.

Oder kam mir das alles nur so vor, weil ich heute abreisen musste? Deutschland verwandelte sich in meinem Kopf in einen Parkplatz, in eine Bratwurst, in einen Discounter-Supermarkt, in einen geometrisch bepflanzten Vorgarten. Ich war ungerecht. Wovon lebten die Menschen hier? Lili hatte eine Gucci-Sonnenbrille und sagte mir im Vertrauen, dass es auf dem Markt billige Imitate aller Marken gebe.

»Wir schlagen uns so durch. Immerhin kannst du Deutsch«, sagte Ada. »Du würdest hier sicher etwas finden.«

Ich erzählte ihnen, dass die Sache mit der deutschen Sprache frustrierend sei, und blinzelte in Richtung der ahnungslosen Touristengruppe, die brav entweder in ihren Reiseführern blätterte oder immer noch fotografierte. Ich war einmal in Münster mit meinem Mann in einem orthopädischen Schuhgeschäft. Obwohl wir – er in perfektem und ich immerhin in einem sehr soliden Deutsch – lang und breit erklärten, warum und wozu wir diese Schuhe brauchten, wandte sich die Verkäuferin betont langsam an mich: »Hier haben Sie eine Broschüre in allen möglichen Sprachen. In ganz vielen Sprachen, da können Sie alles nachlesen.« Es stellte sich heraus, dass die vielen Sprachen Französisch, Italienisch und Englisch waren. Draußen regnete es auf die graue Straße einer deutschen Kleinstadt. Direkt neben dem Laden war eine Konditorei. Auch meine Großmutter hatte sich immer mit Süßigkeiten getröstet.

Lili fragte: »Was hast du in der Konditorei gegessen, erzähl?« Ich begann mit einer ausführlichen Beschreibung von schokoladenüberzogenen Marzipanrollen, und die beiden riefen: »Hör auf! Sonst müssen wir sofort etwas bestellen!«

»Aber wenn du zurückkämest, würden dich in Split alle bewundern wegen deiner Sprachkenntnisse. Man muss im Leben immer wieder seine Perspektive wechseln«, sagte Ada.

Auf Marzipanrollen kann man verzichten. Auch auf solide orthopädische Schuhe. Auf deutsche Weihnachten. Auf Dominosteine. Auf saubere Krankenhäuser. Auf gepflegte alte Bauernhöfe in Westfalen – das Haupthaus aus dunklen Ziegelsteinen, mit einem Giebel aus Sandstein, innen ein Kamin und alte Ledersessel im Halbrund vor der Feuerstelle, draußen Nieselregen. Auf die tödliche Stille am Abend in den kleinen Städten. Auf Berlin, immerhin das Lebendigste, was das Land zu bieten hat. Auf München samt seiner Folklore und seinem Wohlstand. Auf Gespräche über Beruf und Gesundheit. Auf Biogemüse. Auf Ökostrom. Auf Menschen, die sich ständig selbst verwirklichen, auf sich selbst achten müssen und »ich brauche meine Ruhe« sagen. Hier war Herr Marković mit seinem Inseltraum der einzige Mensch, der von »seiner Ruhe« sprach. Er hatte recht: Auf seiner Insel würde er von der Stille noch gelassener und vom Schwimmen noch brauner und muskulöser werden, als er es ohnehin schon war. Seinem hinkenden Bein würde das Meerwasser ebenfalls guttun.

Auch auf Maultaschen und Spätzle kann man verzichten. Auf die Provinznester mit ihren Bürgersteigen, die abends hoch geklappt werden – dieses Bild trifft es perfekt, die Sprache kennt sich aus mit dem eigenen Volk. Auf die Strände an der Nord- und Ostsee, wenn auch mit etwas schwerem Herzen. Auf Nachbarn, die einen zwanzig Jahre lang mit einem Kopfnicken begrüßen, oder bestenfalls mit der Frage »Alles paletti?« Auf Strandkörbe, die schönste der unzähligen genialen deutschen Erfindungen. Na ja – einen Strandkorb könnte ich schon mitnehmen. Aber den netten Arzt könnte ich leider nicht mitnehmen, der sich um meinen Blinddarm gekümmert hat, ohne dass ich ihm einen geräucherten Schinken oder eine Flasche Schnaps hätte schenken müssen – ein weit verbreiteter Brauch hierzulande. Ärzte und Strandkörbe – wäre das wirklich alles, was ich aus Deutschland mitnehmen wollte? Nein, auch einige Zeitungsabonnements, denn die hiesigen Blätter sind unlesbar.

»Irgendwann musst du zurückkommen«, sagte Lili. »Du willst doch nicht in der Fremde sterben. Dein Mann würde mitkommen, er ist doch an deinem Olivenhain interessiert. Verabschiede dich dort von allen und komm!«

Die Deutschen sind am herzlichsten, wenn sie winken können. Beim Abschied. Aus ihren Reihenhäusern stürzen sie auf die Straße, um zu winken, auch wenn der Besucher nur eine Tasse Kaffee bei ihnen getrunken hat. Viele kleine Kinder können früher »winke-winke« sagen als »Mama.« Auf Bahnhöfen stehen oft Menschen in kleinen Grüppchen, sagen nicht viel, umarmen sich flüchtig und küssen sich gegenseitig neben den Ohren in die Luft, aber danach winken sie wie toll, selbst dann noch, wenn man sie aus dem Zug schon lange nicht mehr sehen kann. Die Züge sind sauber, meist pünktlich und schnell. Alles hat seinen Preis. Ada hat vom Wechsel der Perspektive gesprochen. Wenn man ihn vollzöge, dann sähe man die freundlichen Mitarbeiterinnen in der Stadtverwaltung, die geordneten Grundbücher, die kundenfreundlichen Behörden, bei denen man die meisten Anliegen schon am Telefon regeln kann, einen funktionierenden Staat, eine funktionierende Demokratie, eine starke Wissenschaft, reiche Bibliotheken, ein Land, das den Begriff Vergangenheitsbewältigung geprägt und ernst genommen hat.

»Man kann nie zurückkehren. Es gibt kein Zurück, das ist wie der Fluss, in den man nie zweimal treten kann, es ist immer ein anderer Fluss, auch der Mensch wird zu einem anderen«, antwortete ich traurig.

**Oliva hat nur wenige Freundinnen, da sie selten ihr** Haus verlässt. Die Frauen von Vodice treffen sich auf den Feldern, bei der Olivenpresse, auf dem Großmarkt, wo die Preise für die Kirschen verhandelt werden, bei der Weinlese – und ein Teil der Frauen in der Kirche, ein anderer bei verschiedenen sozialistischen Feierlichkeiten, doch Oliva meidet all diese Orte. Nur vier der Frauen, die *damals* mit ihr zusammen deportiert und deren Kinder auch alleine nach El Shatt geschickt worden waren, besuchen sie hin und wieder: File, Anđa, Maria und Franka. Sie sitzen dann bei ihr in der großen Wohnküche und reden über dies und das, über die Gesundheit (Oliva führt hier das Wort und erzählt lange mit schwacher, weinerlicher Stimme, wie die Kopfschmerzen sie quälen, während die anderen sie immer wieder mit Ausrufen des Bedauerns, der Zustimmung und mit fachkundigen Ratschlägen unterbrechen), über ihre Enkelkinder und Ehemänner, über das Kochen und über die Blumenzucht und vor allem über das Häkeln und Sticken, sie tauschen Muster aus und verabschieden sich, nachdem sie sich ein Gläschen des *maraština*, einer grüngelben dalmatinischen Malvasia-Weißweinsorte von feinstem Bouquet, genehmigt haben. An manchen Tagen gönnen sie sich auch ein Glas *prošek*, einen süßen, bernsteinfarbenen Wein. Šimun sorgt dafür, dass die guten Tropfen in diesem Haus nicht ausgehen, das muss man ihm lassen, genauso wie er Fasane, Rebhühner, Wachteln, Kaninchen und manchmal sogar Wildschweine von der Jagd nach Hause bringt oder Muscheln, Tintenfische, Fische, Oktopusse und manchmal Hummer, wenn er mit seinem Boot unterwegs war. Fischer sind immer nachts unterwegs, und Oliva hat sich daran gewöhnt, die Nächte alleine in ihrem großen Haus zu verbringen. Jetzt ist es zwar noch Nachmittag, aber er ist nicht da, was ihr recht ist, denn sie hat ja ihren Besuch. Die Freundinnen sagen Dinge wie »Tue Gutes und vergiss es, tue Schlechtes und denke darüber nach« oder »Der Esel und der Mensch wissen zusammen mehr als der Mensch allein« und seufzen viel. File hat ihr ein Säckchen voller Wildkräuter mitgebracht, sie hat Löwenzahn, wilde Rauke, Wegwarte, Portulak, Brennnesseln, Gänsefuß, Kletten, wilden Spinat und Dill gesammelt, dieses Gemisch nennt sich in Vodice *mišancija,* und Oliva isst es für ihr Leben gern, sie dünstet es mit kleinen Kartoffeln, bis diese fast zerfallen, streut Salz und Pfeffer darüber und begießt alles zum Schluss mit Olivenöl, oder sie brät kleine Speck- und Brotwürfel und gibt sie unter die Kräuter. Oliva pflegt bisweilen zu sagen »Das Leben ist eine *mišancija*«, aber wenn sie länger darüber nachdenkt, dann weiß sie, dass sie das Leben weniger gerne hat als dieses Gericht. »Das ist meine Leibspeise«, sagt sie glücklich zu File, als sie das Geschenk sieht, und File nickt nur, denn sie kennen sich nun schon seit einer ganzen Ewigkeit. Immer im Frühjahr, wenn File die Wildkräuter sammelt, muss sie an Oliva denken, und dann besucht sie mit Anđa, Maria und Franka ihre Freundin, die sie auf der Ottomane liegend empfängt.

Die Stadtbibliothek ist ein guter Ort bei der Hitze, die in meiner Geburtsstadt herrscht, obwohl ich sonst keine klimatisierten Räume mag. Aber hier vermischt sich der Staubgeruch mit dem Geruch alter Zeitungen, polierter Holzböden und der Karteikästen, die es noch vereinzelt gibt, während flinke, schlanke Mitarbeiterinnen mit Sonnenstrahlen im Haar und in den Augen die Karteien fleißig in elektronische Dateien umwandeln. Ich hatte meinem Mann todernst erklärt, dass ich nicht abfahren könne, ohne in der Bibliothek nachgeforscht zu haben. Das Konzentrationslager auf der Insel Molat war eines der schmerzhaftesten Themen für Violas Mann, der offenbar die Erinnerungen im Rauch seiner täglichen vierzig Zigaretten verschwinden lassen wollte. Auch Tante Bianka sprach nur mit verzogenem Gesicht von Molat, als hätte sie gerade etwas sehr Bitteres verschluckt. Ich holte meine Notizen heraus und begab mich entschlossen zu einem der Tische, an dem die jungen Spliter Bibliothekarinnen schweigend die Tasten bearbeiteten.

Die enttäuschten Carabinieri, denen Niko entwischt war, konnten in Olivas Haus lediglich Bianka und Paulina festnehmen, sie ins Gefängnis bringen und mit dem Schiff »Ammiraglio Viotti« mit 138 weiteren Frauen, Kindern und alten Männern in ein Lager auf der Insel Molat bringen. Bevor sie das Lager dort einrichteten, hatten die italienischen Besatzer alle kroatischen Bücher der örtlichen Bibliothek verbrannt – als ob sie Angst davor gehabt hätten, dass die Lagerinsassen auf die Idee kommen könnten, ihre langen Stunden durch das Ausleihen und Lesen von Büchern in dieser primitiven Sprache voller Zischlaute und Konsonanten verkürzen zu wollen. Dabei hätten die Inhaftierten die Bibliothek überhaupt nicht erreichen können, denn die faschistische Obrigkeit, die nun als neue Macht in Dalmatien durchgriff, hatte dafür gesorgt, dass das Lager hermetisch abgeriegelt war.

Die verschreckte Gruppe aus Vodice, die trotz der Frühjahrssonne an Bord fror, wusste sehr gut, wohin sie gebracht wurde. Auch Klara war als Geisel genommen worden. Ihr einziger Sohn hatte sich den Partisanen angeschlossen, und Klara zerbrach sich den Kopf, wer ihm nun Essen in den Wald bringen würde, jetzt, da sie nicht mehr da war und ihr Mann unter Beobachtung stand. Sie war beinahe erleichtert, als sie ihre stolze Schwester inmitten dieser elenden Gruppe sah, und schämte sich deshalb.

Paulina schien über all diese gebeugten Köpfe und Rücken herauszuragen. In ihren Augen sah man deutlich Anzeichen von Wut. Sie sah so aus, als wollte sie jeden Moment eine Rede halten, so wie Dolores Ibabburi, von der die Rückkehrer aus Spanien erzählt hatten. Die Geschichten der Spanienkämpfer, die über Frankreich zurück nach Kroatien kamen, wo sie nach dem Zusammenbruch der Spanischen Republik in Lagern inhaftiert waren, aus denen einigen die Flucht gelungen war, verbreiteten sich in allen Zellen der Partei und der Kommunistischen Jugend, und so hatte auch Klaras Sohn davon gehört und der Mutter begeistert berichtet. Er war es auch, der lachend gesagt hatte: »Mama, ich könnte mir Tante Paulina ganz gut als Dolores Ibabburi vorstellen.«

Klara bemerkte die Tränen nicht, die ihr über das Gesicht rollten. Ihr war es gleichgültig, dass sie von den Italienern als Strafe für das Verschwinden ihres Sohnes verhaftet und von ihrem Mann getrennt worden war, es war auch nicht mehr wichtig, dass ihr Mann jetzt bei seiner Schwester Unterschlupf gefunden hatte, weil ihr Haus nach ihrer Verhaftung in Brand gesteckt worden war und sie immer noch den Geruch der Asche in der Nase hatte, es war nur schlimm, nicht zu wissen, wo ihr Sohn in diesem Augenblick war.

Ihren kleinen Diamantring hatte Klara rechtzeitig aus der Holztruhe herausgenommen, die der Vater ihres Stiefvaters Frane zu seiner Meisterprüfung angefertigt hatte. Diese Truhe war mit Szenen der Seeschlacht bei Lepanto verziert. Die auf osmanischer Seite kämpfenden Südslawen, die man als Kinder entführt und als Janitscharen zu Elitetruppen des Sultans herangezogen hatte und die man auf den türkischen Schiffen vermuten konnte, gingen ebenso in schwarzem Rauch auf wie die auf venezianischer Seite kämpfenden Südslawen, die als unsichtbare Matrosen und Ruderer auf den Kriegsschiffen der Serenissima dienten.

Auch die Wäsche, die Klara für ihre erste Hochzeit unter Paulinas strenger Aufsicht vorbereitet hatte, war mit der Truhe verbrannt. Neben dem Ring waren das die größten Schätze, die Klara je besessen hatte.

Diese Truhe hatte im Schlafzimmer neben einer anderen gestanden, die der Vater ihres ersten Mannes nach seinem Dienst in der österreichischen Kriegsmarine mitgebracht hatte und die jetzt auch dem Feuer zum Opfer gefallen war. Darauf war ein glorreicher Sieg dieser Marine aus alten Zeiten dargestellt: Sie war mit bunt bemalten Intarsien, Flaggen und Wappen der Monarchie, Lanzen, Adlern, den hohen Schornsteinen gepanzerter Schiffe, Kanonen und Segelmasten verziert. Die sinkenden italienischen Matrosen riefen damals: »Helft uns, Brüder Istrianer, auch wir sind Christen!« Sie wussten, dass die Österreicher unter der Führung von Admiral Willhelm von Tegetthoff aus dem Hafen von Fažana in Istrien hierhin geeilt waren, um den österreichischen Besatzern in den Festungen auf der Insel Vis zu helfen, und dass die Seeleute eigentlich Kroaten aus Istrien waren, die ihre Hilferufe in italienischer Sprache verstanden. Der Schwiegervater hatte diese Geschichte häufig erzählt – er war zwölf, als die Italiener die Schlacht, die Österreicher allerdings schließlich den Krieg verloren. Der Ruhm der Schlacht von Lissa war damals in aller Munde. Der Schwiegervater wusste nicht recht, was er davon halten sollte. Was hatten die Kroaten mit einem italienisch-österreichischen Konflikt zu tun? Zwar ging es um Territorien, die sie bewohnten, aber es ging nicht um sie.

Die Italiener, die das Internierungslager in der Bucht Jazi im Nordosten der Insel Molat eingerichtet hatten, zeigten eine neuzeitliche Entschlossenheit. Carabinieri, Soldaten der Division »Zara« und die »Schwarzhemden« setzten unter Aufsicht von

»Governo della Dalmazia« die Ideen von Mussolini ohne Wenn und Aber in die Tat um.

Als im Sommer 1942 auf der Insel Mali Iž (vor allem die Aussprache des Wortes Iž war den Italienern ein Dorn im Auge) ein Aufstand gegen die Italiener ausbrach, war die Erschießung von sieben Aufständischen und die Internierung von 361 Bewohnern im damals gerade neu gegründeten Lager die unmissverständliche Antwort. Und da soll noch jemand sagen, die Italiener verstünden nichts vom Krieg!

Diese Entschlossenheit brachte einige organisatorische Schwierigkeiten mit sich: Das Lager hatte eine begrenzte Kapazität. Ursprünglich bestand es aus einem Verwaltungsgebäude und fünf Bunkern mit Wachposten sowie Zelten für die Internierten. Inzwischen war es um Holzbaracken erweitert worden, aber auch jetzt bot es nicht mehr als 1200 Menschen Platz – trotz aller Enge, in der die Menschen leben mussten. Für das Lager hatten die Soldaten einen Kiefernwald gefällt, sodass die Zelte und Baracken in den langen und heißen Sommermonaten ungeschützt der Sonne ausgesetzt waren.

Da die kräftigen italienischen Soldaten und die königlichen Carabinieri, verstärkt durch die »Schwarzhemden«, die geplante Zahl von Insassen sehr schnell auf das Doppelte ansteigen ließen, wurden bisweilen Schiffe mit neuen Gefangenen zurück zum Festland und zu den Transitlagern geschickt. Unter den Gefangenen wurde gemunkelt, dass Molat viel besser sei als Rab, denn das Lager auf der Insel Rab bei Rijeka bot zwar 11000 Gefangenen Platz, aber diese mussten teilweise unter freiem Himmel schlafen.

»In nur einer Nacht«, erzählte ein alter, gebeugter Mann, »sind dort wegen eines Unwetters fünf Kinder gestorben.« Klara, die in Gedanken an ihren Sohn versunken war, begann wieder zu weinen.

Mit strenger Stimme verbat nun Paulina, die sich mit Bianka an der Hand zu ihr durchgeschlagen hatte, dem Mann, weiter zu reden: »Machen Sie doch die Leute nicht verrückt! Außerdem werden wir nicht nach Rab gebracht.« So blieben den Passagieren weitere Details über Hunger und Durst, Tuberkulose und Ruhr erspart, über die der Mann noch hätte berichten können.

Paulina, Bianka und Klara kamen mit drei weiteren Frauen in einem kleinen Zelt unter. Auf dem Boden war Stroh ausgebreitet, und Paulina sagte trocken: »Unsere Betten.« Sehr bald würden sie erfahren, dass die Stelzenbauten im flachen Wasser der Bucht ihre Toiletten waren. Überall schwammen die Exkremente, die aus den Holzhäuschen direkt ins Meer plumpsten. Sie würden auch erfahren, dass die Wachen die Inhaftierten zwangen, in diesem Wasser ihre Blechschüsseln zu spülen, in denen sie ihnen morgens die tägliche Ration Trinkwasser (einen halben Liter pro Kopf – zum Trinken und Waschen) zuteilten. Sie würden lernen, dass es am Tag eine Scheibe Brot und eine Bohnensuppe gab, in der nur vereinzelte harte Bohnen schwammen, und dass es erlaubt war, Pakete zu empfangen, dass diese Pakete allerdings wochenlang gelagert wurden, bis der Inhalt verschimmelt war.

Manchmal gab es Kaffee aus getrockneten Feigen, das war natürlich kein Kaffee, sondern ein Gebräu, kam den Hungrigen und Durstigen dennoch wie eine Delikatesse vor. Jeden Morgen gab es gesalzene Sardellen, für jeden eine, und wer den Fehler beging, sie zu essen, verbrachte den Tag unter schlimmen Qualen, die Durst und Bauchschmerzen verursachten – Paulina und Klara passten gut auf, dass Bianka keine Sardelle aß.

Da Bianka nach der ersten Nacht, die sie auf dem dünnen Stroh verbracht hatten, zu husten begann, warteten die beiden Schwestern auf die Tage, an denen der Feigenkaffee ausgeteilt wurde, und gaben Bianka auch ihre Rationen, da er gut für die Lunge sein sollte. Sie teilten auch das Brot mit ihr, und Bianka schämte sich ein wenig, weil sie es nie schaffte abzulehnen.

Ich hob den Blick von einer alten italienischen Zeitung, die ich parallel zu meinen Notizen las, und versuchte mir Paulina und Klara vorzustellen, wie sie Bianka ihre Tagesrationen Feigenkaffee und Brot abgaben und ihr dabei ganz sanft über den Kopf streichelten.

Den Wachen war es langweilig, deshalb amüsierten sie sich ab und zu mit Spielen: Sie schütteten den Inhalt aller Pakete, die Angehörige geschickt hatten, auf einen großen Haufen und ließen die ausgehungerten Kinder darauf los, sie hetzten sie aufeinander und schlugen mit Pferdepeitschen auf jene ein, die in ihren Augen nicht eifrig genug kämpften. Manchmal verschleppten sie junge Männer, um sie zu foltern, und regelmäßig wurden kleine Gruppen von Häftlingen erschossen, von denen es hieß, sie seien der ordnungsgemäße Preis für einen Italiener, der als Opfer der Partisanenbanditen irgendwo auf dem Festland gefallen war.

Da die Insel Molat offiziell zu Italien gehörte (an diesen Gedanken mussten sich einige der Carabinieri und Faschisten erst gewöhnen) und da das stinkende Gesindel in den Zelten und Baracken eigentlich zu Italienern gemacht werden sollte, organisierten sie sogar Schulen, um diesen Kindern, deren Kopfhaut, Nacken und Gesichter blutig waren, weil sie sich ständig wegen der Läuse kratzten, die Sprache von Dante und Petrarca beizubringen.

**Oliva steht neben der Spüle in ihrer Küche und legt** Gewürze auf die kleine Küchenwaage: Salbei, Rosmarin, Thymian, Weinraute, Lavendelblüten, Zimt, Muskatnuss und Nelken. Die drei frischen, saftigen Knoblauchzehen, die zuletzt in die Karaffe mit Weißweinessig gegeben werden, braucht sie nicht abzuwiegen. Oliva bereitet den *Essig der vier Diebe* zu, »Aseo de quatro ladroni«, wie die Italiener in Zadar und Split sagten, oder »Aceto dei quattro ladri«, wie er in Italien genannt wird. Der Essig wird zehn Tage ziehen, bevor Oliva ihn durchsiebt und gut verschließt. Vor drei Jahrhunderten schützte er vier Diebe vor der Pest und ermöglichte ihnen reiche Beute. Während sich in den Häusern die Menschen mit Pestbeulen wälzten, plünderten die vier *ladroni*, die ihre Schläfen und Pulsadern gut mit diesem Essig eingerieben und auch einige Schlucke davon getrunken hatten, die Schränke, Schubladen und Kommoden, stopften Silberbestecke in Säcke und zogen den Toten die goldenen Uhren aus den Taschen. Oliva fürchtet sich nicht vor der Pest, aber sie wird versuchen, ihre Depression, die sie nur kurz PRESSION nennt, damit zu kurieren. Und wenn ihre Töchter, ihre Nichte und ihre Enkelinnen sie besuchen kommen, wird sie jeder ein Fläschchen mitgeben, Frauen haben immer Bedarf für diesen Aseo de quatro ladroni.

»Bei mir fügt sich alles zusammen«, sagte ich, als ich mich in der Tiefgarage des Flughafens ins Auto setzte. »Wie Puzzlesteinchen. Weißt du, man muss die Zusammenhänge mindestens bis zur Hinrichtung von Petar Zrinski und Fran Krsto Frankopan zurückverfolgen, wenn man die kroatischen Verhältnisse begreifen will. Den beiden wurden 1671 in der Wiener Neustadt die Köpfe abgeschlagen. Danach ging es in Kroatien nur noch bergab.«

»O Gott«, stöhnte mein Mann und ließ den Motor an, »geht es nicht ein paar Jahrhunderte später?«

»Nein! Eher noch ein Jahrhundert früher!« Ich blühte auf, da er mir ein passendes Stichwort gegeben hatte. »Genau achtundneunzig Jahre davor, 1573, haben die Herrschenden einen Bauernaufstand unter Führung von Matija Gubec blutig beendet, und dann richteten sie den ersten kroatischen Bauernkönig durch Aufsetzen einer glühenden Krone hin.«

»Hm«, sagte mein Mann und schob das Parkticket in die elegante Vorrichtung, die mit grünem Licht dankte. »Eine gewisse Vorliebe für Bauernführer? Aber der Genosse Tito war Arbeiter?«

»Er stammte natürlich auch aus einer Bauernfamilie. Aber ich bin mit dem Jahrhundert davor noch nicht fertig! Jetzt wird es spannend!«

Mein Mann – gut erzogen, geduldig, das Gegenteil von dem, was man als temperamentvoll bezeichnet, wenn man die stürmische und egoistische Eigensinnigkeit der Südländer meint – seufzte kaum hörbar und nickte, was ich als eindeutiges Zeichen seines Interesses an meiner wichtigen historischen Ausführung deuten wollte.

»Aufs Jahr genau hundert Jahre vor der Hinrichtung von Zrinski und Frankopan, 1571, war die Seeschlacht von Lepanto, das größte Aufeinandertreffen von Kriegsschiffen in der Geschichte und die erste deutliche türkische Niederlage. Zum Gedenken an diesen Sieg wurde in der katholischen Welt die Feier für Unsere

Frau des Rosenkranzes eingeführt. Meine Großmutter hat mir einmal ein Bild beschrieben, das im Schlafzimmer ihrer Großmutter Ana hing. Auf ihm war eine Gospe od rožarija dargestellt, Unsere Liebe Frau von Rosario, die Rosenkönigin, deren gelbes Kleid mit roten Rosen geschmückt ist. Das Bild ging natürlich durch den Brand verloren, aber Oliva hat immer gehofft, dass einer der Brandstifter der Rosenmadonna nicht hat widerstehen können und sie mit nach Italien genommen hat.«

»Die Rosenmadonna war sicher hübsch, ich hätte es gerne gesehen. Wenn ich ehrlich bin, dein Puzzlebild erschließt sich mir noch nicht ganz«, sagte mein Mann bedächtig. Ich ignorierte die Tatsache, dass er offensichtlich nur aus Höflichkeit etwas gesagt hatte. Wahrscheinlich klang ich sehr schulmeisterlich, wie man häufig wirkt, wenn man Tage in einer Bibliothek verbracht hat, aber ich sagte mir, dass man in einer guten Ehe einiges aushalten muss, und fuhr fort:

»Na gut, ich mache es kurz: Zrinski und Frankopan waren unzufrieden, weil die Habsburger absolutistisch regierten. Die Kroaten und die Ungarn hatten die Grenze des Reichs gegen die Angriffe der Türken verteidigt, aber die Politik machten natürlich die Habsburger alleine. Deswegen organisierten die beiden Adeligen eine Verschwörung. Jemand hat sie verraten, ihre Familien wurden getötet, vertrieben und enteignet.« Gerne hätte ich detaillierter berichtet und mit dramatischer Stimme erklärt, wie die Zerstörung des Adels das Land geschwächt hatte, aber ich hatte nicht den Eindruck, dass mein Mann aus der Niederlage dieser Männer Schlüsse ziehen konnte. Meine Begeisterung flaute langsam ab. Ich hatte geglaubt, eine Erklärung für verschiedene Missstände im neuen kroatischen Staat aus der Geschichte herausarbeiten zu können, aber mein Mann wirkte nicht nur skeptisch, er war auch gelangweilt.

»Hm«, sagte er nach einer längeren Pause. »Ich dachte, du bist deinem Olivenhain näher gekommen und hättest auch andere Erbschaftsfragen geregelt. Ich habe mal alles zusammengerechnet, allein dein Anteil am gesamten Erbe könnte schon ein hübsches Sümmchen abwerfen, wenn man alles nach geltendem Recht abwickeln und erfolgreich verkaufen würde. Und alle anderen Verwandten würden ähnlich gut abschneiden.«

Mein Mann kann wunderbar formulieren, wenn es ums Geld geht. Als er klein war, hat ihm seine Großmutter einen Geldbeutel mit einer Mark geschenkt. Dann brachte sie ihm eine Weisheit bei, die sie schon von ihrer Mutter gehört hatte: »Pass gut auf deinen Geldbeutel auf, denn das Geld muss es immer dunkel haben!« Später hat sie gesehen, wie er unter den Tisch kroch und vorsichtig seinen Geldbeutel einen Spalt weit öffnete, um nachzuschauen, ob seine Mark noch da sei. Dann machte er es ganz schnell wieder dunkel.

»Und wenn ihr nicht verkaufen wollt, wäre es trotzdem gut zu wissen, dass eure Besitzverhältnisse endgültig geregelt sind«, sagte er nach einer kleinen Pause. »Du weißt, dass ich mir auch vorstellen kann, mich im Urlaub und später in der Rente mit Oliven zu befassen. Sogar liebend gerne, wenn ich ehrlich bin. Aber ich will dich natürlich nicht unter Druck setzen.«

Ich konnte mir vorstellen, wie die Olivenbäume ihren neuen, ökologisch denkenden Besitzer mit einer üppigen Ernte erfreuten, nachdem er endlich Ordnung in ihre Reihen gebracht hatte.

»Ich würde das gerne als Hobby betreiben. Und ich würde darauf achten, dass das Öl nach alter Tradition produziert wird. Es würde genauso schmecken wie einst bei deiner Großmutter. Dein Anteil an dem Ertrag der anderen Grundstücke und dem Weinberg auf der Insel würde auch noch für ein kleines Haus in der Nähe des Olivenhains reichen.«

Ich wollte erklären, warum so einfache Dinge wie der Eintrag eines Grundstücks in das Grundbuch oder die Erstellung einer notariell beglaubigten Urkunde so kompliziert sind: die Situation innerhalb der Monarchie, die tausend Jahre gewährt habe, die Zerrissenheit zwischen den Österreichern und den Ungarn, die Kämpfe gegen das Osmanische Reich und gegen Venedig, der Traum von einer Vereinigung mit den anderen Südslawen… Aber plötzlich wurde mir klar, dass ich durchgekaute Rechtfertigungen wiederhole, und dass mein Mann recht hatte: Die Geschichte kann uns nicht zu falschem Handeln zwingen, ganz im Gegenteil, sie sollte uns eher bewegen, endlich Dinge anders zu machen.

»Übrigens«, sagte ich, glücklich, dass ich mich an etwas erinnert hatte, was ihn interessieren könnte, »du weißt, dass ich immer nach Stellen in der europäischen Literatur suche, in denen Kroaten auftauchen?«

»Ja, natürlich. Obwohl ich dabei bin, deine Vorlieben zu vergessen. Du warst so lange weg …« Er blickte in meine Richtung, und ich fühlte mich kurz wie Mirta unter den Blicken ihres Maurers. Ich spürte, wie ich rot wurde und wie sich die feinen Härchen in meinem Nacken zur Gänsehaut aufstellten, einen solchen Blick konnte ich nie lange aushalten. Wie stark war doch die schöne Mirta, die langsam atmete und ganz lange in die Augen ihres Mannes blicken konnte. Das Geheimnis der Erotik meiner Tante und ihres Mannes bestand in einem entspannten Schweigen und in langen Blickkontakten, ich hatte aber noch nicht alles erzählt, und während der Fahrt auf der Autobahn waren lange Blickkontakte nicht ratsam.

»Ich habe neulich in dem Roman ›Die Wasserfälle von Slunj‹ von Heimito von Doderer deinen Urgroßonkel entdeckt.«

»Aber meine Vorfahren waren doch keine Kroaten oder Österreicher«, sagte mein Mann verwundert, schon wieder auf die Straße konzentriert, aber endlich neugierig.

»Es handelt sich um den Posaunengeneral, den Pastor aus Bethel, der Ehrendoktor der evangelischen Theologie und Mitglied der NSDAP war und der Adolf Hitler auf dem Obersalzberg besucht hat. Bei von Doderer heißt er Kruhlow und unternimmt eine Schiffsreise über das Mittelmeer.«

»Mein Urgroßonkel hätte doch nie eine Schiffsreise unternommen, ihm war jedes Vergnügen fremd, und für das Mittelmeer hatte er bestimmt nichts übrig, es wäre ihm dort sicher zu hell und zu frivol gewesen.«

»Doch, doch, er ist es, nur dass von Doderer ihn natürlich verfremdet hat!«

»Im Unterschied zum echten Johannes Kuhlo habe ich sehr viel für die Lebensart am Mittelmeer übrig. Zum Glück bleibt uns immer die Möglichkeit, ganz anders zu werden als unsere Vorfahren. Oder könntest du dir mich als Reichsposaunenführer vorstellen?«

Ich blickte ihn von meinem Beifahrersitz aus genauer an. Nein, es gab keine Ähnlichkeit mit jenem Mann, der auf den Fotos der Großfamilie gerne mit Posaune in der Hand posierte und über dessen politische Abwege man wegen seiner musikalischen Gottesergebenheit weitherzig hinwegsah. Auf diesen Fotos war die Großmutter meines Mannes ein Mädchen in vornehmen weißen Kleidern, und der Garten, in dem sich die Szenen abspielten, war eine riesige Parkanlage. Schon merkwürdig, dass ich auf der Suche nach den Spuren meiner eigenen Familie auf die Familie meines norddeutschen Ehemanns gestoßen war. Die Wege in Europa sind kürzer, als es uns vorkommt. Heimito von Doderer, der durch die Gestalt des Pastors Kruhlow vielleicht die eigenen Irrtümer thematisiert hat, würde jetzt vermutlich ironisch lächeln.

**Oliva hat aus getrockneten Zypressenzapfen einen** Aufguss zubereitet, den sie jetzt in kleinen Schlucken trinkt, er soll gut sein gegen ihre Unterleibsbeschwerden. Über ihren Unterleib denkt Oliva nie nach, sie hat ihn vollständig vergessen, sie weiß nur, dass es dort irgendwo in den Niederungen des Körpers Beschwerden gibt und dass die Zypressenzapfen lange gekocht werden müssen, sie denkt jetzt an die Zypressen als Trauerbäume, wie sie mit ihren spitzen Wipfeln Feuerzungen ähneln. Die Bäume des Todes, man reinigt sich in ihrem Feuer, geht es Oliva durch den Kopf, PURG, weiter will sie jetzt nicht formulieren, es würde sowieso nur ein PRUGAROTIUM entstehen, vielleicht sogar ein PRUGATUOM. Ob man sich in diesem PRUG wohl so leer fühlt, wie sie sich fühlte, als die deutschen Soldaten mit ihren schweren Stiefeln kamen. Aus dem Leder für nur ein Paar solcher Stiefel hätte man bei uns Schuhe für die Bewohner einer ganzen Straße machen können, denkt Oliva, während sie Schluck für Schluck den dunkelbraunen Sud trinkt, in dem sich die Zypressenwipfel leicht bewegen.

## Bagni Caldi, 1943

Auf dem Weg von Genua nach Bagni di Lucca regnete es. Die Scheibenwischer schufen eine gefährliche Monotonie, und ich versuchte meinen Mann wachzuhalten, indem ich erzählte, wonach ich an unserem Zielort suchen wollte: »Es ist ein großes Haus in einem Kastanienwald. Vielleicht ist es inzwischen ein Hotel oder eine private Villa, ich weiß es nicht. Komisch, wie sich heute der Tourismus an die Küste verlagert hat. Vor kaum einem Jahrhundert versammelte sich die europäische Aristokratie noch im Landesinneren. Soll ich dir aus dem Reiseführer vorlesen? Bagni di Lucca muss sehr vornehm gewesen sein, heute fährt niemand mehr dorthin.«

Mein Mann winkte ab, als fürchtete er, meine Ausführungen über den einst berühmten Kurort wären noch langweiliger als die Scheibenwischer. Er wäre auch lieber an der Küste geblieben, aber er verstand meine Neugier. Jetzt schwieg ich wieder und las noch einmal die lange E-Mail, die mir die Tochter von Tante Bianka geschickt hatte. Sie war brav mit ihrer Mutter die ganze Liste meiner Fragen durchgegangen, alle waren beantwortet, und sogar eine Skizze hatte sie eingescannt und beigefügt. »Mama hat es aus dem Gedächtnis aufgezeichnet, aber sie erinnert sich normalerweise sehr genau, ich hoffe, du kannst damit etwas anfangen«, schrieb sie dazu. Ein Kreuzchen, oberhalb von Bagni di Lucca, in dem Örtchen Bagni Caldi, kennzeichnete das gesuchte Haus.

Abgemagert und lungenkrank kam Bianka in Begleitung ihrer Großmutter Paulina und Paulinas jüngerer Schwester Klara in Bagni Caldi, Distrikt Bagni di Lucca, in die Toskana. Im Zentrum, auf dem luftdurchfluteten Circolo del Forestieri, der 1924 als *meeting point* für die ausländischen Besucher angelegt worden war – es waren vor allem britische Touristen –, sammelte im Sommer 1943 das Internationale Rote Kreuz die Deportierten, die nicht einmal ängstlich dreinblickten, sondern eher erleichtert waren, da es hier kühl war und sie die Sonne der Heimat hinter sich gelassen hatten. Ganz verstanden hatten sie diese plötzliche Wende nicht – warum hatte man sie und nicht andere für die Übersiedlung nach Italien ausgewählt?

Ihre Verwandten und Freunde waren im Lager auf der Insel Molat zurückgeblieben, und der Gedanke an sie schmerzte die vorläufig Geretteten. Sie wussten – im Lager hatte man unendlich viel Zeit, um jede Neuigkeit und jedes Gerücht so lange hin und her zu wenden, bis das Gehörte jedem einleuchtete, und so waren alle bestens mit dem System der Inhaftierungen von Zivilisten vertraut –, dass immer mehr Menschen als Geiseln auf die Insel gebracht und dass immer wieder einige nach Italien deportiert wurden. Hoffentlich kommen irgendwann alle an einen so schönen Ort, wie er uns beschieden ist!, dachten die Frauen – doch nach welcher geheimen Ordnung derartige Entscheidungen getroffen wurden, wussten sie nicht.

Dahinter stand eigentlich gar keine wirkliche Ordnung. Ein Blick in die Archive der Präfekturen, Kommandanturen, der Carabinieri und der Polizei, der regionalen und zentralen Behörden oder Armeestellen in Zara (Zadar), Spalato (Split), Sebenico (Šibenik) oder Roma (Rom) verrät, dass es durchaus Formulare, Registernummer, Systematisierungen nach Alphabet, Geschlecht und Alter gegeben hat, dass jedoch keine erkennbare und vor allem einheitliche Ordnung, geschweige denn eine bestimmte Logik diese Entscheidungen erklären kann.

Schon die Rubrik Nationalität brachte die Beamten ins Schwitzen: Die Inhaftierten, lauter Banditenweiber und -gören, waren nach der Annexion Dalmatiens offiziell Bürgerinnen Italiens, denn Dalmatien, das in den Zeiten des Römischen Reiches bekanntlich von den Römern erobert wurde und dadurch als Teil des Reiches später die Ehre hatte, sich an der *Italianità* zu beteiligen und unablässig vom italienischen kulturellen Geist zu profitieren, war jetzt in den Schoß von Mutter Italia zurückgekehrt.

Und doch fiel es den aufrichtigen und altitalienischen Beamten schwer, all diesen Maroevićs, Udovičićs oder Ujevićs die Nationalität »Italiener« zuzugestehen. Zum Glück hatte der Duce öffentlich versprochen, diese sturen Slawenköpfe zur italienischen Sprache zu bekehren, und es war zu hoffen, dass sie eines Tages ihre Namen in Maro, Udovino oder Ujevig abändern würden.

Der Duce hat sein Vorhaben aus bekannten Gründen nicht zu Ende bringen können, und so sind diverse Archive, die bisweilen auch weitergereicht wurden, wie etwa das Washingtoner Archiv der Opfer des Faschismus, noch immer gefüllt mit Frauennamen aus Slowenien, Istrien oder Dalmatien, die auf –ič und –ić enden und bei denen in der Rubrik »Nationalität« »Italienisch« eingetragen ist. Die »Italienerinnen« kamen also nach Bagni di Lucca zu einer Art Erholung, bevor sie weiter in das Lager »Le Fraschette« di Alatri, Provincia di Frosinone, in der Nähe von Rom transportiert wurden, wo sie wieder als Kroatinnen behandelt, aber in den Dokumenten auch weiterhin als Italienerinnen geführt wurden.

Die Reise war nicht besonders beschwerlich, da sie unterwegs ausreichend, zu Essen und Trinken bekamen – das Rote Kreuz war erfahren und auf solche Situationen gut vorbereitet. Auf dem Meerweg von Molat nach Rijeka saßen die ratlosen Frauen auf dem Schiff, das vom Internationalen Roten Kreuz betrieben und von gut gelaunten italienischen Marineoffizieren geleitet wurde, dicht aneinandergedrängt, und fragten sich, was weiter mit ihnen geschehen werde.

Im Hafen von Rijeka hatten sie eine unangenehme Begegnung. Sie waren schmutzig und verwahrlost und hatten das Gefühl, als wären ihnen überall auf ihren mageren Körpern Haare gewachsen – ja, genauso hatte es Bianka Paulina beschrieben, die nur nickte – und es ging ihnen noch schlechter, als sie die Ablehnung der im Hafen zusammengekommenen Bürger zu spüren bekamen, die sie laut beschimpften, während sie auf die Busse warteten, die sie weiter nach Italien bringen sollten. Die Schimpfenden waren Kroaten, aber solche, die nichts gegen die italienische Obrigkeit in ihrer Stadt hatten und die eindeutig antikommunistisch waren.

Diese gut gekleideten Bürger kamen zusammen, um die in Lumpen gehüllten Frauen und Kinder der Rebellen wissen zu lassen, wie sehr sie ihren Kampf ablehnten. »Eure Angehörigen sollen verflucht sein, sie haben euch in diese Situation gebracht!«, rief eine ältere Frau, in deren Blick sich Entsetzen und Wut mit Mitleid mischten. Unerwartet trat eine junge Frau mit ihrem Baby auf dem Arm aus der verstörten Gruppe der Häftlinge heraus und schimpfte laut zurück, ihr Gesicht verzerrt vor Zorn und Schmerz: »Verflucht sollt ihr sein, ihr Volksverräter, die ihr euch traut, unsere mutigen Männer, Brüder und Väter zu beschimpfen!«, rief sie unerschrocken und ließ sich dann von den dünnen Armen der anderen Frauen zurück in die Gruppe ziehen. Paulina streichelte ihr den Kopf und sagte leise: »Das hast du gut gemacht.« Die junge Frau zitterte und drückte ihr verstummtes Kind noch fester an sich.

Jetzt waren sie in Italien, einem Land, das gar nicht unfreundlich wirkte, und auch der Empfang in diesem Kurort fiel herzlicher aus als nach der kurzen Szene im Hafen von Rijeka zu erwarten. Als sie in Bagni di Lucca auf dem kleinen Circolo dei Forestieri, direkt neben dem schönen Garten des alten und gemütlichen Hotels ›Regina‹ standen, aus dem sie neugierige Blicke musterten, Blicke einer vornehmen Gesellschaft, die unter großen weißen Sonnenschirmen Tee trank, kam es Bianka, Paulina und Klara so vor, als wären sie beinahe echte Italienerinnen. Nur ihre staubigen Lumpen passten nicht ins Bild.

Paulina fiel natürlich nicht im Traum ein, in ihrer trotzigen Haltung nachzulassen und aufzuhören Widerstand zu leisten, und natürlich betrachtete sie es nicht als Privileg, als Italienerin angesehen zu werden. Aber auch sie war von der Milde dieser Höhenluft, vom Rauschen des Flusses Lime, der hinter dem Hotelgarten floss, und von der Kühle und der Sauberkeit des Kurorts so gerührt, dass sie Klara nicht maßregelte, als diese den ketzerischen Gedanken äußerte: »Heilige Jungfrau, man könnte fast glauben, wir wären feine italienische Damen!«

Paulina schüttelte sich, und am liebsten hätte sie der jüngeren Schwester eine Ohrfeige gegeben (genau das dachte sie: Jetzt würde ich ihr am liebsten eine Ohrfeige geben), so wie sie es damals in Vodice gemacht hatte, als sie ihre Enkelin Flora in einer Gruppe singender Mädchen entdeckt hatte, die in ihren faschistischen Kleidchen aus weißem Taft aus der Schule in Richtung Wald stolzierten und lauthals »Giovinezza« sangen. Paulina vergaß jede Vorsicht, sie stürzte sich auf Flora, zerrte sie hinter einen Dornenbusch und verpasste ihr dort eine Ohrfeige, ohne dass sie von dem italienischen Lehrer, der sehr stolz auf seine »piccole Italiane« war, erwischt wurde.

Auch die Ustaschas haben in ihren Lagern die hungernden serbischen Waisen, deren Eltern sie getötet hatten, in ihre schwarzen Uniformen gesteckt – Umerziehung! –, doch die Kinder starben wie die Fliegen, genauso wie die Kinder auf Molat und auf Rab.

Paulina vertrieb all diese Gedanken. Sie blieb ruhig und lächelte sogar, als gefiele ihr der Gedanke an italienische Damen ganz gut. Sie tat es Bianka zuliebe, weil das Mädchen nur noch aus trüben großen Augen und langem schwarzen Haar bestand, das seltsam unbewegt blieb, während sie vom Husten durchgeschüttelt wurde.

»Meine Kleine«, flüsterte sie Bianka zu, »Oma wird sich um dich kümmern, ich werde dir eine feine Bluse und einen schicken Rock nähen, so ein schönes Mädchen wie du darf in einer solchen Stadt nicht in einem zerrissenen alten Kleid herumlaufen.«

Das hätte sie damals bei Flora natürlich nicht getan, das gesunde Mädchen hätte in Vodice ruhig zerlumpt herumrennen sollen anstatt sich von den italienischen Lehrern mit Kleidern und Schokolade kaufen zu lassen. Aber Bianka machte ihr mit ihrer Krankheit wirkliche Sorgen. In dieser Umgebung wirkte das Mädchen noch elender als zuvor auf der Insel. In dem unbequemen Lastwagen, auf dem sie unendlich lange und eng aneinandergeschmiegt gesessen hatten und bis auf die Knochen durchgeschüttelt worden waren, schien das Mädchen noch etwas stabiler gewesen zu sein als an diesem Ort, dem verführerischen Beweis, dass es ein Paradies gab und dass es auf Erden zu finden war. Die Kommunisten hatten also recht, denn alle Menschen sollten zumindest einmal im Leben ein solches Paradies sehen anstatt auf das mehr als zweifelhafte Leben nach dem Tod warten zu müssen.

Um Bianka ein wenig aufzuheitern, fügte sie hinzu: »Morgen gehen wir los und kaufen den Stoff.« Bianka blickte abwesend vor sich hin und lächelte freundlich, Paulina war nicht sicher, ob das Mädchen sie verstanden hatte. »Das Rote Kreuz hat uns Geld gegeben, echtes Geld! Und wir dürfen uns frei bewegen, nur den Ort nicht verlassen!« Bianka sagte nichts, und da sich in ihren fiebrigen dunklen Augen gar nichts spiegelte, begann Paulina sich zu ängstigen.

Meine Tochter Oliva und ihre kleine Flora, dachte sie plötzlich verärgert, weil sie ihre Angst abschütteln und dringend auf andere Gedanken kommen musste, die beiden würden für ein paar schöne Kleider auf der Stelle gesund werden! Es würde mich nicht wundern, wenn Mirta und Viola auch so werden! Bianka ist anders, sie ist wie ihr Vater Benedikt oder wie ihr Bruder Niko … ein neuer Gedanke ließ sie plötzlich erstarren, eine, besser gesagt zwei grausame Fragen: Wo waren die beiden jetzt – und lebten sie überhaupt noch?

Jetzt war es nicht an der Zeit, an sie zu denken, verbot sich Paulina. Konzentriere dich. Bianka hat jetzt nur dich, auf Klara ist kein Verlass, obwohl sie mit ihrer liebevollen Art dem Mädchen guttut. Jetzt kommt es auf deinen Willen und dein Durchhaltevermögen an! »Klara, Bianka!«, rief sie plötzlich laut, »seht euch um, seht, wie schön es hier ist!«

Während des mühsamen Fußmarsches herauf nach Bagni Caldi, wo – wie ein Dolmetscher den Deportierten erklärte – ihre Unterkunft sie erwartete, hatte Paulina mit ihrem unruhigen Blick eine Tafel entdeckt, auf der der Name Heinrich Heine stand. Wer war er und womit hat er es verdient, hier verewigt zu sein, dachte Paulina im Vorbeigehen, eine Hand um Biankas schmale Schulter gelegt. Mein Benedikt wird nach dem Krieg ein bedeutender Mann, der für eine bessere Welt eintreten wird, ich hoffe, dass dieser Heinrich – Paulina war sich der Aussprache dieses merkwürdigen Namens nicht ganz sicher – auch für die Gerechtigkeit gekämpft hat. Der Krieg wird bald vorbei sein, und die Partisanen werden siegen, weil die Gerechtigkeit am Ende immer siegen muss, nur dass der Weg dorthin mühsam und steil ist wie dieser hier. Paulina hatte das Gefühl, dass Bianka nicht mehr gehen konnte, und sie überlegte, ob sie das Mädchen auf ihrem Rücken tragen sollte, obwohl sie kleiner war als ihre Enkelin.

Sie versuchte, sich den Weg einzuprägen. Man lässt die Teufelsbrücke, Ponte di Diavolo, links liegen, geht ein wenig weiter, dem Flusslauf folgend, und kommt zunächst an der gelben Fassade des Hotels Corona vorbei, gelangt dann über die Brücke auf die andere Seite des Ortes. Rechts geht man zum Zentrum mit seinem Circolo dei Forestieri, seinen Restaurants, Kurbädern und Geschäften. Links geht man an hübschen Gärten und Fassaden vorbei zu den Serpentinen, die einen nach Bagni Caldi führen, zum Antico Albergo Terme. Dahinter liegt ihr Ziel: die Casa di Lodovico, an einem Berghang gelegen und umgeben von einem Kastanienwald.

Im Ort waren Juden interniert, durften sich aber frei bewegen, unter ihnen die Familie eines jüdischen Arztes aus Kroatien, der hier Unterschlupf gefunden hatte, um der Polizei des Unabhängigen Staates Kroatien zu entkommen. Dieser Staat war eifrig bemüht, den deutschen Verbündeten die notwendige Entschlossenheit bei der Lösung der »Judenfrage« zu demonstrieren, obwohl die Kroaten selbst viel mehr Interesse an der Verfolgung von Serben und von kroatischen Kommunisten hatten.

Als der jüdische Arzt hörte, dass die Neuankömmlinge aus seiner Heimat waren, ging er zum Haus auf der Anhöhe, auch wenn das nicht ungefährlich für ihn war. Er stellte sich den Frauen als Arzt aus Zagreb vor und hörte sich ihre Klagen an, legte seine warmen Hände auf die schmerzhaften Stellen, horchte an den mageren Bäuchen, gab Ratschläge und verteilte die wenigen Medikamente, die er hatte. Zum Schluss untersuchte er Bianka.

Das Mädchen glühte im Fieber einer schweren Lungenentzündung, und der bestürzte Mediziner erklärte, er müsse dringend Antibiotika für es beim Roten Kreuz besorgen und werde sofort zurückkommen. In der Zwischenzeit, so sagte er zu der winzigen Großmutter, die kerzengerade vor ihm stand und ihn unerschrocken anblickte, solle das Mädchen im Bett bleiben und immer wieder schluckweise Wasser trinken.

Außerdem, so sagte er zu den erschöpften Frauen, sollten sie im Wald Kastanien sammeln und diese kochen und essen, das werde ihnen Kraft geben. Schon im Aufbruch begriffen wies der Arzt sie an, die Kastanien anzuritzen und zu kochen, bis sie weich würden; die Schale sollten sie fortwerfen und die helle Masse essen. Aber: Vorsicht! Nicht mehr als drei Stück auf einmal und dann eine Pause machen, rief er ihnen noch von der Straße zu.

»Warum steht ihr alle wie angewurzelt da?«, beschimpfte Paulina die Frauen, als der Arzt verschwunden war. »An die Arbeit!«

Sie fand ein Zimmer mit vier Betten und nahm es für ihre kleine Familie in Besitz, verdonnerte Klara zum Kastaniensammeln und half Bianka ins Bett. Um das Wasser wollte sie sich selbst kümmern.

Als der freundliche Arzt atemlos mit den Antibiotika zurückkam, staunte er nicht schlecht, als er unter allen Betten in den Schlafräumen der Frauen Töpfe, Krüge, Tassen und sogar Teller mit Wasser entdeckte. Paulina erklärte ihm, dass sie auf der Insel Molat bei vierzig Grad im Schatten täglich nur einen halben Liter Wasser pro Person bekommen hätten. Hier gibt es Wasser aus dem Wasserhahn, sagte die kleine Frau und zeigte mit der Hand in Richtung Großküche, die die Frauen schon in Beschlag genommen hatten. Aber ob es morgen noch welches gibt?

In Bagni Caldi, dem einst so beliebten Kurort der europäischen Adeligen, mag diese Frage lustig geklungen haben, aber sie war nicht unberechtigt, wie die kroatischen Frauen schon bald am endgültigen Ziel ihrer Reise erfahren würden – im berüchtigten Lager Fraschette di Alatri in der Nähe von Rom, wohin sie einen Monat später transportiert wurden.

Als es Bianka wieder etwas besser ging – sie nahm sogar zu, denn die Kastanien zeigten Wirkung, und die Italienerinnen aus den benachbarten Häusern hatten den dalmatinischen Frauen aus Mitleid sogar das Rezept für *Castagnaccio* verraten: Man mahlt Kastanien zu Mehl, vermischt sie mit Wasser, einer Prise Salz, Olivenöl und viel Rosmarin und backt den Teig zu einem Fladen –, kaufte Paulina im Dorf einen roten Stoff mit winzigem Blümchenmuster. Rot, weil der Sieg des Kommunismus jeden Tag zu erwarten war, sagte sie zu ihrer Enkelin, und dann sollst du vorbereitet sein und diesen Tag gebührend feiern.

Hätte Paulina je die Reisebilder von Heinrich Heine in die Hände bekommen, hätte sie am Ende des Buchs, in dem die Bäder von Lucca beschrieben sind, einen Eintrag aus dem Jahr 1830 gefunden, die »Spätere Nachschrift«, in der der Dichter den Refrain der »Marseillaise« zitierte, der ihr sicher gut gefallen hätte:

*Aux armes, citoyens,*
*Formez vos bataillons,*
*Marchons, marchons!*
*Qu'un sang impur*
*Abreuve nos sillons!*

**Oliva ist heute früh aufgestanden, sie hat den Lorbeer**baum etwas gestutzt, der zu viel Schatten auf ihre Rosen wirft, und nun liegt sie keuchend auf der Ottomane und fächert sich mit dem Bündel Lorbeerzweigen Luft zu. Man muss die Blätter brechen, damit sie den Duft entwickeln, erst beim Kochen geben sie langsam ihren Geschmack ab. Oliva würde am liebsten in jede Suppe und in jede Soße ein paar Lorbeerblätter geben, sie tut es aber nicht, denn das wäre verwegen. Niemand macht das! Und Oliva will nicht auffallen! Das passt doch gar nicht, hätte ihr Mann gesagt. Nun ist er seit einiger Zeit tot, sie kann sich nicht erinnern, wie lange schon, und Viola kümmert sich um sie, aber es gibt Probleme, jemand beschießt die Straße zwischen Šibenik und Vodice, wer weiß, ob Viola heute kommen kann. Oliva findet es komisch, dass jemand schießt, es könnten Touristen getroffen werden, sie reisen ja immer hin und her. Flora hat gestern angerufen, sie ist für jede Art von Organisation zuständig, und wenn etwas nicht gelingt, dann sagt sie »nema problema« und raucht eine weitere Zigarette, und dann löst sich alles wie von selbst, das ist ihre Flora. Flora wollte mit ihr besprechen, ob sie im Haus bleiben kann, denn der Krieg kommt immer näher. Oliva konnte es nicht fassen. Krieg! »Flora, der Krieg ist schon seit einer Ewigkeit vorbei«, hatte sie zur Tochter gesagt. »Du scheinst mir ein wenig durcheinander zu sein, mein Kind.« »Nema problema«, sagte Flora, »aber wir müssen doch darüber sprechen. Wir bringen dich zu Mirta.« Doch Oliva hat sich geweigert, auf Mirtas Insel zu fahren. Nie war sie da, also will sie es am Ende ihres Lebens auch nicht mehr tun. Flora hat versucht, sie zu überreden, die Insel Hvar sei ganz in Lavendelduft eingetaucht, aber Oliva hat sie daran erinnert, dass die Italiener damals die Inseln als Lager benutzt haben und die Deutschen auch, nichts war vor ihnen sicher. Viola hat zugehört und geschimpft, sie sagte: »Dieses Mal sind es doch nicht die Italiener oder die Deutschen, Mama, es ist die Jugoslawische Volksarmee, die die aufständischen Serben unterstützt«, aber Viola hat immer nur Unsinn im Kopf, und ihre Scherze hat Oliva noch nie verstanden. Diese Italiener und diese Deutschen können wirklich keine Ruhe geben, empört sie sich nun. Zum Glück hat sie ihre Mädchen. Ihnen will sie die Lorbeerblätter schenken, sie hat jetzt viele davon, sie kann sie in die Leinenkopfkissen stopfen, die ihre Mutter damals in Slawonien genäht hat. Damals haben alle auf etwas gewartet. Sie warteten auf etwas, und dann kam es, und es war der Krieg. Das ist Olivas Familie mehrere Male passiert. Sie fragt sich plötzlich beunruhigt, wo Viola bleibt? Die da auf der Straße herumschießen, sollen sich bloß vor Viola in Acht nehmen, denn sie scherzt zwar oft, aber sie kann auch ganz schön wütend werden, denkt Oliva. Oder eigentlich denkt sie es nicht, sondern sie lässt die Gedanken wie Nebelschwaden vorbeigleiten, so wie sie es manchmal im Herbst gesehen hat, als sie noch auf die Felder ging.

Herr Marković ließ seit längerer Zeit nichts von sich hören, er schrieb weder Briefe noch E-Mails, die Sache war ins Stocken geraten, wahrscheinlich musste er wieder einmal darauf warten, dass er von irgendeinem Amt eine Heirats- oder Sterbeurkunde bekam, die zwar nichts zur Klärung der Verhältnisse beitragen würde, aber von der unerbittlichen Dame aus Šibenik eingefordert wurde. Mit dem Satz »Es muss alles seine Ordnung haben!«, thronte sie über den Grundbüchern, in denen alles, nur keine Ordnung herrschte.

Mein Mann verstand, dass ich wieder nach Kroatien fahren musste, wenn ich überhaupt etwas erreichen wollte. »Vor Ort lassen sich die Dinge besser regeln«, sagte er sachlich beim Abschied, obwohl ich sehen konnte, dass seine Augen traurig waren. »Wenn meine Frau nach Kroatien aufbricht, dann weiß man nie, wann sie wiederkommt«, hatte er vor einigen Tagen zu einem unserer Münsteraner Freunde gesagt. Es war bei einer Garten-Party, die wie so oft in Münster wegen eines Regens am Ende doch zu einer Wohnzimmer-Küchen-Party wurde.

Als ich wieder nach Vodice kam, fand ich Tante Bianka unter einem Feigenbaum. Sie war gerade 82 geworden und las einen Roman von Emile Zola.

Biankas Gesicht ist von tiefen Falten durchfurcht, sie kommen vom Rauchen, verleihen ihr aber ein edles Aussehen, ein Eindruck, der verstärkt wird durch ihr kurzes weißes Haar. Ihre Stimme ist tief und ihr Akzent eine Mischung aus dem staatstragenden Serbisch – denn sie lebte mit ihrem Mann, einem strammen kroatischen Partisanen, in Belgrad, der damaligen Hauptstadt – und dem Kroatisch der Fischer und Bauern aus Vodice, ihrer eigentlichen Muttersprache.

Damals, als Bianka täglich mit einem britischen Militärjeep nach Otranto fuhr, um die Versorgung der Flüchtlinge zu organisieren, war ihr Gesicht glatt wie ein Apfel und ihr Haar schwarz und glänzend, sodass es dem einen oder anderen britischen Soldaten den Atem verschlug. In ihren Augen aber funkte es nicht, ein hübsches Mädchen mit leeren Augen, schweigsam (sie beherrschte kein Englisch, wie hätte sie da nicht schweigsam sein sollen?) und abweisend. Aber die Geschichte will der Reihe nach erzählt werden.

»Tante Bianka, ich schmuggle dir Zigaretten ins Haus, dann kannst du auf dem Balkon rauchen, wenn Onkel Jerolim einkaufen geht, aber erzähl mir jetzt *alles* von Anfang an!«

Wenn ich schon nicht nach Arkadien zurückkehren werde, kann ich zumindest in Arkadien rauchen, zum Teufel mit der EU und dem Gesundheitswahn! Im letzten Jahr war ich noch standhaft, voller Illusionen, ich hatte geglaubt, dass ich die Einträge in die Grundbücher zügig regeln könnte. In diesem Jahr bin ich realistischer. Den Kampf gegen die Verlockungen des Mittelmeers habe ich dieses Mal sofort aufgegeben und mir schon zum ersten Cappuccino eine Zigarette gegönnt. Es wäre schön, wenn Herr Marković da gewesen wäre, aber er hatte auf meine Nachricht nicht geantwortet. Ich hatte etwas nachzuholen: Beim gemeinsamen Cappuccinotrinken eine Zigarette rauchen. Wenn ich nach Deutschland zurückkehre, werde ich wieder aufhören, aber jetzt halte ich mich an Italo Svevo: »Wenn man schon raucht, dann ist es besser, fröhlich zu rauchen, denn das schadet weniger.«

Ich erzählte meiner Tante, dass ich im Winter mit meinem Mann in Bagni die Lucca und Fraschette di Alatri war und mir jetzt viel besser vorstellen konnte, wie sich alles damals abgespielt hatte. Aber ich wollte noch mehr wissen. Ich wollte wissen, wie die Geschichte weiterging, obwohl ich den Ausgang kannte.

»Weißt du, Italien ist wie Dalmatien. Die gleichen Olivenbäume, der gleiche Oleander, die gleichen kleinen Frauen, die in ihrer Jugend hübsch sind, gerne singen und tanzen, früh verblühen, ihre Kinder abgöttisch lieben und alles für sie tun würden, Frauen, die mit viel Petersilie und Knoblauch kochen, Käse in Olivenöl und Silberzwiebeln in Weinessig einlegen und zur Madonna beten, sogar wenn sie nicht mehr an Gott glauben.«

Tante Bianka strich mit der Hand, die noch verwelkter als ihr Gesicht aussah, die Tischdecke glatt und schob mir noch ein Stück Kirschkuchen auf den Teller. Dabei tranken wir *višnjevača*, den Kirschlikör, der in unserer Familie für das Vergnügen zuständig ist. Für Sorgen und Nöte haben wir *travarica*, einen Kräuterschnaps. Sie hatte auch Walnussschnaps aufgetischt, der vollkommen schwarz war, und einen honigfarbenen Likör, der nach Johannisbrot duftete, der Schokolade der Armen. Und dann öffnete sich ihre Hand in meine Richtung, ich gab ihr die versprochenen Zigaretten, und sie ließ sie in ihrer Tasche verschwinden.

Als ich wieder im Bus nach Split saß, schickte ich eine SMS an Lili und fragte, ob sie sich vorstellen könnte, mit mir auf die andere Seite des Adriatischen Meeres zu fahren? Dann sendete ich Ada die gleiche Frage, und bald kamen zwei begeisterte Antworten zurück: Ja, das wollten sie! Lili war zuständig für die Organisation, ich sollte ihr nur die Geschichte erzählen, die ich von Tante Bianka gehört hatte, um die Reisekoordinaten zu bestimmen. Am Abend trafen wir uns auf dem Spliter Peristil, verließen es aber schnell wegen der tanzenden und singenden Touristen.

»Wir müssen einen hässlichen Platz außerhalb des Zentrums finden, sonst kann man nirgendwo mehr in Ruhe sitzen«, schnaubte Ada.

Als Trio unbeabsichtigt symbolisch – Lili ist in Istrien geboren, Ada in Rijeka und ich in Dalmatien –, vertreten wir alle drei Regionen des heutigen Kroatiens, die Italien zu verschiedenen Zeiten für sich beanspruchte. Das fiel uns ein, während wir im Café – es war eine Spelunke im Erdgeschoss des Hochhauses, in dem Lili wohnte – unsere Pläne schmiedeten.

Wir flogen von Zadar nach Bari, weil es keine Schiffsverbindung zwischen Vis und Bari gibt, die die historische Strecke des damaligen *zbjeg* nachzeichnen würde. Von Bari aus wollten wir die Routen nehmen, die Tante Bianka mir aufgezeichnet hatte, um den Exodus der kroatischen Flüchtlinge nach der Kapitulation Italiens zu rekonstruieren, außerdem wollte ich die Orte fotografieren, die sich meine Tante damals eingeprägt hatte, und ihr später die Fotos zeigen.

Wir erreichten Otranto am Vormittag, und nach einem Besuch im Internet-Café schlenderten wir zu den Stadtmauern. Otranto liegt tief im Süden des italienischen Stiefels und bewacht die Meerenge von Otrant. Otranto ist der zweieiige Zwillingsbruder von Dubrovnik. Zwei Ufer, ein Meer.

Die Stadt erwischte uns unvorbereitet, sie fing uns ein mit ihren runden mächtigen Mauern wie mit den Armen eines Sumo-Ringers – und wir saßen in der Falle. Auf dem großen Platz zum Meer hin spürt man die Urkraft der Stadt wie einen unterdrückten Vulkan. Er wird nie ausbrechen, aber sein dumpfes Grummeln ist körperlich spürbar, wenn auch nicht hörbar. Wir stemmten die Füße ganz fest auf den Boden und sahen uns bedeutungsvoll an. Unsichtbare Mächte trieben die Wolken rasend schnell vor sich her, bewegten die Wellen, ließen das Meer scharf nach Fischeiern, Algen und Salz riechen.

Eine hohe Bronzestatue auf einem eleganten Sockel aus Stein drückte mit beiden Händen fest ein Kreuz an ihre Brust. Der Sockel war elegant – wir waren in Italien! –, und obwohl sich uns Otranto voll roher Kraft präsentierte, als wäre es von Slawen erbaut (so das gängige italienische Urteil über die Slawen, obwohl Dubrovnik, der slawische Zwillingsbruder von Otranto, eindeutig vornehmer ist), waren derartige Stilbrüche unvermeidlich.

Später aßen wir in einem Restaurant mit dem biblischen Namen »Il canto dei cantici«, *Das Hohelied*, Fischlasagne, und als uns die Wirtin zum Dessert den Obstteller brachte, war die mächtige Stadt schon wieder ganz zahm. Niemand kann einen Obstteller so arrangieren und servieren wie eine italienische Wirtin, selbst wenn es in einem leidenschaftlichen Ort wie Otranto geschieht.

Während sich Lili und Ada mit der Wirtin, die die rätselhaften Gesichtszüge meiner Mutter hatte, über dies und das unterhielten (die Wirtin stand mit einem Aschenbecher in der Hand neben unserem Tisch) und ich mit systematischer Genauigkeit mein Drittel des Obsttellers verspeiste, tauchte in meiner Erinnerung, verästelt wie die Bilder auf dem Boden der Kathedrale von Otranto, ein Nachmittag in unserer alten Wohnküche in Split auf.

Es war im Herbst 1973, genau vierzig Jahre nach der Kapitulation Italiens. Die Tanten waren zu Besuch gekommen, es gab viel gesüßten Kaffee, es wurde eifrig geraucht und aus kleinen Gläsern *prošek* getrunken, der in einer Karaffe aus geschliffenem Glas auf dem Tisch stand.

Meine Mutter stand neben dem Tisch mit einem Aschenbecher in der Hand und sagte: »Manchmal denke ich, dass wir auch in die Kirche gehen sollten. Dann könnte ich meiner Alida das weiße Rüschenkleid anziehen, dass Mirtas Tochter Ivna zur Erstkommunion getragen hat.«

Viola war entsetzt: »Pass bloß auf, dass dich Großmutter Paulina nicht hört.«

Mirta wandte sich daraufhin an meinen Vater, der am Ende des langen Küchentisches saß und so tat, als löste er Kreuzworträtsel, in Wirklichkeit aber den Schwestern lauschte: »Großmutter Paulina hat Flora erwischt, als sie in ihrer neuen Uniform mit den Balilla marschierte! Das hat Ohrfeigen gesetzt!«

Mein Vater sagte mit belehrender Stimme: »Die Balilla waren die Jungs. Die Mädchen hießen Piccole Italiane. Aber sagt mal, soll ich nicht doch etwas von meinem eingelegten Käse abschneiden? Ich habe einjährigen Schafskäse in Olivenöl eingelegt, dazu Kräuter – ihr werdet staunen. Und frisches Weißbrot haben wir auch. Aus Vodice habe ich letztes Mal Mandeln mitgebracht, die könnt ihr dazu essen…«

Obwohl sie immer am wenigsten aß, sagte Bianka aus reiner Höflichkeit: »Oh, ja, bitte«, und mein Vater stand glücklich auf und eilte zu einem seiner Vorratsverstecke.

Meine Mutter setzte ihre Gedanken fort: »Die Italiener gaben mir eine schneidige Uniform, besser als die Lumpen, die ich damals anhatte. Aber Oma Paulina wollte nichts davon wissen. Dabei war es doch sie, die nichts mehr für uns nähte. Bei den Balilla gab es Schokolade. Ich habe keine Ahnung, ob es da Jungen- und Mädchengruppen gab, bei uns hießen alle Balilla.«

Mein Vater kam mit einem Holzbrett zurück, darauf lagen zwei große Käsewürfel, um die sich eine Lake aus Öl gebildet hatte, und warf ein: »Mir hat ein deutscher Soldat mal Schokolade geschenkt.«

Viola empörte sich: »Unserer Mutter ist es im deutschen Lager schlimm ergangen. Von wegen Schokolade. Serbische Bauern haben ihr jeden Tag etwas zum Essen über den Zaun geworfen. Kartoffeln, klein wie Eier. Eier gab es natürlich nicht.« Dann lachte sie laut: »Ich meine, man hätte Eier sowieso nicht über den Zaun werfen können. Diese serbischen Bauern haben ihren Kopf riskiert.«

Die Wirtin hatte die Rechnung auf einen Notizblock gekritzelt und neben den leeren Obstteller gelegt. Ada war an der Reihe und zahlte. Die Wirtin zerdrückte ihre Zigarette in den Aschenbecher, den sie immer noch in der Hand hielt, und verschwand im Lokal. Die Stimmen und die Gesichter in meinem Kopf verschwanden wie ein verscheuchter Vogelschwarm. Um uns bebte die mächtige Stadt. Otranto bewachte das Meer.

**Oliva hat ein Schlückchen Fenchelschnaps getrunken,** das Glas steht in Reichweite, sie will später noch einen Schluck nehmen. Der Fenchelschnaps hilft gegen Magenschmerzen, tut aber auch sonst gut, sein Geruch hat etwas Reines und Gesundes und Stärkendes, und Oliva braucht heute etwas Reines und Gesundes und Stärkendes. Alida war bei ihr, ihre Enkelin, die wissen wollte, ob sie denn damals Angst gehabt habe, als sie tagelang durch die Felder wanderte, um bei den Bauern Seide, Leinen und das dünne, an Blech erinnernde Gold (ein Kettchen, mal ein Paar Ohrringe, sogar Eheringe, die von verstorbenen Vorfahren stammten, nicht so etwas Feines mit Granat-Steinen und Perlen, wie sie es zu ihrem Siebzigsten von den Töchtern bekommen hatte, sie wussten, dass sie sich das immer gewünscht hatte) gegen Maismehl, Eier und Speck zu tauschen. Das alles wurde dann zu den Partisanen gebracht, die man immer suchen musste, weil sie ihre Verstecke wechselten. »Oma«, hat Alida gesagt, »ich hätte Angst gehabt: Vor Schlangen, Insekten, Wölfen, Bären, vor den Soldaten aller Seiten – den Italienern und Deutschen, den Ustaschas und Tschetniks, sogar vor den Partisanen, die nicht zu Opas Einheit gehörten, hätte ich Angst gehabt, vor Unbekannten, vor der Hitze, davor, dass ich über einen Felsbrocken stolpern und mich im Dornengestrüpp verletzen könnte, und ich hätte Angst gehabt vor Hunger und Durst.« Oliva wollte lachen – die Enkelin hatte alles aufgezählt, wovor sie sich damals gefürchtet hatte. Aber sie lachte nicht. Was sollte sie dazu sagen? »Mein Kind«, hat sie nach längerem Schweigen geantwortet, »lass mich bitte schlafen, ich habe heute Kopf- und Magenschmerzen.« Das mit dem Kopf stimmte nicht, und die Magenschmerzen hatte sie von den vielen Fragen bekommen. Zum Glück gibt es den Fenchelschnaps, den sie sich aus der Vorratskammer holte, als Alida endlich fort war, enttäuscht, weil sie keine Antworten bekommen hatte. Oliva schließt die Augen. Sie sieht die Sterne im Dunkel ihres Kopfes und denkt über die Seltsamkeit des Lebens nach. So etwas strengt an. Sie ist unzufrieden mit sich selbst, aber auch mit ihrer Enkelin. Warum muss sie nur immer so viel fragen? Man kann über diese Dinge nicht sprechen. Obwohl die Enkelin alles richtig aufgezählt hat. Schon merkwürdig, denkt sie, aber über solche Merkwürdigkeiten will sie sich in keinem Fall den Kopf zerbrechen, sonst würde er am Ende wirklich wehtun, und gegen diesen Schmerz ist noch kein Kraut gewachsen und auch kein Schnaps gebrannt worden.

## Triest, 1943 / Duineser Elegien, gelesen 2009

*Wer, wenn ich schriee, hörte mich denn aus der Engel Ordnungen?*, dichtete Rilke im Schloss Duino, unweit von Triest. *Ein jeder Engel ist schrecklich.*

Bianka und ihre Großtante Klara wurden aus dem Lager »Le Fraschette« entlassen, vermutlich auf Ersuchen von Klaras Ehemann, der, zu Hause zurückgeblieben, seinen geliebten Stiefsohn beweinte.

*Wer macht den Kindertod aus grauem Brot, das hart wird – oder läßt ihn drin im runden Mund, so wie den Gröps von einem schönen Apfel? Mörder sind leicht einzusehen. Aber dies: den Tod, den ganzen Tod, noch vor dem Leben so sanft zu enthalten und nicht bös zu sein, ist unbeschreiblich.*

Klaras Mann schrieb Bitten an die italienischen Behörden, in denen er beteuerte, dass seine Nichte Bianka lungenkrank sei und nichts dafür könne, dass ihr Vater ein Rebell sei, der sich zudem nicht um sie kümmere, und dass seine Ehefrau Klara doch nicht zusätzlich bestraft werden dürfe, da sie ihr Kind verloren habe, was sie erst erfahren werde, wenn sie nach Hause komme, sie müsse auf jeden Fall zurückkommen.

Er suchte auch nach Argumenten für Paulina, fand aber kaum welche, und so schrieb er, dass sie eine ehrwürdige Schneiderin und fürsorgliche Großmutter sei, die nicht dafür verantwortlich gemacht werden könne, dass ihr Sohn Benedikt unauffindbar sei, wer wisse denn, ob er wirklich ein Partisanenführer sei, es sei gut möglich, dass auch er nur verleumdet würde. Doch offensichtlich war er selbst so wenig von Paulinas Unschuld überzeugt, dass die Beamten in Rom nur Klara und Bianka, nicht aber Paulina freiließen.

Es war drei Monate vor der Kapitulation Italiens, als sich Bianka von der Großmutter verabschiedete, die ihr streng verbot, zu zögern oder zu weinen, und sie förmlich zwang, die abenteuerliche Reise über die Apenninen anzutreten. Gemeinsam mit zwei weiteren entlassenen Frauen aus Dalmatien und ausgestattet mit einem Passierschein, mit dem sie auch Züge benutzen konnten, aber ohne Lebensmittel und Geld, machten sich Bianka und Klara auf den Weg nach Hause.

*Wohin sind die Tage Tobiae, da der Strahlendsten einer stand an der einfachen Haustür, zur Reise ein wenig verkleidet und schon nicht mehr furchtbar; (Jüngling dem Jüngling, wie er neugierig hinaussah). Träte der Erzengel jetzt, der gefährliche, hinter den Sternen eines Schrittes nur nieder und herwärts: hochaufschlagend erschlüg uns das eigene Herz. Wer seid ihr?*

Später konnten sie nicht rekonstruieren, wie sie erfahren hatten, mit welchen Zügen sie fahren sollten, welches die nördliche und welches die südliche Richtung war und wie sie von Rom nach Triest und von Triest über Rijeka und Šibenik nach Vodice gelangt waren. »Wir haben uns durchgefragt«, so beschrieben sie es, »und irgendwie haben wir gespürt, dass die Richtung stimmt.«

Sie waren am frühen Abend in Triest angekommen und hatten gehört, dass die nächste Fahrt nach Dalmatien erst am folgenden Tag möglich war. In ihrer von Staub überzogenen Kleidung, erschöpft und beinahe ohnmächtig vor Hunger, schleppten sie sich auf der Suche nach einer Bleibe die Straßen entlang. Triest kam ihnen unwirtlich vor, feindlich in seiner hochherrschaftlichen Ausstrahlung, fremd, obwohl es am Meer lag.

Ängstlich spähten sie in die Hauseingänge und überlegten, wie sie die Nacht in einem der Höfe oder Hauskorridore verbringen könnten, als ein zerlumpter Mann sie ansprach. Auch er war entlassen worden, aus dem Lager »Renicci« in Arezzo, in dem 160 Menschen an Hunger und Seuchen gestorben waren. Sein Gesicht wirkte traurig und schlau zugleich, er musste einmal ein schöner Mann gewesen sein, jetzt wirkte er wie ein zerrupfter Fuchs.

*So reißt die Spur der Fledermaus durchs Porzellan des Abends.*

»Lasst uns einen Keller suchen, in dem wir übernachten können«, schlug er vor. »Aber vorher müssen wir etwas essen.« Im Lager hatte er sich von Eicheln ernährt, doch der Mensch sei kein

Schwein, erklärte er seinen Begleiterinnen, die Eichelmast mag feine Schinken hervorbringen (seine Augen glänzten und für einen Augenblick schien es, als wollte er zu einem Vortrag über die Vorzüge der Eichelmast in der Schweinezucht anheben), der Mensch aber müsse die Eicheln vor dem Verzehr kochen, was in Renicci unmöglich gewesen sei, da es kaum Wasser gegeben habe.

»Wir haben nichts zum Essen«, antwortete Bianka, die keinen Appetit hatte und gar nicht ans Essen denken wollte.

»Wir können betteln«, sagte der Mann.

Die stolzen Ehefrauen, Töchter und Mütter gefürchteter kroatischer Rebellen gingen also mit ihrem traurigen Begleiter von Haus zu Haus und klingelten an den Türen. »Prego, prego, mangiare, abbiamo fame«, sagten sie im Chor, als die Türen aufgingen. Ob aus Fremdscham oder aus Unbehagen oder aus Angst davor, dass jemand sie sehen könnte – immer wieder gaben ihnen die Hausbewohner merkwürdige Zeichen, verschwanden im Haus (die Türen wurden aus Vorsicht geschlossen) und kamen mit etwas Essbarem zurück.

*War er nicht Held schon in dir, o Mutter, begann nicht dort schon, in dir, seine herrische Auswahl? Tausende brauten im Schoß und wollten er sein, aber sieh: er ergriff und ließ aus –, wählte und konnte. Und wenn er Säulen zerstieß, so wars, da er ausbrach aus der Welt deines Leibs in die engere Welt, wo er weiter wählte und konnte.*

Bereits nach der ersten Scheibe Salami, die sie langsam mit einem trockenen *panino* gegessen hatte, fühlte sich Bianka unwohl, und nur Großtante Klara zuliebe aß sie noch einen halben Apfel. Auch die anderen konnten bald nicht mehr: Die Augen waren größer als die zusammengeschrumpften Mägen.

Der namenlose Mann hatte am meisten gegessen, gierig und mit zitternden Fingern hatte er alles in sich hineingestopft, was er bekommen konnte, und als sich die kleine Gruppe in einem Kellergang zum Schlafen versammelte, zog er sich in eine Ecke zurück und begann leise zu winseln.

*Denn nah am Tod sieht man den Tod nicht mehr und starrt hinaus, vielleicht mit großem Tierblick.*

Die Frauen wussten nicht, was sie tun sollten, sie redeten auf ihn ein, behaupteten mit dem Brustton der Überzeugung, wie nur Frauen es können, dass seine Bauchschmerzen bald vergehen würden, dass er sich den Bauch massieren solle und dass morgen früh alles wieder gut sein werde. Hätten wir nur einen Schluck *travarica* hier, flüsterte Klara leise zu Bianka. Travarica wäre jetzt die einzig richtige Medizin.

*Und wir: Zuschauer, immer, überall, dem allen zugewandt und nie hinaus! Uns überfüllts. Wir ordnens. Es zerfällt. Wir ordnens wieder und zerfallen selbst. Wer hat uns also umgedreht, daß wir, was wir auch tun, in jener Haltung sind von einem, welcher fortgeht? Wie er auf dem letzten Hügel, der ihm ganz sein Tal noch einmal zeigt, sich wendet, anhält, weilt –, so leben wir und nehmen immer Abschied.*

Sie legten sich dicht aneinander und ließen ihn in der Dunkelheit allein, er war schließlich ein Mann, obwohl alles Geschlechtliche sich von ihnen gelöst zu haben schien, aber später dachten sie verschämt, dass sie ihn vielleicht mit ihren Körpern hätten wärmen sollen.

Später, am frühen Morgen, als sie ihn tot in seiner Ecke fanden, kalt und steif. Und sie schämten sich noch mehr, weil sie ihn im Keller liegen ließen. Was hätten sie auch tun können, sie mussten weiter, und bei wem in Triest hätten sie sich als entlassene kroatische Lagerhäftlinge wegen einer Leiche melden sollen?

*Freilich ist es seltsam, die Erde nicht mehr zu bewohnen, kaum erlernte Gebräuche nicht mehr zu üben, Rosen, und andern eigens versprechenden Dingen nicht die Bedeutung menschlicher Zukunft zu geben; das, was man war in unendlich ängstlichen Händen, nicht mehr zu sein, und selbst den eigenen Namen wegzulassen wie ein zerbrochenes Spielzeug. Seltsam, die Wünsche nicht weiter zu wünschen. Seltsam, alles, was sich bezog, so lose im Raume flattern zu sehen. Und das Totsein ist mühsam und voller Nachholn, daß man allmählich ein wenig Ewigkeit spürt. – Aber Lebendige machen alle den Fehler, daß sie zu stark unterscheiden. Engel (sagt man) wüßten oft nicht, ob sie unter Lebenden gehn oder Toten.*

**Oliva kniet vor ihrer Ottomane, sie blickt auf die** grüne Wand mit den aufgemalten goldenen Rankenpflanzen. Draußen tobt ein Gewitter, das Meer erhebt sich wie ein Ungeheuer vor dem verlassenen Ufer und ergießt sich über Plätze und Gassen, reißt alles mit sich, was nicht festgemauert ist. Bretter und Eimer, alte Stühle und Holzkisten werden über den Markt gespült. Der Regen peitscht gegen die Fenster, und die Glühbirne in der Schirmlampe über dem Küchentisch flackert. Oliva hat vergessen, dass niemand aus ihrer Verwandtschaft draußen auf dem offenen Meer sein kann. Ihr Vater ist schon vor unendlich langer Zeit im fernen Australien gestorben, ihr Bruder ist tot, alle Nachbarn, die Seeleute waren, sind verstorben, ihr Mann fischt nicht mehr, vielleicht noch nach den Sternen am Himmel, und ihre beiden jüngeren Töchter sind in großen Schiffen glücklich bis nach Afrika und zurück gefahren, auch das war schon vor vielen Jahren. Sie betet trotzdem für das Heil und die Rettung aller Seelen, die jetzt auf dem Meer sind, denn wenn man bei Sturm, Regen und Wetterleuchten auf dem Meer ist, dann hilft nur Beten. Heiliger Nikolaus von Myra, Patron der Seeleute, erhöre mich, heiliger Petrus, Beschützer der Fischer, erhöre mich, Stella Maris, Maria, du Meeresstern, bete für uns. Oliva hat auch vergessen, dass sie gar nicht an Gott glauben sollte, nicht an Gott und erst recht nicht an die Heiligen, dass ihre Mutter jetzt mit ihr schimpfen würde, wenn sie noch lebte, aber sie lebt ja nicht mehr. Die Gebete hat ihre Großmutter Ana ihr heimlich beigebracht hat, heimlich, damit uns Paulina nicht hört, es ist nicht schön, dass wir es hinter ihrem Rücken tun, aber wenn es nicht anders geht!

Lili und Ada begleiten mich, weil sie gehört haben, dass ich die *finis terrae*, die Absatzspitze des italienischen Stiefels sehen will, und sie sind spezialisiert auf Reisen an Orte, die man als *finis terrae* bezeichnen könnte. An solchen Orten, so die These von Lili, gibt es noch Menschlichkeit, und danach suchen die beiden. Lili und Ada sind die beiden Schwestern, die ich nie hatte und die ich stets vermisste, weil ich dachte, dass alle Frauen zwei Schwestern haben müssten – so wie meine Mutter.

Lilis These von der Menschlichkeit am Ende der Welt wurde hier, im äußersten italienischen Süden, mehrfach bestätigt. Als der Cafébesitzer in Santa Maria di Leuca hörte, dass wir aus Kroatien kommen, lud er uns zu seinen Freunden zum Grillen ein – es gab *fiorentinas*, die groß waren wie türkische Fladenbrote.

Seine Freunde fanden es nicht ungewöhnlich, dass er mit drei Unbekannten im Schlepptau erschien. Es war ein schönes Grillfest. Uns schien es, als wüssten unsere Gastgeber eigentlich nicht genau, wo das Land liegt, aus dem wir kommen, aber das störte weder uns noch sie. Lili war glücklich: »Hier sind die Menschen noch viel gastfreundlicher als bei uns!« Man wird einfach eingeladen, das eigene Haus ist eine Gaststätte, eine *hostaria*, eine *ostaria*, eine *oštarija*…

Ich erzählte unseren neuen italienischen Freunden, dass ich auf den Spuren meiner Familie sei, die hier die italienische Gastfreundschaft nach der Kapitulation Italiens hatte erleben dürfen. Die Lager aus der Zeit des Faschismus erwähnte ich nicht. Ich fürchtete, sie könnten beleidigt sein, sie würden mich für unhöflich halten. Sie wollten meine Geschichte hören, sie fragten nach. Ich redete mich heraus, sagte etwas gegen die Deutschen, ohne zuzugeben, dass ich in Deutschland lebe, und dann wetterten wir alle zusammen gegen Hitler, entrüsteten uns gemeinsam über die Brutalität der Nazis, waren voller Mitgefühl für die Flüchtlinge, die damals mit Schiffen nach Bari kamen.

Unsere neuen Freunde bekreuzigten sich vor Verblüffung. Einer der Gastgeber meinte, einmal gehört zu haben, dass hier in der Gegend irgendwelche armen Flüchtlinge »von da drüben« untergebracht waren, er hatte geglaubt, es seien Albaner gewesen. Oder Afrikaner. Plötzlich redeten alle gleichzeitig und durcheinander, erzählten, dass die Spitze, die Sohle, der Absatz des italienischen Stiefels immer wieder von Flüchtlingen heimgesucht würden, unsere Geschichte sei ja nichts Neues, obwohl sie doch etwas anderes sei, damals hätten die Alliierten hier geherrscht, und sie hatten auch alles organisiert. Aber sie würden gerne mehr über meine Familiengeschichte hören!

Wir tranken Wein, aßen *fiorentinas* und hüteten uns davor, über das untergegangene Römische Reich oder Benito Mussolini zu sprechen.

Unser Gespräch mit den italienischen Gastgebern bei dem Grillfest in Santa Maria die Leuca erinnerte mich an die Familiengespräche in Dalmatien, die sich im Nichts auflösten, weil die Tanten und meine Mutter durcheinander und in unvollendeten Sätzen redeten. Bisweilen sagten sie auch etwas Neues, aber schon beim nächsten Mal ging alles wieder von vorne los, und die neue Information vom letzten Mal versank in dem Fluss der Sätze, der immer gleich blieb.

Sie genossen diese Zusammenkünfte, und mir war damals nicht klar, dass es ihnen dabei überhaupt nicht um den Austausch von Informationen und um irgendwelche Gedanken ging, sondern um das Zusammensein selbst. Die Gespräche waren Rituale, und nur ungern ließen sie von ihnen ab, so wie einst auf der Terrasse des Hauses meiner Tante Mirta auf der Insel Hvar.

## Insel Hvar, 1975

Es war Sommer, alle hatten frei, der mehrtägige Besuch bei Mirta war gut vorbereitet und freudig unternommen worden, da die Tage auf der Insel zu den schönsten eines Sommers gehörten. Sonst verreiste niemand von uns, wir bewegten uns im Umkreis von Vodice, Šibenik, Split und Hvar, wobei Hvar das reinste Geschenk war, das uns dank des angeheirateten Onkels und Schwagers zuteilwurde, sonst reichte unser Geld nicht für Reisen.

Wir hielten damals Touristen für unermesslich reich, da sie sich so etwas wie Fremdenzimmer und Restaurantbesuche leisten konnten, und zugleich für töricht und bedauernswert, weil sie so lange reisen mussten, um einige Wochen bei uns verbringen zu können, während wir den ganzen Sommer hindurch das Meer und die Sonne (kostenlos!) hatten. Wir bedauerten sie noch mehr, wenn wir ihre blasse Haut erblickten, die sich bald rötete.

An jenem Abend hatten es sich alle auf der Terrasse gemütlich gemacht, schnitten mit einem großen Messer kleine Brocken harten Schafskäse von der Insel Pag zurecht, wie bei der heiligen Kommunion begossen sie kleine Brotkügelchen mit pechschwarzem Wein und schoben Käsestücke dazwischen.

Es war warm und dunkel. Man schaltete keine Lichter an – wegen der Mücken. Man redete über das Mittagessen von heute, über das Mittagessen für morgen, über die Fleischpreise, über den Wein, über den Weinhändler, über die Preise im Allgemeinen, über Arthrose im Knie, über Oliva, über Šimun, wie alt und krank sie doch geworden seien und wie man sich um sie sorge, wie schlimm es sein werde, wenn sie einmal nicht mehr da wären, wie schwierig ihr Leben früher gewesen sei und wie gut sie es doch hätten, obwohl Oliva die Sache mit der Entschädigung noch nicht geregelt habe und Šimun immer noch versuche, etwas Geld für sein Grundstück zu bekommen, auf dem ein Hotel gebaut werde… Und dann stellte schon wieder Alida ihre lästigen Fragen!

Bianka versuchte vom Thema abzulenken: »Tante Oliva war krank.«

Doch das war das Stichwort für Mirta, die immer gerne Details über Krankheiten erzählte, etwa von dem Nachbarn, der keine Nieren mehr hatte und zur Dialyse musste, oder von einer Kundin ihres Mannes, die durch Diabetes ihren Fuß verloren hatte. Mirta sagte: »Unsere Mutter hat keine Gebärmutter mehr.«

Ich sah Mirta voller Bewunderung an, damals kam sie mir wie eine Märchenprinzessin vor, sie trug einfache Kleider, die immer einfarbig waren, sie hatte lange gebräunte Beine und wirkte selbstbewusst. Dazu kam, dass wir uns in Mirtas Haus aufhielten, wir alle außer meinen Großeltern lebten in engen sozialistischen Wohnungen, und anstelle von Weinkellern und Abstellkammern benutzten wir Balkone und Schlafzimmer. Und zur Krönung ihrer Besonderheit bekannte sich Mirta zur Kirche, was uns alle verwunderte und verunsicherte.

Viola schüttelte sich vor der Grausamkeit, über die sie jetzt sprechen würde: »Die Gebärmutter wurde ihr herausgeschlagen. Alles *da unten* wurde ihr herausgeschlagen. Ein deutscher Soldat ist über sie getrampelt.«

Ich hatte diese Sätze schon hundertfach gehört und wollte dieses eine Mal mehr erfahren: »Wie meinst du das – *herausgeschlagen*? Als er über sie trampelte …?«

Meine Mutter fühlte sich berufen, dem Gespräch eine andere Richtung zu geben, sie mochte nicht, dass Viola vor ihrer Tochter ausführlicher wurde: »Auf jeden Fall wurde ihre Gebärmutter verletzt. Und ihre Rippen.« Während sie sprach, verzog sie das Gesicht zu einer Grimasse, die sie immer machte, wenn man nur im Entferntesten über etwas Körperliches sprach. Nicht selten ertappte ich mich, dass ich mich fragte, wie sie mit dieser Einstellung meinen Bruder und mich auf die Welt gebracht haben mochte.

Viola war jetzt in ihrem Element, diese Geschichte hatte sie schon so oft erzählt: »Sie haben gerufen: *Die große Schwarzhaarige, die musst du schlagen.*«

Mirta mischte sich ein: »Sie war hochgewachsen – so wie ich, ich bin die Einzige, die ihre Körpergröße hat« – ich glaubte die Unzufriedenheit von Viola und Flora zu spüren, da die beiden im Dunkeln Blicke wechselten, die wahrscheinlich nicht als freundlicher Kommentar zu dieser Äußerung gemeint waren, und die Blicke wiederholten sich, als Mirta fortfuhr – »sie hatte schwarzes lockiges Haar, so wie ich, und sie war schön. Ihre Gebärmutter war nach dem Krieg krank. Man hat sie ihr herausoperiert. Die Frauen, die man deportierte, mussten am Boden liegen, auf dem Schiff, wie die Sardinen, und die Soldaten sind auf ihnen herumgetrampelt. So hat sie es mir erzählt.«

Bianka verdeutlichte mit ihrer klaren Stimme, zu mir gewandt: »Sie lag ganz vorne, und ein deutscher Soldat ist vom Deck auf sie gesprungen, über die anderen Frauen ist er wie über einen Teppich gelaufen. In seinen schweren Stiefeln.«

Etwas verstand ich nicht: »Sie haben das doch sicher auf Deutsch gerufen, wie konnte Oliva sie verstehen?«

Alle sahen durch mich hindurch. Bianka biss sich auf die Lippen und zog lange an ihrer Zigarette; sie war die Einzige, die nur trank und rauchte, den Käse und das Brot hatte sie den ganzen Abend über nicht angerührt.

Zu komplizierten Details äußerte sich wie üblich Viola: »Die, die das gerufen haben, das waren doch die serbischen Tschetniks. Sie haben zuerst den Italienern und dann den Deutschen geholfen. Die waren eine Art Dolmetscher.«

Ich begriff nicht: »Woher kamen plötzlich die Tschetniks?«

Viola sagte: »Das waren die Schlimmsten.«

Ich wollte mehr hören, deshalb sagte ich: »Wir haben das in der Schule anders gelernt, in Kroatien gab es Ustaschas und in Serbien Tschetniks. Und die Partisanen waren überall, und sie haben gegen alle gekämpft.«

Meine Mutter war erleichtert: »Bringe lieber nicht alles durcheinander, mein Schatz. Du sollst das so lernen, wie sie es in der Schule wollen.«

Bianka erklärte mit geduldiger Stimme: »Damals war Kroatien

nicht das Kroatien von heute. Istrien, viele Inseln und Dalmatien gehörten damals zu Italien. Diese Insel hier aber nicht, diese Insel gehörte genauso wie ein Großteil des heutigen Bosnien und Herzegowina zu Kroatien: Das war aber kein echtes Kroatien, das war ein Marionettenstaat, den Hitler ermöglicht hat, ein Gebilde mit einer Ustascha-Diktatur. Verstehst du?«

Nein, ich verstand nicht.

Viola wollte mir alles erklären, sie meinte wohl, dass ich groß genug sei: »Die auf dem Schiff waren Tschetniks, aus einem Dorf unweit von Vodice.«

Ich verstand nicht. Waren die kroatischen Ustaschas nicht die Verbündeten der Italiener und der Deutschen gewesen?

»Natürlich!«, riefen alle wie auf Kommando. »Aber hier, in Dalmatien, verstehst du, hier waren die königlich-serbischen Tschetniks mit den fremden Besatzern verbündet! Sie taten alles, was das alte Königreich wieder hätte auferstehen lassen können.«

»Na, wie dumm«; sagte ich. »Wie wollten sie das denn erreichen? Ihr Königreich hatten doch gerade diese fremden Besatzer zerschlagen.«

Der Schwesternchor begann erneut zu erklären: »Die Gegner der Tschetniks waren vor allem die Partisanen, weil sie eine Gefahr für die Rückkehr des Königs waren. Tito hätte doch niemals den König ins Land gelassen.«

Bianka verdeutlichte: »Die Tschetniks handelten nach dem Motto: ›Die Engländer oder die Russen werden schon die Deutschen und die Italiener vertreiben, aber dann – Gott bewahre – wird bei uns dieser Tito an die Macht kommen. Das müssen wir verhindern!‹«

Der Chor meldete sich, ehe Bianka den Satz beendete: »Deshalb verfolgten sie die Partisanen, natürlich auch die serbischen, denn die galten erst recht als Königsverräter.«

Das sollte einer verstehen! Wäre es nicht logischer gewesen, wenn der König in allen, die das Land von den Besatzern befreien wollten, Verbündete gesehen hätte?

»Oh, das ist nicht so einfach, wie du es dir vorstellst!«

Wieder redeten alle durcheinander, schüttelten die Köpfe, verdrehten die Augen, gestikulierten mit ihren Händen. Hier auf der Insel, weit entfernt von den eigenen Häusern, waren sie etwas mutiger als sonst, aber auch hier flüsterten sie.

»Alida hat ein Recht darauf, mehr zu erfahren«, sagte Mirta mit Nachdruck. Es war eindeutig, dass das Leben auf einer Insel in jenen Tagen zu mehr Selbstständigkeit erzog. Mirta war seelenruhig, wenn es um Dinge ging, über die man am Festland damals nicht einmal flüsterte. Außerdem verachteten ihr Mann und sie das Fernsehen, und an Abenden wie diesem hörte man hier keine Nachrichten mit Berichten von sozialistischen Erfolgen wie in allen Wohnungen in Split.

Langsam wurde Viola übermütig. Der dunkle Wein, die warme Luft, der würzige Käse, der dem Gaumen und der Seele schmeichelte, all das machte sie redselig, offen, weich. Sie hörte ihren beiden älteren Schwestern und ihrer Cousine Bianka gar nicht mehr zu. Sie flüsterte: »Die Tschetniks haben auf dem Schiff sofort eine Frau vergewaltigt. Später hat sich ihr Mann von ihr getrennt. Alle haben es gesehen. Alle im Ort wussten es, er konnte es nicht aushalten. Er hat sich von ihr getrennt, als sie aus Dachau zurückkam.«

Ich kaschierte mein Entsetzen mit einer schnellen Frage: »Wieso aus Dachau, ich dachte, man hat sie nach Belgrad gebracht?«

Tante Viola nickte: »Ja, aber später nach Dachau.«

Ich war entrüstet, musste doch noch einmal zu dem Thema zurück: »Dieser Mann war ein Schwein. Was kann die Frau dafür, dass sie vergewaltigt wurde?« Auf der Terrasse war es plötzlich etwas kühler. »Wieso hat niemand im Ort dem Mann erklärt, dass das ungerecht ist?«

Mirta wandte sich an mich: »Unsere Mutter musste nicht nach Dachau. Es gab eine Regelung für Frauen, die drei oder mehr Kinder hatten. Viola war noch ganz klein, aber sie war das dritte Kind. Die Deutschen hatten solche Regelungen, die soll einer verstehen, aber immerhin – Oliva durfte zurück nach Hause. Allerdings zu Fuß, die ganzen sechshundert Kilometer.«

»Aber sie war krank«, sagte Viola.

»Unsere arme Mutter war krank«, seufzte Flora, »aber immer gut gelaunt – genauso wie ich.«

Das fand ich übertrieben: »Ich erinnere mich aber, dass Oma Oliva einmal gesagt hat, wir seien ihr alle egal und sie warte nur darauf, dass sie sterbe.«

Ich mochte nicht, wenn sich meine Mutter so verstellte. Das war ihre Art zu zeigen, dass sie über den Dingen stand. Dabei war es ihr genauso wie mir einfach unerträglich, über das Thema Vergewaltigungen zu sprechen. Außerdem hatte ich den Eindruck, dass sie mit dieser Bemerkung eigentlich auf Mirta zielte.

Meine Mutter ärgerte sich über meinen Einwand: »Sie hatte vielleicht nur einen schlechten Tag, sonst war sie immer gut gelaunt.«

Ihre beiden Schwestern und ihre Cousine Bianka sprangen ihr bei. »Das mit dem Sterben wollen, das hast du falsch verstanden, Alida!«, behaupteten sie einstimmig. »Du erinnerst dich nicht richtig! Du hast da etwas verwechselt!«

Oliva hätte nie so etwas gesagt! Flora und Bianka langten nach ihren Zigaretten, Mirta und Viola schenkten sich Wein nach. Alle waren entsetzt.

Lili und Ada fragten mich, warum ich schweige. Wir tranken Vino di Salento in der Farbe der Granatsteine an Olivas Ohrringen. Ich konnte unmöglich meine plötzlich hochgekommenen Erinnerungen mit unseren italienischen Gastgebern teilen. Das sagte ich den beiden, sie stimmten mir zu, obwohl Lili streng schaute, als wollte sie sagen: »Und wieso nicht?« Aber Ada unterstützte mich: Es wäre unanständig, all diese *fiorentinas* mit dem wunderbaren Weißbrot zu vertilgen und dann vom Zweiten Weltkrieg anzufangen. Deswegen sprachen wir über Rezepte, über Käse- und Weinsorten aus Salento und Dalmatien, über das Wetter, über die Touristen, und wir waren uns einig, dass wir uns prächtig verstanden.

Später erzählte ich Lili und Ada, woran ich mich erinnert hatte: »Die jüngste Schwester meiner Mutter, Viola, hat sich in einer langen Nacht, in der sie ein Glas Wein mehr getrunken hatte, getraut und mir gegenüber eine Vergewaltigung im Krieg erwähnt. Ich fürchte, dass es viel mehr Vergewaltigungen gegeben hat. In den Quellen zum Zweiten Weltkrieg in Jugoslawien wird manchmal sehr pauschal darüber berichtet. Die Genossen haben das Thema gemieden. Aber die vier Frauen aus meiner Familie vermuten oder wissen mehr, sie wollen nur nicht offen darüber sprechen.«

Ada und Lili schwiegen. Ich erwartete ja auch keine Antwort.

Hier in der Region Salento befindet man sich näher an Griechenland, Byzanz und der Hohen Pforte als an Rom – von Florenz ganz zu schweigen. Hier trinkt man einen Wein namens »Primitivo«, was Lili vollends begeisterte. Sie rief heiter: »Anch'io sono un terrone!«, und erklärte uns, dass der Begriff *terroni*, die Erdigen, einer der vielen verächtlichen Bezeichnungen ist, mit denen die Norditaliener ihre süditalienischen Mitbürger belegen. »Wir sind alle terroni!« Ada sagte etwas über den Hochmut der westlichen Welt, in die sich auch die Norditaliener einreihen.

»Es geht nicht darum«, erklärte Ada, »dass die Errungenschaften dieser Welt nicht großartig sind. Es geht darum, dass sie an ihrer Überheblichkeit zugrunde gehen und den Rest der Welt mit ins Verderben reißen.«

Wir fuhren zurück nach Otranto. An seinen Mauern erkennt man die Ähnlichkeit mit Dubrovnik, und die sauber geordneten Totenschädel hinter einer Glaswand in der Kathedrale von Otranto erinnern an die Ćele-kula im serbischen Niš, in der auch Menschenschädel verbaut wurden. An all diesen Orten verflechten sich Ost und West, Orient und Okzident, *oriente e occidente,* und Lili befürchtete, dass der Westen und der Norden nicht imstande seien, den Osten und den Süden zu begreifen. In der Glasvitrine sind die Schädel von 800 Märtyrern ausgestellt, die die Stadt und das christliche Abendland vor den Türken zu verteidigen versucht haben.

Die Geschichte birgt einen Hauch von Verrat: Die Pranke von San Marco erstreckte sich bis hierher, die pragmatischen Venezianer hatten damals den Osmanen im Kampf gegen Otranto beigestanden. Immer schon wusste ich, dass sie zu derartigen Taten fähig sind, diese raffinierten Sklavenhändler, die zu Karneval ihre Augenmasken tragen und die ihre Paläste, die wie Rüschenblusen mit filigranen Goldbroschen aussehen, auf dem Holz erbauten, das sie an der kroatischen Küste zusammengeraubt hatten (so hat man es uns in der Schule beigebracht).

Otranto wurde als einzige adriatische Stadt 1480 von den Türken erobert – im Unterschied zu dem Fischerdorf Vodice, aus dem meine Mutter stammt. Dieser – etwas gehässige – Gedanke schlich sich in meinen sturen slawischen Kopf, während ich vor der Statue mit dem Kreuz vor der Brust stand. Obwohl ich mich über die Venezianer ärgerte. Und obwohl ich gerade noch Mitleid mit den Märtyrern von Otranto gehabt hatte.

Der Fußboden der Kathedrale von Otranto ist ein Wunderwerk. Dort kann man Bilder von Pflanzen und Tieren bestaunen, Visionen der Hölle und des Paradieses, verschiedene Wesen aus der Mythologie vereint mit jenen aus dem Aberglauben des

Volkes, sie sehen aus wie die Früchte von drei großen Bäumen, gemalt von der Hand eines Riesenkindes. Angeblich haben die Türken in ihrer kurzen Besatzungszeit die Kathedrale als Pferdestall benutzt.

»Die osmanische militärische Macht ist Teil einer großen Kultur. Oder meint ihr, dass man bis nach Wien vordringen kann, ohne über große Wissenschaft und Kunst zu verfügen?« Lili klang schrill vor Aufregung. Vor einigen Jahren war sie in Jordanien, Syrien und der Türkei gewesen, und am Ende ihrer Reise hatte sie Kapadokien entdeckt. Seitdem ließ sie keine Gelegenheit aus, ihre Sympathien für die Türken kundzutun. »Komisch, immer wieder neigt man dazu, anderen Völkern Kultur abzustreiten, versteht ihr das? Die Standpunkte und Argumente wechseln, aber immer ist der eine angeblich kultivierter als der andere.«

Sie begann leise zu singen: *U Stambolu, na Bosporu, bolan paša leži,* in Istanbul, am Bosporus, liegt der kranke Pascha.

Ein Schluck Vino Santo heiterte uns nach dem Rundgang auf, aber mir schmeckt *prošek* besser, ein Erzeugnis vom anderen Ufer, ohne kontrollierte Herkunft. Auch das ist barbarisch, ich weiß. Ein Volk ohne Zivilisation, das sollen die Italiener über die Slawen in Dalmatien damals gesagt haben. Als der Stellvertreter des italienischen Präfekts für die Stadt Split, ein gewisser Herr Bruno, das Konzentrationslager Molat besuchte und von den dort internierten Kroaten gebeten wurde, doch wenigstens für kleine Kinder Seife zur Verfügung zu stellen, antwortete er, man könne an diesem Gesuch ablesen, dass die italienische Kultur nun endlich in Dalmatien angekommen sei, Seife gebe es aber leider nicht.

**Oliva hat *murtila*, eine Art Basilikum mit winzigen** Blättern, aus dem Topf auf der Terrasse gepflückt und lange daran gerochen. Das Volk hält *murtila* für die Blume der Treue, Oliva weiß nicht warum. Es muss etwas mit einem Lied zu tun haben. Es gibt so viele dalmatinische Lieder, die die A-capella-Chöre, die man *klapa* nennt, auf den Straßen und Plätzen vortragen, manchmal hört Oliva sie draußen singen, während sie in ihrem Zimmer liegt. In diesen Liedern kommen unglücklich Verliebte vor und viel Heimatliebe, die sich auf die Gassen, Häuser, Steine, Felsen, Inseln und Kirchtürme bezieht, weiter untreue Frauen, Seemänner, die auf dem weiten Meer verschwunden sind, weiße Rosen und andere Blumen, viel Armut und Unglück, Männer, die ihre lebenden oder toten alten Mütter beschwören, Fischer, die ihre Netze flicken, Mädchen, die Wasser tragen oder Wäsche waschen. Die Männer kommen in diesen Liedern nach Olivas Meinung etwas besser weg, als es der Wirklichkeit entspricht. Sie streut die zarten grünen Blätter auf frittierte Auberginen- und Tomatenscheiben, bevor sie die weiß-blaue emaillierte Schüssel mit einem Glasdeckel zudeckt. Als Zwischenschicht dient eine Mischung aus Knoblauch und Petersilie, und der Abschluss mit Basilikum verspricht allerhöchsten Genuss, jetzt muss das Ganze nur noch abkühlen. Dann streckt Oliva sich wieder auf ihrer Ottomane aus und schließt die Augen.

Ada, Lili und ich finden den Bahnhof von Tarent hässlich, wir finden Tarent, italienisch Taranto, ungemütlich, diese Stadt der zwei Meere, *Mar Grande* und *Mar Piccolo*. Eine Raffinerie wie in der Nähe von Rijeka, Zementfabriken wie in der Nähe von Split, eine Schiffswerft wie mitten in Pula – einiges erinnert uns an die unangenehmsten Seiten unserer Geburtsstädte. Wir schlucken den Straßenstaub und laufen schweigend über eine Brücke in Richtung Altstadt, wo uns die runden Mauern des Castello Aragonese erwarten, massiv und schutzbietend wie jene von Dubrovnik und Otranto.

»Eigentlich«, sagt Lili plötzlich, »ist die Industrie gar nicht hässlich. Wir am Mittelmeer können nicht nur von Oliven, Wein und Feigen leben und immer nur hübsch für die Augen der Touristen sein. Wenn die Industrie hier dicht macht, sind die Menschen arbeitslos, und die Reichen aus dem Norden kaufen die Grundstücke für ihre Hotels und Villen.«

Landwirtschaft, gutes Essen, schöne Ausblicke, aber keine Arbeit, und die jungen Menschen, die nach Norditalien ziehen, um dort als *terroni* beschimpft zu werden, oder Gestank, Staub, Industrie und Arbeitsplätze? Ada und ich schweigen, denn das ist ein Dilemma, auf das wir keine Antwort haben.

Im Altertum war hier das Zentrum von Magna Graecia, später herrschten abwechselnd die Sarazenen und die Byzantiner. Seit wann richten sich alle Blicke in den Norden und den Westen Europas? Einst blickte man nach Süden. Im Winter 1943/1944 blickte man von Dalmatien aus plötzlich nur noch nach Apulien, nach Salento, nach Taranto. Ada und Lili wollen mehr hören.

»Sei bitte sachlich«, sagt Lili, Ada sagt: »*Finis terrae* verlangt nach einer Endzeitgeschichte«, und ich trage vor.

Wir sind drei alte Freundinnen auf einer Bildungsreise, wir sind drei Schwestern im Geiste, wir lieben den Süden, wir essen Nudeln namens *cavatelli* mit Tomaten, Kapern, Thymian und Majoran, und wir tauchen jetzt in jene Zeit ein.

Es gab keine Zeit, die Kapitulation Italiens zu feiern.

Die Deutschen verloren keine Minute damit, sich über einen derart unbrauchbaren Verbündeten zu ärgern, der mitten im Krieg und noch weit entfernt vom Endsieg einfach aufgab. Das Wort Kapitulation entrüstete sie, aber es wäre unvernünftig gewesen, sich lange darüber aufzuregen und so die eigene Position zu schwächen. Für sie ging es jetzt darum, möglichst schnell die ostadriatische Küste zu sichern, damit die Briten, die mit ihren Schiffen das Mittelmeer unsicher machten, dort nicht landen konnten.

Für die Zivilbevölkerung an der dalmatinischen Küste war das eine Katastrophe.

Der Generalstab der Partisanen, der sich auf der Insel Vis einquartiert hatte, ordnete in Absprache mit den britischen Verbündeten die Evakuierung der Zivilbevölkerung an. Die Idee war verwegen und gefährlich: Alle Familien von Partisanenkämpfern sollten mit Booten nach Vis und von dort mit einem großen Dampfer nach Italien gebracht werden, und zwar in die bereits von den Alliierten kontrollierten Gebiete. Von Tarent aus sollten sie mit britischen Militärschiffen nach Nordafrika transportiert werden, nach El Shatt in Ägypten.

Ein wahrhaft biblischer Exodus in die Wüste Sinai war geplant, und natürlich lagen dieser Planung geheim gehaltene politische Ziele sowohl der Partisanen wie auch ihrer Verbündeten zugrunde, die es mit allen Mitteln davon zu überzeugen galt, dass nur die Partisanen wahre Verbündete sein konnten und nicht etwa die serbischen Tschetniks, die sich als königstreu ausgaben, aber mit den Italienern und Deutschen paktierten und jede Gelegenheit nutzten, um serbische Kommunisten sowie Bosnier und Kroaten aller politischen Richtungen zu verfolgen. Der junge König, der Nachfolger des ermordeten Königs Alexander, hatte gerade den Thron bestiegen und weilte nun im britischen Exil.

Die Briten bereiteten sich auf die Zeit nach dem Krieg vor und wollten dieses verwirrende multiethnische Land Jugoslawien, das unter dem Ansturm des Zweiten Weltkriegs wie ein Kartenhaus zusammengefallen war und sich in ein Schlachtfeld interner Abrechnungen zwischen den Nationalitäten und politischen Kräften verwandelt hatte, zu einer berechenbaren Größe entwickeln.

Der Partisanenführer Josip Broz Tito witterte seine Chance: Am 29. November 1943 wurde die Föderative Volksrepublik Jugoslawien ausgerufen, Tito wurde vom »Antifaschistischen Rat der Nationalen Befreiung Jugoslawiens« zum ersten Präsidenten gewählt. Nein zur Rückkehr des Königs, lautete die Parole, Nein zum Königreich Jugoslawien, das so kläglich versagt hatte, aber auch Nein zu einem Zerfall des Landes, das so mühsam zusammengefügt worden war. Das Flüchtlingslager, das in der ägyptischen Wüste entstehen würde, sollte ein Unterpfand sein, niemand wusste genau wofür, alle Spielausgänge waren denkbar. Genau betrachtet, war die Idee irrsinnig. Aber der Krieg ging schon ins vierte Jahr, und alle Regeln, alle Vernunft waren außer Kraft gesetzt.

»Was meint ihr«, fragt Lili dazwischen und spült die spindelartigen *cavatelli* mit Wein herunter, »Tito war doch ein cooler Typ oder nicht?«

»Lili, du wolltest, dass Alida sachlich erzählt, jetzt sei bitte still«, schimpft Ada und sagt dann: »Was heißt schon cool? Später wurde er zum Diktator. Wir wissen allerdings nicht alles über ihn. Wo hast du deine Geschichte her?«, wendet sie sich an mich.

»In einer Bibliothek in Split habe ich alte Zeitungen und alte und neue Bücher gelesen. Ich habe auch in Deutschland recherchiert und britische Filme über El Shatt gesehen. Den Rest hat mir meine Mutter erzählt. Wir wissen nie alles über die Geschichte. Einige Quellen berichten, dass die Briten in El Shatt rassistisch und gebieterisch mit den Arabern und Partisanenfamilien umgegangen sind, andere Quellen zeigen sie als Verteidiger der Demokratie und der Menschlichkeit.«

»Ich will mehr hören«, sagt Lili ungeduldig und bedeutet dem Kellner, er möge uns noch Wein bringen.

Es war keine Kleinigkeit, mitten im Krieg 40 000 Menschen über Land und Meer zu befördern und sie erst in Italien und dann in der Wüste zu versorgen, doch es war nicht sinnvoll, lange zu zögern. Schnell, schnell fort von hier, die deutschen Panzer zerstörten alles auf ihrem Weg. Sie sahen grotesk aus, wenn sie sich durch die engen Gassen der dalmatinischen Städtchen, an den violetten Blüten der Bougainvillea, an üppig von Wein überrankten Pergolen, an Tontöpfen voller duftender *murtila* und an den geschlossenen grünen Fensterläden vorbeizwängten.

Oliva erreichte der Befehl der Genossen, ihren Schwiegervater und ihre Töchter auf die Reise vorzubereiten. Ihre Mutter Paulina war noch nicht aus Fraschette di Alatri zurückgekehrt, aber das war nur eine Frage der Zeit, falls sie denn den Weg durch das im Chaos versinkende Land, das kapituliert hatte, überleben sollte. Oliva musste sich darauf gefasst machen, möglicherweise von den Deutschen in ein Lager gebracht zu werden, wenn sie zu Hause bliebe. Sie konnte aber nicht mit den ersten Schiffen nach Afrika reisen, denn sie stand unter Beobachtung, und ihr Verschwinden hätte die Fluchtpläne gefährdet.

Das zumindest hatten ihr die Verbindungsmänner der Partisanen erklärt, doch Oliva hatte das bittere Gefühl, dass ihr Mann sich nicht durchsetzen konnte, während ihr Bruder zu aufrichtig war, um sich nachhaltig für seine Familienmitglieder einzusetzen. Sie hatte von anderen Frauen erfahren, die ihre Kinder begleiten durften, und wäre am liebsten mit ihren Töchtern gegangen, dann hätte das Wort Afrika etwas von seinem Schrecken verloren, aber da die Entscheidungen sofort getroffen werden mussten, erlaubte Oliva sich nicht, darüber nachzudenken.

Eine kleine Gruppe, die sich möglichst unauffällig benehmen sollte, würde mit dem alten, erfahrenen Fischer Mauro den Hafen verlassen. Oliva hatte ihrem schweigenden Schwiegervater diese Anweisung mehrere Male mit bebender Stimme erläutert: »Du gehst mit den Mädchen spazieren. Da ihr kein Gepäck mitnehmen dürft, zieht ihr mehrere Kleidungsstücke übereinander an, aber ihr müsst ganz langsam laufen, um nicht ins Schwitzen zu kommen. Das Boot macht genau in der Mitte des Hafens fest, ganz normal, so als würde es zum Fischen auslaufen, mehrere Männer werden darauf die Netze ordnen. Du musst aufpassen, dass euch im entscheidenden Moment niemand sieht. Die Männer werden euch helfen, und sobald ihr auf dem Boot seid, müsst ihr euch unter Deck hinlegen und schweigen. Andere Menschen werden zu euch stoßen und sich auch dort hinlegen, die Mädchen dürfen nicht sprechen, Flora und Mirta wissen das, Viola musst du notfalls den Mund zuhalten.«

Ausnahmsweise sagte der Schwiegervater nichts Unfreundliches, er sagte gar nichts. Zur festgelegten Stunde nahm er Viola an die eine Hand, Mirta an die andere, Flora lief brav neben ihnen her, mit weit aufgerissenen Augen, leicht gerötet von der Wärme ihrer geschickt übereinander angezogenen Kleider. Es war ein wunderschöner, sonniger Herbsttag. Oliva hatte die ganze Nacht mit den Vorbereitungen zugebracht, den Mädchen auf jedes Kleidungsstück den Namen und in großen Buchstaben VODICE gestickt, als ob dieser Hinweis sie schützen und sicher zurückbringen könnte. Paulina, die in Italien in einem Lager war und die ihr solche Arbeiten immer abgenommen hatte, fehlte ihr heute nicht, sie durchlebte mit jedem Stich der Nadel ihren Schmerz und ihre Angst, sie brauchte diese Zeit des Abschieds.

Sie wusste nicht, dass es im wahrsten Sinne des Wortes ein Abschied sein würde, denn wenn sie sich 1946 wiederträfen, würde keine von ihnen dieselbe sein, ganz besonders sie, Oliva, würde sich verändert haben.

Nie mehr würde sie die entschlossene, flink handelnde und denkende junge Mutter sein, die jetzt ihre drei Töchter, ihre größten Schätze, ihre drei zarten Blumen, auf eine gefährliche Reise vorbereitete. Schon an der Tür konnten die deutschen Patrouillen den alten Mann aufhalten, weil er ihnen komisch vorkommen würde. Wenn sie ins Boot steigen würden, könnte die Kleinste ins Wasser fallen, wer sollte sie dann retten, mit der schweren Kleidung am Leib würde sie sofort untergehen. Auf dem Weg nach Vis konnten sie von Flugzeugen entdeckt werden oder auf Minen geraten, die die Italiener überall gelegt hatten, obwohl die tüchtigen Taucher von der Insel Prvić sie immer wieder herausfischten, ein Umstand, der die Italiener zur Weißglut getrieben hatte.

Diese Taucher, die man »Mineri« nannte, gewannen aus den Minen Sprengstoff, den sie in kleinen Rucksäcken ins Landesinnere transportierten und damit die Partisaneneinheiten versorgten, die man »Diversanten« nannte.

An Hunger, Durst, Hitze und Kälte wollte Oliva erst gar nicht denken. Ihre Gedanken begleiteten die Töchter bis nach Vis, alles Weitere war für sie unvorstellbar, und Oliva beschloss, nie darüber nachzudenken. Sie wollte ihre Gedanken ablenken, in die Irre führen und verwirren, eine Technik, die sie von diesem herbstlichen Mittag bis zu ihrem späten Tod während eines neuen Kriegs in Kroatien erfolgreich umsetzte. Sie bekreuzigte sich mehrere Male, so wie es ihr ihre Großmutter Ana heimlich beigebracht hatte. Dann sah sie sich im leeren Haus um und übte ihre neue Technik des Nichtdenkens.

Das Haus klaffte wie ein aufgerissener Fischbauch. Es war leer und hohl, sie versuchte auf Zehenspitzen zu gehen. Mit schlafwandelnden Bewegungen begann sie nun ihre Kleidung zu falten und ein Bündel vorzubereiten, nach dem sie nur zu greifen brauchte, sollte man sie abholen, um sie in ein Lager zu bringen. Die Stille war unheimlich, und sie versuchte so leise zu sein, als wäre sie nicht da. Plötzlich erstarrte sie. Die Eingangstür knallte auf und sie hörte schnelle Schritte, die ihr bekannt vorkamen. Ich bin verrückt geworden, stellte sie gleichmütig fest, es ist kein Wunder. Und noch ehe sie es erfassen konnte, stand die verschwitzte und schwer atmende Flora vor ihr, mit Augen, die noch weiter aufgerissen waren als beim Abschied.

Das Mädchen sagte nichts. Das dunkle Haar war vom Schweiß verklebt, und der ordentliche dicke Zopf, den Oliva ihr am Morgen geflochten hatte, schien sich mit Schweiß vollgesaugt zu haben. Mit ihren sieben Jahren war sie recht groß und kräftig,

Oliva hatte plötzlich den Eindruck, sie zum ersten Mal im Leben zu sehen. War das wirklich ihre älteste Tochter? Ihre Flora, ihr Blumengarten? Eine von uns beiden ist verrückt geworden, und wahrscheinlich bin ich es, dachte Oliva. Das stumme Mädchen, das da vor mir steht und so schwer atmet, kann nicht Flora sein. Flora liegt auf den feuchten Brettern des Schiffsbodens, und wenn sie viel Glück hat, wird sie heute Abend die Insel Vis erreichen. Flora ist auf der ersten und längsten Reise ihres Lebens, und sie, Oliva, hat sich vor einer Stunde mit einer kurzen Umarmung von ihr verabschiedet.

Dann hallte ihr entsetzlicher Schrei durch das leere Haus. Sie warf die Arme über den Kopf, raufte sich die Haare, beugte sich zu dem Mädchen vor und schrie: »Man hat sie entdeckt, man hat sie alle entdeckt, wo sind meine Töchter, was ist mit meinen Töchtern passiert?« Ich bin doch da, dachte Flora erschrocken, und die anderen sind im Boot, aber wie sollte sie das alles ihrer Mutter erklären? Deshalb ließ sie sie schreien und wartete ab.

Oliva griff plötzlich nach ihren Schultern und schüttelte sie: »Was machst du hier, Flora, wo sind die anderen? Hat man euch entdeckt, was ist passiert?« Das Mädchen löste sich aus ihrer Starre: »Es ist nichts passiert, Mama, gar nichts, ich bin nur weggelaufen.«

Langsam begriff Oliva. Sie schrie noch einmal, dieses Mal etwas leiser: »Was soll das heißen, du Unglückliche? Verflucht sei deine Dummheit, Flora, und ich sei verflucht, dass ich so ein dummes Mädchen zur Welt gebracht habe! Wo soll ich dich lassen, wenn die Deutschen mich ins Lager bringen?«

Sie senkte ihre Stimme, ordnete mit einer schnellen Bewegung ihre Haare, glättete ihre Schürze und ihren bodenlangen Rock und sagte: »Komm, wir gehen zu Großtante Klara.« Sie fasste das Mädchen an der Hand und schritt energisch zum Hauseingang. Auf der Treppe zum Hof sagte sie ganz leise: »Flora, du musst mir alles erklären, wenn wir bei Klara sind.« Und dann zerrte sie ihre schon wieder verstummte Tochter durch den langen Flur, hinaus auf die Straße, durch die lange Gasse an der Kirche vorbei, beinahe rennend, sie sah aus wie eine sehr wütende Mutter, die es kaum abwarten kann, nach Hause zu kommen und ihre Tochter für einen üblen Streich zu bestrafen. Doch als sie die Tür zum Hof des winzigen Steinhauses hinter sich geschlossen hatte, in dem Tante Klara mit Bianka und mit ihrem Ehemann bei seiner Schwester wohnte, seit die Italiener ihr schönes Haus in Brand gesteckt hatten, zog sie das Mädchen an sich und umarmte es heftig, küsste ihr verklebtes Haar und begann zu weinen.

Klara und ihrem wie immer ruhigen, hilfsbereiten Mann gelang es, beide zu beruhigen. Nachdem sie sie in ihre Küche geführt, Oliva ein Glas Schnaps und Flora ein Glas Wasser und eine Handvoll trockener Feigen gereicht hatten, begannen sie sich zu beraten.

Flora würde bei Bianka im Bett schlafen, bis auch diese nach El Shatt aufbrechen würde, dann solle sie mit ihr gehen. »Ich will nicht nach El Shatt«, sagte Flora laut. »Nun gut«, sagte ihr Großonkel nach kurzem Schweigen. »Dann wirst du später Biankas Bett für dich alleine haben. Und du, Oliva, geh jetzt nach Hause, es wäre nicht gut, wenn die Deutschen dich bei uns finden. Um die Kleine brauchst du dir keine Sorgen zu machen, wir werden auf sie aufpassen, als wäre sie unsere Tochter.«

Dann wandte er sein Gesicht, das seit dem Tod des Stiefsohnes immer traurig wirkte, obwohl es gleichzeitig vor Liebe und Freundlichkeit strahlte, Flora zu: »Und du, kleine Göre, erzähl uns jetzt mal, wie du das angestellt hast! Deine Mama möchte das sicher hören, bevor sie sich von dir verabschiedet. Aber es ist nur ein Abschied für kurze Zeit, Flora, alles auf dieser Welt dauert nur kurz, das wirst du noch lernen, jetzt bist du klein und kannst das noch nicht begreifen, aber deinem Großonkel, der schon so viel gesehen hat, kannst du ruhig glauben.« Und zum ersten Mal an diesem Tag blitzte Floras Zahnlücke auf. Ja, sie glaubte ihm, und dann begann sie zu erzählen.

Alles war so gelaufen, wie sie es zu Hause besprochen hatten. Der Großvater hatte so getan, als würde er mit Viola und Mirta einen harmlosen Spaziergang vor dem Mittagessen machen, und

Flora, die große und vernünftige Enkelin half ihm dabei. Sie kamen in den Hafen und steuerten direkt auf das Boot zu, an dem mehrere Männer schweigend herumwerkelten, als würden sie das Boot zum Auslaufen vorbereiten.

Das Meer plätscherte wie eh und je und hielt die Boote, die Taue und die Ruderpinnen in Bewegung, man hörte das übliche Quietschen, Schleifen und Knarren in einem Hafen voller Holzboote und auch die Möwen, die ihre lauten Schreie ausstießen – all das bildete die rettende Geräuschkulisse. Als eine deutsche Wache an ihnen vorbeigelaufen war und sich von ihnen fortbewegte, sprang der Alte mit Hilfe der Männer, die seelenruhig ihre Netze falteten, zusammen mit den Mädchen auf das Boot.

Auch Flora sprang. Sie warfen sich auf den Boden und krochen unter Deck, wo schon andere Frauen, Kinder und alte Menschen lagen, alle erstarrt. Niemand hätte geglaubt, dass Kinder so schweigen können, aber es waren besondere Zeiten und es waren besondere Kinder. Nur der Schweiß konnte sie verraten, der nach Floras Empfinden über dem ganzen Boot lag. Es war ein geradezu tierischer Gestank. Der Grund dafür war nicht nur die allzu dicke Kleidung, sondern viel mehr noch die Angst.

Flora wurde übel von diesem Gestank, sie kroch schnell zur Bootsmitte und sah noch, wie die Blicke ihres Großvaters ihr die schlimmsten Drohungen und Verwünschungen nachsandten, sie sah auch die verzweifelten Augen von Mirta und die mit Tränen gefüllten Augen von Viola, der der Großvater sicherheitshalber seine breite Hand vor den Mund hielt. Eine neben ihm liegende Frau hatte ihm zuvor stumm die Hand von den Nasenlöchern des Mädchens geschoben, sonst wäre sie erstickt, ohne dass er es bemerkt hätte. Aber Flora wandte den Kopf ab, um all das nicht mehr sehen zu müssen und um diesem Geruch zu entkommen, sie vermied jeden Augenkontakt, sie spürte, dass viele Augenpaare sie durchbohrten und ihr stumme Flüche zuwarfen, aber sie kümmerte sich nicht darum.

Sie hob vorsichtig ihren Kopf und sah, dass die deutschen Soldaten wieder an der gleichen Stelle waren wie in jenem Moment, als sie an Bord gegangen waren. Flink wie ein Wiesel sprang sie auf, und mit zwei weiteren Sprüngen war sie entwischt. Niemand konnte sie aufhalten, auch die Männer mit ihren Netzen waren ratlos. Sie rannte zum Brunnen in der Mitte des Hafenplatzes, blieb stehen und versteckte sich dahinter.

Eigentlich wollte sie sofort nach Hause rennen und sich in die Arme ihrer Mutter werfen. Sich von ihr trösten lassen. Sie wollte auch die Mutter trösten, denn Flora hatte heute früh genau gesehen, wie verzweifelt die Mutter war. Aber natürlich war sie auch neugierig, sie wollte wissen, was mit den anderen passieren würde.

Ihre Schwestern taten ihr leid. Wie dumm von ihnen, sich mit dem Großvater auf eine derartige Reise einzulassen, einem Mann, der immer streng war und schimpfte. Vielleicht wäre es doch besser für sie, wenn die deutsche Wache sie entdecken würde. Dann könnten sie wieder heimgehen und müssten nicht dort im Gestank liegen.

Aber diese Soldaten flößten nicht einmal der unvernünftig optimistischen Flora Vertrauen ein. Sie sahen schrecklich aus, Flora hatte noch nie derart hässliche und ungepflegte Menschen gesehen. Nie würde sie sich freiwillig so verunstalten lassen wie diese Männer mit ihrer Kleidung und vor allem mit den furchtbaren Nachttöpfen auf den Köpfen. Gab es in diesem Deutschland keine eleganten Hüte für Männer? Keine Anzüge oder zumindest Trachten?

Flora liebte schöne Kleidung. Der italienische Lehrer, zu dem sie nicht gehen durfte, weil Oma Paulina sie deswegen geohrfeigt hatte, der war schick! Selbst ihr Großvater, der jetzt wie ein toter Fisch in dem Boot lag, selbst er war sogar in dieser erniedrigenden Situation besser angezogen als diese Soldaten.

»Onkel, du bist viel schöner angezogen als diese Soldaten«, Flora ließ wieder ihre Zahnlücke sehen. »Ich habe hinter dem Brunnen gewartet. Diese dummen Soldaten haben nicht gesehen, dass die Nachbarin Franka mit ihren beiden Kleinen in das Boot gesprungen ist. Und dann haben die Fischer die Netze ins

Boot geworfen, sind hineingesprungen und haben das Boot losgemacht. Und dann haben sie angefangen zu rudern. Und dann bin ich zu Mama gelaufen«, beendete Flora ihren Bericht.

Lili und Ada schweigen, und dann sehen sie mich an, als wäre ich Flora mit ihren dicken Zöpfen und großen Zahnlücken. »Wirklich, ich glaube, du wärest auch herausgesprungen«, sagt Lili.

**Oliva liegt auf ihrer Ottomane und riecht an einer** Lavendelblüte, die sie immer wieder zwischen den Fingern reibt. Sie ist aufgewacht und möchte sich gar nicht erinnern, warum sie eingeschlafen ist, doch die Erinnerung kommt ganz von alleine. Alida war da, sie kam von einem Besuch bei Mirta auf Hvar, von dort hat sie ihr drei Lavendelbündel mitgebracht. »Oma«, erzählte Alida, »das hättest du sehen sollen, auf Hvar gibt es Lavendelfelder, die sehen aus wie dicke violette Teppiche, und darin schwirren die Bienen.« Oliva hatte im Stillen gedacht: Ich bin wie eine Mutterbiene, eine unbewegliche Bienenkönigin, nur dass es nichts mehr bringt, mich zu füttern und zu pflegen, mir etwas zu bringen. Habe ich mich nicht lächerlich gemacht, als ich einen Antrag auf Entschädigung für Deportation gestellt habe? Davon werde ich Alida nichts erzählen. »Es ist aussichtslos«, hatte die Genossin Slavica gesagt, »wenn man keine guten Beziehungen hat, es gibt Probleme mit den Zahlen, die Deutschen wollen nicht unsere Toten anerkennen, es waren viele Millionen, so sagen unsere Leute, aber die Deutschen wollen genaue Zahlen. Was die nicht alles wollen, diese Herren, nachdem sie über uns hergefallen sind wie die Heuschrecken. Das Zählen der Toten und der Gefangenen gehört zu den komplizierten Staatsgeschäften«, hatte Slavica gesagt, und Oliva hatte geantwortet, dass sie sie gerne zu den Toten zählen können, sie wolle sowieso nicht mehr leben. »Ich mag nicht mehr leben«, hatte sie zu Alida gesagt. Alida hatte auch Artischocken und Honig mitgebracht. »Das hat dir deine Tochter Mirta geschickt«, sagte sie, »ist dir das alles egal, schau dir doch mal diese Artischocken an, Mirta züchtet sie in ihrem Garten, ist dir das wirklich alles egal?« »Ja, mir ist es egal«, sagte Oliva, »ich will nur noch sterben.« Später legte Alida die Artischocken in Zitronenwasser, und Oliva schlief ein.

Shakespeare hatte seine Viola an der östlichen Adria, an der Küste des sagenhaften Illyriens kentern und herumirren lassen. Ada, Lili und ich irren in Süditalien herum.

Hier in Santa Cesarea Terme erahnen wir hinter den verschlossenen Fensterläden weiche Liegen und Sessel, Tafeln mit Intarsien verziert, Kristalllüster, die von Stuckdecken hängen, und rosafarbene und grüne Mosaiksteine auf den Böden. »Neomoresco«, Neumaurisch, heißt dieser Baustil, der an Paläste in Kairo, Istanbul oder Bagdad erinnert. Auf den Klippen ragt die orangefarbene Kuppel der Villa Sticchi über das Meer.

»Morčići«, kleine Mauren, werden die Figürchen aus Gold, Korallen und Edelsteinen genannt, die Adas Ohrringe schmücken. Lili und ich bewundern sie mit vielen Ahs und Ohs; die Ohrringe sind Erbstücke einer Seefahrerfamilie. Derartiger Ohrschmuck wurde während der letzten drei Jahrhunderte zwischen Venedig und Dubrovnik getragen, vor allem in Rijeka und im nahen Kostrena, aus dem Adas Mutter stammt. Sie sollen Glück bringen. Es sind stilisierte Köpfe eines Wesens aus der abendländischen Fantasie: Schwarz wie Ebenholz, mit roten Lippen und weißem Turban, stellt dieses Wesen einen geheimnisvollen Wilden des Orients dar, der zugleich Feind (Maure, Türke), Diener (Eunuch und Kastrat) und potenter Liebhaber (Besitzer des Harems) ist.

Wir vermuten, dass hier – es ist die größte Villa im Ort und war früher ein Kursaal – Tante Bianka als Serviererin gearbeitet hat, als sie vom Tod ihres Vaters erfuhr. Benedikt war bei der Bevölkerung besonders beliebt, weil er für die Versorgung zuständig war und auf den Kornaten-Inseln und in der Umgebung Konserven, Maismehl, Speck, Zucker und Sardellen an die Hungernden verteilte. Deswegen waren jene Frauen aus Murter über seinen Tod so bestürzt gewesen. Dem Volk ist ein gefüllter Bauch bisweilen wichtiger als die Freiheit, hatte Bianka etwas resigniert hinzugefügt, als sie mir davon erzählte. Ihr Vater habe diese Rolle übernommen, als er noch zu Zeiten seiner Mitgliedschaft in der Bauernpartei an den Versorgungswegen zwischen Hinterland und Küste arbeitete. An der Küste gab es immer wieder Hungersnöte, und die Bauernpartei von Stjepan Radić organisierte derartige Hilfsaktionen. Einer der Grundsätze der Partisanen war es, sich auch »um das Volk« zu kümmern – diese Strategie war nicht aus reinem Altruismus erwachsen, sondern sollte auch die Unterstützung des Volkes sichern, vor allem in den Gegenden, aus denen viele der Kämpfer und der Opfer kamen. Aber – da war sich Bianka sicher – für Benedikt, Paulina, Šimun, Laura oder Niko waren solche Strategien ein folgerichtiger Bestandteil ihres gerechten Kampfes und keine kaltblütige Kalkulation.

Es ist still, die Sonne verwandelt alles in weiß-blau-grüne Streifen, wir haben unsere Sonnenbrillen aus den Taschen geholt, uns in ein Café gesetzt und verharren stumm in dieser betörenden Schönheit. Danach verziehen wir uns in unsere Ferienwohnung und wetteifern, wer die lustigere Familiengeschichte parat hat.

Bisher führt die Lieblingsgeschichte meiner Tante Viola aus »jenen Zeiten«: Als ihr Mann nach dem Zweiten Weltkrieg von einer internationalen humanitären Organisation Schuhe bekam, waren es Damenschuhe mit hohen Absätzen. Dem Jungen, der zum ersten Mal im Leben in die Schule gehen sollte, war es unsagbar peinlich, solche Schuhe zu tragen. »Du musst«, bestimmte seine Mutter mit drohender Stimme. Man konnte sich der humanitären Organisation gegenüber nicht undankbar zeigen, wo sie doch die Kriegswaisen so großzügig bedachte! Der Junge machte sich also ziemlich verzweifelt auf den Weg. Auf der staubigen Straße war noch alles in Ordnung, obwohl seine mageren Wangen vor Verlegenheit rosarot leuchteten. Aber als er auf dem Asphalt in der Nähe der Schule das Tock-Tock-Tock seiner Schritte hörte, zog er die Schuhe aus und rannte zurück nach Hause. Er schnappte sich eine Axt und schlug die beiden Absätze ab. Danach ragten die Spitzen der Schuhe in die Höhe, als wären es zwei sinkende venezianische Gondeln.

Von meiner Mutter stammt eine spannende Geschichte, wie im Film. »Erzähl!«, sagen Ada und Lili gleichzeitig. Ich rufe mir die Stimme meiner Mutter in Erinnerung, und sie erscheint wie der Geist aus Aladins Lampe:

»Wir haben geerntet, aber jede Fahrt auf die Felder war eine Gefahr. Einmal – ich weiß nicht mehr, wann – hat mein Vater einen verwundeten Illegalen im Holzkarren über die Stadtgrenze geschmuggelt. Er hatte einen doppelten Boden aus den Holzbrettern eines anderen Karrens gebaut und eine Riesenladung Pferdemist darauf geschüttet: Für die Kirschen! Für die Oliven!, jammerte er dem misstrauischen italienischen Wachposten vor, während dieser ein wenig angewidert mit der kurzen Mistgabel herumstocherte, die mein Vater ihm, da alles gut vorbereitet war, bereitwillig gegeben hatte. Einen so großen Haufen hat man noch nie gesehen, er hatte bei mehreren Genossen, die in die Sache eingeweiht waren, Mist zusammengetragen. Ich war dabei und musste mit meinen Zahnlücken den grimmigen Italiener anlächeln und sogar die zwei, drei Worte Italienisch daher sagen, die ich von den anderen Kindern gelernt hatte (das war noch vor meiner kurzen Balilla-Zeit) und die ich zu Hause nicht benutzen durfte ...«

Ada und Lili freuen sich, dass der Wachposten übertölpelt worden war und mein Großvater und meine kleine Mama Flora ihre Mission erfolgreich beendet hatten. Natürlich wusste sie nichts von dem gefährlichen Krankentransport, die Geschichte erfuhr sie erst nach dem Krieg, aber wenn sie sie mir erzählte, hörte es sich so an, als erinnerte sie sich an alle Details. »Und glaub mir«, fügte meine Mutter hinzu, als sie die Geschichte beendet hatte, und ich gebe auch diesen Epilog weiter: »Wir haben den Mist dann Gabel für Gabel zu den Genossen zurückgebracht und den ganzen Tag weiter gearbeitet! Und zwar hungrig!«

Meine Mutter erzählt oft vom Hunger und sagt dann immer, das Olivenöl habe sie vorm Verhungern bewahrt. »Mittlerweile ist es in Deutschland, Österreich, Schweden und selbst in England üblich geworden, mit Olivenöl zu kochen. Es passiert mir sogar, dass mich meine deutschen Bekannten über die gesundheitlichen Vorzüge des Olivenöls aufklären«, erzähle ich vergnügt, da ich weiß, wie geschockt meine Freundinnen reagieren werden. »Ich verschweige ihnen, dass sie sich mit Olivenöl einreiben sollen, um keinen Sonnenbrand zu bekommen.«

Nachdem sie aufgehört hat, verächtlich über die Nordeuropäer zu lachen, sagt Ada:

»Wir kamen uns so ärmlich vor, als wir unsere klebrigen Fläschchen entkorkten, uns mit dem Öl einrieben und wie gegrillte Fische rochen.«

»Wir liebäugelten mit den NIVEA-Flaschen der Strandnachbarinnen, die außerdem viel schönere Bikinis hatten als wir«, fällt Lili ihr ins Wort.

»Wie kannst du mich bloß an gegrillte Fische erinnern? Ich habe Hunger«, sage ich – und schäme mich ein bisschen. Wie oft hatte meine Mutter geseufzt: »Ihr wisst nicht, was Hunger ist«, wenn Duje und ich etwas nicht essen wollten.

Meine Freundinnen fragen, was aus dem netten jüdischen Arzt geworden sei, der damals den Dalmatinerinnen beigebracht hatte, Kastanien zuzubereiten. Einige Monate, nachdem die Frauen das alte, umfunktionierte Hotel in Bagni Caldi, in dem sie für ihre Verhältnisse sehr gut untergebracht waren, verlassen hatten und nach Fraschette gebracht worden waren, kapitulierte Italien.

Drei Tage danach, am 11. September 1943, meldete der diensteifrige Präfekt der Stadt Lucca, ein gewisser Marotta, dass die Juden in seiner Region beunruhigt seien, weil sie »vom deutschen Interesse an ihnen« erfahren hätten. Er zog daraus den Schluss, dass es zu Versuchen kommen könnte, »die nächtlichen Stunden zu nutzen, um zu fliehen«, und ordnete deshalb an, alle Juden in einem Konzentrationslager unterzubringen, wo ihre Überwachung leichter sein werde. Nach und nach wurden im »Grande Albergo delle Terme«, in dem keine kroatischen Frauen mehr wohnten, Juden einquartiert, die bis dahin in freier Internierung in Castelnuovo und Bagni di Lucca gelebt hatten. Ob der freundliche Arzt, der Bianka wahrscheinlich das Leben gerettet hatte, unter den hundert Deportierten war und deshalb sein Leben in Auschwitz verlor (man weiß nur von fünf Personen, die überlebten), haben Paulina, Klara und Bianka nie erfahren – sie kannten nicht einmal seinen Namen.

»Ich glaube, dass ich dieses Haus gefunden habe.« Ich erzähle Ada und Lili von meiner Reise nach Bagni di Lucca, die ich mit meinem Mann unternommen habe. »Es ist heute eine Ruine, in ihrem Inneren wachsen Bäume. Ich habe es nach der Zeichnung erkannt, die Tante Bianka für mich angefertigt hat. Es liegt auf einer Anhöhe in Bagni Caldi, hinter einer kleinen Kapelle. Das Haus ist in den Berg gebaut, und hinter ihm liegt der Kastanienwald. Im Ort erinnert sich niemand daran, dass da einmal irgendwelche Frauen aus Dalmatien waren. Ich habe überall danach gefragt: beim Roten Kreuz, in der Stadtverwaltung, im Tourismus-Büro. Die Leute sind freundlich und zuvorkommend gewesen, aber sie wussten von nichts. Nur in der örtlichen Bibliothek hat eine nette Bibliothekarin einige Seiten für mich aus einem Buch kopiert, in dem das Schicksal der Juden beschrieben wird. Die Kastanien aus Bagni di Lucca sind wohl sehr berühmt«, ich weiche ein wenig vom Thema ab und krame mein Notizbuch heraus, um das Gedicht von Eugenio Montale vorzulesen, in dem sie besungen werden:

*Zwischen dem Fall der Kastanie*
*und dem Trauergesang*
*des Bachs – bei dem Doppelklang*
*zögert das Herz.*

»Wenn immer wieder vom Essen gesprochen wird, kriege ich auch Hunger«, sagt jetzt Lili verschämt. Ihr Großvater hat als Kellner in der Arbeiterkantine in Pula gearbeitet und war vor dem Krieg Sozialist gewesen. Mussolini schickte ihn in einen seiner berühmten »Urlaubsorte« auf den Liparischen Inseln, *in confino*. Lilis Großvater pflegte zu sagen: »L'Austria me ga insegnado a magniar cinque volte al giorno.« (Österreich hat mir beigebracht, fünfmal am Tag zu essen.) Er hielt nicht viel von Jugoslawien und trauerte wie viele Kroaten in italienischer Sprache den Österreichern nach. Lili sagt: »Das kann sicher niemand nachvollziehen, aber die istrianische Variante des Italienischen war seine Muttersprache, obwohl er kein Italiener war. Er verstand Kroatisch, aber er sprach es nur stockend und mit einem komischen Akzent. Und trotzdem war er für Österreich und gegen Italien.« Sie erwartet von uns keinen Kommentar dazu, und Ada und ich sagen nichts.

Während wir uns so unterhalten, hören wir das slawisch-italienisch-albanische Meer Hadrians, die anmutige Adria, unter dem Fenster rauschen. Am Abend wird es hier schnell dunkel. Die Geschichten unserer Familien sind lehrreich und unterhaltsam, stellt Ada fest, *dulce et utile* – nach allen Regeln der Kunst. Wir sind dem Zauber Italiens verfallen, und doch erinnert uns so viel an unser Land: der Süden mit seinen Gärten, seinem blauen Himmel und mit seiner stürmischen Hochzeitsnacht von Orient und Okzident, die seit Jahrhunderten andauert.

Am nächsten Tag wollen wir auf der Suche nach den faschistischen Lagern und Orten der Internierung zunächst nach Alberobello aufbrechen, in den Ort der Trulli, der runden Häuser mit kegelförmigen Dächern aus Kalksteinplatten, auf die geheimnisvolle Zeichen gemalt sind, dann weiter nach Basilicata, das einst unter byzantinischer Herrschaft stand, zu den Höhlensiedlungen Sassi di Matera, die Christus nie erreicht hat, da er nur bis Eboli kam.

Wenigstens behauptet das Carlo Levi, der dort in der Verbannung lebte, die ihm das Regime von Mussolini aufgezwungen hatte:

*Niemand hat diese Erde berührt, es sei denn als Eroberer oder als Feind oder als verständnisloser Besucher. Die Jahreszeiten gleiten über die Mühsal der Bauern dahin, heute wie dreitausend Jah-*

*re vor Christi Geburt; keine menschliche oder göttliche Botschaft wurde an diese halsstarrige Armut gerichtet. Wir reden eine andere Sprache: Unsere Worte sind hier unverständlich. Die großen Entdecker haben die Grenzen ihrer eigenen Welt nicht verlassen; sie haben die Pfade ihrer eigenen Seele, die Wege des Guten und Bösen, der Moral und der Erlösung durchlaufen. Christus ist in die unterirdische Hölle der jüdischen Ethik hinabgestiegen, um dort die Pforten der Zeit aufzubrechen und sie in Ewigkeit zu versiegeln. Aber in dieses düstere Land ohne Sünde und ohne Erlösung, wo das Übel nicht moralisch, sondern nur irdisches Leid ist, das ewig den Dingen anhaftet, ist Christus nicht herabgestiegen. Christus ist nur bis Eboli gekommen.*

***Bienenblatt und Bienenkraut, Frauenkraut* und *Mut-terkraut, Zitronenmelisse und Gartenmelisse, Herztrost*** und *Honigblatt, Muttertee* und *Frauenwohl* – viele Namen hat die *Melisse,* Olivas Lieblingskraut. Oliva hat Melisseblätter in Weißwein ziehen lassen und trinkt nun diesen Heiltrunk, glücklich und in der Gewissheit, dass ihre Wallungen, ihre Migräne, ihre geschwollenen Beine, ihre Depression, ihre Leiden, die sie nicht mit dem Namen Frauenleiden belegen möchte, ihre menschlichen Leiden davon verschwinden werden, zwar nicht für immer, so weit denkt Oliva nicht, aber sicher für heute Abend. Sie lässt die Säfte der beiden heiligen Pflanzen, des Weins und der Melisse langsam durch ihren Hals fließen und heißt sie willkommen, als sie ihr verborgenes Inneres erreichen. Olivas Innere ist ihr Magen, denn ihre Gebärmutter spürt sie nicht – ist sie überhaupt noch da? Auf den Magen ist jedenfalls Verlass.

## Rom, 1943

Paulina hatte nur einen Gedanken: Nach Hause! Nach Hause, um zu erfahren, ob Benedikt noch lebte, ob Niko noch lebte, ob Bianka noch lebte, ob Oliva noch lebte... weiter wollte sie nicht denken. Man soll derartige Gedanken nie zu Ende führen, dachte sie. Sie werden schon alle noch leben, und es wird alles wieder gut sein, jetzt, wo Italien kapituliert hat und sie wieder frei ist. Ha, sie *hatte gewusst*, dass es so kommen würde. Wenn doch Bianka hier wäre und ihre rote Bluse tragen könnte! Paulina senkte ihren triumphierenden Blick, damit ihn keiner sieht, während sie darauf wartete, dass zwei verstört wirkende Polizisten ihr die Papiere aushändigten.

Doch mit roter Kleidung müsste man vorerst noch warten. Das wurde Paulina schlagartig klar, als sie nach der Auflösung des Lagers Fraschatte Rom erreichte, von wo sie mit ihrem Passierschein den Zug nach Triest nehmen sollte. Rom war schon in den Händen der Deutschen – obwohl sie seit Jahren von ihnen gehört hatte, erlebte Paulina sie jetzt zum ersten Mal. Sie sahen tatsächlich sehr gefährlich aus, und bei der ersten Kontrolle hatte sie Angst.

Bitte nicht! Jetzt nicht aufgehalten werden!, dachte sie fieberhaft, während ein strenger deutscher Soldat ihre Papiere prüfte, die er kaum verstand und aus denen hervorging, dass Paulina Barisino, eine Italienerin aus Vodice/Italien, kostenlos mit dem Zug nach Hause fahren durfte. Der Soldat sah keinen Grund, diese kleine, aufrechte, dünne Frau in bäuerlicher Kleidung, die ziemlich schäbig aussah, aufzuhalten. Es war ihm egal, wohin diese Italienerinnen fuhren, solange sie keine getarnten Jüdinnen waren. Mussolini hat uns verraten, dachte der Soldat grimmig, aber gerade heute ist gemeldet worden, dass wir ihn befreit und ihm geholfen haben, die *Repubblica Sociale Italiana* zu gründen, dass ich nicht lache. Na Prost, sagte er im Stillen an Mussolini und an die kleine Frau gerichtet, da bin ich mal gespannt, wie lange diese eure neue Republik halten wird.

Paulina erinnerte sich am ehesten an seine Augen, in denen stumme Verachtung stand, aber dennoch war sie ihm unendlich dankbar, als er ihr die Papiere zurückgab und zur Seite trat, um sie passieren zu lassen.

Die Anzahl fliehender Kroaten war groß, und es wurden immer mehr. Die Deutschen zeigten wenig Interesse an ihnen, die Italiener noch weniger, und manchmal schien es, als würden diese schmutzigen, ausgehungerten, hustenden Reisenden, deren Köpfe voller Läuse waren, übermütig, laut und gut gelaunt den Süden Italiens hinter sich lassen. Sogar Frauen, die ihre Kinder in den italienischen Lagern in frisch ausgehobenen Gräbern zurücklassen mussten, lächelten manchmal.

Paulina fühlte zum ersten Mal seit jener Überfahrt auf die Insel Molat – nur der Aufenthalt in dem Kastanienwald von Bagni Caldi in Bagni di Lucca war eine kleine Verschnaufpause gewesen – so etwas wie eine schwache Erleichterung, aber sie blieb dennoch konzentriert und vorsichtig. Aus diesem Grund ermahnte sie immer wieder ihre Mitreisenden, die Stimme zu senken. Und die gehorchten sofort, so bestimmend wirkte die ruhige Art, mit der sie ihre Mahnungen vortrug.

Paulina hatte recht mit dieser Vorsicht. Gerade nach Slowenien gekommen (all dieser Länder waren jetzt ein Riesendeutschland), wurde sie erneut verhaftet und mehrere Wochen ins Gefängnis gesteckt, in dem sie beinahe verzweifelte, obwohl das Essen besser war als im italienischen Lager und obwohl sie sich sogar waschen konnte. Aber nach dieser euphorischen Freude wieder aufgehalten zu werden, war wie ein Fluch.

Auch hier machte sie Bekanntschaft mit den Deutschen, die ihr weiterhin sehr wenig gefielen, und auch hier, wie schon auf der Insel Molat und im Lager Fraschette, musste sie ihr Priesterbild korrigieren, denn auch hier waren es katholische Geistliche, die Lebensmittel brachten, Trost spendeten, sich nach den Häftlingen erkundigten und, wenn sie einen Kranken entdeckten, mit den Wachen verhandelten, um ihm Medikamente bringen zu dürfen. Hier kam ein slowenischer Priester jeden Tag und huschte wie ein Schatten zwischen den zusammengepferchten Frauen hin und her, unterhielt sich leise mit ihnen und verteilte seine bescheidenen Gaben.

Obwohl Paulina auch ihm unter vier Augen unerschrocken ihre kommunistische Gesinnung verraten hatte, ließ sich der Priester nicht beirren und behandelte sie mit Respekt. Dieser Slowene, der gut Kroatisch sprach und dessen Augen freundlich und traurig zugleich hinter einer dicken Brille dreinblickten, schien unendlich viel Geduld und unendlich viel Zeit zu haben. Er schaffte es, bei jeder Inhaftierten zu verweilen, für jede ein paar freundliche Worte zu finden und jeder mindestens ein kleines Päckchen in die Hand zu drücken. In diesen Päckchen fanden sich getrocknetes Fleisch, Dosen mit Fisch, Zwieback, manchmal sogar Seifen und saubere Unterwäsche. Wie sollte man wissen, auf welcher Seite so ein katholischer Priester stand? Ich werde neu über die Dinge nachdenken müssen, sobald mein Kopf freier ist, beschloss Paulina.

Als sie aus diesem Gefängnis entlassen wurde – genauso ohne Begründung, wie sie festgenommen worden war –, erfuhr Paulina durch einen slowenischen Genossen vom Tod eines jener jungen Männer, von denen sie zum ersten Mal den Namen Lenin gehört hatte. Er war nur wenige Wochen vor der Kapitulation im italienischen Lager auf der Insel Rab umgekommen. Sie horchte in ihr Herz und spürte nichts, das Herz war zu einem Stein aus slowenischem Karst geworden. Es zog sie zu Boden, aber sie rang um ihre gewohnte aufrechte Haltung, und so machte sie sich schweren Schrittes auf den Weg nach Dalmatien.

**Oliva ist heute munter, sie läuft hin und her und** schwitzt vor Anstrengung, aber das stört sie nicht, sie hat die Lebenslust in sich entdeckt und räumt fleißig auf, sie putzt und schrubbt, stopft alte Kleidung in Säcke, poliert Holz und schüttelt die Bettdecken auf. Sie hat die Wäsche in den Schränken und Truhen neu sortiert. Besonders sorgsam hat Oliva die weißen Nachthemden ihrer verstorbenen Mutter zusammengefaltet, die wie Engelsflügel wirken und natürlich allen Frauen der Familie, aber vor allem ihr viel zu klein sind. Sie hat über die handgenähten Säume gestreichelt, als würde sie ihre Mutter streicheln. Wenn es einen Himmel gibt, und Oliva ahnt, dass es einen geben muss, dann sitzt Paulina nun zur Rechten ihrer alten Feindin, der Himmelskönigin, denkt Oliva. Sie erinnert sich an das Bild im Haus von Großmutter Ana und Großvater Frane. Es zeigte Maria als junge Frau mit langen Ohrringen und einer goldenen Krone. Oliva strengt sich an, um sich an alle Details zu erinnern, was ihr sonst nie gelingt. Heute öffnen sich ungeahnte lichtüberflutete Räume im Dunkel ihrer Erinnerungen. Unter der Krone war am Haupt der Jungfrau ein himmelblauer und mit goldenen Ranken verzierter Umhang befestigt, der ihren Hinterkopf, ihren Rücken und ihre ausgestreckten Arme umschloss. In der linken Hand hielt sie gelbe und rote Blumen, in der Rechten das Kind, das ebenfalls eine Krone auf dem Kopf trug. Mutter und Kind trugen beide die gleichen langen und glockenförmigen maisgelben Kleider, die mit roten Rosen und blauen Weintrauben geschmückt waren. Das Gesicht des Kindes war dem der Mutter so ähnlich, dass man hätte schwören können, es sei eine Tochter und nicht ein Sohn. Auch das Kind hielt seine Arme ausgestreckt, es ahmte die Mutter in allem nach, nur dass seine rechte Hand frei war, und es sah aus, als grüßte es oder als riefe es zu sich. Wer weiß, wo das Bild heute ist?, fragt sich Oliva. Ist es damals in den Flammen untergegangen oder schmückt es heute eine Wand irgendwo in Italien, wohin es der Brandstifter verschleppt hat? Vielleicht sagen heute seine Enkelkinder, während sie auf die Blumen und die ausgestreckten Arme von Maria und ihrem Kind zeigen: »Dieses Bild erinnert mich so an unseren Großvater«? Das wäre schön, denkt Oliva, die heute mit sich selbst und mit der Welt ausgesöhnt ist. Dann verstreut sie violette Lavendelblüten auf die weißen Nachthemden ihrer toten Mutter.

Auf der Geschenkbox stand Kravat, Cravat, Corvata, Corbata, Cravate, Krawatte, Krawat, und in einem kurzen Text wurde ausgeführt, dass sich die kroatischen Soldaten im Dreißigjährigen Krieg malerische Tücher um den Hals zu binden pflegten, die die modebewussten Franzosen sofort nachahmten und »à la croate« nannten. Die Erklärung auf der Verpackung endete mit der Schlussfolgerung, dass die globale Verbreitung der Krawatte als eine Art kroatischer Welteroberung verstanden werden dürfe, doch mir war völlig klar, dass niemand auf der Welt etwas davon wusste. Die gefürchteten und (so Günter Grass) »furorienden« Kroaten aus dem Dreißigjährigen Krieg handelten im Dienste der Habsburger, und den Namen und die Herkunft der Krawatte hinterfragte sowieso niemand.

»Wenn Wien erwähnt wird, denkt man heute an Sängerknaben, an Mozartkugeln, an den Opernball und an die Spanische Hofreitschule, während die Kroaten dem kriegerischen Balkan zugeschlagen werden«, sagte ich verstimmt zu meinem Mann. »Diese Österreicher seien Unschuldslämmer gewesen, und auf dem Balkan würde man Lämmer samt Fell und Knochen aufspießen und verspeisen.«

Nüchtern stellte mein Mann fest, dass ich übertreibe. Nachdem wir die Geschenke ausgepackt hatten, eilten wir zur Christmette.

Die ursprüngliche Funktion jenes Halstuchs – der Schutz vor Kälte – ist verloren gegangen. Die Stilisierung der Militäruniform – die Hose, das Jackett, das Hemd und die Krawatte – ist eine Kluft geworden, die recht fantasielos überall auf der Welt von Männern getragen wird, die einflussreich, seriös und zivilisiert wirken wollen. Nur die Krawatte verrät etwas von dem phallischen Irrtum und den Ängsten der Männer. Zur Verteidigung der Kroaten muss ich sagen, dass jenes Halstuch als Bestandteil ihrer Uniform etwas weniger von einem Pfeil hatte, der auf das männliche Geschlechtsteil weist, sondern mehr wie ein normales Tuch aussah. Außerdem konnten die Kroaten in ihrer historischen Bedeutungslosigkeit nicht ahnen, welche Verbreitung dieses Kleidungsstück dank des französischen Modebewusstseins finden würde.

Das beliebteste kroatische Souvenir – die Krawatte – war also im europäischen Norden bei dem verehrten deutschen Schwiegersohn eingetroffen und erinnerte mich inmitten der Kerzenlichter daran, dass ich aus einem Volk stamme, das sich nur beschränkt nützliche Dinge ausdenkt, die zu allem Überfluss als Symbole der männlichen Übermacht verstanden werden können.

In der Kathedrale saßen stolze Germanen, von denen die Welt sehr wohl gehört hat und deren Kataster- und Grundbücher in bester Ordnung sind, die Herren trugen feine Krawatten, ohne sich um die Etymologie dieser Bezeichnung zu scheren, mein Mann glänzte mit seinem Geschenk, das reichlich mit glagolitischen Buchstaben verziert war, die ebenso niemandem etwas sagen – und ich kannte die Lieder nicht, die alle andächtig sangen. Wie hätte ich sie auch kennen sollen, in der Schule haben wir im Fach Musik vor allem Partisanenlieder gesungen.

Die Melodien dieser Partisanenlieder waren einfach und eindringlich, eine Art Marschmusik, vermischt mit einheimischer und russischer Folklore, und die Texte, die wir laut und inbrünstig sangen, lauteten etwa so:

*Die junge Partisanin warf Bomben*
*Hey, man soll es hören,*
*hey, man soll es wissen,*
*dass die junge Partisanin Bomben geworfen hat.*

Man braucht kein besonderes Feingefühl, um zu verstehen, warum eine solche Musiktradition nicht unbedingt mit deutschem Liedgut oder etwa dem Weihnachtsoratorium von Bach mithalten kann.

Während die Gemeinde das Lied »Tochter Zion, freue dich«

anstimmte, dachte ich über den Brief nach, den mir Herr Marković zusammen mit einer Weihnachtskarte geschickt hatte. Er fragte, wie es mit unserem Anliegen weitergehen solle.

Ein österreichischer Geschäftsmann beabsichtige, die Fabrik »Dalmatinische Kirsche« zu kaufen, aber nicht nur die Fabrik, sondern auch die Felder, die dazugehörten und im Sozialismus den Bauern im Zuge der Nationalisierung abgenommen worden waren, darunter seien auch zwei wunderschöne Grundstücke, die einem gewissen Onkel »Spatz« gehörten. Ich möge ihm erlauben zu bemerken, dass meine Familie erstaunliches Glück habe: Überall tauchten Grundstücke auf, deren alleinige Erben wir seien, da irgendwelche Verwandten früh und ohne Nachkommen gestorben seien oder ihre Kinder bereits im Krieg verloren hätten. Sollte es zu einer Rückgabe der nationalisierten Felder kommen, schrieb Herr Marković, könnten die Familien, denen sie zugesprochen würden, mit dem österreichischen Käufer einen Preis aushandeln. Da auch wir einige dieser Grundstücke unser Eigen nennen dürften, seien wir von dieser neuen Situation betroffen und sollten schnell handeln und uns den anderen Grundstücksbesitzer anschließen.

Außerdem habe ein italienischer Großgrundbesitzer, der in Italien eine sehr bedeutende Produktion betreibe, nach unseren Olivenhainen gefragt. Er wolle sie *en gros* kaufen, das heißt, er interessiere sich für alle, die unserer Familie gehörten, dafür werde er die Anwaltskosten übernehmen und die Einträge in die Grundbücher betreiben. Er würde sogar jene mit Wappen verzierte Urkunden, die den Besitz meines Olivenhains und des für ihn interessanten Weinbergs auf der Insel belegten, einer wissenschaftlichen Begutachtung unterziehen, da man diesen Dokumenten bislang keinen Glauben schenke.

Dafür, dass er die Grundstücke trotz der noch nicht vollständig geklärten Verhältnisse kaufen wolle, habe der Italiener einen recht ansehnlichen Preis geboten. Falls ich mich fragen sollte, was er mit all diesen Oliven machen wolle – er würde sie nach Italien transportieren und dort in seiner Mühle unter die eigenen Oliven mischen, um seine Produktion zu erhöhen. Natürlich würde er das nicht deklarieren, da er nach den EU-Gesetzen sein Zeichen »Extra Vergine Olivenöl aus der Toskana« führen dürfe, solange der Anteil der aus der Toskana stammenden Oliven mindestens 50% betrage.

Die Bäume seien in schlechtem Zustand, habe er gesagt, alt und knotig, sie erbrächten nur ein Drittel ihres Potenzials, er werde sie mit den besten Agrokulturmethoden aus ihrem Dornröschenschlaf erwecken, die man sich nur vorstellen könne, und durch die Modernisierung, die nur großflächig anzuwenden sei, werde er die Produktion erhöhen, damit sich für ihn das ganze Spielchen lohne. Exakt so habe er sich ausgedrückt, schrieb Herr Marković: ›Damit sich für mich das ganze Spielchen lohnt‹.

»Er macht auf mich einen seriösen Eindruck«, fügte mein Anwalt hinzu, »er ist ein Mann der Produktion, und er bürgt für die Tradition seiner Ölmarke, die seit Jahrhunderten im Familienbesitz ist. Hinter ihm steht eine lange Erfahrung, die Sie natürlich nicht haben – wie wollen Sie überhaupt Ihre Oliven ernten und Öl produzieren? Die alten Methoden Ihrer Großeltern reichen nicht mehr aus. Der italienische Käufer hat mir schöne Flaschen und Flaschenetiketten gezeigt, erstklassiges Design, die Abbildungen der Oliven darauf wirken dreidimensional, kein Wunder, dass er gepfefferte Preise für sein Öl verlangt.«

Ferner stand in dem Brief, dass dieser Olivenkönig oder Olivenprinz, zumindest aber Olivenbaron schon mit vielen Familien gesprochen habe, die ähnlich wie wir nicht genau wüssten, was sie mit ihren Oliven- und Kirschfeldern und Weinbergen anstellen sollen. Einige seien nicht abgeneigt gewesen, ihm die Grundstücke zu verkaufen und das Geld dann in die Weiterentwicklung ihrer Tourismusobjekte zu investieren.

Wahrscheinlich dachte Herr Marković, dass ich unter einem geschmückten Tannenbaum, fernab von dem Licht und dem Duft des Mittelmeers, leicht alles zum Teufel schicken und die mühsame Geschichte ein für allemal beenden würde. Wie oft ich den Brief auch las, ich konnte daraus nicht mehr als Pragmatismus und Geldgier herauslesen, vielleicht noch den versteckten Wunsch nach der Vervollkommnung seiner Trauminsel durch den Erwerb unseres Weinbergs. Ich war enttäuscht, obwohl ich mir das nicht zugestehen wollte. Wenigstens ein Kommentar, der den Geist unserer Gespräche wiedergegeben hätte, etwa »Sehen Sie, wie sich die Kreise schließen und Österreicher und Italiener wieder zu Landbesitzern werden, dieses Mal ohne Kriege und Eroberungen.« Dieser Brief verriet jedoch nicht die geringste Nähe.

Ich bedauerte, dass ich wieder zur Nichtraucherin geworden war, sonst hätte ich mich nach der Messe glatt neben den Bettler vor dem Eingang der Kathedrale gestellt, um eine Zigarette zu rauchen. Denn ich musste dringend noch einmal über alles nachdenken.

Zu Hause nahm ich ein Buch von Ivan Slamnig zur Hand, und während mein Mann in aller Gemütlichkeit und im Schein der roten Wachskerzen noch einige Dominosteine verspeiste, begann ich zu übersetzen – da ich ihm das Gedicht unbedingt vorlesen wollte:

*Vor einigen Tagen knabberte ich*
*seelenruhig* Alberto Kekse,
*doch meine kroatische Herkunft*
*machte mir plötzlich Komplexe.*
*Was haben die Kroaten der Welt gegeben?,*
*fragte ich mich matt.*
*Ertrinke, in der Fischsuppe, Krabat,*
*erhänge dich an deiner Krawatt'.*

**Oliva sitzt vor ihrem Haus und klöppelt eine Tischdecke.** Oder wird es ein Bettüberwurf? Das hat sie noch nicht entschieden. Viele Stunden muss man häkeln, bis ein schöner, ordentlicher Bettüberwurf entsteht, der ein Bett, dieses Gewühle aus Gerüchen, Berührungen und Körperflüssigkeiten, zu einem Ort der Ordnung und Sauberkeit macht. Zum Glück hat sie immer noch gute Augen. Šimun hatte ihr erzählt, dass die Partisanen einmal drei Männer, die man des Antikommunismus bezichtigte, verhörten, aber dann kam eine Wache angerannt und meldete, dass sich eine Gruppe Italiener in schwarzen Uniformen nähere. Tatsächlich waren es Ziegen, ungewöhnlich viele schwarze Ziegen mit ihren Hirtinnen, die auch schwarze Kleidung trugen, aber für die drei Gefangenen kam die Aufklärung zu spät. Man hatte sie kurzerhand erschossen, nur weil die Wache kurzsichtig war. Oliva muss jetzt an Antonia denken, die mit einem Dreschflegel in der Hand starb, weil sie auf der Tenne arbeitete, als man sie fand und als Spionin erschoss. Sicher, es war richtig gewesen, gegen die Faschisten zu kämpfen, daran zweifelt Oliva nicht, aber einige Methoden der Partisanen haben ihr nie gefallen. Sie rechtfertigten sie mit den Methoden der Faschisten, die nicht besser waren, ganz im Gegenteil, und außerdem, so sagten die Partisanen, hätten die Faschisten angefangen. Das klang für Oliva wie ein Streit zwischen Flora und Mirta, die auch immer behaupteten, dass die andere angefangen habe. Es ist albern von ihr, solche Vergleiche anzustellen, das weiß sie, deshalb seufzt sie einmal ratlos und widmet sich wieder ihrer Tischdecke. Oder soll es ein Bettüberwurf werden? Das Muster, das an Malvenblüten erinnert, eignet sich für beides.

## Sovlje, 1943

In Gedanken lebte ich in einer anderen Zeit und in einem anderen Raum. Ich spürte bisweilen die besorgten Blicke meines Mannes, aber die alte Geschichte ließ mich nicht mehr los. Der Olivenhain verwandelte sich nachts in einen leuchtenden Wald, in meinen Träumen grinste der hinkende Anwalt aus den grüngrauen Baumkronen voller saftiger Früchte wie die Cheshire-Katze. Vor allem die Abschiedsszene zwischen Bianka und ihrem Vater hatte sich mir eingeprägt, vielleicht deshalb, weil ich glaubte, dass Tante Bianka ihre ganze Lebensenergie immer noch aus diesen Ereignissen zog.

Als Bianka endlich mit einem der Fischerboote erst in den Hafen Sovlje und dann weiter nach Vis fahren sollte, um von dort über Bari und Taranto nach Afrika zu gelangen – der große Exodus verlief perfekt geordnet und die Genossen hielten sich eisern an die Evakuierungslisten, die das Volkskomitee ausgearbeitet hatte –, nahm Paulinas Schwester Klara einen kleinen Ring aus einem Kästchen und schenkte ihn ihr.

»Wer weiß, was dort auf dich wartet, mein Kind. Der Ring sieht klein aus, aber er ist aus reinem Gold, und das ist ein echter Diamant, mit dem man Glas schneiden kann. Den Ring haben mir meine Eltern zur Hochzeit geschenkt, bevor sie damals nach Slawonien gingen.«

Bianka steckte den Ring auf ihren rechten Mittelfinger und kam sich schöner und würdevoller vor denn je: Sie konnte jetzt Glas schneiden, wenn sie wollte, mit nur einer Bewegung ihrer Hand, wer weiß, wofür das noch gut sein konnte. Und sollte sie wieder hungrig sein, wie damals in Triest, würde sie ihren Ring verkaufen!

In Triest und zuvor in Bagni di Lucca hatte Bianka genügend Damen gesehen, die ihr solche Ringe hätten abkaufen wollen, sie kannte sich jetzt aus in Italien, vielleicht gab es solche Damen auch in Afrika. Von dem Geld würde sie nicht nur sich selbst und ihrem kleinen Halbbruder Lovro helfen können, sondern auch anderen hungrigen Flüchtlingen, und sie würde alle warnen, nicht zu viel zu essen, denn sie wusste jetzt, dass man davon sterben konnte.

Bianka war sechzehn, und sie kam sich unendlich erfahren vor. Da die Großmutter Paulina nicht bei ihr war, fühlte sie sich verpflichtet, so klug und besonnen zu sein wie sie, denn die Menschen aus ihrer jetzigen Umgebung sagten häufig: »Wenn nur Paulina hier wäre! Sie würde wissen, was zu tun ist.«

Es gelang ihnen, hinter dem Rücken der deutschen Wachsoldaten an Bord zu gehen. Der kleine Lovro gab keinen Laut von sich. Bianka trug ihn wie ihr eigenes Kind, auch wenn sie diesem Halbbrüderchen gegenüber gemischte Gefühle hatte. Aber sie hatte jetzt nur ihn und er nur sie. Sie war schwach, deswegen kam er ihr schwer vor, obwohl er kaum etwas wog. Er hatte große durchsichtige Ohren, die an die Ohren ihres Vaters erinnerten, und graue Augen wie seine Mutter. Der arme Kleine, dachte Bianka, er wird sich an seine Mutter noch weniger erinnern können als ich mich an meine.

Als er geboren wurde, bekam Lovro den Namen Marin, und dieser neugeborene Halbbruder brachte damals Bianka und ihren Bruder Niko dazu, ihre Stiefmutter Laura zu akzeptieren. Die beiden Geschwister sahen ein, dass Laura mit diesem Kind in der Familienhierarchie aufgestiegen war. Als Laura erschossen wurde, gab ihre verzweifelte Mutter dem kleinen Marin einen neuen Namen: Er hieß nun Lovro, nach seiner Mutter, und Bianka musste sich erst an den neuen Namen gewöhnen.

Bianka, die mit Lovro unter Deck vor Kälte zitternd darauf wartete, dass das Boot endlich ablegte, hoffte, dass ihr Vater kommen werde, um sich zu verabschieden. Er musste die Listen der Flüchtlinge kennen, so glaubte sie, er war ein wichtiger Mann im Befreiungskampf, und die Umsiedlung nach El Shatt war eine ernsthafte Angelegenheit für die Partei und für die Partisanen. Sie hatte solche Sehnsucht nach ihm!

Nach Lauras Tod hatte Bianka den Ehering retten können, der

auch der Ehering ihrer Mutter gewesen war; der Vater hatte ihn seiner neuen Frau geschenkt, da für Kommunisten solche Dinge nicht besonders wichtig waren, außerdem hatte er kein Geld, um einen neuen Ring zu kaufen. Und diesen Ring wollte Bianka ihm jetzt zurückgeben. Sie hatte ja Klaras Diamantring und konnte den Ehering, der an die beiden toten Frauen erinnerte, nicht verkaufen.

Die erste Station sollte der kleine und verborgene Hafen von Sovlje sein, nicht weit entfernt von Vodice. Großmutter Paulina war noch nicht aus Fraschatte zurückgekehrt, und Bianka versuchte, nicht an die Baracken in diesem Lager zu denken, an die gierigen Blicke der Carabinieri, wegen derer die Großmutter sie immer zurückgedrängt hatte, weshalb sie kaum frische Luft bekommen hatte. Die stinkende Kohlsuppe, die ihre einzige Mahlzeit im Lager war, vermischt mit dem Gefühl, beschmutzt zu sein, das diese Blicke auf ihrem Körper hinterließen, hatte sich ihr für immer eingeprägt.

Die Erinnerung verursachte ihr Übelkeit und Kopfschmerzen, die sie jetzt nicht gebrauchen konnte. Sie musste einen klaren Kopf behalten, und von ihrer Großmutter Paulina hatte sie gelernt, wie man das macht: Alle überflüssigen Gedanken müssen verbannt werden.

Bianka war in der kurzen Zeit, die sie nach ihrer Rückkehr in Vodice verbracht hatte, ungeheuer vorangekommen: Sie war Mitglied der Kommunistischen Jugendorganisation SKOJ geworden. Man hatte sie trotz ihrer Jugend aufgenommen, weil sie in drei italienischen Lagern gewesen war und dank ihrer Familie schon viel vom Kommunismus verstand. Eine *Skojevka* zu sein, eine Jungkommunistin, war eine so große Auszeichnung, dass Bianka bereit war, alles für die Partei auf sich zu nehmen. Lovro mit sich herumzuschleppen, war eine solche Aufgabe, nicht nur weil er ihr Halbbruder war. Er war der Sohn der vom Feind getöteten Genossin Laura und des Partisanenführers Benedikt, deshalb sah sie ihre jetzige Aufgabe als eine politische. Und für politische Aufgaben, die ihr die Partei anvertraute, war Bianka bereit zu sterben.

Im Hafen von Sovlje wartete ein größeres Fischerboot auf die Flüchtlinge, die von allen Seiten mit kleineren Booten ankamen. Die Menschen liefen hin und her, flüsterten und seufzten, schleppten irgendwelche Bündel mit sich herum, bis das Kommando kam, alle Kleider anzuziehen, da die Nacht auf dem Meer kalt sein werde. Niemand bemerkte die Schönheit dieser Bucht, die von schlanken Zypressen umsäumt war, das durchsichtige blaue Wasser, an dessen Grund man ovale Kieselsteine und feinen gelben Sand sehen konnte, den Geruch von Harz, den die Waldkiefern wie dicke Abschiedstränen vergossen.

Benedikt war tatsächlich aus seinem Quartier auf der Insel Murter gekommen, um sie zu verabschieden. Er schnappte sich den erschrockenen Lovro, dessen durchsichtige Segelohren glimmerten, und trug ihn auf den Schultern durch das Gedränge. Er nahm lachend den Ring aus Biankas Hand und sagte feierlich: »Ich werde ihn tragen und an eure beiden Mütter und an euch denken.« Dann steckte er ihn an seinen rechten kleinen Finger. Benedikt war groß und stark, seine hohe Stirn wirkte auf Bianka gütig und klug, sie fühlte sich in seiner Nähe geborgen und glücklich.

Er begleitete sie zum Boot, und als sie schon darin saßen, zog er seinen langen Militärmantel aus, der mit einem ungeschickt aufgenähten roten Stern verziert war – »Eure Oma Paulina würde sich ärgern, dass ihr Sohn nicht besser nähen kann«, sagte er lachend zu Bianka, die sich sofort anbot, für ihn zu nähen, was unsinnig war, denn das Boot wollte gerade ablegen. Und dann wickelte er seine beiden Kinder – Lovro saß auf Biankas Schoß, und sie saß auf dem Boden vor einer Holzbank – liebevoll in den Mantel, bevor er wieder an Land sprang.

»Seid ihr mit dem Genossen Benedikt verwandt?«, fragte der Fischer, dem das Boot gehörte.

»Er ist unser Vater«, antwortete Bianka leise.

»Warum hat er uns das denn nicht gesagt? Komm Mädchen, ihr bekommt einen Platz unter Deck!«

Wie ein Kätzchen klammerte sich Lovro an Bianka, die Kinder

saßen geborgen im Inneren des Schiffs mit einigen älteren Frauen und Männern. Auf halber Strecke nach Vis begann plötzlich ein deutsches Flugzeug über dem Boot Kreise zu ziehen, während unter den Menschen, die auf nassen Brettern lagen und zur Tarnung mit einem Haufen Fischernetze bedeckt waren, stumme Panik ausbrach, eine Panik, die Lovro nur an Biankas Herzschlag wahrnehmen konnte. Doch nichts geschah, die Piloten ließen die Fischer in Ruhe, vielleicht hatten sie sich von diesem idyllischen Bild beeindrucken lassen: Auf tiefblauem Meer fährt langsam ein Fischerboot dahin.

**Oliva denkt heute an Paulinas großen Tag, von dem** Viola, Mirta und Flora nie genug hören konnten. »Lieber Genosse Ivan Ribar, du leuchtendes Auge des Falken«, so begann Paulina das Schreiben an Ivan Ribar, der zwei Söhne im Krieg verloren hat. Das mit dem Falkenauge hatte sie aus ihrem Volksbuch. »Du, Genosse Ribar, hast zwei Söhne verloren, und glaube mir, lieber Genosse Ribar, ich kann deinen Schmerz verstehen.« So hat sie angefangen, sie wollte ihm von ihrem eigenen Schicksal erzählen, aber vor allem wollte sie sich nützlich machen beim Aufbau des neuen Staates. »Wenn wir schon unsere Kinder verloren haben, dann müssen wir alles tun, damit das, wofür sie gestorben sind, auch einen Sinn behält«, das hat sie ihm noch geschrieben. Die Folge war eine Einladung nach Split, wo sie mit Ivan Ribar und Tito an einem Tisch sitzen durfte, allerdings mit vielen anderen Frauen von der Antifaschistischen Frauenfront. Paulina brachte eine Flasche selbst gebrannten Kräuterschnaps mit und hatte diese im passenden Augenblick aus der Schürze gezogen, eigentlich wollte sie sie dem Genossen Ivan Ribar schenken, entschied sich aber im letzten Moment für Marschall Tito. Später sagte sie, dass Tito in seiner weißen Marineuniform mit den goldenen Epauletten und der dicken Kordel aus goldenem Garn an seiner Offiziersmütze wie ein Magnet wirkte, alle hätten nur an ihn gerichtet gesprochen, und alle Geschenke seien ihm überreicht worden. Ob es auch andere Geschenke gegeben habe, fragte Oliva sie. »O ja«, lachte Paulina, »du hättest die törichten Frauen sehen sollen, was sie alles mitgebracht hatten, Tischdecken, in die gelbe Maisbrote eingewickelt waren, Bastkörbe voller Feigen, Holzfässer mit gesalzenen Sardellen, als wären sie auf dem Markt und als ob man wichtigen Staatsmännern so etwas schenken könnte.« »Aber hat er das alles angenommen?« »Ja, er hat es angenommen, seine Adjutanten, junge Genossen – unser Niko hätte so einer werden können – haben es weggetragen, die jungen Männer werden es essen, Männer müssen viel essen, und diese hatten schmale, ausgehungerte

Gesichter.« »Na, dann war es ja gut, Lebensmittel zu schenken«, sagte Oliva, aber Paulina schnitt ihr das Wort ab. »Oliva«, sagte sie, »du verstehst nichts von Staatsgeschäften, ich auch nicht, obwohl es mich interessieren würde, aber ich habe es im Gefühl, dass ein guter Schnaps das beste Geschenk ist.« »Mama, erzähl doch weiter«, bat Oliva, während sie auf ihrer Ottomane lag, derselben wie heute, nur dass die Matratze schon zwei Mal ausgewechselt wurde. »Dann habe ich im Namen der Frauen von Vodice, im Namen der Antifaschistischen Frauenfront zu ihm gesprochen, zu Tito natürlich, denn Ivan Ribar hatte ich ja in dem Brief schon alles geschrieben. Ich habe ihm gesagt, dass wir unsere Kinder für den Kampf hingegeben hätten und jetzt alle Macht dem Volk gehöre und er der Hüter unserer Macht sei. Ich habe schön gesprochen, wie gedruckt«, sagte Paulina stolz, aber Oliva konnte spüren, dass ihre Mutter enttäuscht war, denn auf ihre Rede gab es keine Antwort, nur wohlwollendes Kopfnicken, und das war es dann auch schon mit ihrer großen Reise nach Split.

Mein Mann bringt mich schweigend zum Flughafen. Das ständige Hin und Her zwischen Münster und der Adria hat ihn immer noch nicht ungeduldig gemacht, er ist nur ein bisschen bedrückt, weil wir uns schon wieder verabschieden. Auf mein Nachfragen sagt er: »Nein, nein, ich weiß ja, dass du bald wiederkommst, aber ich mache mir Sorgen, ob du deine Pläne verwirklichen kannst. Ob alles gut laufen wird und so.«

Ich hatte mich in zahlreichen E-Mails mit Ada und Lili beraten, die sie beide von ihren internetfähigen Mobiltelefonen beantworteten, da sie nie zu Hause sitzen. Ich beneidete sie, wenn ich sah, dass unter einer Antwort der prahlerische Spruch stand: »sent from my iPhone« (Lili) und »sent via blackberry« (Ada), weil ich wusste, dass sie in dem Moment mit ihren gefälschten Sonnenbrillen von Gucci oder Dolce & Gabbana im Café saßen. Sie hatten natürlich ganz einfache Geräte, aber sie stellten diese automatisch am Ende einer E-Mail angezeigten Hinweise ein, damit man glaubte, sie hätten teure Markengeräte. »Sonst nimmt dich niemand ernst«, hatte mir Lili damals in Italien erklärt. Sie lachte, als ich sie fragte, ob nicht alle dasselbe tun und daher wissen, dass es ein weit verbreiteter Brauch sei. »Natürlich«, mischte sich Ada ein, »aber darauf kommt es nicht an.« Und tatsächlich kam es für mich nur darauf an, dass ich im verregneten Münster vor meinem PC saß, während sie auf der Spliter Riva waren, jenem Stück der Uferpromenade, das sich gesäumt von hohen Palmen vor dem Diokletianpalast erstreckt, und dass sie die Sonne mitten im Januar oder Februar als Selbstverständlichkeit hinnahmen.

Wir waren zum Schluss gekommen, dass ich die drei Töchter Olivas samt ihrer Männer noch einmal versammeln musste – wie in alten Zeiten, als Šimun und Oliva noch lebten und an hohen Feiertagen die Familie zusammenkam. Beim Abschied hatte immer nur Mirta bitter geweint, und ihr Mann hatte sie schweigend umarmt, daran konnte ich mich gut erinnern.

Jetzt umarmt mein Mann mich und sagt leise: »Ich weiß, dich zieht es wieder ans Meer. Aber wir haben hier auch ein Meer. Und unsere Kindheitserinnerungen. Wir verbrachten die Sommer in der Villa meiner Großeltern, meine Mutter hing wie deine Tante Mirta sehr an ihren Eltern. Ich habe an den Nachmittagen immer in einem Strandkorb am Travemünder Strand geschlafen, und als ich aufwachte und sah, wie die Wellen den Strand umspülten und sich mit Schwung zurückzogen, dachte ich, dass sie zu mir sprechen und mit mir spielen wollen.«

»Oh, das kann ich mir sehr gut vorstellen. Aber war dir nicht kalt?«, fragte ich. Kann man an einem deutschen Strand einschlafen, ohne sich zumindest eine Bronchitis oder eine Blasenentzündung zu holen?

»Nein, natürlich nicht! Die Ostsee ist mild, und du würdest die Nordsee noch mehr mögen, da spürt man die ganze Naturgewalt des Meeres, da müssen wir einmal hin.«

»Ach wirklich?«, fragte ich und bemühte mich, das aufkommende Mitleid zu verbergen, das ein Mittelmeermensch empfindet, wenn ihm jemand von seinen vergnüglichen Abenteuern am nordischen Meer berichtet.

»Ja, wirklich. Auch da habe ich häufig meine Ferien verbracht. Am schönsten war es, als wir auf Langeoog unsere Strandburgen vor der Flut verteidigt haben. Wir bauten richtige Festungen um unsere Strandkörbe herum, mit Wällen, Flaggen und Wasserkanälen, eben allem, was zu einer ordentlichen Burg gehört. Und dann haben wir unsere Burganlagen mit aneinandergereihten Muscheln geschmückt, die wir in den feuchten Sand der Burg gedrückt haben. Natürlich gab es auch Wettbewerbe, wer die schönste, stärkste, höchste und festeste Burg gebaut hat. Nur die gestandenen Burgenbauer durften nach ganz vorne, weil die erste Burgenreihe ja die Abwehrfront gegen die Flut bildete.«

»Ach so«, sagte ich. Ich konnte mir beim besten Willen nicht vorstellen, wie sich dieses Vergnügen anfühlt. Man ist am Meer und baut und schuftet den ganzen Tag, um eine Festung zu errichten, die dann von der Flut weggespült wird? Hauptsache sie ist besser und schöner als die des Nachbarn, von dem man sich durch hohe Wälle aus zusammengepresstem Sand trennt? Na ja, es ist sicher interessant, auch einmal so etwas zu erleben. Ich versprach meinem Mann eilig, dass wir den nächsten gemeinsamen Urlaub zwischen Nordsee und Adria teilen würden, und bereute das Versprechen schon während der Sicherheitskontrolle.

Duje wartete auf mich am Spliter Flughafen mit dem kleinen Auto unseres Vaters, denn er selbst besaß keins. Ich sah die hohen Palmen und den azurblauen Himmel und fragte ihn, womit er diese Herrlichkeit verdient habe, während ich in Deutschland leben müsse. »Blödsinn«, sagte er, »wenn du nicht weißt, wie du deine Stromrechnung bezahlen sollst, bemerkst du gar nicht die Palmen und den Himmel.« Er war schlecht gelaunt, weil unser Vater ihm heute früh verkündet hatte, dass er nach Vodice fahren würde, zum großen Schwesterntreffen, das ich einberufen hatte. »Er ist dreiundachtzig«, sagte mein Bruder, »der ist doch eine Zeitbombe auf der Straße.« Duje hatte sich angeboten, unsere Eltern am Sonntag nach Vodice zu bringen und wieder abzuholen, wahrscheinlich hatte er auch mit dem Auto für den Tag gerechnet, doch unser Vater hatte abgelehnt.

»Wenn man viele Sardellen isst, bleibt man geistig und körperlich gesund bis ins hohe Alter, und vor allem behält man die Sehkraft, das kommt von den Omega-3-Fettsäuren«, hatte er seinen Sohn belehrt.

Jetzt brachte mein Bruder mich nach Vodice und fragte unterwegs, ob ich sicher sei, dass ich seine Hilfe nicht bräuchte. Hätte ich gewusst, was auf mich zukommt, hätte ich wahrscheinlich bejaht, doch so ließ ich ihn sofort zurückfahren. Er wirkte erleichtert.

Duje hatte wenig Verständnis für die Idee des großen Treffens gehabt. Er sagte beim Abschied: »Ich bekomme jetzt etwas Geld von dem Pächter des Fischkutters, den Oma mir vermacht hat. Stell dir vor, unsere Mutter und ihre Schwestern haben mir achtzehn Jahre nichts davon gesagt, ich bin ehrlich gesagt gar nicht gut auf sie zu sprechen. Und die diversen Grundstücke hier in der Gegend sind bares Geld, aber sie wollen sie nicht verkaufen, während ich nicht weiß, wovon ich meine Rechnungen bezahlen soll. Zugehörigkeit, Identität, Vergangenheit, familiäre Wurzeln, Heimat – alles papperlapapp, wenn du mich fragst.«

Es war vereinbart worden, dass die Enkelin des alten Nachbarn Kamilo, jenes Fischers, der damals der Letzte war, der Niko in Vodice gesehen hatte, mir die Tür des Hauses öffnen sollte, da sie einen Schlüssel hatte, wie es hier unter Nachbarn üblich ist. Während sie die grüne Außentür mit dem großen schwarzen Schlüssel öffnete, sagte sie: »Ich will nicht aufdringlich sein, aber bist du ganz sicher, dass du in dem Haus bleiben kannst? Wenn du feststellst, dass es nicht geht, komm zu mir rüber, ich habe ein Zimmer für dich.« Und dann ließ sie mich allein.

Nachdem ich die umgekippten, verwitterten Stühle im Hof umkreist hatte und über die alte Steintreppe in die erste Etage gelaufen war, sah ich mich vorsichtig um. Ich ignorierte den modrigen Geruch, die großen Spinnweben und die gespenstische Stille, war aber froh, dass zumindest meine Absätze ein rhythmisches Geräusch machten, während ich das Haus inspizierte. Dann riss ich im ganzen Haus die klapprigen Fensterläden auf. Im Wohnzimmer kam mir beinahe ein Fensterflügel entgegen, und in der Küche sahen die beiden Fensterläden so zerbrechlich aus, dass ich mich nicht traute, sie zu berühren. Deshalb begnügte ich mich mit dem Öffnen der inneren Glasfenster, die eine Art Guillotine für Fliegen zu sein schienen, da eine Sammlung toter Insekten unter ihnen lag. Es war alles wie beim letzten Mal, nur noch viel verfallener, ich hatte den Eindruck, dass zwischen meinen beiden Besuchen nicht drei, sondern dreißig Jahre vergangen waren.

Ich beschwor den Geist meiner beherzten Urgroßmutter Paulina in mir, krempelte die Ärmel hoch und stürzte mich in die Arbeit. Egal, wie sehr ich auch fegte, schrubbte und wischte, das Haus sah immer noch genauso vernachlässigt aus. Beim Ausklopfen der Matratzen kam mir eine riesige Staubwolke entgegen, doch ich war noch immer fest entschlossen, hier zu übernachten.

Dann sah ich eine kleine Maus, die entlang der Wand eines der Schlafzimmer trippelte. Daraufhin griff ich mir hastig meine Reisetasche und den großen schwarzen Schlüssel und stürzte aus dem Haus. An der Mauer, die Olivas und Kamilos Hof trennt, rief ich nach der Nachbarin, die sogleich erschien und mir half, über die Mauer zu klettern. Sie hatte mir natürlich angeboten, durch die Tür zu ihr zu kommen, aber dieser Weg, der nicht nur mich, sondern auch sie an das letzte Auftauchen von Niko in der Familiengeschichte erinnerte, war mir lieber.

Am nächsten Morgen sah alles anders aus. Das Haus war spürbar durchgelüftet, die Maus hatte sich in ihr Loch verkrochen, die Folgen meiner Putzaktion sahen im Morgenlicht gar nicht so schlecht aus, und ich begann Olivas Bettüberwürfe, die ich im Schrank gefunden hatte, über die Betten zu legen. Den schönsten breitete ich natürlich über ihrer durchgelegenen Ottomane aus. Ich bereitete auch Kissen, Decken und Bettlaken vor, da die Schwestern und ihre Männer hier übernachten sollten. »Nur eine Toilette funktioniert, aber zum Duschen solltet ihr lieber zu mir kommen«, klärte mich die Nachbarin auf. Mit ihrer Hilfe schleppte ich Tische und Stühle aus dem Schuppen in den Hof, den ich vorher lange gefegt hatte, nicht ohne Olivas Rosen zu bewundern, die ohne Pflege bestens auszukommen schienen. »Ich schneide sie«, gab die Nachbarin zu, »es tut ihnen gut, und ich habe immer wunderbare Rosen, die mich an deine Oma erinnern.« Dann hörten wir die ersten Gäste an der Außentür klopfen. Es war mein Vater, der eine merkwürdige Vorrichtung schleppte. »Weg da, weg da«, rief er, offensichtlich bestens gelaunt.

Das Ding, das aus einer Metallstange, zwei Zahnrädern, die er vermutlich aus einem alten Fahrrad ausgebaut hatte, sowie einem Elektromotor, der aus einer verschrotteten Waschmaschine stammte, bestand – mein Vater erklärte mir das alles später beim Zusammenschrauben dieser Apparatur –, war ein erstklassiger, motorisierter Lammspieß, auf dem sich unser Mittagessen drehen würde, während wir tagten, wie er sachlich verkündete. Und dann holte er ein ganzes Lamm aus dem Auto. Der Anblick des toten Tieres war beeindruckend, doch mein Vater ließ keine Bemerkungen zu, er rieb es liebevoll mit grobem Meeressalz ein, während er auf mich einredete: »Rosmarin! Rosmarin schmeckt zu intensiv! Vergiss Rosmarin, das ist bei diesem zarten Fleisch völlig unnötig, wir werden es ausschließlich mit Bier begießen, na gut, wenn man will, kann man ja Rosmarin zu den Kartoffeln geben, wie gesagt, wenn man unbedingt will.« Ich dachte an Herrn Marković. Was würde er wohl dazu sagen?

Meine Mutter sah sich derweil im Haus um und kam lächelnd zurück. »Du hast dir viel Mühe gegeben«, sagte sie anerkennend.

Als nächstes Pärchen trafen Viola und ihr Mann ein. Viola stürzte sich auf uns und umarmte uns überschwänglich, während ihr Mann ein fachkundiges Gespräch über Lammspieße mit meinem Vater begann, der auf der alten Feuerstätte im Hof seine vollautomatische Grillstation aufzubauen versuchte.

»Wenn es mit dem Hotel klappen sollte«, sagte ich zu Viola »wirst du sicher einen Grillmeister brauchen können?«

Sie lachte, aber nicht allzu laut, damit mein Vater nicht beleidigt sein würde, und zog mich zur Seite: »Sag mal, wie läuft es mit dem Buch? Flora sagt, du sammelst fleißig alte Geschichten, und sie schimpft mit mir, weil ich dich auf diese Idee gebracht habe. Sie sagt, man soll die alten Geschichten ruhen lassen. Aber irgendwie freut es sie auch, dass du dich für ihre Vergangenheit interessierst, sie deutet es als Tochterliebe.« – Viola wusste, dass sie damit etwas Freches gesagt hatte, und kicherte wieder wie ein unerzogenes Mädchen.

»Tante Viola, hast du wirklich nach dem Krieg Pferde ohne Sattel geritten? Wie ein Teufel, so ungefähr haben sich meine Informanten ausgedrückt?«, fragte ich, um nicht auf das Thema Tochterliebe eingehen zu müssen.

»Oh, ja, du hast sehr gute Informanten gefunden. Und wenn es hier noch Pferde gäbe, würde ich es wieder tun. Aber ich sage ja, hier gibt es nur noch Hotels und Restaurants, dazu Cafés und Eisdielen. Ein Pferd gilt hier höchstens noch als Attraktion für Touristen, und man quält die letzten Esel, die es noch gibt.«

Mein Vater ging an uns vorbei, da er etwas aus dem Weinkeller holen wollte, und warf ein: »Der Esel ist ein heiliges Tier, das den Dalmatinern über die Jahrhunderte treuer gedient hat als jeder Hund. Na ja, die Zeiten haben sich geändert.«

Tante Viola lachte herzlich und rief ihm nach: »Unsere Mutter meinte auch immer, dass man alles beim Alten lassen sollte, aber ich bin da anderer Meinung. Jetzt ist doch alles viel besser, Esel hin oder her. Wer würde schon gerne abends mit den alten Öllampen auskommen wollen? Ich jedenfalls nicht!«

Dann drehte sie sich wieder zu mir und fragte: »Und wie steht es mit den Grundstücken? Hast du etwas erreicht, ich habe gehört, dass du für viel Geld die Geburts-, Heirats- und Sterbeurkunden aller unserer Vorfahren und Verwandten hast ausstellen lassen? Das ist großartig, damit kommen wir alle ein Stück weiter, das war ja die Arbeit, die keiner von uns auf sich nehmen wollte! Wenn wir endlich alles auf unsere Namen übertragen haben – wobei wir uns einigen müssen, wer was bekommt –, sehen wir weiter. Es kommen Österreicher und Italiener hierher, die alle verrückt danach sind, unsere alten Gärten und Felder zu kaufen, und wir können doch damit sowieso nichts anfangen, oder? Nur dass sie sehr wenig Geld dafür bieten, ich bin nicht sicher, ob man jetzt alles verkaufen oder auf bessere Angebote warten sollte. Du kennst dich doch aus: Werden die Preise steigen, wenn wir in die EU kommen? Hat dir Flora schon erzählt, dass ich noch einen Prozess um das ›Hotel International‹ verloren habe?«

Sie redete wie ein Wasserfall, und ich konnte nur die letzte Frage beantworten: »Nein, hat sie nicht«, da ging schon die Tür zum Innenhof auf und Mirta und ihr Mann kamen herein.

Es war ein schönes Wiedersehen, fast so, wie ich es mir vorgestellt hatte. Obwohl Flora etwas steif wirkte und Viola mit ihrer lauten und lustigen Herzlichkeit den ganzen Hof erfüllte und Mirta ein wenig zu vorsichtig ihren Schönheitsköniginnenkörper von den Schwestern umarmen ließ, konnte man sehen, dass die drei Schwestern zueinander gehörten. Sie hatten als kleine Kinder wenig in diesem Hof gespielt, es waren eher die Jahre nach dem Krieg, die sie hier zusammen verbracht hatten, und später noch all jene Jahre, als sie sich hier mit ihren Männern und Kindern um die Ottomane von Oliva versammelten.

Damals hatte Großvater Šimun die Rolle gehabt, die jetzt mein Vater innehatte, nur dass Šimun viel lauter war und genauso wie Viola den Hof mit seiner Stimme und seinen eigenen Fragen und Antworten erfüllte.

Das hörte sich etwa so an: »Na, wie schmecken dir die Tintenfische, meine Liebe? Die haben wir beide doch zusammen gefangen! Leute, ich sage euch, aus Alida wird noch eine gute Fischersfrau, hahaha«, zeigte mein Großvater seine Fernandel-Zähne und umarmte mich begeistert. Ich war klein, aber vor Stolz groß wie eine Zypresse. Die ganze Großfamilie saß an der langen Tafel im Hof und genoss unter der Pergola aus schweren Trauben stundenlang unser Festessen. Der Großvater rief: »Und der Reis? Ja, wie habe ich den wohl zubereitet! Hahahaha! Das ist ein Geheimnis, die großen Köche haben große Geheimnisse! Was, Viola? Ich soll nicht über meine Geheimnisse reden? Na, warte, du Göre! So etwas muss ein alter Mann erleben, dass ihn seine Jüngste, sein Küken, maßregelt! Na, na! Ha, Mirta, meine Schöne, du lebst so weit entfernt von uns, Papa hat für morgen extra einen Fasan für dich aufgespart, ich weiß doch, Mirta, dass du immer am liebsten Wild gegessen hast. Solange ich noch jagen kann, wirst du Wild bekommen! Und du wirst dich wundern, was ich noch alles für dich vorbereitet habe! Zum Mitnehmen! Solche Dinge wachsen auf eurer Insel nicht. Flora, du bist die Vernünftigste, sag bitte den Kindern, dass sie noch nicht aufstehen sollen, der Opa hat Makrelen groß wie Kälber gefangen, die kommen jetzt auf den Rost. Bianka, wie lebt es sich denn in unserer Hauptstadt? Wir sind jetzt ein starker Staat geworden, was? Nach Belgrad reisen alle großen Politiker dieser Welt, die Tito treffen wollen. Aber den Kindern sollst du schon auch unsere Sprache beibringen, hahaha, dass sie mich verstehen können. Hahaha, ich scherze ja nur, das ist doch alles eins, wir sind ein starker Staat dank Brüderlichkeit und Einheit, nicht wahr?

Dafür haben wir gekämpft! Wie haben wir gesungen: *Unser Leben, unsere Jugend schonen wir nicht, denn wir haben geschworen, die Faschisten zu vertreiben!* Sag, meine Kleine, weißt du was *mišancija* ist? Nein? Na, das musst du mal Oma Oliva fragen, das ist ihr Lieblingsessen! Aber nicht jetzt, jetzt schläft sie. Sie kommt vielleicht später herunter und isst mit uns, hat sie gesagt!« Und so ging es ununterbrochen. Auf dem Tisch wechselten die Speisen, Viola rannte hin und her und trug neu gefüllte Brotkörbe und Salatschüsseln herbei, ihr Mann verschwand immer wieder in den Keller und zapfte Wein in die Glaskaraffen, mein Bruder, meine Cousinen und ich liefen mit und beobachteten ihn fasziniert, dann stibitzten wir einige Feigen, da man ihnen nie widerstehen konnte. Bei dem lautstarken Singen der Partisanenlieder verdrehte mein Vater kaum merklich die Augen, und bei der Erwähnung von Tito oder Belgrad oder unseren Genossen oder der Brüderlichkeit und Einheit wechselte er vielsagende Blicke mit Mirtas Mann, Blicke, die ich auffangen, aber nicht deuten konnte. So ging es immer weiter, bis sich die milde Nacht über den Hof legte und hoch oben die Schwalben zu fliegen begannen.

So war es einst, und nun standen die drei Männer vor dem Lamm, das sich am Spieß drehte, und beobachteten, wie sich die Oberfläche des schlanken Tierkörpers dank der Feuerzungen und der Glut sowie dem fachmännischen Begießen mit Bier, das mein Vater wohl dosierte, in eine krosse, bernsteinfarbene Haut verwandelte. Ab und zu rannte mein Vater (man ist ja fit, wenn man so viele Sardellen gegessen hat) die Treppe hinauf, um die Kartoffeln und Zwiebeln, zu denen er großzügig Rosmarinzweige gelegt hatte, im Ofen zu wenden, und jedes Mal, wenn er zurückkam, meinte er: »Der Strom ist schwach, etwas ist nicht in Ordnung, ich hätte die Kartoffeln in der Glut backen sollen, einen Eisendeckel und einen Ring für die *peka* hätten wir doch, oder?« Aber alle beruhigten ihn: In den drei Stunden, die das Lamm brauchte, würden wohl auch die Kartoffeln gar werden.

»Wenn wir nur den alten gusseisernen Herd noch hätten, erinnerst du dich, Mirta, in dem hat immer Oma Paulina Feuer gemacht, und wenn sie irgendwo etwas Mehl aufgetrieben hatte, dann formte sie kleine Schiffchen aus Hefeteig und buk sie in Olivenöl aus!«, sagte Flora und Mirta nickte verträumt.

Ich hatte meinen Notizblock herausgeholt und begann die Schwestern zu befragen, die am Anfang schüchtern, dann aber immer gelöster antworteten. Im Ort hatte ich hausgemachten *prošek* aufgetrieben, wie ihn einst Šimun stets hatte, und das Getränk machte gute Laune und diente zugleich als Aperitif. Dazu reichte ich Mandeln mit Weißbrot, meine Mutter hatte mir beigebracht, wie man eine Mandel in ein Stückchen Weißbrot verpackt und daraus eine unvergessliche Köstlichkeit macht. »Oh, daran kannst du dich erinnern? Das ist aber schön!«, freute sie sich und seufzte.

Natürlich! Ich kann mich auch erinnern, wie man aus einer einzigen gesalzenen Sardelle, reichlich Olivenöl und einem Stück warmen Weißbrot das beste Frühstück macht! »Zu viel Weißbrot!«, würde mein deutscher Mann jetzt sagen, aber wer hat je gesehen, dass man ein Stückchen Vollkornbrot in Olivenöl tunkt? »Wenn man seine ganze Kindheit lang nur ab und zu Polenta bekommen hat, dann wird einem Weißbrot nie zu viel«, sagte jetzt meine Mutter. »Auch die Heiligen brauchen Wein, Öl und Brot«, ergänzte Mirta. Sie meinte auch, es müsse Weißbrot sein. »Lamm und Fisch kommen bei den Christen auch vor!«, rief mein Vater vom Grill aus. »Ich hätte vielleicht auch Fisch mitbringen sollen«, sagte er etwas besorgt, »aber mein Bruder hat mir dieses Lämmchen geschickt, ich dachte, das würde reichen.« Alle beeilten sich, ihm zu vergewissern, dass dieses Lamm reichen würde, auch wenn man alle Nachbarn einladen würde, und ich hatte alle Mühe, ihn davon abzuhalten, sofort zu den Nachbarn zu laufen, um sie einzuladen.

Die Schwestern sahen sich bereits in einem Buch beschrieben, und je bewusster ihnen das wurde, umso mehr achteten sie auf das, was sie sagten, erinnerten sich aber immer genauer an wichtige und interessante Dinge. Einige Themen fanden alle drei nicht für ein Buch geeignet.

»Woher der Opa die Möwe hatte, die er ausstopfen ließ und mit der du manchmal gespielt hast? Ob er sie dafür erschossen hat? Ja, wer sonst? Aber was tut das jetzt zur Sache? Unser Vater soll allzu leicht geschossen haben? Das ist aber ein überflüssiger Kommentar, Mädchen! Sag mal, wen soll denn bitte schön diese Möwe interessieren? Du wirst doch nicht über sie schreiben? Also, was dir einfällt. So etwas ist doch nichts für ein Buch! Und all diese Rezepte, Omas Häkelarbeiten, Gartenkräuter und Blumen, sag mal, wenn wir etwas zu erzählen haben, dann doch über den Krieg! Und wie es uns in El Shatt ergangen ist! Deine Mutter war nicht in El Shatt, später hat sie uns darum beneidet. Ich soll euch beneidet haben? Mir ging es doch viel besser bei Großtante Klara und ihrem Mann! Abends weinten sie immer, weil sie sich an ihren Sohn erinnerten, dann habe ich mir die Decke über den Kopf gezogen und so getan, als ob ich schlafen würde. Und dann habe ich mir ausgemalt, wie Mama kommt und mich abholt und wir ganz alleine in dieses Haus zurückgehen. Von hier hat sie mich zu Großtante Klara gebracht, danach sah ich sie für mehr als ein Jahr nicht, mir kam es wie ein ganzes Leben vor. Sie war wütend auf mich, weil ich vom Boot geflohen war. Als sie zurückkam, hat sie darüber nicht mehr gesprochen. Nein, nach euch habe ich mich gar nicht gesehnt. Oder doch, ich weiß es nicht mehr genau.«

Während der Schwesternchor zu einem Crescendo einsetzte, zerteilte mein Vater das gebratene Lamm mit einer Axt, die er im Schuppen gefunden hatte, in große Stücke, einige segelten gefährlich durch die Luft und landeten auf dem Boden, was ihn nicht weiter beunruhigte. Er wischte sie an seiner Schürze ab, die ihm fast bis zum Boden reichte, und legte sie auf den Teller.

Es wurde ein Festessen wie in alten Zeiten. Viola reichte Schüsseln herum, ihr Mann goss Wein aus den Karaffen ein, Flora achtete auf ihre schlanke Linie und ließ die Hälfte eines wunderbar zarten Fleischstückes liegen, was Ivan ganz und gar nicht verstehen konnte, Mirta und ihr Mann saßen ein wenig abseits und tupften sich die Münder mit Stoffservietten ab, die Mirta von irgendwo hergezaubert hatte, ich jedenfalls hatte im Haus keine gefunden.

Tagsüber, bei dem ganzen Trubel um das Essen und um das Wiedersehen, kamen sie mir so jung wie früher vor. Obwohl sie viel über Krankheiten sprachen, was Mirta offensichtlich genoss – sie redeten über allgemeine Schwäche, über Arthrose, über die schwere Herzoperation, die Mirta bevorstand, über den Krebs, der in den letzten Monaten so viele ihrer Bekannte dahingerafft hatte, über Alzheimer, der sie Gott sei Dank nicht betraf, über die Prostata (mit gesenkter Stimme), über Nierensteine, über Unterleibsbeschwerden (mit gesenkter Stimme), über die Wende, die im Leben um den achtzigsten Geburtstag herum eintritt, eine Regel, die aber durch das gute Beispiel meines Vaters widerlegt wurde – er war der Einzige, der dieses Alter schon erreicht hatte. Sie waren eifrig, widersprüchlich, herzlich und lustig, so wie ich sie in Erinnerung hatte. Viola half mir beim Abräumen, und die nette Nachbarin, der wir die Reste des Lamms schenkten, lud uns zum Abwaschen zu sich ein, da in unserem Haus das Wasser wegen der uralten Leitungen nur noch tröpfelte.

In der Dämmerung verwandelten sie sich zu sechs alten Männern und Frauen, die mit schweren, müden Schritten zunächst in das Badezimmer der Nachbarin und dann in ihre drei von mir notdürftig vorbereiteten Zimmer gingen. Sie wussten genau, welches Zimmer wem gehörte: In jedem Raum hing ein altmodisches Foto über dem Ehebett, ein Schwarz-Weiß-Foto, dem die Fotografen der Vor-Color-Zeit künstlich Hellrosa, Hellblau und Hellgrün hinzugefügt hatten: Viola, Mirta und Flora. Ich winkte meinen Vater zur Seite und erzählte ihm von der Maus, und er sagte, Mäuse finge er mit bloßen Händen, das habe er in seinem Dorf als Kind gelernt, ich solle mir keine Gedanken machen.

Am nächsten Morgen waren alle so früh wach, dass ich es gar nicht mitbekam, als sie aufstanden. Sie riefen mich, als sie schon zur Abfahrt bereit waren, sogar die Grillvorrichtung hatte mein Vater schon in sein Auto verstaut. Danke, sagten sie nacheinander und wünschten mir alles Gute und Schöne und viel Erfolg für das Buch und dass ich die Ohren steif halten und zu Hause in Münster alle grüßen sollte.

Am Ende sagte Mirta – die mit ihrem Mann bis zuletzt geblieben war, um noch einen Blick auf den Hof zu werfen und ihre Tränen unbeobachtet unterdrücken zu können: »Um die Grundstücke und das Haus brauchst du dir keine Sorgen zu machen. Das geht alles seinen Weg. Und damit du es auch weißt: Heute früh habe ich Viola und Flora gesagt, dass ich der Umwandlung des Hauses in ein Hotel zustimmen werde, wenn wir den Prozess um das ›Hotel International‹ vor dem Obersten Gericht verlieren sollten – wir wollen bis in die letzte Instanz gehen –, aber ich wünsche mir immer noch, dass wir so viel Geld zusammen bekommen, dass wir dieses Haus für uns alle retten können. Damit wir uns wieder wie heute treffen können.«

Ihr Mann umarmte sie und zwinkerte mir zu. Wir beide wussten, dass es kein Treffen mehr geben würde.

**Oliva schläft und sieht sich im Traum an einem** weißen Gestade, es kann sein, dass es die Bucht zwischen Vodice und Tribunj ist. Sie ist ganz allein und sieht gar nicht wie sie selbst aus, sondern wie ein junger Mann, der einen großen Koffer schleppt. Der Mann, der sie sein soll, setzt den Koffer ab, und aus dem Koffer fliegen Möwen, Hühner und Gänse und fallen wie weiße Schneeflocken ins Meer. Die Vögel gehören dem Bauer aus dem Dorf Raslina, den die Partisanen für einen italienischen Spion und Volksverräter gehalten haben, sein eigener Sohn hatte ihnen sein Versteck verraten. Die Partisanen haben den alten Bauer erschossen, so wie sie es immer mit »antikommunistischen Banditen« taten. Der Mann mit dem Koffer, der im Traum Oliva ist, bleibt stehen und beobachtet die sanft auflaufenden und sich wieder zurückziehenden Wellen, die die Kieselsteine und das Seegras leicht bewegen. Ich werde in meinem Garten Seegras pflanzen!, sagt der Mann leise zum Meer. Und rote Korallen, die gewundene Zweige wie Olivenbäumchen haben. Es scheint, als würde sich der Mann über eine Antwort des Meeres freuen, doch Oliva kann nichts hören, obwohl sie genau weiß, wie das Geräusch derart sanfter Wellen klingen sollte. Sie – das heißt der Mann mit dem Koffer – wendet sich zum Meer und sagt: Ich bin deiner nicht würdig, aber sprich nur ein Wort, so wird meine Seele gesund.

# El Shatt, 1944

Nach dem großen Schwesterntreffen in Vodice erklärte ich meine Recherchen über den Partisanenstaat in der ägyptischen Wüste für beendet. Begonnen hatte ich sie noch vor der Reise mit Lili und Ada nach Italien, vervollständigt wurden sie in Taranto, und nun hatten mir Mirta und Viola alles erzählt, was sie wussten. Es war nicht viel, ihre Erinnerungen wurden durch die Erzählungen der Älteren beeinflusst, obwohl sie darauf schworen, dass sie sich richtig erinnerten.

Ich saß bei der Enkelin des Fischers Kamilo und nippte an einem Glas *prošek*. Vor mir lagen getrocknete Feigen und die mit dunkler Schokolade überzogenen *Napolitanke,* und sie kochte gerade einen duftenden Mokka. So stelle ich mir das Paradies vor.

»El Shatt erscheint einem so unwirklich, oder?«, fragte sie und rührte vorsichtig in der *džezva,* die Türken sagen dazu *cezve*, einem kleinen Messingtopf mit langem Griff. Ich vermisste Herrn Marković und unsere Gespräche. Was würde er zum Mokka zu sagen haben? War es auch sein Lieblingskaffee, oder hielt er es doch mit Espresso und Cappuccino, wie mittlerweile alle Cafébesitzer in Kroatien? Der Sieg der Italiener über die Türken.

»El Shatt ist unwirklich, ja«, antwortete ich. Die Geschichten der Bibel, vermischt mit jenen aus Tausendundeiner Nacht überlagern die Bilder einer kühnen Überlebensstrategie. Den Deutschen war Ende 1943 wirklich nicht zu trauen! Ihre Panzer rollten über die Wege zwischen Lorbeer- und Rosmarinbüschen. El Shatt bedeutete aber auch den politischen Durchbruch Titos. Dieser Durchbruch wird in Jugoslawien gerne verschwiegen, da er zu stark die schmerzhafte Erinnerung einiger Serben an den Verlust des Königs wachrief, eine Entwicklung, die der schlaue Präsident lieber vermeiden wollte. Die Dinge waren nicht ganz sauber verlaufen.

»Glaubst du auch, dass wir uns kein richtiges Urteil über all das bilden können?«, fragte meine Gastgeberin. Ich wusste es nicht. Man hat im sozialistischen Jugoslawien unsere Erinnerungen geformt, El Shatt gehörte nicht unbedingt dazu, und deshalb wussten sehr wenige etwas darüber. Die Erinnerungen und die Deutung der Geschichte waren von Absichten geleitet, die Fakten können auf verschiedene Weise gedeutet werden. Es war wie das Kaffeesatzlesen. Kaffee sammelt sich freilich nur auf dem Boden einer Mokkatasse. Gerne hätte ich mit Herrn Marković auch darüber gesprochen, aber er war wie vom Erdboden verschluckt.

Das Wort für den Wüstenwind *Gibli*, der die dalmatinischen Flüchtlinge empfing, als sie nach einer Woche Überfahrt – sie waren vom italienischen Hafen Taranto in See gestochen – im ägyptischen Hafen Port Said eintrafen, hörte sich für sie wie das kroatische Wort *glib* an, eine Bezeichnung für Schlamm oder Morast. Der Gibli ist ein unerträglich heißer Wind, der alles mit Sand und Staub bedeckt. Er drang der erstaunten und müden Viola in Mund und Augen, sodass es schmerzte. Sie begann zu weinen, und Mirta, die mit ihren sechs Jahren plötzlich Mutter, Großmutter und ältere Schwester ersetzen sollte, drückte die Kleine an sich, während auch bei ihr die Tränen flossen. Wie die anderen Flüchtlinge trug auch sie mehrere Schichten winterlicher Kleidung übereinander, und der Sand vermischte sich mit dem Schweiß auf ihrem Körper.

In Mirtas schwarzen lockigen Haaren wohnten Läuse, und die Kopfhaut brannte und juckte unerträglich, da der Sand auch in die Kratzwunden gedrungen war. So standen die beiden Schwestern im Wind, eng umschlungen, und waren ein Teil des *zbjeg*. Unter dieser Bezeichnung, die in etwa *Exodus* bedeutet, sollte das italienisch-afrikanische Abenteuer in die kroatische Geschichte eingehen.

Eigentlich sei dies nur geologisch Afrika, sagte ein gebildeter Mann mit grüner Partisanenmütze, geografisch gehöre die Halbinsel, die man Arabien nenne, zum asiatischen Kontinent. Die Menschen, die um Luft rangen, da der Wind ihnen Nasenlöcher und Münder mit Sand verstopfte, waren verunsichert, obwohl sich die Namen Asien und Arabien besser anhörten als Afrika;

Afrika – sie sagten immer »schwarzes Afrika« – klang bedrohlich. Als wimmele es in Afrika von Löwen, Tigern und Menschenfressern. War diesen Engländern überhaupt zu trauen?

Ihr Schiffskonvoi war begleitet von britischen Panzerkreuzern, Torpedo- und U-Booten und von Flugzeugen, und immer wieder hatten die Schiffssirenen vor feindlichen deutschen Schiffen und Flugzeugen gewarnt, was die zusammengepferchten Passagiere unter Deck in Angst versetzte. Doch eine wirkliche Panik brach nie aus: Die meisten wurden von heftiger Seekrankheit geplagt und kämpften gegen das Elend an, das auf den Toiletten herrschte, es blieb kaum Zeit für Todesangst. Den gebeutelten Menschen war langsam sowieso alles egal.

Unter den Reisenden befanden sich viele Überlebende aus italienischen Lagern, die ab und zu leise klagten, dass es hier beinahe so schlimm sei wie dort. Solche Stimmen wurden etwas lauter, als am dritten Tag eine alte Frau starb. Ihr geschrumpfter Körper wurde in ein Laken gewickelt und mit einer dicken Kordel festgezurrt, mit Hilfe eines Holzbretts ließ man sie dann ins Wasser gleiten. Eine andere alte Frau schluchzte und sprach leise etwas, was mit den Worten »Stella Maris« endete.

Mirta und Viola hielten sich fest an den Händen und beobachteten dieses Ereignis staunend, bis der murrende Großvater sie mit seinem Stock bedrohte; das war seine Art, mit ihnen zu kommunizieren. Sie verstanden sofort, dass sie verschwinden sollten. Sie trennten sich nur widerwillig von der Menschenmenge, die an Deck frische Luft atmen konnte, da es wegen der Bestattung ausnahmsweise erlaubt war, ins Freie zu kommen.

Aus Port Said fuhr man weiter mit dem Zug. Die Flüchtlinge glaubten zu träumen, als sie direkt neben dem Zug ein Schiff durch den Sand gleiten sahen. Das sei der Suezkanal, erklärte jener gebildete Mann, der später im Flüchtlingslager die Abendkurse organisierte. Dieser Kanal verlaufe parallel zur Eisenbahnlinie und trenne Afrika und Asien. Zur Verdeutlichung seiner Worte zeichnete er eine Landkarte auf ein Stück Papier. Darauf war ihr eigenes Meer, die Adria, die ihnen an den heimischen

Ufern unermesslich weit vorgekommen war, nur ein enges Ärmelchen; ein Umstand, der sie beleidigte und mit Wehmut erfüllte.

Dieser Mann, der alles wusste, gehörte zu der Gruppe, die von den Partisanen zur Leitung des *zbjeg* bestimmt worden war und zum Wunder von El Shatt beitrug. Dieses Wunder bestand aus einer veritablen sozialistischen Kleinstrepublik in britischen Militärzelten mitten in der Wüste.

In dieser Republik wurde eine lohnfreie Vollbeschäftigung für alle arbeitsfähigen Personen erreicht. Aus Autoreifen wurde Spielzeug produziert, und aus Mehlsäcken wurde Garn für gehäkelte Tischdecken gewonnen; Bäckereien und Großküchen, eine Schusterei und eine Schneiderei, eine Metallmanufaktur, eine Teppichweberei und eine Druckerei wurden genauso organisiert wie Theater, Folkloregruppen, Sport und Ballett, Chöre und Künstlerwerkstätten.

Alle Kinder im schulpflichtigen Alter besuchten die von den Flüchtlingen selbst organisierten Schulen – verschiedene Schulformen, ja selbst eine Volksuniversität gab es. Da Mirta und Viola ohne Eltern gekommen waren, besuchte Viola den Kindergarten für Waisenkinder und Mirta wurde eingeschult. Die Trennung von der Schwester fiel ihr schwer, während Viola mit ihrem glockenhellen Lachen die traurigen Kinder um sich herum mitriss.

Die Kleinstrepublik hatte viele Gegner: Den Gibli-Wind, das Heimweh, den Neid auf die anderen Flüchtlinge, die in Italien bleiben durften, Krankheiten, die Hitze, die königstreuen serbischen Tschetniks, die in einem benachbarten Lager untergebracht waren, König Peter den Zweiten und vor allem die britischen Offiziere, die eine solche kroatisch-kommunistische Selbstverwaltung nicht vorgesehen hatten und politisch zwischen dem jugoslawisch-serbischen König und dem jugoslawisch-slowenisch-kroatischen Tito schwankten.

Sowohl die skeptischen als auch die wohlwollenden britischen Offiziere staunten nicht schlecht, als die Flüchtlinge nur einige Tage nach der Ankunft ihre erste Zeitung herausgaben. Die

Genossen, die mit dem einfachen Volk angereist waren, nahmen ihre Aufgabe ernst: Erstens wollte man den Menschen das Überleben ermöglichen, und das bedeutete, dass man sie dringend mit etwas möglichst Sinnvollem beschäftigen musste, und zweitens wollte man den Alliierten beweisen, dass die sozialistische Ordnung und der Volksbefreiungskampf ebenfalls überlebensfähig seien und dass die kommunistische Führung gemeinsam mit ihrem enthusiastischen Volk die Zukunft Jugoslawiens eher sichern könne als der König, der mit seiner Regierung und seinem Gefolge nach der Kapitulation Italiens von England nach Kairo übergesiedelt war, um bei Bedarf schnell über das Mittelmeer nach Jugoslawien gelangen zu können.

Seine königliche Armee war von den Deutschen und Italienern in einigen Tagen in die Knie gezwungen worden, und seine Tschetniks waren weit entfernt davon, das Land zu befreien. So plädierte der König für eine Invasion der Alliierten an der Adriaküste, um ihm eine Rückkehr zu ermöglichen. Er hatte die Rechnung ohne den Wirt gemacht. Die Partisanen dachten nicht im Traum daran, ihm das Land ein weiteres Mal anzuvertrauen, und auch über eine Invasion wollten sie mitbestimmen.

Der König war elf, als sein Vater ermordet wurde, und achtzehn, als er den Thron bestieg – und sofort ins Exil ging. Er war ein unglücklicher König – fast noch ein Kind – im Strudel des Weltkriegs, und es wundert nicht, dass ihm die Rückkehr misslang. Hätte es damals nur das Staatsgebilde Serbien gegeben, hätte er vermutlich nach dem Krieg als König von Serbien zurückkehren und vielleicht unter den wachsamen Augen der Briten ein demokratisches Land aufbauen können. Doch die Partisanen hatten die Unzufriedenheit mit dem alten Königreich genutzt und nun im Krieg einen Neuanfang als föderative Volksrepublik versprochen. Dieser Neuanfang sollte in El Shatt zur Wirklichkeit werden.

Die perfekte Organisation des Lebens von 30 000 Menschen (10 000 waren in Italien geblieben) in einer Wüste, die außer einer strategisch wichtigen Position nicht viel zu bieten hatte, war eine Leistung, die der Idealismus der Partisanen möglich machte, zu denen auch Künstler, Geistliche und Schriftsteller gehörten. Sie hatten sich dem Volksbefreiungskampf angeschlossen, den Tito von der Insel Vis aus leitete. Und man wollte es der ganzen Welt zeigen – wenn nicht anderswo, dann eben in dieser Wüste. Auch Mirta und Viola wurden zu Rädchen in dieser Maschine: Sie tanzten in der Ballettgruppe, wo sie Pirouetten drehten, und in der Folkloregruppe, wo sie *kolo*-Kreise bildeten.

Auch ein deutscher Maler war im Lager: der Expressionist Rudolf Bunk, der auf der Flucht vor den Nazis nach Split gekommen war und den es nun ebenfalls nach Ägypten verschlagen hatte. Eines seiner großen Hinweisschilder, die mitten im Lager auf Holzstelzen standen, zeigt einen liegenden Mann, der mit einer Klatsche ausholt, um eine dicke Fliege zu erschlagen. Sprüche wie »Töte die Fliege!«, »Kein Wasser in den Sand gießen« und »Mülltonnen sind geschlossen zu halten« ergänzten die Darstellung. Angeblich gab es in El Shatt dank des Einsatzes der Flüchtlinge weniger Fliegen als irgendwo sonst in Ägypten.

Die Künstler sollten die Entscheidungsträger in Kairo von der Richtigkeit des Partisanenkampfes unter der Führung von Tito überzeugen. Sie organisierten Konzerte und Ausstellungen und bekamen viel Beifall. Noten, Texte, Bilder – alles musste neu erstellt werden. Josip Hatze notierte aus dem Gedächtnis Chor-Partituren aus Verdi-Opern, Partisanenlieder sowie englische und amerikanische Lieder, um so ein Konzert mit seinem Flüchtlingschor vorzubereiten, mit dem er streng probte. Die Schneiderwerkstatt nähte Partisanenuniformen für den Chor, und obwohl die Briten mit den roten Sternen an den Mützen der Sängerinnen und Sänger nicht einverstanden waren, setzten sich die Flüchtlinge durch.

Einige der Flüchtlinge plagte freilich die Befürchtung, dass sie ein Unterpfand in der Politik von Josip Broz Tito und auch ein Unterpfand in der britischen Politik darstellten. Warum konnten wir nicht in Italien bleiben? Oder irgendwo in Ägypten, wo es Wasser und Häuser gibt? Warum hat man uns hierher gebracht?

Um die allgemeine Moral nicht zu schwächen und aus der Unsicherheit darüber, wer nach der Rückkehr im Lande das Sagen haben werde, behielten diese Zweifler ihre Gedanken für sich.

Einer von ihnen war der Großvater von Mirta und Viola, der die Aufgabe, auf seine beide Enkelinnen aufzupassen, nur ungerne wahrnahm und froh darüber war, dass sich einige Frauen aus Vodice, die Oliva kannten und Mitleid mit ihr hatten, der Kinder annahmen. Seine Dankbarkeit verwandelte sich in verzweifelte Rührung, die sein ansonsten hartes und verschlossenes Herz öffnete, als die beiden Mädchen von einer Pockenepidemie erfasst und ins Lazarett gebracht wurden, in dem täglich Dutzende Kinder starben.

Die Pocken, die im Ägypten jener Zeit wüteten und viele Kinder töteten oder zumindest ihre Haut mit Narben überzogen, waren bisher die schlimmste Seuche gewesen. Später erzählten die Frauen aus Dalmatien, dass die Sterblichkeit deswegen besonders hoch war, weil die sturen britischen Krankenschwestern die an Pocken erkrankten Kinder wuschen. Auf der anderen Seite meinten die britischen Ärzte, dass die Sterblichkeit der Neugeborenen so hoch sei, weil die sturen dalmatinischen Mütter glaubten, sie könnten die Versorgung der Neugeborenen allein mit Muttermilch gewährleisten, was in dieser Hitze nicht ausreiche. Viola und Mirta überlebten.

Die Flüchtlinge waren daran gewöhnt, Blattgemüse, Zucchini, Auberginen und Tomaten mit Fisch und Olivenöl zu essen. Hier gehörten plötzlich fettige Fleischkonserven und eine gesalzene Margarinesorte zu den Grundnahrungsmitteln. Zu einem der schönsten Kunstwerke in El Shatt wurde der Friedhof in Form des kommunistischen Sterns, in dessen Mitte der Bildhauer Ante Kostović aus Margarine und Erde die Skulptur einer trauernden dalmatinischen Frau formte. Mit Hilfe des Direktors der Zementfabrik in Suez wurde sie in Beton gegossen. Eine Rosmarinhecke, wie man sie von Friedhöfen in der Heimat kannte, war hier freilich nicht möglich.

Man wartete auf die Rückkehr. Die fleißigen Frauen aus Dalmatien bastelten Blumen aus Papier, Draht und Stoff, sie bemalten sie und schmückten damit ihre Zelte, die sie an ihre Terrassen erinnerten. So versuchten sie, den Tag der Rückkehr zu beschwören. Da niemand zu Hause geblieben war, um die Blumen zu gießen, würden sie alles neu pflanzen müssen, denn auf die Deutschen, die jetzt dort hausten, war kein Verlass. Oder hatte man je deutsche Soldaten aus ihren Panzern und Lastwagen aussteigen sehen, um Rosen, Basilikum und Geranien zu gießen?

Mein Vater machte an der Tür ein listiges und zugleich geheimnisvolles Gesicht, und ich ahnte, dass mich heute eine außerordentliche Spezialität erwartete. In der Küche roch es gebacken-paniert, etwas in der Art. Ich weiß, dass er es liebt, wenn ich mit meinem Raten falsch liege, und sagte statt Guten Tag:

»Panierte Hühnerschenkel?«

Er stotterte vor Aufregung: »Sehr nahe dran, sehr nahe, und doch so fern! Daneben, aber nicht schlecht! Na, dann rate jetzt noch mal!«

»Kann man Schenkel von anderen Geflügelarten auch panieren?«

»Du liegst doch mit dem Geflügel falsch«, half meine Mutter, genervt von der wachsenden Aufregung ihres Mannes. Man konnte ihr ansehen, dass sie auf dieses *Etwas* jedenfalls keinen Appetit hatte.

Er lachte arglistig: »Falsch, falsch, aber eine gewisse Ähnlichkeit kann man nicht leugnen. Ich meine im Geschmack! Ich helfe dir: Es hat früher am Fluss meiner Kindheit gelebt, aber heutzutage werden nicht einmal mehr die Flüsse in Ordnung gehalten, unser Fluss war nach dem letzten Krieg verstopft mit ausrangierten Militärfahrzeugen, Brückenteilen, Häuserschutt und verrosteten Panzern, da kann doch kein Fluss normal fließen, und deshalb ist der Boden völlig verschlammt, aber das habe ich schon an alle möglichen Behörden geschrieben, das muss ich dir jetzt nicht alles erklären, wenn du willst, kann ich dir meine Briefe vorlesen.«

»Es sind Froschschenkel!«, verkündete ich begeistert und erntete einen bösen Blick meiner Mutter.

»Ha«, rief mein Vater triumphierend, »kluges Mädchen! Was habe ich dir gesagt, Flora, wenn jemand etwas vom Essen versteht, dann ist es unsere Tochter! Obwohl auch sie noch viel lernen muss«, dieser Zusatz war zu erwarten gewesen. »Heute war ich wie immer früh auf dem Fischmarkt, aber es war eine unruhige Nacht, nach Mitternacht hat es ein Unwetter gegeben, und danach war es wohl zu spät, um auszulaufen, und die Fischer hatten nichts. Dann bin ich weiter zum Markt gegangen, ich dachte, es ist zwar noch früh, aber mal schauen, was uns die Großhändler so bringen, bei ihnen ist es auch billiger, wenn sie einem etwas verkaufen wollen. Und dann lud ein Mann Kisten voller frischer Frösche aus, die sieht man nur noch selten.«

Wir gingen in die Küche. Auf einem Turm aus panierten Fröschen, die jeder die Größe einer Handfläche hatten, lagen Zitronenscheiben. Ich sah, dass sich mein Vater bemüht hatte, diesem bäuerlichen Essen einen vornehmen Anschein zu verleihen, wahrscheinlich um meine Mutter milder zu stimmen. Aber sie wirkte abwesend, und ihre verächtliche Haltung gegenüber seiner Besessenheit vom Essen war weniger ausgeprägt als sonst.

»Die Grundbucheinträge sind gekommen, per Post«, sagte sie, als wir uns um den Fröscheturm setzten und mein Vater uns Wein einschenkte, der beinahe schwarz wirkte. Zwei Tropfen, die von der Karaffe nach unten rollten, hinterließen einen dunkelvioletten Fleck auf der weißen Tischdecke. »Das Haus wurde endlich auf uns drei übertragen, das ist immerhin ein Anfang. Und einige kleinere Grundstücke auch, sogar die beiden Grundstücke im Ort, auf denen die Häuser standen, die die Italiener niedergebrannt haben, sind jetzt auf unsere Namen eingetragen. Jetzt liegt es an uns, ob wir dafür Geld verlangen und wie viel.«

»Willst du wirklich nicht probieren?«, fragte mein Vater sie liebenswürdig und versuchte einen der köstlichen (da waren er und ich uns einig) Frösche auf ihren Teller zu legen. Sie wollte seine Hand wegschieben, ließ ihn schließlich gewähren, aber berührte ihn nicht.

»Das Oberste Gericht hat unserer Klage stattgegeben, aber alle sagen, dass es nun erst recht Jahre dauern kann. Und die Urkunden, die den Besitz des Weinbergs und des Olivengartens belegen, die Paulina und Klara damals von ihrem in Australien verstorbenen Vater Bartul geerbt haben, sind zur Begutachtung nach Zagreb geschickt worden.«

»Seht ihr«, sagte mein Vater zufrieden. »Alles läuft gut. Was soll ich da sagen über das Erbe meiner Familie! Im letzten Krieg hat die Jugoslawische Volksarmee Tellerminen in unsere Weinberge gelegt, unsere Felder liegen brach, weil mein Bruder Peter zu alt ist und nicht mehr alles alleine bewirtschaften kann. Die jungen Leute sind alle weg, niemand arbeitet mehr gerne körperlich, es ist schöner, in der Stadt zu sitzen und sich von den reichen Touristinnen aushalten zu lassen, und unser Fluss ist fast ausgetrocknet, mein Bruder wartet schon darauf, dass wieder die Malaria ausbricht, wie vor hundert Jahren. Und in die Grundbücher ist gar nichts eingetragen.«

»Oh, Papa«, rief ich. »Bitte nicht du auch noch! Eure Dokumente werde ich nicht auch noch sammeln, und über euch schreibe ich auch keine Bücher!« Ich versuchte es scherzhaft klingen zu lassen.

»Das wollte ich ja auch nicht«, antwortete er spürbar beleidigt. »Du sollst gar keine Bücher schreiben, auch über die Familie deiner Mutter nicht; über die noch am allerwenigsten. Es gab zu viele Kommunisten unter ihnen, bei aller Liebe! Und ihr Opfer wird heute nicht mehr gewürdigt, das sage ich dir, der ich wirklich nicht viel für die Kommunisten übrig habe. Aber eines muss man ihnen lassen: Den Faschisten mit ihren rassistischen Ideen konnte man sich nur mit Gewalt widersetzen, und dafür waren hierzulande nur tollkühne Leute in der Lage, die an eine höhere Gerechtigkeit geglaubt haben, wie diese Kommunisten. Deine Urgroßmutter oder dein Großvater oder dein Großonkel mit seiner Frau Laura und seinem Sohn Niko. Die Kräfteverhältnisse bei uns waren kompliziert, deshalb ist diese gottlose und ziemlich naive kommunistische Vision einer anationalen Welt der Arbeiter und Bauern eigentlich eine bewundernswerte Vision gewesen. Das denke ich heute, aber morgen kann ich es mir auch wieder anders überlegen, weißt du, ich zerbreche mir schon eine ganze Ewigkeit den Kopf über diese Frage.«

Während er redete, zeichnete er mit seinem Froschschenkel irgendwelche Zeichen in der Luft und deutete ab und zu auf seine Frau. Es war das erste Mal in dem halben Jahrhundert ihres gemeinsamen Lebens, dass er den Kampf ihrer Familie gelobt hat, und dann noch so feierlich und ausführlich. Meine Mutter fing an zu weinen.

**Oliva erinnert sich, wie die italienischen Soldaten** mit Paradeschritten durch Vodice marschierten, sie trugen Federn an ihren Mützen und rasselten mit ihren Gewehren. Und sie erinnert sich an die Frankovci, daran, wie sie H-L-A-P riefen: »Hoch lebe Ante Pavelić.« Sie erinnert sich, dass dieser Ante Pavelić schwarz trug, wie die Italiener, die das Haus ihres Bruders in Brand gesetzt haben. Es riecht nach Brand. Und dann erinnert sie sich an die deutschen Soldaten, die die Frauen auf das Schiff trieben. Und sie erinnert sich an die Tschetniks, mit ihren langen Haaren und hämischen Gesichtern. Und dann erinnert sie sich an die Partisanen, wie sie nach der Befreiung tanzten, und die Handgranaten, die an ihren Ledergürteln hingen und gefährlich hüpften. Oliva will sich an all das nicht erinnern. Sie will schlafen. Ich bin Dalmatien, träumt Oliva. Ich bin das kroatische Dalmatien, das in der alten romanischen Sprache Dalmato Gebete spricht, die ich nie gehört habe. Tuota nuester, che te sante intel sil, siat santificout el naun to. Vigna el raigno to. Sait fuot la voluntuot toa, coisa in sil, coisa in tiara. Duote costa dai el pun nuester cotidiun. E remetiaj le nuestre debete, coisa nojiltri remetiaime a i nuestri debetuar. E naun ne menur in tentatiaun, miu deleberiajne del mal.

# Santa Cesarea, 1944

Bianka und Lovro erlebten die Fahrten von Sovlje nach Vis und von Vis nach Bari wie einen Traum. Der Traum war herrlich, weil darin immer wieder die hochgewachsene Gestalt ihres Vaters mit seinen Lachfalten um die Augen auftauchte.

Bianka und Lovro hatten Glück – sie durften in Italien bleiben und mussten nicht nach El Shatt. Die Gründe dafür, ob jemand in Italien blieb oder nicht, waren vielfältig. In Biankas und Lovros Fall entschied wahrscheinlich Mitleid, vor allem mit Lovro. Die Leiter des *zbjeg* wussten, wie seine Mutter umgekommen war.

In den leergefegten Urlaubsorten Santa Maria al Bagno, Santa Maria di Leuca und Santa Cesarea, die auch als Transitlager dienten, wurden die Flüchtlinge in stattlichen Häusern untergebracht, die zwar häufig keine Möbel und Heizung mehr hatten, aber solche Schwierigkeiten konnte man schnell beheben. In dieser Gegend besaßen reiche Stadtbewohner aus Bari, Lecce und Otranto, aber auch aus Neapel oder Rom Villen, die sich wie Schlösser aus orientalischen Märchen über das blaue Meer erhoben. Bianka sah diese ganze Pracht, doch sie konnte nicht unbekümmert sein: Sie hatte sich schon einmal von der Schönheit Italiens beeindrucken lassen, damals in Bagni di Lucca, doch dann war sie ins Lager Fraschette verlegt worden. Ihre Erfahrungen hatten sie gelehrt, dass auf schöne Dinge etwas Schreckliches folgen muss, und deshalb traute sie dem Zauber dieses Ortes nicht.

Und tatsächlich musste sie auf das Schreckliche nicht lange warten. An einem ruhigen, sonnigen Tag traf eine Gruppe älterer Frauen aus Murter ein, die auf der Reise nach El Shatt einige Tage in Santa Cesarea Terme verbringen sollte. Bianka folgte ihnen auf dem Weg zu ihrer Arbeitsstelle in der Kantine, ihren Bruder hatte sie in dem improvisierten Kindergarten zurückgelassen. Sie hörte nicht auf die Gespräche der Frauen, so sehr war sie in ihre eigenen Gedanken versunken. Trotzdem drang plötzlich das Bruchstück eines Satzes ganz klar und deutlich an ihr Ohr: »... alles ist so schlimm, jetzt ist auch noch Kommandant Benedikt umgekommen...« Sie versperrte den Frauen den Weg und fragte: »Mein Vater heißt Benedikt und ist Kommandant auf der Insel Murter, sprechen Sie vielleicht von Benedikt Barišić?« Die Frauen musterten das Mädchen und schwiegen zunächst, dann sagte die, die als Letzte gesprochen hatte: »Nein, nein, es geht um einen ganz anderen Benedikt«, und die Gruppe entfernte sich eilig. Bianka drehte sich um und lief zum ranghöchsten Genossen des Zentralausschusses des *zbjeg*, dessen Büro in einer Villa in maurischem Stil untergebracht war, die sie regelmäßig zu putzen hatte. Atemlos klopfte sie an seine Tür, und nach dem »Herein!« stürzte sie ins Büro und berichtete aufgeregt, was sie bei den Frauen aufgeschnappt hatte. »Ich habe nichts davon gehört«, sagte der Mann, »aber ich werde es prüfen lassen.«

Diese Prüfung dauerte einen Monat, in dem Bianka kaum schlafen und essen konnte. Lovro, der kein besonders heiteres Kind war, wurde noch stiller, da er spürte, dass die große Schwester Sorgen hatte. In ihrem gemeinsamen Schlafraum herrschte meist Schweigen, und Lovro freute sich auf die Stunden im Kindergarten. Bianka wollte hoffen, aber ihr Gefühl sagte ihr, dass die Frauen aus Murter gelogen hatten. Nach einem Monat wurde sie in das Büro vorgeladen: »Genossin Bianka, es tut mir leid, ich muss dir mitteilen, dass dein Vater tatsächlich umgekommen ist.«

Bianka reagierte mit stummer Verzweiflung, die sie besonders nachts packte, wenn Lovro schlief. In diesen Augenblicken, während unter dem Fenster die Wellen der Adria rauschten, war sie sicher, dass niemand auf der ganzen Welt einsamer und trauriger war als sie. Auf der anderen Seite des Meeres lag die Insel Murter, und dort war ihr Vater begraben und mit ihm all ihre Hoffnungen und ihre ganze Freude.

Als Bianka und Lovro nach der Befreiung Dalmatiens wieder in Vodice eintrafen, war Klaras Mann der Erste, der sie im Hafen entdeckte. Er umarmte sie überschwänglich, nahm Lovro auf den Arm und lief mit ihm nach Hause. Noch auf der Straße rief er so laut »Da ist er! Da ist er!«, dass Klara und Paulina dachten, er sei entweder verrückt geworden oder Niko, Blaž oder Benedikt seien von den Toten auferstanden. Bianka, die glaubte, dass sie all ihre Tränen für immer in Italien gelassen habe, spürte, wie ihre Augen feucht wurden, als sie die vertraute kleine Gestalt ihrer Großmutter Paulina erblickte.

Diese umarmte sie fest und sagte mit genauso fester Stimme: »Es wird nicht geweint, Bianka, unser Kampf geht weiter, wir müssen jetzt für das leben, wofür sie gestorben sind.«

Noch am selben Tag ging Paulina mit Lovro an der Hand zu Lauras Mutter. Paulina sagte: »Wäre er ein Mädchen, hieße er Laura, und ich würde nichts von dir verlangen. Wenn mein zweiter Enkel Niko noch lebte, wäre es einfach, dann würde ich ihn Benedikt nennen, und so würde er an den Vater erinnern, aber da auch er tot ist, habe ich nur noch diese Möglichkeit. Ich bitte dich, dass wir unseren gemeinsamen Enkel noch einmal umbenennen dürfen und ihm den Namen meines Sohnes und seines Vaters Benedikt geben.« Lauras Mutter nickte schweigend. Sie hatte den Eindruck, dass ihr Enkelsohn sie nicht einmal erkannt hatte. Später wurde der Kleine Beni gerufen, aber da war er schon von entfernten Verwandten aus Zagreb adoptiert worden und hatte sich dadurch für immer aus dem Kreis seiner Familie in Vodice entfernt.

Ich sitze in einem Café an der Riva, der Spliter Uferpromenade. Die Riva glänzt weiß. Die Palmen geben keinen Schatten. Ich habe mir auf dem Markt eine Gucci-Sonnenbrille besorgt. Mein Capuccino ist noch heiß, ich rauche eine Zigarette dazu und blättere die »Slobodna Dalmacija« durch. Aus dem Hafen schallt das tiefe Tuten einer Fähre herüber. Die Zeitung erinnert an eine verkürzte Schulausgabe der Theaterstücke von Shakespeare. Es könnten auch die alten griechischen Dramatiker sein. Sie ist voll von Intrigen und Meldungen über Verbrechen, etwa über einen Mann, der seine Frau im Schlaf erschlagen hat, über einen Sohn, der mit einer Axt auf seinen Vater losgegangen ist, und über einen Zagreber Unternehmer, der mit seiner schnellen Jacht einen Segler totgefahren hat. Einer altangesehenen Spliter Familie hatten die Partisanen einen Renaissancepalast abgenommen, im Sozialismus war daraus ein Stundenhotel für Matrosen aus den blockfreien Ländern geworden, der neue Staat hatte den Palast dann für einen Appel und ein Ei an einen skrupellosen Kriegsgewinnler verscherbelt, und nun war dort eine schicke, künstlerisch angehauchte Pension für amerikanische Touristen entstanden. Die Enkel jener alten Familie kämpften vergeblich um die Rückgabe des Palastes. Es gibt einen mehrseitigen Historikerstreit um die Toten der letzten drei Kriege – auf welcher Seite wer gestanden hatte und ob diesem oder jenem Toten eine offizielle Ehrung gebührte oder nicht. Die Bierwerbung ist mit riesigen nackten Brüsten geschmückt (sollte man an der Adria nicht Wein trinken?), von der Auto- und Möbelwerbung ganz zu schweigen. Die Zeitung besteht zur Hälfte aus Werbung.

Auf Seite fünf sehe ich ein Foto von Herrn Marković. Ein Artikel über drei Seiten – fünf, sechs und sieben – berichtet über Immobilienspekulationen. Der Tourismus, heißt es in dem Artikel, und der baldige Beitritt zur EU, haben viel Bewegung in den Immobilienmarkt an der Küste gebracht, aber leider auch viele kriminelle Machenschaften und Korruptionsfälle. Die Staatsanwaltschaft möchte die Namen der kroatischen Politiker nicht erwähnen, die die Presse bereits seit Jahren in diesem Zusammenhang nennt. Diese Namen wechseln. Es kommen immer neue dazu. Und alte tauchen wieder auf. Die Politiker verteidigen sich, man habe nur das Notwendige getan, um die Wirtschaft anzukurbeln. Der Weg aus einer sozialistischen Wirtschaft ist nicht so einfach, wie sich manche vorstellen. Man kann der alten sozialistischen Absicherung der Arbeiter nachtrauern, diese ist aber nicht realistisch. Der Sozialismus hat das Land hoch verschuldet zurückgelassen. Der Kapitalismus allerdings auch. Aber die Lage bei uns könne man ja noch nicht Kapitalismus nennen. Die Bürger hätten zu wenig Einblick in die Details unserer Übergangssituation. Es gehe alles nicht so schnell, wie es sich der Einzelne vorstelle. »The Financial Times« habe neulich darüber geschrieben. Und der »Economist« auch. Vom Privatisierungsfonds war die Rede. Der habe zugelassen, dass Fabriken abgerissen würden, die Tausende von Arbeitsplätzen sicherten, um Hotelanlagen mit fünf Sternen zu bauen. Alte Olivenhaine würden in Golfplätze umgewandelt. Später sei es nur noch ein Schritt bis zur Umwandlung der Golfplätze in Bauland. Der amerikanische Botschafter wird zitiert, seitlich in einem Kästchen: Die kroatischen Medien sollten aufhören, alle Unternehmer als kriminell zu bezeichnen, das würde das Klima für die Umwandlung einer Staats- in eine Marktwirtschaft nicht gerade befördern. Damit käme man nicht weiter. Mehr Unternehmergeist sei gefordert, um aus der gegenwärtigen Krise herauszukommen. Ein deutscher Experte wird zitiert: Das ganze Mittelmeer sei in der Krise, und das erstaune nicht, bei den überteuerten Immobilienpreisen, so könne man doch nicht wirtschaften. Es komme doch auf den Raum an, das Mittelmeer interessiere vorwiegend als Raum. Die Menschen aus dem Norden würden hier gerne Urlaub machen. Wenn man endlich zur EU gehören werde, würden viele Deutsche Interesse daran haben, hier ihren Lebensabend zu verbringen, das könne dem Land die notwendigen Einnahmen bringen. Und das könne nur im Interesse der kroatischen Grundstücksbesitzer sein. Aber das Gesundheitssystem müsse verbessert werden, sonst kämen die deutschen Rentner nicht. Und die Situation in den Grundbuch- und Katasterämtern müssten den EU-Standards angepasst werden. Er würde raten, einfach das deutsche Modell zu übernehmen.

Ich muss ihm zustimmen. Ich bestelle noch einen Cappuccino. Ich rauche und lese weiter: Die Anpassungen an diese Standards würden der einheimischen Bevölkerung zugutekommen. Er könne sich nicht vorstellen, warum jemand etwas dagegen haben solle. Ein ukrainischer Unternehmer, der auch abgebildet ist (er trägt ein schwarzes Sakko und ein weißes, tief ausgeschnittenes T-Shirt, man sieht, dass seine Brust nach neuster Mode glatt rasiert ist, und eine goldene Kette mit einem Kreuz baumelt um seinen Hals), kaufe Inseln, um darauf ultraexklusive Hotelanlagen zu bauen.

Es ist nicht ganz klar, in welchem Zusammenhang Herr Marković im Artikel erwähnt wird. Ich lese und lese, aber ich kann nicht feststellen, ob er nun auf der guten oder auf der bösen Seite steht. Unsere Begriffe von gut und böse sollten überpüft werden, sagt ein kroatischer Experte. Wir sollten aufhören, uns dem Vordringen fremden Kapitals zu widersetzen, sonst würden wir nicht unseren Platz in der großen europäischen Familie finden. Wir wollen endlich ein Teil des Europas ohne Grenzen werden. Menschen und Waren sollen ungehindert fließen. Ein ungarischer Reedereibesitzer sagt, er würde gerne mit der kroatischen Regierung über die Werft in Split verhandeln, aber die Arbeitsplätze könne niemand garantieren. Es würden neue Arbeitsplätze entstehen, das bestimmt, ja. Ein deutscher Landwirt sagt, er könne sich vorstellen, die kroatische Regierung in Fragen der ökologischen Landwirtschaft zu beraten. Seine Frau stamme aus einer tüchtigen Familie von kroatischen Gastarbeitern. Ein italienischer Olivenölprinz – oder ist er Baron – wird zitiert, er sagt, er wolle sehr gerne hier an der Küste investieren. Ein österreichischer Unternehmer sagt, er auch.

**Oliva presst die Hände auf den Unterleib und starrt** auf die Decke. Eine Fliege nimmt Anlauf auf die Fensterscheibe. In der Küche riecht es nach Fisch. Nicht einmal die Lorbeerblätter und die Kapern, die im Sud aus Wein und Meerwasser schwimmen, können diesen Geruch verdrängen. Sie muss jetzt aufstehen und die Küche verlassen, draußen ist die Luft frisch, es hat geregnet, und ihre Rosen werden ihr Trost spenden. Aber obwohl sie beschließt, dass sie jetzt sofort und auf der Stelle aufstehen wird, obwohl sie sich im Geiste schon die Treppe herablaufen sieht, so wie einst Niko, bevor er über die Mauer sprang – so leise würde sie laufen –, weiß sie mit einem anderen Teil ihrer Seele, dass sie nicht aufstehen wird, dass sie hier liegen bleiben wird, angeekelt vom Gestank des Fisches und mit den heißen Handflächen auf dem Unterleib. Sie wundert sich, da sie den Eindruck hat, dass es schon lange beschlossene Sache ist, dass sie nicht aufstehen wird. Aber wer hat das für sie entschieden, wenn sie sich doch selbst ganz klar den Befehl gibt: Steh auf, Oliva, laufe leise die Treppe herunter, atme tief die Luft nach dem Regen ein und tauche dein Gesicht in die größte deiner Rosen?!

## VODICE, 1946

Flora hat sich von ihrer Freundin Iva zwei hohle, ausgetrocknete Flaschenkürbisse ausgeliehen, die mit einem ledernen Riemen verbunden waren. Und sie hatte sich ein Waschbrett besorgt, das trug sie nun auf dem Kopf, während sie die Kürbisse um den Hals gehängt hatte. Sie war fest entschlossen, heute schwimmen zu lernen. Iva hatte ihr erklärt, wie es geht. Der Sommer war unerträglich heiß, die einzige Abkühlung bot das Meer, doch das konnten in Vodice nur die wenigen Kinder nutzen, die sich selbst das Schwimmen beigebracht hatten. Außerdem versprach sich Flora davon etwas Abwechslung. Zu Hause wurde viel geweint und noch mehr geschwiegen, man raufte sich die Haare, immer wieder wurden Benedikt und Niko beklagt, Laura wurde wenig erwähnt, genauso wie Klaras Sohn Blaž, aber auf eine gewisse Weise waren auch sie in die Klagen einbezogen. Flora ahnte, dass sich hinter dem, was nicht ausgesprochen wurde, viel mehr verbarg – Schweigen kann dem, was verschwiegen wird, so viel Bedeutung verleihen. Deshalb war Flora das laute Klagen lieber, aber auch das machte müde. Wenn man schwimmen kann, so malte sie sich aus, kann man jeden Tag am Strand und im Wasser spielen, fernab von der ewig liegenden Mutter, von den Parteigenossen des Vaters und von den Nachbarinnen, die kamen, um mit Oma Paulina die Toten zu beweinen – und am Ende musste Paulina sie immer trösten.

Schwer bepackt und dennoch geschwind wie eine Katze näherte sich Flora dem Ufer. Dort unten lag der Strand, der ihrem Vater gehörte und von dem sie wusste, dass er ihn der Gemeinde schenken wollte, ihre Mutter aber war dagegen, da sie in dem Garten, der sandigen Boden hatte und im Meereswasser endete, Zucchini und Paprika, Kartoffeln und Kohl züchten wollte, jetzt wo wieder Frieden war. Doch ihre Mutter sagte das bloß, stand aber nicht von ihrer Ottomane auf, und wahrscheinlich würde ihr Vater den Garten doch weggeben, und aus den Zucchini, die

Flora sowieso nicht leiden konnte, und den Kartoffeln, die eine Spur besser waren, vor allem mit Zwiebeln und Rosmarin und in viel Olivenöl gebacken, würde nichts werden.

Niemand kümmerte sich um Flora. Ihre beiden jüngeren Schwestern waren aus El Shatt zurückgekommen, und alles drehte sich nur um sie. Groß geworden, braun gebrannt und fein angezogen, trugen sie kurze Röckchen, Rüschenblusen, Sandalen und hatten sogar Söckchen aus weißem Garn, so etwas hatte Flora nie zuvor gesehen. Als die Rückkehrer aus El Shatt in einem offenen Lastwagen ankamen, der – geschmückt mit jugoslawischen und roten Fahnen – unter lautem Hupen auf dem Hauptplatz zum Stehen kam, hatte sich ihre Mutter Oliva ganz nach vorne gedrängt und geholfen, die Kinder von der Ladefläche auf den Boden herabzusetzen.

Denn sie suchte nach ihren beiden kleinen Töchtern. Tatsächlich hatte sie selbst zunächst Viola und dann Mirta fest unter die Arme gegriffen, sie in die Luft gehoben, genau angeschaut und dann auf den Boden abgesetzt, ohne sie zu erkennen, sie suchte weiter. Sie hob ein Mädchen nach dem anderen vom Wagen, und alle sahen in ihrer Kleidung aus den amerikanischen Care-Paketen wie Märchenprinzessinnen aus. Oliva geriet immer mehr in Panik. Flora hatte sich an eine Hauswand gelehnt und die Szene beobachtet.

Ihr war sofort klar gewesen, dass die beiden Mädchen, die sich an den Händen hielten, die gleichen weißen Schleifen in ihrem glänzenden schwarzen Haar hatten und Oliva aus großen Augen anschauten – mehr aus Angst vor der lauten, wild gewordenen Frau, die alle Kinder an sich riss, als ob sie sie erkannt hätten –, ihre Schwestern waren. Irgendwann hatte jemand gerufen: »Oliva, Oliva, die beiden stehen doch hinter dir!«, während ihre Mutter noch immer suchte und suchte und schrie: »Viola, Mirta! Wo sind meine Töchter! Ihr Verbrecher, was habt ihr mit meinen Töchtern gemacht?!«

Das Wort *Verbrecher* ging zum Glück im allgemeinen Getöse unter, denn es war nicht gerade korrekt von Oliva, derart kritische

Worte auszusprechen, auch wenn sie die Ehefrau und die Schwester von ausgewiesenen Genossen war – schließlich hatte man ihr gerade die Töchter gesund, wohl erhalten und anständig angezogen zurückgebracht. Wusste sie überhaupt, wie viele Gräber in der Wüste zurückgeblieben waren? Kleine und große, denn über 250 Kinder und 600 ältere Menschen waren dem Leben in der afrikanisch-asiatischen Hitze nicht gewachsen gewesen. Ihre Knochen würden eines Tages zu Sand werden, und der gefürchtete Gilbi-Wind würde sie in gelben Schwaden über Land und Meer wehen. Bisweilen brachten die Stürme den feinen gelben Sand aus Afrika bis an die dalmatinische Küste, und alle paar Jahre fielen riesige trockene Heuschrecken vom Himmel, die nur noch sterben konnten, aber dennoch grässlich waren, und von denen man sagte, auch sie seien mit den Wüstenstürmen zu uns gelangt.

Als Oliva begriff, dass die hübschen Mädchen, die sich an den Händen hielten und ihrem Wüten mit misstrauischen Blicken folgten, ihre Töchter waren, stürzte sie sich mit Lachen und Weinen auf sie und bedeckte ihre Gesichter, ihre Schultern, ihre Hände mit Küssen. Den Kleinen war dieser Ausbruch sichtbar unangenehm, während sich Flora, die immer noch an ihrer Hauswand lehnte, mit Verbitterung daran erinnerte, wie die Mutter – als sie selbst aus dem deutschen Lager zurückgekommen war – auch sie nicht erkannt hatte. Als Tante Klara endlich gesagt hatte: »Hier ist deine Flora, sie ist größer geworden und hat sich nur ein bisschen verletzt, als sie aus dem Karren gefallen ist!«, hatte Oliva zweifelnd innegehalten, und als sie dann etwas genauer Floras verschrammtes Gesicht betrachtete – zwischen Oberlippe und Nase klaffte eine eitrige Wunde –, hatte sie, ohne Flora dabei in die Augen zu sehen, entgeistert ausgerufen: »Was habt ihr aus meiner Tochter gemacht?«

Flora erinnerte sich daran, dass ihre Mutter direkt nach der Begrüßung zum Brunnen geeilt war, um Wasser für den Holzkübel herbeizuschleppen, in dem sie Flora dann lange abschrubbte.

Die ganze erste Nacht nach ihrer Rückkehr aus dem Lager brachte Oliva an der Nähmaschine ihrer Mutter Paulina zu und nähte aus bunten Stoffresten und alten Herrenhemden, die sie im Haus zusammengesucht hatte, Kleider für Flora. Sie wies Paulina barsch ab, als diese ihr Hilfe anbot, und Flora wurde nicht gefragt, was für ein Kleid sie sich wünschte. Erst am frühen Morgen war Oliva auf dem Boden zusammengekauert eingeschlafen, ohne sich ausgekleidet zu haben. Im Lager hatte sie sich daran gewöhnt, auf harter Unterlage zu schlafen. Ein langes hellblaues Kleid mit roten und gelben Volants, eine Bluse mit Knöpfen auf dem Rücken und ein glockenförmiges Röckchen hingen über der Stuhllehne.

Die Wunde unter Floras Nase heilte nur langsam, da sie sich infiziert hatte. Paulina, Klara und ihr Mann Jure hatten ausgerechnet an diesem Morgen vergessen, den Kräuterschnaps mitzunehmen, und als Flora in den Staub stürzte, war es zum Umkehren zu spät. So wurde die Wunde erst am Abend mit Schnaps ausgewaschen und war den ganzen Tag der Hitze ausgesetzt gewesen. In dem allgemeinen Durcheinander am Ende des Krieges konnten nur noch sehr wenige Familien auf ihre Felder fahren, um sich dort mit den kümmerlichen Pflanzen zu beschäftigen. Man konnte also auch bei niemandem Schnaps ausleihen.

Inzwischen hat Flora unter der Nase eine rechteckige Narbe, die sie für immer an das Ende des Krieges und an die Rückkehr ihrer Mutter erinnern wird – und an den Blick, mit dem diese die Wunde damals angestarrt hat.

Am Strand angelangt, legte Flora das Waschbrett auf eine Mauer, da sie zuerst mit den Flaschenkürbissen üben wollte. Sie hatte sich die Hinweise genau gemerkt und wusste, was sie zu tun hatte. Das Wasser war klar und hier im Flachen lauwarm, Flora konnte ihre Füße gut erkennen, obwohl die sich tief in den Sand drückten und teilweise bedeckt wurden. Auf drei muss sie sie anheben und Froschbewegungen machen, anziehen und ausstrecken, so hatte Iva es ihr erklärt, oder kräftig schlagen, sie solle selbst entscheiden, was ihr besser gefalle. Flora entschied sich für Froschbeine.

Es war ein warmer Spätnachmittag und Flora hatte Glück, dass niemand in der Nähe war, so konnte sie in Ruhe üben. Sie hatte nicht mitgezählt, schien aber die Übung mit den Kürbissen mindestens tausendmal wiederholt zu haben – und jetzt war das Waschbrett dran. Sie legte es auf das Wasser, hielt sich an der Holzleiste fest, die sonst zum Ablegen der Seife diente, und strampelte dann übermütig mit den Beinen, Froschbeine waren wohl nur etwas für kleine Kinder.

Ein schweres Brett könne von alleine schwimmen, so hatte ihr Iva erklärt, und das sei der Beweis dafür, dass auch der Mensch nicht untergehe, wenn er sich nur ruhig verhalte – das leuchtete Flora ein. Um voranzukommen, musste man aber Arme und Beine bewegen. Sie zweifelte keine Sekunde daran, dass sie heute Schwimmen lernen würde, sie wusste, dass der Mensch nur dann untergeht, wenn er Angst hat (für so etwas wie Angst hatte Flora, eine Enkelin Paulinas, nur ein verächtliches Lächeln übrig). Und so begann sie, bald die eine, bald die andere Hand loszulassen und das Brett nur ganz leicht zu berühren. Immer und immer wieder nahm sie Anlauf, ihre Fingerkuppen waren schon ganz verschrumpelt, aber das war ihr egal, sie fing an, das Brett wegzuschieben und zu ihm zu schwimmen. Schon legte sich die Dämmerung über die kleine Bucht, während Flora siegessicher und immer kräftiger das Brett von sich stieß und dann darauf zu schwamm.

Unterdessen hatte Oliva endlich bemerkt, dass sie ihre älteste Tochter schon seit Stunden nicht gesehen hatte, was ungewöhnlich war, denn Flora suchte eigentlich immer nach Gründen, sich mit den Schwestern zu zanken oder Mirta zu schubsen oder Viola zu liebkosen. Oder sie bat Oma Paulina, nicht im Haushalt helfen zu müssen, da sie viel lieber in den Büchern stöberte, die sie sich in der neu gegründeten Schulbibliothek ausgeliehen hatte. Die Tatsache, dass in ihrem Dorf jetzt eine solche Bibliothek existierte, war für Paulina der Beweis dafür, dass sich der große Kampf gelohnt hatte, und wenn sie nicht diesen schweren Ring aus Schmerz um ihr Herz getragen hätte, hätte sie sich sogar bei dem Gedanken ertappt, dass ihr Sohn, seine junge Frau und sein Sohn aus erster Ehe für diese Bibliothek gefallen waren. Da sie sich jedoch den Gedanken an ihre Toten verbat, um unbeirrt vorwärts schauen zu können, wie es die Partei vom Volk verlangte, erlaubte sie Flora immer, mit einem Buch auf den Dachboden oder unter den großen Maulbeerbaum in dem verwüsteten Garten hinter dem Haus ihrer Schwester Klara zu verschwinden.

Doch Flora war nicht auf dem Dachboden. Niemand im Haus und in der Nähe hatte Flora gesehen, auch Klara nicht. Oliva bekam Angst. Sie verließ selten ihre Ottomane, und noch seltener verließ sie das Haus, aber jetzt war es ihr egal, jetzt rannte sie ins Ortszentrum und rief laut: »Flora, Flora!« Sie spürte, wie in ihr Panik aufkam. Die wenigen Menschen, die ihr begegneten, sahen sie neugierig an, gaben Ratschläge, suchten ein wenig mit ihr gemeinsam, zitierten die eigenen Kinder herbei und fragten sie, ob sie Olivas Tochter gesehen hätten – bald war der halbe Ort auf den Beinen. Nur Iva, die heute den ganzen Tag im Haushalt geholfen hatte und nun müde im Bett lag, ausgerechnet Iva, Floras Schwimmlehrerin, hatte noch nichts von der Suche erfahren, da ihre Mutter, eine Kriegswitwe, immer sehr früh alle Fensterläden und Türen zu verschließen pflegte.

Ich weiß eigentlich kaum etwas über meine Tochter, dachte Oliva verzweifelt, Flora ist groß geworden, ohne dass ich es begriffen habe, und jetzt ist sie schon neun. Als sie 1937 geboren wurde, saß Šimun in einem königlich-jugoslawischen Gefängnis, bald darauf in einem italienischen, bevor er dann im Wald verschwand. Ich musste mich immer um andere Dinge kümmern, um die beiden Kleinen, um den Schwiegervater, ich musste nicht nur das Essen in den Wald bringen – Fußmärsche von mehreren Tagen –, vorher hatte ich die Lebensmittel erst einmal zu beschaffen – Gelb gegen Gelb nannte man das, Gold gegen Maismehl.

Die Bauern wollten ihr Maismehl nur für Gold hergeben, und ohne Mehl waren alle hungrig, Öl und Fische allein machen nicht satt. Und dann noch das deutsche Lager – daran wollte sich Oliva jetzt NICHT erinnern, deshalb dachte sie: Und dann waren wir über die ganze Welt verstreut, aber Flora ist vom Boot geflohen und nicht nach El Shatt gefahren, Flora, Flora, Flora…

…die jetzt erstaunt feststellte, dass sie nicht nur ihre Füße nicht mehr sehen konnte. Sie sah eigentlich gar nichts mehr. In diesen Breitengraden wird es im Spätsommer gegen acht Uhr sehr schnell dunkel, und genau das war schon vor einiger Zeit geschehen, aber Flora hatte sich davon nicht abhalten lassen, denn der Mond und die Sterne hatten alles beleuchtet, als wäre es Tag. Das Meer um sie herum verwandelte sich erst dann in Tinte, als eine Wolke den Mond verdeckte und die Sterne hinter weiteren Wolken verschwanden. Flora war so glücklich gewesen, dass sie nichts gespürt hatte – weder die aufkommende Kälte noch Angst und am wenigsten irgendwelche Sorgen. Niemand sucht nach mir, dachte Flora, Mutter liegt auf ihrer Ottomane, Vater ist auf einer Parteisitzung, Oma beschäftigt sich mit den Kleinen, und ich bin ja bald zu Hause. Sie werden alle staunen, wenn ich ihnen sage, dass ich SCHWIMMEN kann. Keine der Frauen in der Familie kann schwimmen, nicht einmal Bianka, ich bin die Erste!

Auch die Männer im Ort konnten meist nicht schwimmen, nur einige, die bei der Marine gewesen waren oder die es sich selbst beigebracht hatten. Ob mein Vater schwimmen kann? Vermutlich nicht! Flora griff nach den Kürbissen und legte sie sich um den Hals, das Waschbrett, das vom Wasser noch schwerer geworden war, hielt sie mit beiden Händen auf dem Kopf und ging los. Aus der Ferne konnte man aufgebrachte Stimmen hören, und Flora, die ein wenig fror und immer schneller lief, wunderte sich, was für Menschen in dieser wunderbaren stillen Nacht so laut sein mussten.

Das halbe Dorf war zusammengelaufen, und angeführt von einer aufgebrachten Oliva näherte man sich dem Strand. Die Wolken hatten sich verzogen, und im Mondschein sah man alle ganz deutlich. Flora erschrak, als sie ihrer Mutter gewahr wurde – sie war nicht daran gewöhnt, sie außerhalb des Hauses und dann noch mit so vielen Menschen zu sehen. Als sich Oliva schluchzend und erleichtert auf sie warf und sie umarmte, stammelte Flora: »Ich habe schwimmen gelernt.«

In den »Aufzeichnungen eines notorischen Schwimmers« schrieb Paul Morand:

> *Und so zieht es vielleicht auch den Menschen, der eigentlich glaubt, nur deswegen an die See zu fahren, weil es auf dem Land zu heiß ist, aus tieferen Beweggründen ins Meer, Gründen, die zu tun haben mit der Mutterbrust und dem Fruchtwasser, seinem einzigen Paradies.*

**Oliva liegt ausgestreckt auf der Ottomane in ihrer** Küche und schläft. Sie träumt immer noch vom Meer und sie glaubt das Rauschen zu hören, als hätte sie eine Riesenmuschel an ihr Ohr gepresst. Es riecht nach Tang, nach Seegras, nach Fischschuppen, die die Fischer ins Wasser werfen, wenn sie die Fische säubern. Sie werfen auch die Innereien fort, und um diese versammeln sich sofort neue Fische. Oliva lächelt im Schlaf. Ein Fisch ist ein Fisch ist ein Fisch und ein Fisch frisst einen Fisch frisst einen Fisch. In Olivas Traum geht es vom Fischerhafen auf das offene Meer. Das Meer wechselt die Farbe von Grün bis Schwarz, und die Oberfläche ist mal glatt wie Öl, mal schäumend wie der gehäkelte Bettüberwurf, den Oliva in ihrem Traum allen drei Töchtern gibt, während ihre Nichte Bianka sie ernsthaft anschaut. Eines der Mädchen – oder sind es alle? – schwimmt in der öligen schwarzen Masse und scheint nicht das Ufer zu erreichen. Ich komme, Viola, Mirta, Flora, oder bist du es, Bianka?, will Oliva ihnen zurufen, sie sieht jetzt jede Einzelne vor sich, ich kann euch alle genauso gut beschützen wie Paulina, ich bin wie sie, nur dass ich jetzt auf diesem Schiff festgehalten werde. Sie entscheidet sich für Bianka, denn die braucht sie am meisten, gleichzeitig geht ihr durch den Kopf, wie klein Viola ist, wie traurig Mirta wirkt, wie bestürzt Flora sie anschaut, weil sie sich verabschieden muss. Sie muss einer nach der anderen helfen, sie wird mit Bianka anfangen, ich komme und werde für dich Gardinen aus Meeresschaum stricken, doch unter ihrem Rücken sind plötzlich Schiffsbretter, es riecht nach nassem Holz, nach Salz und nach schweren Soldatenstiefeln. Bin ich ausgerutscht, fragt sich Oliva voller Entsetzen, werde ich jetzt mit dem Kopf gegen die Ziegelsteine schlagen, die in der Ziegelei wie harte, trockene Brote gebacken werden, oder werde ich aufstehen können, aber wenn ich aufstehe, werde ich mich nie mehr hinlegen, das verspreche ich dir, ich werde laufen, laufen, laufen, um zu dir zu kommen, Bianka, Flora, Mirta, Viola, um zu dir zu kommen, werde ich sogar schwimmen, obwohl ich nicht schwimmen kann, das haben wir ja nie gelernt, und obwohl das Meer so schwarz und so ölig ist, aber ich werde es tun, ich werde euch eine nach der anderen retten, wenn ich es nur schaffe, mich von diesen Soldatenstiefeln zu befreien.

»Sei geduldig«, rät mir Tante Bianka und gießt noch etwas von ihrem berüchtigten Kirschlikör in mein Glas. Wir rauchen heimlich auf der Terrasse, da ihr Mann seinen Nachmittagsschlaf hält, was man eindeutig hören kann, obwohl er sich in die erste Etage des Hauses zurückgezogen hat und wegen der Hitze die Fensterläden geschlossen sind. Solange er schnarcht, können wir so viel rauchen, wie wir wollen – obwohl ich ein schlechtes Gewissen habe, denn die Tante sieht heute besonders blass und alt aus. Sie holt eine Blechdose und legt frittierte gefüllte Feigen auf einen Glasteller, der die Form eines Feigenblattes hat. Dann bringt sie die Dose zurück ins Haus, setzt sich mir gegenüber hin und sagt weiter:

»Manche Dinge kehren zu ihrem Besitzer zurück, manche nicht. Manchmal ist es besser, einfach zu warten, als zu kämpfen. Wie ich höre, wurde die alte Urkunde über den Grundbucheintrag deines Olivenhains in Zagreb für gültig erklärt. Ich warte immer noch darauf, dass der Diamantring unserer Tante Klara den Weg zu mir findet. Habe ich dir die Geschichte von den beiden Ringen schon erzählt?«

»Nein«, ich bin auf der Stelle ganz Ohr. Ich wusste doch, dass ich noch nicht alle Geschichten gehört habe!

»Die erste Geschichte handelt von diesem Ehering hier«, sie zeigt auf den schmalen Ring an ihrem rechten Ringfinger. Jetzt erst wird mir bewusst, dass Tante Bianka schon immer zwei Eheringe hatte – der zweite ist breiter und ziert ihren linken Ringfinger. »Und den Diamantring, von dem die zweite Geschichte handelt, kann ich dir nicht zeigen, weil ich, wie gesagt, immer noch auf seine Rückkehr warte. Es war ein echter Diamantring, man konnte mit ihm Glas schneiden, das habe ich sogar einmal ausprobiert.«

Ich lehne mich gemütlich in den Gartensessel, der mit vielen Kissen gepolstert ist, während Tante Bianka zu erzählen beginnt:

»Wie meine junge Stiefmutter Laura von den Italienern ermordet wurde, habe ich dir erzählt, oder? Sie soll sich nicht mit dem Gesicht zur Mauer gedreht haben, bevor sie erschossen wurde. Ein Bauer hat sie begraben. Und dieser Mann kam zu uns. Wir – meine Großmutter Paulina und ich – lebten bei deiner Großmutter Oliva. Dieser Mann hat sich in Gefahr gebracht, als er zu uns kam. Er konnte wohl den Anblick der getöteten Laura nicht abschütteln und wollte etwas tun. ›Ich habe sie begraben, das arme junge Ding‹ – hat er gesagt und in sein Glas geschaut, Tante Oliva hatte ihm einen Kräuterschnaps eingeschenkt, Gott sei Dank gab es in ihrem Haus immer Schnaps, Wein und Öl. – ›Und ich wollte euch sagen, dass ich ihr den Ehering abgenommen und dem italienischen Kommissar gegeben habe.‹«

»Hießen die auch Kommissare?« Ich weiß selbst nicht, warum ich die Tante mit dieser unwichtigen Frage unterbreche. Wahrscheinlich, weil mir das Bild der gefolterten und erschossenen Laura unerträglich ist.

Die Tante ist dagegen seltsam gefasst, wie immer, wenn ich sie so weit habe, dass sie ins Erzählen kommt.

»Ja, die hießen auch Kommissare. Am nächsten Morgen wusch ich mir die Haare, mit wenig Wasser und mit einem Stückchen Seife, das mir Tante Oliva zugesteckt hatte, als wir bei ihr Unterschlupf fanden. Es gab Wasser in Vodice, aber man musste es immer vom Brunnen im Hafen herbeischaffen, und wir wollten uns nicht zu oft draußen blicken lassen, auch Tante Oliva nicht, und deshalb waren unsere Wasservorräte immer knapp. Ich kämmte mich ordentlich und zog meine besten Sachen an, ein schlichtes Kleid. Großmutter Paulina hatte mir – ich war die älteste ihrer Enkelinnen – zwei Kleider aus ihren letzten Stoffbeständen genäht, natürlich ganz einfache und mit kurzen Ärmeln, um nur wenig Material zu verbrauchen. Heute wäre so ein Etuikleid der letzte Schrei.« Tante Bianka formt zwei Rauchkringel zu einer Brezel. »Nur Schuhe hatte ich nicht«, sie lächelt, »aber wer hatte schon Schuhe damals? Und dann ging ich zu diesem Kommissar.«

Ich sehe sie vor mir: Bianka, mit langem schwarzen Haar, das frisch gewaschen in der Sonne glänzt, in einem anmutigen Kleid mit Pariser Chic aus der Werkstatt der unermüdlichen Paulina, Bianka, wie sie auf ihren schlanken Beinen gleitet, als hätte sie die nobelsten Pumps an ihren nackten Füßen. Gerade ist die Mutter ihres dreijährigen Halbbruders erschossen worden, ihr Vater weiß noch nicht, welchen Epilog seine heimliche Liebesnacht mit der eigenen Frau hatte, er weiß noch nicht, dass er zum zweiten Mal Witwer geworden ist, ihr älterer Bruder hat sich in einem Weinkeller versteckt, aber bald wird auch er in den Wald zu den Partisanen gehen müssen, und weder sie noch Paulina können die Mutter Gottes bitten, ihm auf dem Weg durch die italienischen Kontrollen beizustehen, denn sie vertrauen ihr nicht, der Mutter Gottes.

Bianka sieht selbst wie eine schwarzhaarige Madonna aus, und die Stelle des fehlenden Kindes an der Brust wird demnächst ihr Halbbruder einnehmen, denn Bianka ahnt, dass sie zu seiner Mutter werden muss, das ist sie Laura schuldig. Aber zuerst hat sie noch dieses Gespräch mit dem italienischen Kommissar zu absolvieren, und so läuft sie barfuß über die polierten Steine der engen Gasse, an der Kirche und am Brunnen vorbei, zur Questura, oder wie auch immer das Gebäude der Ortsverwaltung zu dieser Zeit heißt.

»Niemand hielt mich auf, ich wurde von einem höflichen jungen italienischen Soldaten begrüßt und zum Zimmer des Kommissars begleitet. Ich konnte kein Italienisch und man beeilte sich, den Dolmetscher zu suchen, der bald gefunden wurde, vielleicht hatte er auch bei der Befragung und der Folter von Laura gedolmetscht. Später habe ich mich immer gesträubt, andere Sprachen zu lernen. Die Menschen, die mehrere Sprachen sprechen, dachte ich, gehören nie richtig zu einer Seite. Natürlich weiß ich jetzt, dass gerade das ein Vorteil ist. Dolmetscher zu sein, ist eine edle und häufig traurige Beschäftigung. Doch ich war zu jung damals, ich wusste es nicht besser.«

»Du brauchst mich nicht zu trösten«, sage ich. »Wenn du Menschen, die zwischen den Sprachen leben und nirgendwo hingehören, für suspekt hältst, dann liegst du damit gar nicht so falsch...«

»Unsinn. Ich habe das erwähnt, weil ich heute die Dinge ganz anders sehe. Übrigens, auch unsere kommunistische Versessenheit von damals sehe ich heute anders. Wenn ich mich erinnere, dass ich nach dem Krieg meine drei kleinen Kinder in der Wohnung eingesperrt habe, um zur Arbeiterbrigade zu gehen, *Keine Ruhepause solange der Wiederaufbau andauert!*, haben wir gerufen, und wir meinten es ernst ... Wir sind alle sehr hart gewesen. Aber ich wollte dir ja von den Ringen erzählen.«

»Ja, erzähl bitte weiter.«

»Ich sagte dem Kommissar ruhig, dass ich gekommen sei, um den Ehering der verstorbenen Laura Barišić zu holen, denn es sei auch der Ehering meiner Mutter gewesen, die ich jung verloren hätte, mein Vater habe ihn seiner zweiten Frau gegeben, die mir eine gute Stiefmutter gewesen sei. Der Kommissar ging daraufhin schweigend und mit schweren Schritten zu einem Schrank, der am anderen Ende des Zimmers stand, öffnete die Tür und nahm den Ring von einem der Regalbretter. Er hielt ihn zwischen Daumen und Zeigefinger seiner rechten Hand, als wollte er durch ihn hindurchsehen, und dann legte er ihn in meine geöffnete Hand. Ich sagte laut *Danke* und hörte den Dolmetscher wie ein falsches Echo hinter meinem Rücken, denn *hvala* und *grazie* klingen nicht gleich. Dann drehte ich mich um und ging, ohne zu grüßen – so würdevoll ich konnte – aus dem Zimmer.«

Tante Bianka schweigt. Mit Blicken fragt sie, ob ich noch Kirschlikör möchte, und ich möchte natürlich. Wir schieben uns jede eine frittierte Feige in den Mund, die mit Mandeln, Rosinen und Pinienkernen gefüllt und mit Zimt, Nelken und Rum gewürzt ist. Onkel Jerolims Schnarchen ist etwas lauter geworden.

»Ich war so glücklich, als ich meinem Vater im Hafen von Sovlje den Ring geben konnte. Als ich damals im Transitlager in Santa Cesarea von den beiden Frauen aus Murter hörte, dass ein gewisser Benedikt gefallen sei, und als mir der Tod meines Vaters vom Genossen Vorsitzenden des Volksbefreiungsausschusses bestätigt wurde, dachte ich wieder an den Ring. Ich stellte mir vor, wie sich seine rechte Hand mit dem Ring am kleinen Finger in die Erde gräbt, wie er nach einem Halt sucht, den es für ihn nicht mehr geben würde.«

»Wie hast du den Ring wiederbekommen?«, frage ich vorsichtig. Sie wirkt müde und ich befürchte, dass sie jetzt eine Pause braucht. »Soll ich lieber morgen wiederkommen, damit du dich jetzt ein wenig ausruhen kannst?«

»Aber nein!« Sie wird lebhaft. »Nein, nein, ich möchte dir das unbedingt erzählen. Viola sagt, dass du unsere Familie in einem Buch beschreiben willst, und dafür musst du alles gehört haben, so, wie es war. Viola ist natürlich dafür, dass du es ausschmückst und unschöne Dinge verschweigst, so hat sie es mir gesagt und dabei gezwinkert, du kennst sie ja. Aber ich denke, dass man alles so erzählen soll, wie es gewesen ist. Dieser italienische Kommissar, der mir den Ring zurückgegeben hat, war ein einfühlsamer Mensch. Wie ich den Ring wiederbekommen habe? Meine Großmutter Paulina hat nach dem Krieg ihren Sohn exhumieren und nach Vodice bringen lassen, wo er im Familiengrab beigesetzt wurde. Von den Genossen aus Murter wusste sie, wo er liegt. Er wurde in Murter sehr verehrt, und so haben sie seine Leiche, eingewickelt in eine Decke, anderthalb Kilometer weit geschleppt, weil es dort, wo er gefallen ist, zu felsig war, um ihn zu begraben. Paulina hat mich zur Exhumierung mitgenommen, aber im entscheidenden Moment, als sie ihn in der Erde fanden, hat sie mir verboten, näher zu kommen. Allein hat sie die Decke geöffnet. Irgendjemand erzählte mir später in der einzigen Kneipe in Murter, wo wir uns mit einem Kräuterschnaps stärkten, dass der Körper fast vollständig erhalten gewesen sei, wie bei einem Heiligen. Man konnte noch ganz deutlich das dunkle, geronnene Blut sehen.«

Tante Bianka schweigt. Sie schweigt lange. Ich kaue vorsichtig an einer gefüllten Feige, achte darauf, nicht zu schmatzen. Onkel Jerolims Schnarchen hat aufgehört. Dann holt sie tief Luft und erzählt weiter:

»Ich habe noch Paulina vor Augen, sie sah aus wie eine trauernde Maria mit ihrem Sohn, wie eine Pietà. Ich beobachtete alles von ferne, ich wäre gern näher gekommen, aber ich wagte nicht, mich Paulina zu widersetzen. Sie hat seine Taschen untersucht, seinen Füller gefunden, den sie später dem Revolutionsmuseum in Šibenik geschenkt hat. Ob die ihn aufbewahrt haben? Stell dir vor, sie hat ein Nähset gefunden, eine Nadel und einen Fingerhut, wahrscheinlich, weil man ohne Fingerhut keine roten Filzsterne an die festen deutschen Uniformen nähen konnte. Ob die Mütter der deutschen Soldaten, denen die Partisanen die Uniformen abgenommen hatten, um sie an die eigenen Leute auszuteilen, auch wie Mater Dolorosa aussahen, als man ihnen die toten Körper ihrer Söhne brachte? Wie viele von ihnen haben nie erfahren, wo ihre Söhne begraben sind, so wie wir nie unseren Niko gefunden haben? Vaters Geldbeutel war auch da, seine Lesebrille und natürlich der Ring, dieser Ring hier, er hatte ja keinen eigenen, das habe ich dir noch nicht erzählt. Er besaß keinen Ehering, ich glaube, ihm fehlte das Geld. Oder er wollte kein Geld dafür ausgeben. Auf jeden Fall hat Paulina den Ring an sich genommen, aber als sie im Sterben lag, sagte sie zu Oliva: Vergiss nicht, diesen Ring Bianka zu geben. Und so kam der Ring wieder zu mir.«

Während sie erzählt, blicke ich auf die Terrasse und die Treppe, die in den Garten führt. In Dalmatien benutzt man häufig alte Kochtöpfe als Blumentöpfe, Wascheimer, große Marmeladenkanister, Bottiche aller Art, die man einheitlich meist grün anstreicht. Tante Bianka besitzt eine Sammlung aller erdenklichen Gefäße, die ordentlich mattgrün angestrichen sind und in denen eine erstaunliche Blumenpracht gedeiht. Auch blutrote Rosen, die Olivas Rosen ähnlich sehen, wachsen in einem der Kübel. Ich kann Biankas ruhiges, gerunzeltes Gesicht mit den edlen Zügen, ihr weißes Haar und ihre klugen Augen nicht mehr anschauen, denn ich befürchte, dass ich in ihnen das Bild meiner winzigen Urgroßmutter Paulina erblicken könnte, wie sie den toten Körper ihres einzigen Sohns im Schoß wiegt, ihres Sohns, der einst ihre größte Zuversicht war. Und das würde ich nicht ertragen, deshalb zähle ich die Blumentöpfe und die Bienen, die sie umschwirren.

»Und der zweite Ring? Du hast etwas von einem zweiten Ring gesagt? Der, mit dem man Glas schneiden konnte?«

»Dass Tante Klara mir einen Ring zugesteckt hat, als Lovro und ich nach El Shatt fuhren, das habe ich dir erzählt? Ich war gerade erst aus Italien zurück. Und nun hieß es: Auf nach Afrika! Schwarzes Afrika. Aber es wurde nur Italien, und an Italien war ich schon gewöhnt, nur dass das jetzt etwas ganz anderes war, das war ein von den Alliierten verwaltetes Italien, wenigstens der Teil, in dem wir waren. Tante Klara hatte nach ihrer Rückkehr aus Fraschette erfahren, dass ihr Sohn gefallen war. Für sie hatte das Leben jeglichen Sinn verloren, doch ihr Mann sagte, dass man jetzt Lovro und mir helfen müsse, dass auch Flora sie brauche, denn Flora wohnte jetzt bei ihnen, und dass vielleicht auch Viola und Mirta, wenn sie aus El Shatt zurückkämen, auf sie angewiesen wären. ›Und auch Niko ist noch jung!‹, sagte der Onkel energisch. ›Sie brauchen uns!‹ Alles war ungewiss – wann und ob Oliva überhaupt zurückkommen, was aus Benedikt, Niko und Šimun würde, wohin Paulina verschwunden war? Klaras Mann hat den ganzen Krieg hindurch wie ein Engel über uns alle gewacht. Ich bin nicht gläubig, das weißt du, aber seinetwegen bin ich sicher, dass es zumindest Engel gibt. Er gehörte zu jenen Menschen, die bisweilen als Schwächlinge verspottet werden, man kann sie aber auch als Heilige bezeichnen. Tante Klara gab mir diesen Ring, den sie aus ihrem ausgebrannten Haus gerettet hatte, mit auf den Weg, eine Art Reisesegen. Ich habe ihn immer bei mir getragen. Durch ihn sprachen mein Urgroßvater Frane, der ihn für Klara gekauft hatte, und seine Frau Ana zu mir, und meine Großmutter Paulina, die mich immer beschützte, und ich sah natürlich auch Klara und ihren Mann in den geschliffenen Flächen des Diamanten. Der Ring gab meiner Hand etwas Edles, du darfst mich jetzt nicht für eitel halten, ich wurde in jenen Tagen fünfzehn und in meinem Herzen war alles dunkel.«

Ich lächele nur und schweige, um keine wertvolle Zeit zu verlieren. Onkel Jerolim ist wach geworden, wir hören ihn schon auf und ab laufen, wenn er kommt, wird unsere Idylle zu Ende sein, da er nicht ruhig zuhören kann, sondern sich immer einmischt und alles auf seine Art erklären möchte.

»In Santa Cesarea war eine gewisse Dobrila für die Aufteilung der Aufgaben zuständig, mich hatte sie als Bedienung der Kantine zugeteilt. Ich sah damals, dass einige kommunistische Funktionäre Tag und Nacht arbeiteten, während andere sich eher das Leben leichter machten. Die Ehefrau eines Funktionärs aus Šibenik, die mit ihren beiden Töchtern gekommen war, wohnte nicht mit uns in den Gemeinschaftsräumen, sondern hatte eine schöne Villa bezogen, als ob sie für immer bleiben wollte. Dobrila schickte mich eines Tages als Putzfrau zu ihr, aber als ich begriff, worum es ging – ursprünglich hatte ich gedacht, ich solle die Räume für die Unterbringung neuer Flüchtlinge putzen –, habe ich mich geweigert. Oma Paulina hat mir das beigebracht: Immer zu sagen, was ich denke, und mich zu weigern, wenn ich etwas nicht will. Sie waren überrascht, diese feine Dame aus Šibenik und die Genossin Dobrila, aber sie konnten nichts tun. Ihre Töchter könnten doch putzen, habe ich Dobrila gesagt und ihr den Besen vor die Füße geworfen. Doch in einer anderen Situation war ich nicht klug genug, auf solche Fälle hatte mich Paulina einfach nicht vorbereitet. Dobrila hat nämlich immer wieder meinen Diamantring bewundert, und eines Tages bat sie mich, ihn ihr auszuleihen, sie wolle auch so schön sein wie ich, sagte sie. Sie war viel älter, vielleicht dreißig, und ich war ein Kind, inzwischen schon eine Vollwaise, und deshalb kann ich Dobrila diesen Betrug bis heute nicht verzeihen. Sie hat mir einfach meinen Ring gestohlen. Ich habe ihn ihr ausgeliehen, und sie machte keine Anstalten, ihn mir zurückzugeben. Du musst wissen, der Diamantring hatte etwas Bürgerliches, und mir war es unangenehm, ihn sofort zurückzuverlangen, ich befürchtete, dass sie mir vorwerfen würde, es mit unserer Revolution und unserem Kampf nicht ernst zu meinen. Ich hoffte aber, dass Dobrila mir den Ring irgendwann zurückgeben werde. Doch sie trug ihn immer an ihrem Finger und wollte sich nicht mehr von ihm trennen. Und ich hatte noch andere Sorgen, Lovro wurde schwer krank und kam in ein Kinderhospital, außerdem musste ich nachts immer weinen, weil ich mir vorwarf, dass ich mich nicht würdig genug von meinem Vater verabschiedet hatte. In jenen Nächten fühlte ich mich wie der einsamste Mensch auf der Welt. Mit der Zeit gewöhnte ich mich also daran, den Ring als eine Art Geschenk an Dobrila zu betrachten, obwohl ich ihn ihr nicht hatte schenken wollen, aber zumindest war es eine Erklärung für mich. Und gerade als ich endlich den Mut aufbringen wollte, Dobrila nach meinem Ring zu fragen, verschwand sie aus Santa Cesarea. Es hieß, sie werde auf einen höheren und verantwortungsvolleren Posten versetzt. Ich weiß, dass die Italiener aufgrund ihrer verrückten faschistischen Ideologie unser Land okkupiert haben, dass sie die Widerstandskämpfer in Dalmatien brutal und erbarmungslos behandelten, und ich weiß, dass der Volksbefreiungskampf die richtige Antwort auf den Faschismus und den Krieg war. Aber der faschistische Kommissar hat mir einen Ring zurückgegeben, und die Genossin und Partisanin Dobrila hat mir den anderen Ring einfach gestohlen.«

Onkel Jerolim, der inzwischen im Türrahmen lehnt, mischt sich nun ein.

»Solche Geschichten sind nicht gut, Bianka, sie bringen Gut und Böse durcheinander.« Dann wendet er sich an mich: »So etwas sollst du nicht in dein Buch aufnehmen. Viola hat uns erzählt, dass du ein Buch schreiben willst. Diese Geschichte mit dem Diamantring war eine Ausnahme, die ein schlechtes Licht auf unseren Kampf werfen würde! Weißt du, die Menschen denken nicht viel nach. So, so, werden sie sagen, kein Wunder, dass die Deutschen und Italiener die Partisanen Banditen genannt haben, wenn sie sich schon untereinander bestohlen haben. Dabei wurde bei uns Moral sehr großgeschrieben! In meiner Einheit wurde ein Kämpfer zum Tode verurteilt – und wir haben wirklich jeden Kämpfer gebraucht –, nur weil ihm irgendwo in Lika eine alte Frau Geld gegeben hat, um Salz in der Stadt zu kaufen, er aber ohne Salz und ohne Geld zurückkam.«

»Das finde ich grausam«, sagt Bianka. »Die Partisanen haben trotz dieser vielen Toten selbst die Todesstrafe eingeführt, die von ihren Militärgerichten für alle möglichen Vergehen verhängt wurde. Jerolim, du weißt auch, dass sie so Tante Klaras Sohn und deinen Vater getötet haben.«

Sie wendet sich mir zu: »Jerolims Vater, der als Gastwirt den Krieg zurückgezogen überlebt hatte, konnte Deutsch. Deutsch hatte er gelernt, als er – Bürger Österreich-Ungarns – in Australien im Eisenbahnbau gearbeitet hat. Während des Ersten Weltkriegs haben sie ihn dann als potenziellen Feind interniert. Mein Schwiegervater war sprachbegabt, und so lernte er während der langen Haft von anderen Gefangenen die Sprache. Und das wurde den Deutschen gemeldet, als die in Vodice die Macht übernahmen. Also wurde er immer wieder zum Dolmetschen bei Verhören eingesetzt. Und das haben ihm die Partisanen 1945 als Kollaboration ausgelegt und ihn kurzerhand erschossen. Sein Schwiegervater, dessen Haus die Italiener angezündet hatten, als Jerolim mit sechzehn im Wald verschwand, sagte gegen ihn aus. Und die Schwestern von Jerolim glauben bis heute, dass Jerolim diesen Mord hätte verhindern können.«

»Ich konnte nichts tun! Ich war irgendwo auf dem Weg nach Triest, wir wollten Triest einnehmen«, Jerolim wirkt plötzlich um Jahre älter. »Alida soll über unsere Aufopferung schreiben und nicht über die Verfehlungen unseres Kampfes, der eindeutig richtig war! Oder gab es eine Alternative zum antifaschistischen Widerstand?« Jerolim sieht aus, als wüchse er über den Türrahmen hinaus.

Tanta Bianka und ich zucken mit den Schultern. Ich nehme noch eine gefüllte Feige und lasse sie mir auf der Zunge zergehen: Pinienkerne, Mandeln, Rosinen, Zimt, Nelken, Rum und natürlich Feige, die alles umschließt und vereint.

# Insel Brač, 2011

Unentschlossen stand ich vor dem Kiosk im Hafen von Supetar, in dem die Fahrkarten verkauft werden. Ich wollte sofort zurück nach Split fahren. Ein Kanal, durch den sich dunkle Wassermassen wälzten, trennte mich von der Stadt. Ich war mit der frühmorgendlichen Fähre angekommen. Jetzt wusste ich nicht mehr genau, was ich hier wollte. Das Wetter wurde immer schlechter, und ich überlegte, ob ich nicht lieber eine spätere Fähre nehmen sollte. Gleichzeitig erschien mir der Gedanke, hier bis zum Nachmittag warten zu müssen, beinahe unerträglich.

Als die Fähre angelegt hatte, war ich etwas wankend über die Holzbrücke von Bord gegangen. Ein Matrose mit kaputten Zähnen hatte mich spöttisch angeschaut, weil ich mich so fest an das Geländer klammerte. Plötzlich hatte ich das Gefühl, dass meine Tasche mir von der Schulter zum Handgelenk glitt. Ich hielt mich noch panischer fest und versuchte den Matrosen, der mir helfend die Hand hinhielt, nicht anzuschauen. Die Tasche baumelte über dem Wasser. Ich musste die Hilfe des Matrosen doch annehmen. Der Druck seiner Pranke war eine Rettung und zugleich sehr unangenehm. Ich stolperte beinahe, als ich festen Boden unter den Füßen hatte, befreite schnell meine linke Hand – der Matrose grinste immer noch – und schnappte meine Tasche. Wie ich meine rechte Hand von dem Geländer gelöst hatte, weiß ich nicht mehr.

Hätte ich meine Tasche verloren, dachte ich und hielt sie mit beiden Händen fest – mit all meinen Dokumenten, dem wenigen Geld, meinen Kreditkarten und meinem Mobiltelefon –, was wäre dann aus mir geworden? Hätte ich für immer hier bleiben müssen? Eine mittellose, obdachlose, namenlose Frau auf einer dalmatinischen Insel. Wen hätte ich anrufen können? Ich hatte alle Telefonnummern in meinem Handy, nicht aber in meinem Kopf gespeichert. Hätte ich betteln müssen, so wie Bianka und Klara damals in Triest?

Im Kiosk saß eine Frau, deren Blicke ich als feindlich deutete. Würde sie mir eine Fahrkarte für die nächste Fähre geben, wenn ich ihr sagen müsste, dass ich meine Tasche verloren habe? Würde ich einen der Fischer bitten können, mich über den Kanal zu fahren? Ich hätte sicher Angst, in einem kleinen Boot über den tiefen und dunklen Kanal zu fahren, selbst wenn ich einen so hilfsbereiten Fischer finden würde. Es ist die Spiegelung des Himmels, die die Farbe des Meeres bestimmt, und ich dachte auf einmal, dass das Meer nun sein wahres Gesicht zeigte. War es das Gesicht, das es auch Ana, Paulina, Klara, Laura, Bianka, Flora, Mirta, Viola oder Oliva bei ihren verschiedenen Überfahrten gezeigt hatte? Das Gesicht der Meduse, die Oliva direkt in die Augen geblickt hatte, um sie zu Stein werden zu lassen? Wo würde man auf dieser Insel warten, wenn man nicht einmal in ein Café gehen konnte? Was würde ich essen? Würde ich dann den Hunger empfinden, von dem meine Mutter immer sprach, jenen Hunger, gegen den mein Vater ein Leben lang anzukochen versucht?

Es hatte ein spontaner Ausflug werden sollen, ich wollte in Ruhe nachdenken und nicht immer Orte besuchen, die mit meiner Familiengeschichte zusammenhingen. Meinem Bruder hatte ich nichts gesagt, ich war einfach aus der Wohnung verschwunden. Er erwartete wohl sowieso Damenbesuch. Doch dann hatte das Wetter sich verschlechtert, und anstatt das schäumende Kielwasser zu bewundern, hatte ich mit aufkommender Seekrankheit im stickigen Salon der Fähre gesessen und versucht, an meinem Kaffee zu nippen.

Die Frau im Kiosk schaute eigentlich weniger feindlich als verwundert. Die Menschen kaufen normalerweise eine Karte und gehen, sie stehen nicht so lange da, ohne etwas zu sagen. Ich erschrak, als mein Handy klingelte. Es war mein Mann.

»Halt dich fest«, verkündete er frohgemut. »Ich bin ganz in deiner Nähe!«

Ich drehte mich um und dachte an amerikanische Filme, in denen in der Schlussszene ein solcher Anruf vorkommt. Sie dreht sich um, und er lächelt ihr direkt ins Gesicht, dann fallen sie sich in die Arme. Aber außer der Frau im Kiosk war hier niemand.

»Festhalten ist mein Motto des Tages«, antwortete ich und wunderte mich, wie schwach meine Stimme war.

»Hm, ich verstehe zwar nicht, was du meinst, aber das macht nichts. Ich bin gerade gelandet. Können wir sofort zum Olivenhain fahren?«, seine Stimme klang euphorisch.

»Ich... ich bin auf Brač«, stammelte ich. »Und außerdem wollte ich mit dem nächsten Flieger nach Deutschland zurück.«

»Vom Flughafen Brač?«, fragte mein Mann verwundert. Seine Begeisterung verringerte sich hörbar. Es gab keinen Flughafen auf der Insel, das wusste er, nur eine Piste für die kleinen Privatflieger des europäischen und einheimischen Jetsets.

»Nein, ich warte hier auf die Fähre.«

»Aber was hast du auf Brač zu tun?«, in seiner Stimme schwang ein wenig Misstrauen mit. »Hatten deine Vorfahren da auch Weinberge und Olivenplantagen?«

»Nein, nein, vor den Weinbergen und Olivenhainen bin ich gerade geflohen. Nur dass ich den falschen Tag erwischt habe.«

»Ich verstehe das alles nicht, aber es wird teuer, wir bezahlen beide, wenn wir hier telefonieren. Lass uns einen Treffpunkt ausmachen, ich fahre dann mit dem Flughafenbus in die Stadt. Wann kommt deine Fähre an?«

»Danach wollte ich mich gerade erkundigen.«

»Kannst du bitte deutlicher werden?« Zum ersten Mal schien ihn seine Geduld zu verlassen, seitdem jener Brief aus Zadar eingetroffen war, auf dem die Briefmarke mit dem »Rosaroten Traum« von Vlaho Bukovac klebte.

»Ich stehe am Kiosk. Hier werden die Fahrkarten in einem Kiosk verkauft. Und ich habe mir gerade vorgestellt, was passieren würde, wenn ich mein Geld, meine ganze Tasche verloren hätte ... Keine Angst, ich habe nichts verloren! In Split hätte ich meine Sachen gepackt und nach einer Flugverbindung gesucht. Ich wollte nach Hause.«

»Nach Münster?«, fragte mein Mann verwundert. Er schien

wenig überzeugt. Dann wiederholte er: »Lass uns einen Treffpunkt ausmachen.«

»Im Hafen. Frag nach der Fähre aus Supetar, so heißt das Städtchen hier auf der Insel. Aber ich verstehe nicht, wieso du gekommen bist?«

Er beendete das Gespräch, ohne etwas zu sagen. Ich starrte mein Handy an, dann bemerkte ich den Blick der Frau, die sich regelrecht vorbeugen musste, um mich genau beobachten zu können.

»Die nächste Fähre kommt in einer halben Stunde«, rief sie hinter ihrer Glaswand, die nur ein kleines Mauseloch hatte, durch das man das Geld schieben konnte.

Das Meer sah jetzt aus wie schweres, dunkles Olivenöl. Die Wellen hatten sich gelegt. Hier auf der Insel bekommt man solches Öl nicht, schoss es mir durch den Kopf, sie weichen die Oliven ein. Ich verstand immer noch nichts von der Ölproduktion. Der Himmel war eine einzige graue Decke, die sich über die Welt legte und gelbgrün schimmerte. Ich hielt die Fahrkarte fest in der einen Hand, mit der anderen Hand umklammerte ich den Griff meiner Tasche, die ich nicht mehr über die Schulter hängen wollte, und ging langsam zur Mole, um auf die Fähre nach Split zu warten.

Als mein Handy erneut klingelte, entfernte ich mich schnell vom Wasser, um es erst dann aus der Tasche zu graben. Ich drückte den Rücken fest gegen die Hafenmauer. Das Meer war immer noch ein Ungeheuer, das nur darauf wartete, meine Anbindung an die Welt zu verschlingen, die aus Plastikkarten mit dem Namen einer deutschen Bank, einem kleinen Telefon mit seinen Chips, einem deutschen Personalausweis und einigen kroatischen Geldscheinen bestand. Die Stimme meines Mannes klang versöhnlich:

»Wir sollten noch einmal reden.«

»Ich dachte, es koste zu viel? Ich bin in zwei Stunden da.«

»Nein, ich möchte, dass wir jetzt reden. Was machst du in Supetar?«

»Ich wollte nachdenken. Aber was machst du in Kroatien?«

»Da du dich seit Tagen nicht mehr gemeldet hast, habe ich mir erlaubt, deinen Anwalt anzurufen. Er war wenig erfreut. Übrigens spricht er perfekt Englisch. Lassen Sie mich bitte in Ruhe mit dieser Familie, hat er gesagt. Es scheint, als hätten deine Mutter und ihre Schwestern ihm am Ende den Weinberg auf der Insel doch nicht verkaufen wollen? Ihm aber – als er das sagte, klang er irgendwie verbittert – sei es gelungen, den Olivenhain endgültig auf deinen Namen zu übertragen.«

»Ich weiß. Meiner Mutter kam der Wunsch nach einer Insel für einen allein irgendwie amoralisch vor, sie wollte beim Verkauf des Weinbergs nicht mitmachen. Ihre Schwestern haben ihr dann zugestimmt. Der Weinberg soll in der Familie bleiben, ganz egal, ob irgendjemand von uns je einen Tropfen Wein produzieren wird.«

»Eine verständliche Position«, sagte mein Mann, obwohl ich heraushörte, dass er nicht überzeugt davon war. Oder hatte er schon angefangen, auch über Weinproduktion nachzudenken?

»Duje hat geschimpft, er meint, dass sowieso bald alle kleineren Inseln irgendwelchen reichen Russen oder Deutschen gehören werden. Ihm wäre es egal, wenn dieser Anwalt die Insel bekommen würde. Wahrscheinlich würde er sie sowieso wieder verkaufen. Tante Viola meint, dass man all diese kleinen Inseln unter besonderen Schutz stellen soll. Ein Land ist kein Supermarkt, hat sie geschimpft. Unsere Mutter hat gesagt, dass sie gegen den neumodischen Ausverkauf der Ressourcen sei, sie hat irgendwo gelesen, dass der kroatische Staat sogar die Wasserquellen privatisieren will, das findet sie ungeheuerlich, und Tante Mirta hat ihre Schwestern unterstützt, sie meint, dass man den Besitz der alten Familien nicht einfach so wildfremden Menschen überlassen darf. Auch Tante Bianka hat sich eingeschaltet, sie meint, dass man mit einem Boot überall an der Küste anlegen können muss. Deshalb sollen alle kleine Inseln, auf denen praktisch alle Grundstücke am Meer liegen, dem ganzen Volk und nicht Privatbesitzern gehören. Und solange es eine solche gerechte Regelung nicht gebe, solle der Weinberg im Familienbesitz bleiben. Es sei völlig egal, dass niemand von uns etwas vom Weinbau versteht. Das schnelle Geld, das wir mit dem Verkauf der Insel machen könnten, würde uns kein Glück bringen.«

»Dein armer Bruder! Er könnte das Geld gut brauchen …«

»Er hat zunächst wütend gesagt, dass man sich mit solchen sozialistischen Spinnereien heutzutage lächerlich macht. Er sagt, die alten Frauen seien schlimmer als ihr toter Vater. Der habe doch die Grundstücke an den Staat verschenkt und sich dann gewundert, dass sie ihm sein letztes Grundstück auch noch weggenommen haben. Opa sei der linken Ideologie auf den Leim gegangen, es waren einfach solche Zeiten. Die vier Frauen, die es wirklich besser wissen sollten, führten einen Prozess wegen dieser Enteignung und zugleich hätten sie plötzlich nichts dagegen, dass man alle kleinen Inseln nationalisiert – wo sei da bitteschön die Logik? Aber Logik werde in dieser Familie sowieso nicht großgeschrieben, hat er gestöhnt und dann doch gelacht, was bleibt ihm anderes übrig.«

Mein Mann lachte jetzt auch. Er hatte seine gute Laune, mit der er angereist war, wiedergefunden.

»Ich dachte, nun, da alles geregelt ist, schaue ich mir deinen Olivenhain genauer an. Wenn man in die Ölproduktion einsteigen möchte, dann ist jeder verlorene Tag einer zu viel. Ich habe schon alles durchkalkuliert. Schade, dass ich nichts von der Insel gewusst habe, sonst hätte ich mir auch über Wein Gedanken machen können. Einfach so, damit deine Mutter und ihre Schwestern und ihre Cousine erfahren, was so etwas einbringen könnte. Na ja, das kann ich ja immer noch machen. Wie heißt es so schön: Eile mit Weile. Die Prozessakte um das ›Hotel International‹ werde ich mir auch in Ruhe anschauen.«

»Und ich hatte mich gerade entschieden, dass ich die Wetterverhältnisse in Deutschland endlich akzeptieren werde. Es gibt auch hier nicht immer nur Sonnenschein.«

Die Fähre erschien hinter der langen Mole aus weißem Stein. Im grauen, öligen Wasser zeigten sich die ersten blauen Streifen und vereinzelt glitzerten auf der Oberfläche Wassertropfen wie Kristalle. Die düstere Wolkendecke im Himmel hatte schmale Risse bekommen. Eine Brise brachte den Duft von Algen und den schwachen Ruf einer Möwe.

# Danksagung und Anmerkung

»Daher ist Dichtung etwas Philosophischeres und Ernsthafteres als Geschichtsschreibung; denn die Dichtung teilt mehr das Allgemeine, die Geschichtsschreibung hingegen das Besondere mit.«
(Aristoteles, *Poetik*, Kap. 9, 1451 b 5–7)

Ich danke der Robert Bosch Stiftung für das Grenzgänger, Stipendium, das es mir ermöglicht hat, eine Reise nach Kroatien und mehrere Reisen nach Italien zu unternehmen, um dort nach den Orten zu suchen, die mir meine Tante Nera Mihić genannt hat. Neben ihrem Mann Mate Mihić und meiner Mutter Ružica Matić war sie die wichtigste Quelle meines Wissens über die Familiengeschichte. Den Frauen aus meiner Familie sei dieser Roman gewidmet.

Charaktereigenschaften aller Protagonisten sind Produkte meiner Fantasie, weshalb ich ihnen andere Namen gegeben habe. Zwei Gestalten habe ich die Namen von realen Personen gegeben – der Großmutter Oliva und der Erzählerin Alida. Ich hoffe, dass sich meine Großmutter Oliva im Himmel nicht allzu sehr ärgert, weil ich der fiktiven Großmutter Gedanken zugeschrieben habe, die meine echte Großmutter vermutlich nie hatte. Auch die Erzählerin Alida deckt sich keinesfalls vollständig mit der Autorin. Aber dass der Bruder meiner realen Großmutter Oliva und sein Sohn im Krieg gefallen sind, dass ihre Schwägerin von italienischen Faschisten erschossen wurde, dass ihre Mutter und ihre Nichte in mehreren italienischen Lagern waren, dass ihre zwei jüngeren Töchter im Flüchtlingslager El Shatt waren, und ihre älteste Tochter im letzten Moment von Bord gesprungen und deshalb allein in Vodice zurück geblieben ist, während Oliva selbst in einem deutschen Lager war – das stimmt voll und ganz.

Auch viele andere Episoden sind authentisch: die Geschichte

vom toten Mann in Triest, von der Exhumierung meines Großonkels, die Geschichte über die beiden Ringe und über die Nacht, in der meine Mutter schwimmen gelernt hat, auch die über die Rede meiner Urgroßmutter vor Tito und Ivan Ribar, über die Vergewaltigung auf dem Schiff zwischen Vodice und Šibenik, über den Partisanen, der ein Baby ersticken ließ, um eine Gruppe von Zivilisten zu retten und viele andere mehr. Und noch eine historische Persönlichkeit ist authentisch: Johannes von Kuhlo war tatsächlich ein Urgroßonkel meines Mannes. Ich danke Walter Famler und Andrea Zederbauer dafür, dass ich im »Wespennest« Nr. 148 (2007) den Essay »Zwei Männer im Blumenkranz und viele Frauen in Schwarz« zur Geschichte meiner Familie im Zweiten Weltkrieg veröffentlichen durfte.

Meine Freundinnen Ljiljana Stojšić und Radosna Mavrinac begleiteten mich auf einer unvergesslichen Italienreise. Ich möchte ganz besonders an Ljiljana erinnern, die kurz danach schwer erkrankte und inzwischen verstorben ist. Mit ihr ist eine große Kennerin Italiens und der italienischen Literatur und Sprache von uns gegangen.

Wie lassen sich die Erinnerungen an hingerichtete Frauen, getötete Männer, niedergebrannte Häuser, hungrige Kinder, Lager und Kerker, Irrungen, die von Dalmatien bis nach Italien, Afrika, Serbien oder Deutschland führten, und die alle in einer gewöhnlichen kroatischen Familie als Bruchstücke der *oral history* kursieren, in ein literarisches Werk verarbeiten? An dieser Stelle muss ich György Dalos erwähnen, dem ich die Idee zu verdanken habe, eine Rahmenerzählung zu entwickeln. »Denk dir doch etwas aus«, sagte er mit seinem typischen Humor. »Die Erzählerin fährt dorthin, um ein Haus von ihrer Großmutter zu erben, oder so etwas«. Dass meine Familie tatsächlich eine langjährige kafkaeske Erfahrung mit Gerichten und Grundbuchämtern hinter sich hatte, konnte er natürlich nicht wissen.

Ich danke Max Aufischer und Luise Grinschgl vom Internationalen Haus der Autoren in Graz – dort habe ich mit einem Stipendium den Anfang dieses Buchs geschrieben. Hermann Wallmann danke ich für seine aufmerksame Lektüre meines Textes. Kollegial und ehrlich hat mich Elke Schmitter unterstützt. Diesen beiden Freunden danke ich auch für das Gefühl, als Ausländerin in Deutschland ein Gewinn für neugierige Menschen wie sie zu sein. Ich danke von Herzen meiner Agentin Julia Eichhorn von der Agentur »Graf & Graf«, die mich fachkundig und freundschaftlich beraten, ermutigt und unterstützt hat, dem Programmleiter des Eichborn Verlags Martin Mittelmeier, der von Anfang an meine Familiengeschichte und meine Sehnsuchtslandschaft gemocht hat, und der Lektorin Doris Engelke, die mit spitzer Feder und Feingefühl den Text lektoriert hat. Meinem Mann Ali el Baya danke ich einfach für alles.

Münster, im Mai 2013